U0694946

"掬花"文丛

野莽 主编

私厨

阿成 著

中国言实出版社

图书在版编目（CIP）数据

私厨 / 阿成著 . -- 北京：中国言实出版社，2019.10
（"锐眼撷花"文丛 / 野莽主编）
ISBN 978-7-5171-3193-9

Ⅰ . ①私… Ⅱ . ①阿… Ⅲ . ①长篇小说—中国—当代Ⅳ .
① I247.5

中国版本图书馆 CIP 数据核字（2019）第 191891 号

出 版 人：王昕朋
总 监 制：朱艳华
责任编辑：肖　彭
文字编辑：赵　歌
出版统筹：冯素丽
责任印制：佟贵兆
封面设计：竹　子

出版发行　中国言实出版社
　　　　　地　　址：北京市朝阳区北苑路 180 号加利大厦 5 号楼 105 室
　　　　　邮　　编：100101
　　　　　编辑部：北京市海淀区北太平庄路甲 1 号
　　　　　邮　　编：100088
　　　　　电　　话：64924853（总编室）　64924716（发行部）
　　　　　网　　址：www.zgyscbs.cn
　　　　　E-mail：zgyscbs@263.net

经　　销　新华书店
印　　刷　阳谷毕升印务有限公司
版　　次　2020 年 1 月第 1 版　　2022 年 1 月第 2 次印刷
规　　格　880 毫米 × 1230 毫米　1/32　　12 印张
字　　数　266 千字
定　　价　42.80 元　　ISBN 978-7-5171-3193-9

山花为什么这样红

——『锐眼撷花』文丛总序

在花开的日子用短句送别一株远方的落花，这是诗人吟于三月的葬花词，因这株落花最初是诗人和诗评家。小说家不这样，小说家要用他生前所钟爱的方式让他继续生在生前。我从很多的送别文章里也像他撷花一样，选出十位情深的作者，自然首先是我，将他生前一粒一粒摩挲过的文字结集成一套书，以此来作别样的纪念。

这套书的名字叫"锐眼撷花"，锐是何锐，花是《山花》。如陆游说，开在驿外断桥边的这株花儿多年来寂寞无主，上世纪末的一个风雨黄昏是经了他的全新改版，方才蜚声海内，原因乃在他用好的眼力，将好的作家的好的作品不断引进这本一天天变好的文学期刊。

回溯多年前，他正半夜三更催着我们写个好稿子的时候，我曾写过一次对他的印象，当时是好笑的，不料多年后却把一位名叫陈绍陟的资深牙医读得哭了。这位牙医自然也是余华式的诗人和作家：

"野莽所写的这人前天躺到了冰冷的水晶棺材里，一会儿就要火化了……在这个时候，我读到这些文字，这的确就是他，这些故事让人忍不住发笑，也忍不住落泪……阿弥陀佛！""他把荣誉和骄傲都给了别人，把沉默给了自己，乐此不疲。他走了，人们发现他是那么的不容易，那么的有趣，那么的可爱。"

水晶棺材是牙医兼诗人为他镶嵌的童话。他的学生谢挺则用了纪实体："一位殡仪工人扛来一副亮锃锃的不锈钢担架，我们四人将何老师的遗体抬上担架，抬出重症监护室，抬进电梯，抬上殡仪车。"另一名学生李晃接着叙述："没想到，最后抬何老师一程的是寂荡老师、谢挺老师和我。谢老师说，这是缘。"

我想起八十三年前的上海，抬着鲁迅的棺材去往万国公墓的胡风、巴金、聂绀弩和萧军们。

他当然不是鲁迅，当今之世，谁又是呢？然而他们一定有着何其相似乃尔的珍稀的品质，诸如奉献与牺牲，还有冰冷的外壳里面那一腔烈火般疯狂的热情。同样地，抬棺者一定也有着胡风们的忠诚。

一方高原、边塞、以阳光缺少为域名、当年李白被流放而未达的，历史上曾经有个叫夜郎国的僻壤，一位只会编稿的老爷子驾鹤西去，悲恸者虽不比追随演艺明星的亿万粉丝更多，但一个足以顶一万个。如此换算下来，这在全民娱乐时代已是传奇。

这人一生不知何为娱乐，也未曾有过娱乐，抑或说他的娱乐是不舍昼夜地用含糊不清的男低音催促着被他看上的作家给他写稿子，写好稿子。催来了好稿子反复品咂，逢人就夸，凌晨便凌晨，半夜便半夜，随后迫不及待地编发进他执掌的新刊。

这个世界原来还有这等可乐的事。在没有网络之前，在有了文学之后，书籍和期刊不知何时已成为写作者们的驿站，这群人暗怀托孤的悲壮，将灵魂寄存于此，让肉身继续旅行。而他为自己私定的终身，正是断桥边永远寂寞的驿站长。

他有着别人所无的招魂术，点将台前所向披靡，被他盯上并登记在册者，几乎不会成为漏网之鱼。他真有一双锐眼，撷的也真是一朵朵好花，这些花儿甫一绽放，转眼便被选载，被收录，被上榜，被佳评，被奖赏，被改编成电影和电视，被译成多种文字传播于全世界。

人问文坛何为名编，明白人想一想会如此回答，所谓名编者，往往不会在有名的期刊和出版社里倚重门面坐享其成，而会仗着一己之力，使原本无名的社刊变得赫赫有名，让人闻香下马并给他而不给别人留下一件件优秀的作品。

时下文坛，这样的角色舍何锐其谁？

人又思量着，假使这位撷花使者年少时没有从四川天府去往贵州偏隅，却来到得天独厚的皇城根下，在这悠长的半个世纪里，他已浸淫出一座怎样的花园。

在重要的日子里纪念作家和诗人，常常会忘了背后一些使其成为作家和诗人的人。说是作嫁的裁缝，其实也像拉船的纤夫，他们时而在前拖拽着，时而在后推操着，文学的船队就这样在逆水的河滩上艰难行进，把他们累得狼狈不堪。

没有这号人物的献身，多少只小船会搁浅在它们本没打算留在的滩头。

我想起有一年的秋天，这人从北京的王府井书店抱了一摞西书出来，和我进一家店里吃有脸的鲽鱼，还喝他从贵州带来的茅台酒。因他比我年长十岁，我就喝了酒说，我从鲁迅那里知道，

诗人死了上帝要请去吃糖果，你若是到了那一天，我将为你编一
套书。

此前我为他出版过一套"黄果树"丛书，名出支持《山花》
的集团；一套"走遍中国"丛书，源于《山花》开创的栏目。他
笑着看我，相信了我不是玩笑。他的笑没有声音，只把双唇向两
边拉开，让人看出一种宽阔的幸福。

现在，我和我的朋友们正在履行着这件重大的事，我们以这
种方式纪念一具倒下的先驱，同时也鼓舞一批身后的来者。唯愿
我们在梦中还能听到那个低沉而短促的声音，它以夜半三更的电
话铃声唤醒我们，天亮了再写个好稿子。

兴许他们一生没有太多的著作，他们的著作著在我们的著
作中，他们为文学所做的奉献，不是每一个写作者都愿做和能
做到的。

有良心的写作者大抵会同意我的说法，而文学首先得有良心。

野莽

2019年9月

目　录

上校古巴列夫

二十世纪初，古巴列夫来到了中国的哈尔滨。

古巴列夫曾是沙皇军乐队的指挥，上校军衔，人风度翩翩。在战争期间，他奉沙皇的命令，把乐队拉到前线去演奏。他们是坐军用大卡车去的。一路的颠簸和敌机的扫射，就不用说了，这里也不介绍了。

临时剧场搭在一片白桦林里。林子里落满了厚厚的叶子。乐手们走在上面觉得很暄，以致给人一种忧郁的、不踏实的情调。

天阴沉沉的，从远处的灌木丛有雷声传过来了。林子里的鸟儿在湿乎乎的、几乎能拧出水来的空气中鸣叫着。有人都担心地说，恐怕要下雨啦。

经过简单的准备，演奏终于开始了。

当古巴列夫上校指挥乐队演奏到《上帝保佑沙皇》的乐曲时，一颗呼啸而来的炮弹，正巧在演奏着的小伙子们中间炸开了。

那颗该死的炮弹差不多把所有的乐手都炸死了。

后来，真的下起雨来。而且雨越下越大。

战士们冒着雨把浇得湿呱呱的尸体抬走了，掩埋起来。

在厚厚的雨中，缠着绷带的古巴列夫上校站在那些简易的新坟前，长时间地默哀。他无论如何也想不到自己的军乐队会全军覆没。

那颗炮弹仅仅炸掉了古巴列夫的几根手指头。古巴列夫是军乐队中最幸运的人了。

手指没有了，无法指挥乐队了，他只能离开军乐队。

不久，古巴列夫沦落为一个到处流浪的、可怜的、肮脏的残废军人。

流浪着的古巴列夫，对俄国很伤心。他没想到沙皇会这样对待残废军人。要知道，他和他的小伙子们，一直是把沙皇当成慈父一样看待的。

战争还在继续着。

古巴列夫决定离开俄国，到远离战争的地方，或者去生活，或者去流浪。

临行前的那个夜晚，古巴列夫喝了好多杯劣质烧酒。然后，一个人在被炮火摧毁的公园的长椅上，孤零零地坐了很久，后来他伤心地恸哭起来。是啊，俄国，的确让这个军乐队的指挥失望了。

在一个景色宜人的天气里，古巴列夫搭乘布拉戈维申斯克号火轮船离开了俄国。随船沿着一泻千里的黑龙江和松花江，来到了中国的哈尔滨。

二十世纪初的哈尔滨，像刚刚开发的美国西部一样，哈尔滨城里到处都在造房子。马车、扛木头的力工，人来车往的，十分热闹。据现存的资料统计，当时至少有十多万外国流亡者和十多万从山东、河北等地来的本国流民（加上散居在这一域的土著）汇聚在这里，他们共同建设自己新的、梦幻般的家园。

这种热闹异常的拓建场面，是负责修筑中东铁路的决策者们所始料不及的。他们原打算把这儿称为"松花江镇"，作为中东铁路沿线上的一个铁路大站而已。但没有料到，中外的这些流民像是有一个共同的秘密约定一样，全都涌向了这里。

看来事情发生变化了。于是，决策者们当机立断，将"松花江镇"改成"哈尔滨"。并一切开始按照着城市的规模来思考它、规划它、建设它了。

满面胡须的古巴列夫背着肮脏的背包，走进了这座处处都在大兴土木的新城市。

古巴列夫的艺术感觉，在走进城市的一瞬间，死灰复燃了。他觉得眼前的一切：忙碌的外国人、中国人、未完成的教堂建筑、泥泞的土路、参天的古榆树、浑黄的松花江，等等，等等，应当是一出前所未有的、大型歌剧里的场面呵。

古巴列夫在松花江边一个打鱼人废弃的马架子那儿安顿下来，这就算是他的家了。一路上，他不知道居住与遗弃了多少这种样子的家。

他支上木架子，吊上锅，生火做了他来到哈尔滨的第一顿饭。

松花江水从古巴列夫面前大片地流过去。白色的江鸥像跳动的音符一样，在水面上翻飞。一艘和伏尔加河上一模一样的大拖船，正载着一堆小山一样的圆木靠岸。古巴列夫的灵魂里突然有了一种史诗般的感受。

之后，古巴列夫开始造访这座新城市里的人们。他想知道更多的有关这座城市的故事，收集他艺术创作的素材。

古巴列夫每天傍晚，都面对着那火一样红的落日，坐在松花江边的马架子旁（守着他制作的几把简易的渔竿和一堆篝火），整理笔记。这期间，他有幸阅读了远东旅行家阿涅尔塔在1896年逆松花江而上（并深入满洲）的探险日记。古巴列夫了解到，在上个世纪末，这里还是一片到处是沼泽与水汊的荒地（偶尔才能看到江边几个打鱼人临时住的窝棚）。自古以来，这里还是一个人迹罕至的地方。

古巴列夫同时了解到，"哈尔滨"一名，是根据某个语种的发音写出来的（俄语写成"哈尔比恩"，日语写成"哈普比恩"，中国人写成"哈埃尔比尼"）。对这座城市的名字，一直有着多种多样的解释，譬如满语是"残渡""渡口"的意思，蒙古语是"黑色的河滩"，或者"高岸""平地""快乐的坟墓"的意思，等等。后来，也有人把"哈尔滨"一词解释为"光荣与梦想"。这真是一座谜一样的城市，古巴列夫喜欢这座中国人的城市。

由于古巴列夫是俄国人，加上他的上校军衔，又是沙皇军乐队的指挥，再加上他是一个（风尘仆仆从远道而来的）对俄国失去信心的流亡者，圣母报喜大教堂的执事收留了他。那是大雪纷飞开始的冬天，江边的马架子不能再住人了。任何一个流浪汉都不可能在马架子里熬过一个漫长的冬天。

教堂的执事，安排古巴列夫住在教堂忏悔室里间的小屋里。

白天，教堂忏悔室的事很多，神父全天都在听一个又一个流亡者声泪俱下的忏悔，听他们迷乱而沉痛的呓语。他要充满爱心地、充满怜悯地安慰他们。做神父太难了，他的肚子里整天都装满了痛苦与羞愧的人间故事。

夜晚，忏悔室才清静下来。所有流亡者的哭泣声都隐藏在墙壁里了。严寒的四野静悄悄的。蜘蛛在墙角无声地织着它的网。这时的忏悔室里，只有古巴列夫一个人。

冰凉的月光，将风琴旁的古巴列夫镀上了一层细腻的银色，看上去，古巴列夫像一个圣徒。他正在构思着，他将谱写的这出大型歌剧叫《哈尔比恩》。

古巴列夫觉得自己更喜欢"哈尔滨"是"快乐的坟墓"的说法。他觉得这本身就是一种旋律呵。因为他了解到，当地的满族人死后，都将安葬在这里的一棵古榆树之下，这是他们奇异的风俗（这儿到处都是粗壮参天的古榆树林。一位叫斯叶阿的俄国女人说过，这里的"每棵树都是一座墓碑和艺术陵墓！"）。古巴列夫想，这不正是一个极好的舞台场景么？

柔和的月光下，古巴列夫展开了他艺术的遐想，歌剧的第一场应当是这样：松花江边少数民族的民间贸易和满族古老的宗教活动；天幕上到处是沼泽、湖泊，水鸭子、田鹬，还有那座简易的马旱桥，以及隐藏在榆树林里的土地庙……让观众看出，这儿是生者与死者最好、最快乐的灵魂栖息地（满族人眼里的死亡，意味着另一个健康的、充满活力的灵魂的新生）。在舞台上，还要按照中国人的佛教，做一个像俄国乡村磨坊风车一样巨大的"法轮"。支撑风车的架子，就是一棵盘根错节的古榆树——剧中的人物就在那儿生息。

多少天来，古巴列夫都为自己的构思，自己的艺术创作，激动得彻夜不眠。

古巴列夫知道，演员和舞台是不用犯愁的。战争逃难的狂潮把许多经验丰富的演员、歌剧演唱家、音乐家、话剧演员、器乐演奏家带到了中国的哈尔滨。他们当中有亚美尼亚人、格鲁吉亚人、塔塔尔人、波兰人、犹太人、立陶宛人、拉脱维亚人和爱沙尼亚人。这些演员已经自发地在这座新兴的、流亡者聚居的城市里，结成了新的表演团体，还上演过不少优美的歌剧、话剧、滑稽歌剧、交响乐、室内音乐，以及波兰芭蕾舞，等等。所有的演出，都是在典雅的"波兰先生"和"商务俱乐部"公演的。古巴列夫想，这些人和剧场都将成为《哈尔比恩》的基础。

古巴列夫是在"康季莲娜"乐器商店（康季莲娜商店是远东地区最受欢迎乐器商店，它同欧洲和美洲各大公司保持密切的业务联系，它可以把欧洲最优秀的唱片、乐谱、琴弦以及其他音乐物品引进来）结识的他们。当这些演员得知古巴列夫先生正在写一出表现流亡者在远东流亡生活的歌剧时，都表现出极大的热情。

古巴列夫请他们到啤酒店喝啤酒。在豪饮中，这些流亡的男女艺术家了解到古巴列夫不仅是沙皇军乐队的指挥，而且还是一位了不起的艺术天才。当然，更重要的是，这位军乐队的指挥现在还跟他们一样，也是一位背井离乡的流亡者。同是天涯沦落人，相逢何必曾相识啊。

当古巴列夫的大型歌剧创作，进入尾声的时候，日本人侵占了这座城市。

城市一时清寂得很，到处都是荷枪实弹的日本兵。一种不安全、不吉祥的影子，已经附在每一个流亡者的灵魂里了。世外桃源的美梦破灭了。

古巴列夫创作的大型歌剧《哈尔比恩》还未出笼，就夭折了。

战争也扼杀艺术呵。

我认识古巴列夫先生，已经是二十世纪六十年代的事。

岁月不经混呵。

六十年代的古巴列夫上校，已经是一个地道的俄国老人了，背驼了下来，几乎成"F"形了。人也变得邋遢与肮脏不堪。当他驼着背出现在这个城市的街头时，谁也不会想到，这个俄国老人曾是沙皇乐队的上校指挥。

在中国经历着连续三年的困难时期，全中国人都在挨饿。许多流亡在这里的俄国人，都相继离开了这座城市，或者回国，或者去了澳大利亚等一些欧洲国家。饥饿也是流亡者迁移的一个重要原因。

在六十年代，差不多所有的外国人都走光了。只剩下极少一部分无国籍的犹太人和白俄。

古巴列夫是其中的一位。

圣母报喜教堂，也人去楼空了，荒废了。那里没有钟声，没有神父，没有忏悔，只有老古巴列夫一个人。

……

那几天，外面一直在下着很冷的秋雨。忏悔室里的空气有点儿潮湿。老古巴列夫脸色异常苍白，像战俘那样披着一条毛毯坐在床上。房间里的灯光很暗，外面的急雨不时地敲打着窗玻璃。

古巴列夫见我进来，便对我抱怨地说道："太冷了，这个该死的天气。"

我用自行车给老古巴列夫驮来了两麻袋碎木板。这些小木板是铅笔厂的一个朋友帮我搞来的，是一些做铅笔剩下的小木板。它不用劈，引火取暖很方便。

多少年来，古巴列夫像许多流亡在这里的俄国老人一样，喜欢酗酒了。中国政府发给他们的救济金，差不多都让他喝光了。

我吃力地把麻袋里的木块拖进忏悔室（忏悔室的外间也归古巴列夫所有了，那里堆放着各种发霉的杂物）。

我脱掉水淋淋的雨衣后，替古巴列夫点上壁炉。

火升起来了，屋子里也立刻显得暖和起来。我冲古巴列夫眨了一下眼儿，像变魔术一样，从怀里取出一瓶白酒和几根力道斯（俄式红肠）晃给他看。老古巴列夫像猫一样地笑了。

我切好香肠，又分别将酒倒在两个玻璃杯里，互相碰一下杯，我们开始喝酒。

——我们经常这样简简单单地喝酒、聊天儿。我们是朋友了。

古巴列夫的汉语水平已经相当不错，是一个地道的中国通了。

我多少喜欢一点音乐，特别是俄罗斯音乐。我想，我的这儿点特殊癖好，恐怕同曾经生活在这个城市里的欧洲流亡者的影响有关罢。

最初结识老古巴列夫，缘于从教堂忏悔室里飘出来的风琴声。风琴演奏得非常优美，打动了我，也吸引了我——我和老古巴列夫是这样认识，并成为朋友。

我常到古巴列夫那间忏悔室去，听他的演奏。说真的，我有点崇拜他。

古巴列夫的确是一个出类拔萃的艺术天才。

记得有一次，师大艺术系的朋友想请一位高手给学生的毕业钢琴考试做一次辅导。我立刻推荐了老古巴列夫。并特别叮嘱校方一定付给他应得的报酬。

古巴列夫夹着一卷儿乐谱随我去了师大艺术系。

那几位女学生绷着脸在钢琴前逐个弹给他听。很显然，肮脏邋遢的古巴列夫的到来，让她们有一种上当受骗的感觉，她们眼里的老古巴列夫无异于一个乞丐！

古巴列夫坐在角落里静静地听着她们的演奏。大约是年事已高的缘故，他听着听着，就睡着了。我叫醒了他，请他给这几个女学生做一个示范。

老古巴列夫驼着背，笨拙地挪到钢琴前，坐下来，并将自己带的那本肮脏的乐谱翻开——就是他自己创作的《哈尔比恩》。然后，他开始用残缺不全的手指演奏起来。进入演奏状态的古巴列夫，看上去是疯狂的、沉迷的，时而充满柔情，时而泪流满面。总之，完全换了一个人。骨子里的古巴列夫的确是一位疯狂的、有着极大艺术魅力的演奏家。

几个女学生被古巴列夫精湛的演奏，和他所演奏的神奇乐章所折服了。

演奏之后，她们问古巴列夫老师演奏的是什么曲子？怎么从没有欣赏过，太美了，太前卫了！

老古巴列夫有些凄凉地说，乐谱叙说的是哈尔比恩的昨天……

在忏悔室里喝酒的时候，老古巴列夫颇神秘地告诉我，他马上就要死了。

我没说什么。说心里话，我已经意识到了这点。

他说，他本来想把自己创作的《哈尔比恩》的手稿送给我，留做一个纪念……

可他又不得不解释说，屋子里太冷了，仅剩的几块木板都被雨水浇透了，屋子里所有的废纸全烧光之后，也没将木柴点燃，最后只好用《哈尔比恩》的手稿……

他摊开油腻的双手，样子古怪地说，朋友，全部烧光了，怎么办？

我点点头，示意我们继续喝酒。

老古巴列夫看了我一眼之后，开始流起泪来。

我俯过身子，拍着他的手背说，上校，这不是你的错嘛。

古巴列夫的老伴儿早已经作古了，安葬在南岗文化公园的俄侨公墓里。

早年，哈尔滨外国人的公墓很多，像俄侨新墓地，犹太墓地，日本墓地，波兰墓地，基督教墓地，等等。许多流亡者都相继死在了哈尔滨——只有他们的灵魂才能踏上归乡之途了。

古巴列夫常去俄侨公墓看望他的老伴儿。春天来到的时候，他带上一束迎春花和一束"毛毛狗"，放在老伴儿的墓碑前。然后，坐在墓碑那儿，开始用小提琴给老伴儿演奏《哈尔比恩》和其他一些俄国曲子。

老伴儿回到上帝那儿去了。

古巴列夫真的很想念她。

老伴儿死了以后，开始由老古巴列夫自己在每天的早晨到华梅西餐厅（即过去的马尔斯西餐厅）买早点了。

每天的清晨，华梅西餐厅都要固定供应在这座城市里客居的流亡者欧式早餐。早餐有烤面包、新鲜的牛奶、奶油、红肠和酸黄瓜，等等。价格都很便宜（一俄磅面包才相当于四戈比）。

——哈尔滨是一座让众多的外国流亡者眷恋不已的城市呵。

看到老古巴列夫来买早点，那个中国的胖厨师便好奇地问，上校，你的老伴儿怎么这几天一直没来呀？

老古巴列夫画了个十字说，她死了。

在二十世纪的八十年代，滞留在这座城市的外国流亡者差不多都故去了。华梅西餐厅专门供应侨民早餐的业务也随之冷清了下来。

那个胖厨师仍然站在餐厅的门口，像往常一样，向大街的尽头望去。他在期待着他的最后一个顾客——上校古巴列夫先生的到来。胖厨师总是设法给古巴列夫准备最好、最地道的俄式早餐。

一连几天过去了，古巴列夫一直也没有出现。

胖厨师放弃了等待，仔细地关好了餐厅的大门。

这是 1986 年冬天的事。

八十年代的哈尔滨城，与八十年前完全不同了，它现在变得非常出色。

古巴列夫在一家小医院里停止了呼吸后，窗外的大雪就像歌剧《哈尔比恩》中流亡者们的圣诞之夜一样，纷纷地飘落下来。

四棵松

黑龙江下了第一场雪之后，我去了苇河镇。

过去我是一个卡车司机，经常在黑龙江一带转，对黑龙江很有感情。粗粗地一算，七十年代至八十年代，二十多年来，我差不多把黑龙江的山山水水都给走遍了，屐痕累累呀。这些经历已经成为我的精神财富和生命伴侣了。

的确，有时候人的感情是很脆弱的，白驹过隙，猛然间，你会突然停下来，对早些年去过的那些乡镇有一种深深的眷恋，"谁知远客思归梦，夜夜无船自过湖"啊。如此的梦魂萦绕，便总惦记着再去那里看一看。

早年，去苇河是这样一个行程：先从省城哈尔滨乘火车到尚志县，下了火车，再转乘那种简陋的、夜间行车时，需旅客自带蜡烛照明的森林小火车。森林小火车蛇一样地在山沟沟里逶迤了大半夜的时间后，才能到达苇河。冬季的黑龙江天黑得早，坐在森林小火车的车厢里，看着烛光摇曳下的一张张旅客的脸，看着车窗外雪光掩映下的黑森林，心中有一股说不出的滋味。

不仅仅如此，倘若赶上满天风雪的日子，剽悍的大雪将森林小火车的轨道一埋，前途白茫茫一片，全部是齐膝深的雪，火车肯定走不了，只有将轨道清理出来才能恢复通车。这样的事我是经历过的，小火车迟迟不来，一群人只好在那个木刻楞的候车室里待着，瞅着窗外的漫天大雪发呆。那是一种什么滋味呢？流放？逃亡？被遗弃？归乡？回家？五味杂陈，愁肠百结呀。

或许正唯如此，我才更加留恋那些有声有色的日子。

而今，黑龙江境内都修了高速公路了——高速公路比火车快，而且比火车便捷，驱车去苇河，至多三个小时的时间，不必要把车开得特别快，稳稳地走吧，深情地"抚摸"一下周边的景色，你的灵魂会变得更加纯净，于纯净的感受中会不知不觉地流下泪水来。那种享受无与伦比。

黑龙江的冬季，下午四点钟天就开始黑了，有的时候天黑得会更早一些，三点多钟，太阳就沉入藕色的雪山了——这也是记忆中的一景呵。

当车子从北门开进苇河镇的时候，整个镇子已是暮色四合，街灯初上了。我先找了一个简陋的小旅店安顿下来——简陋的小旅店才是充满生活气息的地方呢。再说，鄙人毕竟是一个来自城里的穷作家呀。

安顿下来之后，便出去吃饭。

出了门，哦，大雪竟悄然而至。

在去找饭馆儿的雪路上，我还在想，老阿，你到苇河有什么目的吗？答案其实是，没有，什么目的也没有。而且在这个镇上也没有什么朋友了，先前苇河的那几位朋友有的已经调走了，有的甚至到京城当官去了，有的人故去多年了，女人改嫁了，有的人多次联系不上，已不知去向。"西出阳关无故人"喽——纷纷的落雪之中，这样的人生滋味，孤独的旅人难以堪负啊。

……

小镇似乎是为了节电，辅街土路上的街灯不多，远远的、一跳一跳地在雪舞中亮着。走在新雪的镇上，心中弥漫起一股久违了的亲切。

在黑龙江境内，乡镇上吊着一个幌儿的饭馆自然是不大的。撩开饭馆那个用来阻挡风寒的厚棉门帘子，看到里面只有两个吃客，其他的饭桌都空着。小饭馆里非常的热，屋子中央的那个铁炉子将炉盖儿都烧红了，炉子旁边是一堆劈好的桦木烧柴。苇河镇的四周，是绵延不断的山峦，这一带不仅利于形形色色的部队出没与隐藏，而且住在附近的老百姓烧柴也很方便。

不知为什么，多年来我始终喜欢去靠窗的位置坐，似乎那儿是一个舒适的驿站，只有坐在那里心才会宁静。我便选择了那个靠窗户的位置坐下来。透过窗玻璃上的那一版图案狰狞的霜花，我看到外面仍在下着雪呢。瞬间，我想到念中学时读过的那篇课文《林教头风雪山神庙》：那雪正下得紧……

尽管一个人吃不了多少，但是，这些年来心里一直馋着小镇上的吃食哪。今天"回家"，好好地解解馋吧。于是，要了一个小鸡儿炖蘑菇，一个油炸小河鱼儿，凉拌大豆腐、蒜泥血肠，主食要了一大盘子酸菜馅饺子。想了想，又加一碗疙瘩汤。我爱吃乡下的疙瘩汤，在我记忆里，乡下的疙瘩汤才地道，吃着才舒服。

见我一个人要了这么一大堆，那个当服务员的乡下丫头捂着嘴巴直笑。

酒呢？酒打多少？憨厚的女孩子问。

我问，这里都有什么酒呢？

这时候，旁边桌的那位瘦瘦的吃客插嘴说，"黑土地"好，醇。

我冲他友好地笑笑，便对站在面前的那个乡下丫头说，那好吧，三两"黑土地"。孩子，记着给我烫一烫啊。

这时候我才注意到，旁边桌上这一瘦一胖的二位，要的菜很简单，一个干豆腐炒小辣椒，一个渍菜粉儿，再就没有什么了。酒倒是不少，两瓶"黑土地"，一人面前一瓶，所谓"手把瓶"。心想，这才是小镇上的喝酒人呢。

见到我要了这么多的菜，旁边桌上的那个胖子转过脸来问我，兄弟，八成是省城来的吧？

我说，是。你们二位呢？

胖子说，我是化一村的。

然后，他又指着那个瘦子说，他是景周村的。这不，我们俩在这儿约好见面，明天一块儿到乌吉密的小九买蘑菇菌去。

乡下人的介绍总是很细，他们都尽可能地把话说周全一些、细致一些，来龙去脉交代得清楚一些，似乎只有这样才显得他们的心是真诚的、亲切的，跟您是近便的、友好的。

我问，化一村、景周村，哟，是不是用张化一和穆景周命名的那两个村子？

他们都点着头说，是啊是啊。咱这一带你也挺熟啊。

我笑眯眯地点点头。

四十年代的时候，当时的苇河还是旧政权的一个县。张化一同志是苇河县的第一任公安局局长。他是"8·15"光复之后，李兆麟将军派往苇河县接收敌伪政权的我党第一位干部。张化一同志到了苇河县之后，首先摘掉了"国民党苇河县党务专员办事处"的牌子，命令他们立即搬出县公署，严令禁止"党专"的一切活动，并收编了苇河的地方自卫团。

围观的老百姓都站在雪地里揣着手看着，没有表情，一声不吭。他们心里没底呀。

这是张化一同志上任第一天的事。工作进行得势如破竹，没有扭秧歌的，没有打腰鼓的，围观的人也极少，一切都在静悄悄地进行着。

说实话，马死人僵，孤悬绝塞的革命斗争大致是这样子的。

……

丛国栋和魏蔚良这两个人，都是张化一同志新收编过来的国民党苇河自卫团的头头，收编后，组成苇河保安一支队，归人民保安大队领导。苇河保安一支队的队长是熊占元，丛国栋和魏蔚良是副队长，但熊占元是我们的人。

同时被李兆麟将军派驻苇河的，还有"开道游击队"的队长李省三同志。当时，开道游击队一直活动在苇河和海林交界的深山密林里，主要任务是负责消灭流散的日军，打击当地的土匪。1945 年 10 月，李兆麟将军就已经将开道游击队改编为人民保安大队，任命李省三同志为大队长，协助苇河县县委书记吴江同志、县长穆景周同志的工作，并统一在公安局局长张化一同志的领导下面，负责维持苇河、亚布力、一面坡、石头河子等地的地方秩序。

这支队伍野战能力非常过硬，全部骑马，出生入死，神出鬼没，被李兆麟将军称之为"死神之旅"。

张化一同志到苇河赴任的时候，乘坐的也是夜里用蜡烛照明的森林小火车。他的战马也被牵进了小火车的车厢里。为什么不骑马去呢？主要是地形复杂，情况也复杂，毕竟刚刚光复。

其实，几名"死神之旅"的战士，已经骑着战马在行驶的森林小火车两侧悄悄地保护他了。

森林小火车的车厢里很冷，至少在零下三十度以下。一路上，张化一同志只好喝着军用水壶里的烧酒，就着干辣椒取暖。坐在冒着浓烟的、蜿蜒穿行在密林里的小火车上，张化一同志脑子里想的，全是如何配合解放军三五九旅消灭流散日军、剿灭当地土匪的事。

所以，张化一同志一上任，立即命令李省三带领人民保安大队到山里剿灭气焰嚣张的地方匪帮刘昨非、韩小胡等部。

这时盘踞在一面坡的土匪刘昨非、韩小胡，在坡镇的"宾宴春楼"设宴，宴请珠河县人民保安队司令马克正。内容是，和谈。当马克正同志带领二十余人到"宾宴春楼"赴宴的时候，遭到了刘昨非等土匪武装的猛烈袭击。马克正立即给苇河的张化一同志打电话求援。张化一命令李省三同志立刻率"死神之旅"前去增援马克正。

李省三的部队走了之后，苇河县只剩下刚刚收编过来的丛国栋、魏蔚良的部队了。

就在这天晚上，苇河第一任县委书记吴江、第一任县长穆景周等同志也到任了，他们也是夜里坐森林小火车悄悄来苇河的。张化一同志亲自到车站去接他们，帮着他们将战马从小火车上牵下来，并告诉他们，食堂都已经把涮狍子肉准备妥了，还有紫皮大蒜。

这是张化一同志上任第二天的事。

烫好的"黑土地"酒上来了，纯粮食酒经热水一烫，变得香喷喷的。我一边斟酒一边问旁边饭桌喝酒的二位。

我说，兄弟，我打听一下，那个老县公署的小楼还在吗？

瘦子立刻放下筷子走了过来，他哈着腰，用糙手"刺啦刺啦"地揩了揩窗子上的霜花，然后说，你瞅，它还在，没扒。该（街）对面的那个"大上海鞋城"，就是老县公署的窝子。

这个改成商家的老县公署，看上去已经相当陈旧了，地基也下沉了很多，像一幢半掩在地下的建筑。密密匝匝的雪花就在它面前悄无声地飞舞着。

对面的那个胖子，一边往嘴里夹着渍菜粉儿，一边呱唧呱唧地嚼着说，你瞅着吧，这房子早晚得扒。街拐角上盖的那个门市楼，知道不？都四千块钱一米了，赶上省城的房价了。还不扒？留它干啥？傻呀？

1945年11月中旬，这栋"县公署"的小楼还在。李省三同志率领部队去增援马克正走了之后，第二天天还没亮，一大清早，丛国栋便走进了雪窗对面的这栋"县公署"的小楼里，并径直去了张化一同志的办公室。

他咣、咣、咣，很响地敲了门之后，喊道，"张局长，请你出来开会。"

就这样把张化一骗了出来。

张化一同志一边系上看着领子上的扣子往外走，一边颇为不满地说，这么早开什么会呀？

当张化一同志往小楼外走的时候，丛国栋从后面悄悄地拔出了手枪，然后冲着张化一的后脑勺开了一枪。因为他们两个人之间一前一后只有半米的距离，因此溅了丛国栋一脸热乎乎的血。

丛国栋长着个略扁的鹰钩鼻子，绰号叫"猫头鹰"。

成功地枪杀了张化一同志之后，丛国栋、魏蔚良带领他的土匪残部，立刻将县公署团团围住，将刚刚上任的苇河第一任县委书记吴江、第一任县长穆景周等小楼里的七名共产党干部、战士，全部抓了起来。他们昨晚与张化一同志开了几乎一夜的会，个个都非常困。当时他们正在睡觉呢。

丛国栋、魏蔚良将他们捆了起来，拉到了楼外。就在小饭店对过儿那幢小楼的门前，站一排。漫天飞舞的大雪仍在密密麻麻地下着。

丛国栋命令伙夫，从县公署里拖出来一张长条桌子，在县公署外面搭了一个野灶，安上铁锅，摆上菜墩儿、烧酒。然后，他走那一排人的面前，亲自将其中的一个战士的上衣剥光，抽出绑腿上的匕首，豁开战士的胸膛，掏出这名战士的心脏和肝脏，双手捧着，走过去扔到了菜墩上，让伙夫切成片儿炒了。

伙夫在铁锅上炒熟后，端给坐在长条桌后面的丛国栋和魏蔚良，当下酒菜。

丛国栋边一边呱唧呱唧吃，一边对围观的老百姓说，屯迷糊们，看明白没有，从今天开始，苇河县又归我们管啦。

说完，他问旁边那个长着一双斗鸡眼儿的魏蔚良，兄弟，够不够吃？

魏蔚良一脸苦难地说，不太够……

这个魏蔚良曾经是国民党委任的苇河县临时县长。

丛国栋说，妥，我再去开一个。

……

这样，两名战士的心脏和肝脏被他们下酒吃掉了。另外几个人被丛国栋和魏蔚良关押在县公署的地下室里。

这是张化一同志上任第三天发生的事。

丛国栋和魏蔚良这两个人都是老兵痞，头脑非常冷静，他们知道，一旦出去剿匪的李省三回来，他们将会死无葬身之地，那可是一支"死神之旅"呀。于是，他们将部队从苇河镇拉了出来，埋伏在李省三归来途中的那个沟趟子两边——这个沟趟子是李省三回苇河的必经之路。

十多年前，当地的一位史志办的同志领我去过那个沟趟子。通过史志办同志的讲解，我不得不佩服这伙土匪选址选得好。这个沟趟子两边是立陡立崖的峭壁，千丈有余，任何一支部队只要进入到这个埋伏圈，两头一堵，一个也别想跑掉。那个史志办的同志讲，一旦在这里遇到了埋伏，最好的办法是，不抵抗。

为什么？

因为没有用。

我问，李省三的部队抵抗了吗？

他说，差不多全战死了……

我看到他说这话的时候眼睛里含着泪花。

他说，他们不应当抵抗啊。

我就是从这位史志办同志的嘴里知道"死神之旅"这个称号的。

丛国栋、魏蔚良将捉到的李省三等几名战士，押到苇河的北门那儿，枪杀了。那一路上，丛国栋和魏蔚良一直低着头走路，他们不敢看李省三的眼神。在李省三的眼里，他们是一些无名鼠辈，是一些扯鸡巴淡的人。

那位史志办的同志说，每年的清明，当地老百姓都到这来烧纸，摆上酒，摆上供品。老百姓跪一沟啊，那哭得……

我突然想起来了，我开车进苇河镇，走的就是那个北门。是啊，我应当停下车来，在那里祭祀一下。

杀害了李省三之后，丛国栋、魏蔚良，立即返回苇河，将关押在地下室里的县委书记吴江、县长穆景周，保安大队长熊建元，科长关英杰，还有一个小战士，押往四棵松准备枪杀。那天也是下午四点钟左右，暮色四合的苇河镇如同下了霾一样，整个县城灰蒙蒙的。这一队被押往刑场的人影在雾里移动着，四周一点声息也没有。

途中，县长穆景周冲那个小战士使了一个眼色，然后，自己开始大喊大叫，又蹦又跳，一时间，雾里移动的这一行人就乱了，吆喝声、咒骂声混杂在流曳的雾霭里。

穆景周同志用这种方法掩护着那个小战士逃跑了。

这个逃跑了的小战士就是张化一同志的警卫员。

我因为对哈尔滨的地方史略有兴趣，所以知道穆景周这个人。穆景周毕业于哈尔滨商业学校（离我在哈尔滨的居所仅隔一条街，平日我总去这个已升为学院的操场散步），后来，在滨江小学当过国语教员。1923年任哈尔滨《晨光报》主笔，1926年任《哈尔滨日报》的社长。曾经参加过南昌起义。不仅是一个知识分子，也是一个有才能的、忧国忧民的作家。他遇难的那一年，只有四十七岁。非常可惜。

那个小战士逃跑了之后，丛国栋立刻感到大事不好，他知道那个小战士逃跑对他们意味着什么。于是，立即指挥加快速度，快走！快走！几乎是半跑着，将吴江、穆景周等同志连推带搡，押到四棵松，一阵乱枪，将他们杀害之后，马上拉杆子逃到山上去了。

苇河镇的四周，全部是绵延不断的山峦哪。

那个小战士逃跑之后，连夜奔一面坡。三五九旅就驻扎在那里。大雪与酷寒并不是美丽的，而是死神撒开的一张巨网，可赏而不可行。山路上没膝的大雪，零下四十度的气温，张化一同志的警卫员跌跌撞撞到了一面坡之后，人已经不能站着报告了。报告之后，休息的时候，那个小战士趁人不注意决定开枪自杀。他觉得对不起张化一首长，他没有尽到一个警卫员的责任。

后来，他被抢救过来了。

接到报告，三五九旅立刻派出最精干的连队去消灭这伙顽匪。三五九旅在剿灭这伙土匪时，包括那个伙夫在内，其他人都抓到了，唯独没有抓到丛国栋和魏蔚良两个人。

后来，那个伙夫在茅房里自己吊死了。

不管怎么说，苇河县重新又回到了人民的手中。

旁边桌上的那个瘦子问我，兄弟，这酒咋样？是不是好？

我说，好。

瘦子自豪地说，好！纯粮食酒。

那个胖子却不时地瞅着我这边满满一桌子的菜，笑。

我做了一个无奈的手势，也笑了笑。

小饭馆的气氛特别好，屋子里也很暖和。心想，还是屋里的铁炉子烧得好啊。黑龙江冬天里的春天在各家各户的屋子里，在小饭馆儿里呢。

难得异乡逢酒客，往来故事从头说。几个人聊得非常好。

丛国栋和魏蔚良这两个人都是在七十年代被抓获的。

七十年代的时候，苇河县早已经改为苇河镇了。这一年，化一村的（先前叫"三块石村"）一个老乡得了一种疑难病，经人指点，决定去北京那家私人开的专治疑难病的诊所看看。坐了一天一宿的火车到了繁华的首都北京，一下火车，"麻答眼睛了"，就是晕了。乡下人不认识路啊，打听了好几个人，他们都奇怪地看着这个乡下人，头摇得跟拨浪鼓似的，说不知道那个专治疑难病的私人诊所在哪里。

这个东北老乡站在长安大街上想了想，心里说，还是打听扫大街的吧，他们肯定最熟悉北京的大街小巷了。没想到，他打听的这个清洁工就是丛国栋。虽然丛国栋已经老了，但扁棱的鹰钩鼻子还在，虽然操着一口京腔，但东北味儿还有哇。哈哈。这个老乡没有去那家医院，而是直接去了附近的公安机关，一进门就报告了。

……

北京市公安局的那位警察对正在扫大街的丛国栋说，丛国栋，你黑龙江的老乡来看你来了。

丛国栋看了一眼笑眯眯的警察，又看了一眼这个黑龙江老乡，啥也没说，摘下套袖，把双手伸了过去。

化一村的老乡咬牙切齿地、一个字一个字地，说，丛国栋，你个王八犊子，苇河老百姓都想死你啦，这些年一直也没忘了你，始终惦记着你哪……

魏蔚良是在哈尔滨卷烟厂抓到的。他是被苇河镇景周村的一个老乡认出来的。这个老乡的儿子在哈尔滨卷烟厂上班，他是去哈尔滨卷烟厂看望在那里上班的儿子。在工厂大门口等儿子的时候，没事儿，背着手看看竖立在厂外的烟厂职工的光荣榜吧，没承想，发现长着一双斗鸡眼儿魏蔚良的照片也在上面。他两手抚在玻璃橱窗上，哈着腰，贴着脸儿使劲儿地看着，妈了个巴子的，还真是这个狗日的！心里说，魏蔚良啊魏蔚良，你挺会变哪，还成了烟厂的先进工作者了？整得"挺裕作"呀（挺舒服呀）。行，厉害。

这时候，儿子从厂里出来了，见老爸正趴在光荣榜前看着，不自然地对老爸说，爸，别找啦，没有你儿子的照片。我再努力一年，明年吧，明年备不住你儿子就能上光荣榜了。

老爹瞅着魏蔚良的照片冷笑着说，这可真是冤家路窄呀。首长，这回给你报仇的日子到了。

这个从苇河镇景周村来的老乡，就是早年张化一同志的警卫员，就是在去四棵松刑场途中，穆景周同志掩护逃跑的那个小战士。

又是十一月了，又是个下雪天，漫天皆白，漫山皆白。当地公安机关用大卡车将丛国栋、魏蔚良押到四棵松进行公审。然后，执行枪决。那一天是苇河镇老百姓大喜的日子。扭大秧歌，放鞭炮，过大年一样。镇上的那几家馆子都是挤挤擦擦，满满登登的人。烧酒不够了，小伙计现赶着驴车去烧锅往回拉。

　　我端起了酒杯，站起来，敬二位新结识的酒友。

　　我说，我敬你们二位一杯。

　　二位酒友立马站起来，吃惊地端起了酒杯。

　　胖子问，咋？你是烈士的后代？

　　我说，不是。化一村和景周村的人我都得敬啊。

　　景周村，就是原来的四棵松，明天，我要带着酒和菜，和我新结识的二位酒友，三个人一块儿去祭奠一下壮士们的在天之灵。

侨民的故事

——坦率地说，在二十一世纪，似乎有必要由一个曾经生活在哈尔滨的人跳出来，把这座曾经的流亡者之地的操行做一个小结。

—— 题记

城市老地图

流亡地哈尔滨，也有人称它是中国的小西伯利亚。它有着俄国大西伯利亚同样的严寒与大雪。因此，流亡者的栖息地哈尔滨，绝少非洲的侨民。它太寒冷了，让南方人望而生畏。最初，这里只有一些流亡者建造的简易木板房。西北风像狼嚎一样袭击那几幢零零落落的木板房，袭击着一簇簇的枯树林，袭击着树梢上数以百计的老鸹窝，也扑向远方的那条冰冻的松花江。流亡者们为了抵御严寒，出门需戴上厚厚的、只露着两只眼睛的面罩。这使得哈尔滨平添了许多悲怆与神秘的气氛。

不久，哈尔滨有了砖结构的，炫耀着侨民异国风情的建筑。像民宅、肉食店、餐馆和教堂等等，开始有了一个城镇模样了。有人说，哈尔滨酷似一具吊起来的马的尸体。头是一座小型的基督教堂。这座教堂是哥特式的建筑。这一点我说不很准。它是灰色的，虽然看上去，它的建筑工艺水平稍欠熟练，但它的样子有点像法国的夏乐特乐大教堂。仅凭这一点，就让流亡与生息在哈尔滨的洋人和混血儿们深感自豪——它是爱，热情，美和信仰的化身呵。

教堂的钟声敲响了——

"哥特式"建筑源于罗曼风格。只是罗曼教堂弥漫着沉思与哭泣的忏悔气氛，而哥特式教堂则是凸现祈祷与希望。在我的感觉里，流亡地哈尔滨的这座教堂，是二者兼而有之。

去这座教堂做礼拜，或者去忏悔的，大多是流亡在哈尔滨的、各国的洋人和混血儿，"这个思想与石头的庄严又神秘的巨灵"是那些流亡者的精神之家。由于种种原因，也曾使得这座教堂像一家蹩脚的食杂店，开开关关，几度惨淡经营。有时候，它也像一个生活贫困的老妓女一样，不得不利用黑夜招揽"生意"——这些令人尴尬的事情，仁慈的上帝几度落过泪了，这里免谈了吧。

在哈尔滨的颈部上，最突出的建筑，是一家小型的精神病院，它的格局类似古罗马的奥斯蒂亚城。整个建筑红砖的颜色，像晒干了的人血。在沉血般的大墙的正面，有一个穿堂风很厉害的拱形大门洞，人一旦站在那儿，再被强有力的风一冷一吹，立刻就会觉得自己是一个彻头彻尾的精神病患者了。

这家精神病院是一幢二层小楼，每一个病房里的对话不受语法修辞的限制。精神病患者所有的行为，也从不拘泥于各种各样的道德规范。在这里，一个精神病患者杀死另一个精神病患者，不但不会受到法律制裁，罪犯本人也可以怡然地免受所谓的内心自责之苦。在这里唯一让精神病患者感到恐惧的，是医生和护士。

他们彼此之间永远也分不清谁是狼，谁是天使。

精神病院的厕所经常是屎尿横流。但很快又被打扫得一尘不染，以至于可以用来接待国际红十字会、包括国家元首一级的贵宾参观。一楼还有一个大浴池，给精神病患者淋浴要注意两点：一是水急，二是要使用凉水。在冰凉的激水之下，淋浴的精神病患者都是在引吭高歌，或者放声大笑——让外来参观者无不动容。

这是另一种群人的生活。

这里的精神病患者，绝大多数是流亡在哈尔滨的洋人，以及二次世界大战期间，众多的流亡者们所繁衍出的那一大帮混血儿。破碎之心，使得其中的某些流亡者终于无法忍受背井离乡、众叛亲离之苦，走上了精神毁灭之路。

在二战中，还没有一个国家的领事馆，愿意把他们的痛苦当作是自己的痛苦，帮助他们回到自己的祖国去。精神病院血色大墙的西面，原是一条清凌凌亦有游鱼的小河。它是来自那条松花江的一个小得像毛细血管的支流。当这幢罗马式的建筑被改成了精神病院之后，一夜之间，那条小河就自动改道了，绕离了这里，向别处流去了。使得精神病院的血色大墙之外，多了一条无水的深沟。

深沟里，常有几只野猫和大老鼠的尸体——它们是被精神病患者用石头活活打死的。

如果生活在这里的某位侨民，一旦被五花大绑，送到精神病院的那个穿堂风很硬的大门洞，人就像被吸进了无底洞，永远别指望出来了——那里是一座活人的坟墓。

当时，由于世界对精神分裂症缺乏科学的认识，因此对狂暴型的重患者多是采用"笼养"的方式，以防止出现恶性的伤害事故。

没有人敢走进那几个铁笼子。送饭的方法，是用一个三四米长的铁杆，铁杆的顶端有一个可以放食盆的铁圈儿，食盆放在那上面，由人远远地送进铁笼去，像动物园里喂恶狼一样。他们从此没有祖国和故乡，只有混乱的呓语了。

每至夜晚，就有疯子在那座罗马式的大楼顶上，张牙舞爪，对着井口一样的月亮嚎唱：

别哭泣，别哭泣
迷途的羔羊——
生活总有别离，总有别离。
……

挨着精神病院的，是那座监狱。这座监狱的设计也颇有特色。我想，只要让建筑师们设计一张图纸，哪怕是一张公共厕所的图纸，他们也会尽全力把它设计出特色来。这座监狱的外形酷似蒂沃利要塞。它的样子像一座方形的城堡，四周是圆形的，顶端有长城似的垛口。大墙四周几乎没有窗户，只有一个紧紧关着的小门。小门它打开的时候并不多，偶尔有灵车、运垃圾的马车从那儿出进。小门之前的那一块黑土地，是被犯人们的大嘴吻过最多的地方。无论是将要被关进去的犯人，还是刚刚释放出来的犯人，都会在那里跪下来，吻一吻那里的黑土。这种行为，几乎成了监狱门前的一出真假难辨的时髦戏了。

这所监狱里，关押着各种各样的犯人。其中相当一部分罪犯，是来自流亡地哈尔滨以外的罪犯沃土。

这里关押的女犯人，占犯人总数的四分之一。她们中间有十七八岁的少女和六七十岁的老妪。不要以为女犯人比男犯人好管理。女人天生就是一个麻烦，成了犯人之后，这种麻烦就会扩大十倍。她们几乎天天吵闹，说下流话，提一些让人头痛的要求，相互厮打，毫无廉耻可言。女人到这种地方还有什么好说的呢？不过，用女管教去管女犯人就显得容易多了。女人似乎比男人更懂女人的心理世界。

这里关押的犯人，可以说是一些聪明绝顶的人。他们的才华，胆量，机警程度，都没的说。只是他们用错了地方，或者把时间表搞错了，于是他们成了这里的犯人。人进了这里，就再也没有自己的名字了，他们被编成了号码。其实，数字发明的第一天，就是使用在计算"猎物"上的。这之后，才有了数学。有了电子计算机，有了航天飞机。某些科学的起源，并不是那么光彩的。

在如诉如泣的《离别》歌声中，有的犯人被拉出去枪毙了。早些时候，还使用过绞架。每年都有几个犯人在那里被执行了绞行。那可是流亡地哈尔滨最早的景观了。

流亡地哈尔滨的躯干部分，是哈尔滨的主要街市——涅克拉索夫大街。从十九世纪开始，街市的小型商业活动就一直没有停止过。马克思把政治和经济合成一学，是有道理的。无论是什么主义，没有商业活动是不可思议的。人的一生，有相当长的时间，都在自觉或不自觉地参与这种商业活动。涅克拉索夫大街，便是这种心理的产物。

在涅克拉索夫大街上，有一家叫"哈尔滨客栈"的小旅馆。它是一溜中国式的青砖瓦房。房顶上的灰色土瓦，已经陈旧不堪了，瓦缝之间长着草。这溜平房的原主人，是一位从江南流放到边城的人士。整个建筑，凸示着江南园林建筑小巧秀气的风格，以及儒雅淡泊的处事态度。在寒冷的流亡地哈尔滨，看到这样的建筑只有叹息了。临时寄宿在这里的旅客（都是做一些小买卖的人），一昼夜的工夫，就会被中、西两域流亡者的生存与精神状态，压得喘不过气来。是啊，走进哈尔滨，就等于走进流亡，走进回忆，走进痛苦，走进乡愁，走进宿命了。

这家小客栈，接人待客还是蛮热情的。住在这里的，除了几位到这里做小买卖的小商小贩，间或也有流浪汉、说书人、江湖艺人，以及私奔的情种。他们的到来，总能给哈尔滨的人们带来一些新鲜故事。

哈尔滨太需要故事了。

……

天下雨了，做小买卖的行商出不去门了，哈尔滨的路总是泥泞不堪的。所有的旅客都待在客房里面，抽烟聊天，或者说命运，或者干脆闷头大睡——雨你就可劲地下吧！雨天里，住在"哈尔滨客栈"的旅客也能清清楚楚地听到，从那座基督教堂传出来的湿漉漉的钟声。

挨着"哈尔滨客栈"的，是一家肉铺。那里是牛、羊、猪受刑断命的地方。那里一天天总是鬼哭狼嚎的。那个露天大锅里的水永远是沸腾着，白刀子进去，红刀子出来，是那里的家常便饭。那个矮子屠夫，样子十分剽悍，他杀牛杀羊杀猪，像切豆腐一样不费吹灰之力。他浑身都是血，凶狠的脸上也溅着血点子。一层层的沉血，滞在他的屠衣上，使得他的"血衣"厚而笨重。被宰杀的牲口中，最不安分的就是猪，它拼命地嚎叫，使得在这里瞅光景的闲人看客，个个脸上容光焕发，充满着亢奋的情绪。

肉铺外面的土地，都被血浸透了，变成硬兮兮的暗红色。小旅馆的客人闲了，趿着鞋，披着外衣，叼着烟卷儿，到这里来看热闹。要知道，杀戮，是人世间最引人入胜的一出戏哩。入了夜，肉铺静极了。居然从肉铺里，也一款一款的，荡出了哭叽叽、酸唧唧的《离别》之歌。

……

在哈尔滨后躯干处，还有一家小巧的伊斯兰教堂。据讲，它的样子是仿伊朗的斯法汗大清真寺建造的——这是流亡者的一种有趣的心理。表现着对环境需求的欲望。这座清真寺要比那座塞尔柱王朝的建筑小得多，也逊色得多。不过，它是彩色的，像一幅未来主义的画。每逢星期五的中午，流亡地哈尔滨的穆斯林们，都要到这里来，一排一排地坐好，听主林讲经。这儿显得清静，环境神圣。穆斯林和阿訇们与哈尔滨的流亡者相处得很好，他们个个显得彬彬有礼，温文尔雅。穆斯林的女人，永远是那样精力充沛，说起话来，表情生动，手势也生动，眼珠子特别灵活。笑起来，肆无忌惮。与掩口而笑的南方女子，不可同日而语。

哈尔滨的"四条腿"，是流亡地哈尔滨几条小街小巷，这几条小街小巷的名字，都以俄国、波兰、法国、英国等国的名人的名字命名的。或者叫塞瓦斯托伯尔斯卡雅街，或者叫华沙街，或者叫果戈里大街。这些大街小巷里都有一些不同风格的建筑，或者是别墅式的，或者是单体公寓式的，也有日本式的房子。人走进这里，就等于走进外国了。我的一个自命不凡的、当电影导演的朋友说："要想拍出外国的效果，只要把摄影机架摄到哈尔滨的涅克拉索夫大街上就行了。"这无疑是正确的。

看来，我得节省时间长话短说了。

"哈尔滨"，俄语称"纳哈罗夫卡"，或者"纳哈勒"，即：HAXA。意思是无赖汉、无耻之徒聚居的地方。在十九世纪之初，哈尔滨还是一片沼泽，二次世界大战之后，大批的俄国人，日本人，波兰人，罗马尼亚人，英国人，法国人，希腊人等等，相继流亡到这个地方来。中国当局就鼓励这些流亡者，在这荒无人烟的沼泽地上，建立他们自己的家园，无论建什么都可以。而且免收一切赋税。这是一种闪烁着智慧之光的慷慨。

流亡者的房子，大都建在高地上。低处便是沼泽。因此，房子与房子之间又勾连了一些低矮的木栈桥。黄昏落日，这儿的景观也像彩色版画一样地好看。

冬天，落雪了，看上去，真是无愧于"中国的小西伯利亚"的称号了。栈桥的木栏杆上，落满了黑色的乌鸦。它们的远处，是那轮将落未落的巨大血日。

我们下面将要讲的那些故事，都发生在这里。

这里必须坦率地告诉朋友们，现在我要讲的一切，有相当一部分来自"Dreamland（梦境）"的。

请原谅。

面包师和黑女人

把流亡者的栖息地哈尔滨称作是中国小西伯利亚，是很有道理的。

冬天，这里的大雪铺天盖地，厚厚的，简直能把哈尔滨的一切都淹没了。

行人走在哈尔滨的雪路上，如同登雪野探险一样，雪厚的地方可以没腰。到了这样的季节，哈尔滨的有轨电车已经不能驶动了，有轨车的铁轨被大雪淹没得无影无踪。因此，大雪天出门的人很少。

在这样的日子里，哈尔滨总是静悄悄的，西北风从远处的松花江刮过来几乎是无遮无拦的，仿佛一切都被冻僵了，都静止了。

偶尔从雪地里出现一两个人影，那一定是奔哈尔滨客栈来做买卖的外地人。

哈尔滨那些洋里洋气的民宅都被厚厚的大雪覆盖着。远远地看上去挺别致，尤其是那座流亡者灵魂的栖息地——东正教教堂，矗立在雪中，俨然一幅油画。

当然，哈尔滨的流亡者、混血儿和当地的中国人，不可能一天二十四小时都不出门。做礼拜，买东西，总是要出门的。这样，每家每户，每个栅栏院儿，每条街道，都必须在厚厚的大雪中挖出一条通道——像战壕一样的通道。人走在这样的通道里，感到挺暖和的。而且，这个通道和那条通之间，彼此还能看到对方的头。常有年轻的洋人及混血儿男女，站在雪的通道拐角处，抽烟，说话，或者接吻。

在外面的雪路上，狗拉爬犁多了起来，狗的体重轻，可以称它们是"雪上飞"。几条狗拉一个雪爬犁能够像飞一样在雪地上奔驰。坐在雪爬犁上的，大都是些当地的洋人和混血儿，他们和当地的中国人不同，中国人遇到这样的大雪，轻易是不出门的，待在家里火炕上，喝酒，耍钱，听外地来的说书人说书，或者睡大觉。

哈尔滨一带的中国人，由于地脉寒冷，环境艰苦的缘故，男人或女人都比南方人高大彪形剽悍得多。千百年来，他们已经养成了"猫冬"的习惯（过去冬天还住洞呢，人由梯子从洞口上下出入）。这在那些流亡者的眼里是那样的不可思议。

流亡者尤其喜欢在大雪天里聚会，他们纷纷从不同的方向，不同的雪道中走来，到某一家去聚会。这个流亡者家里的壁炉烧得热热的。主人为客人们准备了甜点心，咖啡和印度茶末儿。他们围坐在椭圆形的俄式大拉桌前，品着点心，喝咖啡和茶，或者打桥牌，或者听留声机里的音乐，或者朗诵本国著名诗人的诗。有时候，两三个人组成一个室内小乐队，演奏世界名曲。洋人们的聚会，常常是纯精神的。估计是远离祖国，远离故土，远离亲人者的另一种生活。

遇到这样的大雪天，大饽饽就要遭罪了。他要和有轨电车的司机、乘务员一块儿去清除有轨车道上的厚厚积雪。倘若是一般的小雪还好办，有半天的时间就能清除完了，毕竟哈尔滨的有轨车线路不长，只有五公里。但天降了大雪就不同了，那需要十几个人干两三天才能清除完，有轨电车才能咣当咣当地开出来。但是，有轨电车因大雪停运是家常便饭。

其实，哈尔滨的晚秋时节，有轨电车也常常受阻。原因是哈尔滨一带树林生长非常之好，非常茂盛，到了秋天，纷纷落叶像暴风雨一样的稠密，尤其是秋风劲吹的日子里，树们狂摇个不停，密密匝匝如同瀑布一样的落叶，几乎让你看不见对面的人了（亦称"叶雨季节"）。地面上铺满了各种各样的落叶，杨树的、槭树的、榆树的、核桃树的、松树的，一层复一层，能有半尺厚。当然，有轨电车道上的铁轨也不例外，同样被厚厚的落叶埋起来，影响运行。人们走在铺满厚厚的落叶的路上如同走在沙发床上一样，觉得真是妙不可言。

到了这样的季节，烧柴不用愁了。栅栏院里的落叶，就让你烧也烧不尽。这种时候，流亡者就用收集的落叶和枯枝，烧一桶桶的热水，洗澡，淋浴。有雅兴的洋人还会站在窗户前，姿势不凡地画画，画秋天的景色——有朝一日回到故国，这也是一幅色彩与岁月的记忆啊。

当年哈尔滨的有轨电车，最初是由国际上的某个慈善机构出资援建的。当时只有两台有轨电车。是啊，现在已经没有有轨电车了。应当说这是一个遗憾。有轨电车的寿命如此之短，这是老哈尔滨人做梦也没想到的事，还以为是在他们死后，这两台有轨电车会年复一年，永远地开下去呢——

当年，这两台有轨电车曾是哈尔滨的一个重要风景啊。

哈尔滨的有轨电车上，备有一些洋文画报，报纸和茶水。乘务员不仅售票，还兼卖口香糖之类的小食品。洋人和混血儿爱嚼这玩意儿，蓝色的眼睛，磨着嘴呱唧呱唧嚼，一边嚼一边彼此说着话，像牛反刍似的。有轨电车的乘务员都穿着漂亮的皮夹克，再戴上船形帽，有点像二战时期德军的报务员。

这副装扮的大饽饽，乍一接触，会认为是一个很老实的，很憨厚的人。他长得很黑，一脸密密麻麻的青春疙瘩，嘴唇很厚，牙齿很白，经常张着大嘴打哈欠。大饽饽的母亲来自索马里的摩沙迪沙，是居住在赤道边上的非洲人。居住在沿海一带的黑人，他们当中很多人，或者作为奴隶，被贩卖到美国和英国。或者被迫离开了自己的祖国，去海外谋生。大饽饽的母亲是乘船从索马里渡过阿拉伯海，然后随着漂亮的大帆船，穿过狭长的、状似水黄瓜似的红海，抵达了海面上漂浮着的十多个国家的各种各样垃圾的地中海，再穿过咽喉似的黑海，踏上了陌生的、气候寒冷的俄罗斯大地，最后到了基辅。

俄国人对黑人并不十分歧视，尤其是黑女人，他们认为黑色肤色的女人简直是上帝的杰作。大饽饽的母亲在基辅的一家面包房里揉面团，非洲女人非常有力气，面包房里的老板非常欣赏她这一点。老板用手拍在她的屁股上，感觉像拍在德军的坦克车上一样。当时大饽饽的中国父亲也是那个面包坊里的一个面包师。

不久，这个中国面包师就跟这个非洲女人住在一起了。事情很清楚，生活在社会底层的男女，常常是靠劳动环境获得爱情的。

当时，大饽饽的父亲住在基辅大街上的一个半地下室里。这个半地下室的窗户，有一半儿露在外面的地面上。通过这扇几乎与人行道平行的窗户，可以看见许多走着的皮靴、高跟鞋和警察的大皮鞋。到了晚上，尤其是到了基辅的小雨之夜，窗前的鞋们就少了，只有零星的妓女们的高跟鞋，孤寂的、湿漉漉的、百无聊赖地敲击着地面，让沉睡着的大楼发出清脆的回响。

当时，大饽饽的父亲是个光棍，而那个从索马里来的黑女人，为了多挣些钱，经常在夜里去当妓女。俗话说，两座山不能相遇，两个人总是能相逢的。在这个半地下室的窗前，两个人相遇了。

那是个美丽的基辅之夜，天也下着雨。从远处的教堂那儿，传来的钟声水灵灵的，真好听。大饽饽的父亲把这个黑女人领到地下室里，用毛巾擦干了她脸上的残雨。然后，让她把湿漉漉的衣服脱下来，在火炉前烤一烤。这之中，他们还开了几个玩笑。大饽饽的父亲高兴极了，拿出了酒和酒杯，又找出了香肠。那个非洲女人主动做了煎蛋和非洲人爱喝的汤。

接着，两个人就喝起酒来。

他们大声地说笑着，讲了一些有趣的故事，太痛快了。

接着，那个索马里女人又很暴露地，给这个中国面包师跳起了节奏很强烈的非洲舞蹈。面包师也站了起来，和她一道跳——非洲舞的感染力太强了，它能让你不由自主地跟着跳起舞来。

后来，他睡在了这个身体像海豚一样的黑女人身上。

大馇馇的父亲，尽管年轻，也累得不行了。

那个黑女人像家庭主妇一样，侍候了他一天一夜。

这两个背井离乡的人做得太过火了。另外，亚洲人的体质毕竟要比非洲人差一些的。

大馇馇就是这个中国面包师和那个索马里女人邂逅的产物。大馇馇的出生，恐怕要感谢那个基辅之夜的那场雨了……

那个黑女人从索马里出发的时候，无论如何也想不到，在远隔万水千山的基辅有一个中国面包师在等待着她，将和她结为充满动感的露水夫妻。这就是上帝讲的命运，中国人说的缘分。

黑女人生了大馇馇之后，不久就离开了大馇馇的父亲，去当了一名女佣，并随着那家俄国贵族去了莫斯科。

孩子留给了这个亚洲人。

好在这个非洲的女人，生下来的并不是一个漆黑的孩子。一个黄种人同一个黑女人结合，将来生的是黑孩子还是白孩子，或者是棕色的孩子——简直是一场赌博。

不久，这个中国面包师也离开了俄国，带着基辅雨夜里的爱情结晶，带着一脑瓜子对非洲女人的大惑不解，回到了地处亚洲的祖国，后来，又辗转来到了哈尔滨，并在哈尔滨这个流亡者聚居的地方开了一家面包坊。

哈尔滨可是一个不可一日无面包的地方。

这个中国人烤的面包，可以说是全黑龙江最好的，也是最地道、正宗的。因此，他的生意非常好。所有流亡在哈尔滨的洋人和混血儿都来他这儿买面包，列巴圈儿，果脯列巴，芝麻小糖列巴，供不应求。他几乎成了这里须臾不可离的重要人物了。

——那种长长的、像中国的长方形枕头一样的列巴，烤好以后，从烤炉里取出来，往面案上一摔，嘭一声，整条列巴就拦腰断开了。这说明面包烤得火候正好。

这是他的绝活儿。

大饽饽从小就是在面包房里长大的，他走到哪儿浑身都散发着香喷喷的烤面包味儿。哈尔滨的那些洋人和混血儿，还有中国孩子，经常能看见大饽饽拿着一块面包，边走边吃。

居住在哈尔滨的中国人，把面包叫"大饽饽"。"大饽饽"的绰号，就是这样得来的。

当大饽饽长成大小伙子的时候，他的父亲已经很老了。老父亲已经干不动做面包的活儿了，只在面包房里当技术指导。那些劈柴火，揉面，烤面包之类的活儿，由他两个徒弟干了。

大饽饽虽然是售票员，但他也会开有轨电车。其实有轨电车很好开，三分钟之内就可以学会。但不能开得太快，太快了有轨电车容易脱轨。那就闯祸了。平常，大饽饽很关心国际形势，他对美国黑人反对种族歧视，充满了激情。但是，哈尔滨很少有人知道他母亲是索马里人，是非洲人。大饽饽的父亲对任何人也没说过。

大饽饽长成大小伙子，如同小马驹长成大马了，该上套了。

不久，大饽饽就结婚了，娶的是那个玻璃匠的女儿。那丫头特别爱笑，常常笑得对方直糊涂。她好像有点傻，喜欢在栅栏院的一角蹲着撒尿。大饽饽一次下班回来，正好看见了这一幕，笑了。

"不要脸！"那个傻姑娘说。

大饽饽说，"等着吧，有一天我要娶你做我的老婆！"

傻丫头听了，蹲在那儿笑了起来。

这姑娘其实很纯洁，长得虽说不好看，但也并不难看。

老面包师去玻璃匠那儿做客，看到了儿子提到的这个爱笑的丫头。老面包师抽着烟斗同玻璃匠把儿女们的婚姻大事定了。

结婚的那一天，面包师亲手烤了一炉面包，他烤的面包真是棒极了。

大饽饽跟这个丫头结婚不到一年，他脸上那一层亢奋的青春疙瘩就完全消失了。他们夫妻的感情非常好。

在有轨电车上当乘务员，没有不贪污票款的。大饽饽当然也不例外。如果不是这样，就会被自己的同行瞧不起，遭到他们的讥笑。为了对付乘务员贪污票款的行为，有轨电车规定，任何一个乘务员，上班都不许带钱，如果带钱，必须事先通知调度。而且，对行为可疑的乘务员可施行搜身。但是乘务员们个个都很聪明。一个欧洲人曾经说过，"是由于智慧，造成贫富之间的差别"。冬天的时候，乘务员把贪污的钱拧成一个"小酒盅"，再舔上点儿唾沫，有轨车行驶当中，瞄准好车厢外面铁电缆杆子一投，"小酒盅"就沾在上面了。这样，等到下了班，被调度搜过后，再一身轻松地去那个铁电缆杆那儿，把钱取回来。

为了不让有轨电车队的官们察觉自己的贪污行为，大饽饽伪装得很穷。在八月十五中秋节这一天，一般地说，再穷的人，上班也会带几块月饼，或者其他好吃的东西。但在这一天，大饽饽带的，却是一块干巴面包和咸菜。

调度一旁看在眼里，气得牙根咬得吱吱直响。

大饽饽一边啃干面包，咬咸菜，一边大谈国际形势。他认为美国的黑人应该发动一场革命，像毛泽东同志领导的秋收起义那样，揭竿而起，推翻万恶的美国统治集团。

在涅克拉索夫大街上，老面包师一边让擦皮鞋匠擦自己的靴子，一边吸着烟斗环视着两边的街景：哈尔滨的洋娘儿们、哈尔滨的杂种、哈尔滨的各种各样的欧式风格的房舍，和隆隆驶过的有轨电车。同时，他们也会想到那个离他而去的非洲女人。他听说，那个非洲女人因为受不了莫斯科的严寒，他走后的不久，她就回到赤道边的索马里去了。

老面包师的眼前又浮现出那个索马里女人给他跳非洲舞的样子。

老面包师一边吸着烟斗，一边对老擦皮鞋匠说："世界上只有非洲舞最绝，他们一跳，你就会忍不住跟着他们跳。"

擦完靴子，老面包师开始往家走了。他一边往家慢慢地走，一边品着眼前的一切。他觉得，生活在哈尔滨这个地方，还算不赖。

大饽饽和他的傻媳妇生了一个丫头，居然是黑色的。这老面包师喜欢得不行，流泪了。

猎人罗伯茨和他的小木屋

在哈尔滨的流亡者当中，有一个"专职"的猎户，叫罗伯茨，是个加拿大人。罗伯茨住在涅克拉索夫大街最尽头，还要往前走二里远的地方。俨然是这一地区的一个寂寞的前哨。靠着猎户罗伯茨宅院的西边一侧，是一片近乎沼泽的荒地。那一带野草茂盛得令人难以置信。各种野草都有一人多高，利箭一样密密麻麻地挺立着。人走进去，拨动一簇一簇的草茎，会发出海涛一样的清脆而潮湿的撞击声。看来，所谓"草气袭人""草声袭人"，绝非妄言。沼泽地带的野鸭子很多，难以数计，是它们天然的乐园。纵观四野，这里给人的是原始社会的印象。

这儿几乎成了罗伯茨私人的猎场了。他每天都要到这里走一走。

罗伯茨有一条白色的、相貌凶恶的大司犬，整天形影不离地跟着他，像弹钢琴那样，在松软的土地上跑。罗伯茨打下的野鸭子，那条大司犬会像箭一样蹿出去，在浓密的草丛中，水沼里，把还直扑楞翅膀的野鸭子叼回来。伯罗茨立刻扭断这只野鸭的脖子，再把它别在自己的腰带上，继续寻找新的猎物。

罗伯茨和他的下司犬，是这一带的霸主。在这儿，猎户罗伯茨干得非常悠闲，他并不想多打猎物，尽管这是他的日常生活。

罗伯茨极少与哈尔滨的其他流亡者和混血儿来往。但他却非常守时地去教堂做礼拜，在教堂里，他温柔得像个害羞似的孩子坐在那里，一动不动。

罗伯茨是一个瘦高个子，长得很像俄国的大文豪高尔基，留着一副山羊胡子，有一双粗糙的、暴满青筋的大手。看上去，这个加拿大人至少有五十岁。谁知道呢。

罗伯茨的小屋非常简陋，是哈尔滨地区唯一的一幢木刻楞房子。这幢房子完全是用直径一尺左右的圆木搭砌起来的。房子当中有一个简陋的又透着另一种美、另一种风格的大铁炉子。那炉子像一台欧洲的老式火车头，铁烟囱一直冲出房顶。它不仅是温暖的化身，也是力的展示。大铁炉子是烧木头的，铁炉子旁边堆放着一截一截的桦木。桦木燃烧时发出噼噼啪啪的声音。凸现着生活的情趣，也凸现着房主人的个性。

　　屋子的四壁，挂满了狼、狐狸和熊的毛皮，还有斑斓的蛇皮，以及两杆猎枪。

　　房子里有两件"圣物"，一个是罗伯茨母亲的遗照，那是一个温良的加拿大女人，她正以永恒的仁慈，永恒的爱，注视过着流亡生涯的儿子。另一个圣物，是耶稣受难像。看到耶稣受难的样子，人世间的任何痛苦都不能称其为痛苦了。

　　靠着屋子的西边，有一张样子很蠢很结实的大木床，上面铺着兽皮。罗伯茨常常仰面躺在那上面，将两只脚搭在床沿上，双手做枕，望着天花板。大凡这种时候，窗外常常是大雪飞舞，或者暴雨滂沱，也可能外面正发了狂地刮着大风。罗伯茨躺在铺着兽皮的木床上，一动不动。他的那只下司犬，就趴在床边，机警地休息着。

　　罗伯茨很想念自己的祖国。

　　罗伯茨的故乡在加拿大的渥太华。

　　……

　　加拿大渥太华的气候，像流亡地哈尔滨一样的寒冷，甚至更冷。要知道，加拿大有三分之一的国土属于寒带苔原气候，两万年前，加拿大百分之九十七的国土，均被两千米厚的冰层覆盖着。

罗伯茨的故乡渥太华从十月份开始就下雪了，比哈尔滨要早一个月，而且一直下到翌年的四月份。不过，加拿大人已经习惯寒带的生活了，他们对待寒冷的态度非常乐观——他们喜欢寒冷，喜欢雪，喜欢冰川。罗伯茨对打猎的爱好与选择，是可以寻寻"根"的。其实，加拿大的男人都酷爱打猎。在十七世纪之前，加拿大是印第安人"乌套乌克"部落生息的地方。印第安人在这片宁静的土地上，过着狩猎捕捞、刀耕火种的原始生活（他们就是加拿大的祖先之一）。那儿还有一条大河，印第安人称它是"乌套乌河"。后来改为"渥太华河"。有趣的是，渥太华河北边的人讲法语，而河南边的人却讲英语。

罗伯茨的英语和法语都讲得很好。

河流常被人类作为母亲，也作为国界，亦是两个不同民族、不同文化的界河。

到那条冰冻的松花江上凿冰捕鱼，罗伯茨有一套自制的专门工具。

流亡在哈尔滨的欧洲人、混血儿和那座教堂里的神父，没有人知道罗伯茨为什么到这里来过流亡的生活。

是啊，罗伯茨在流亡地哈尔滨几乎不大与外人接触。与他朝夕相伴的，就是在床边休息的那条下司犬。罗伯茨的性格，有些孤僻。孤僻的性格常常来源于种族，家庭，是上帝所赋予的。要知道，个性就像不同形状的，不同颜色的花朵一样。

到了暮春或者晚秋时节，罗伯茨常常带着他的那条下司犬，去附近的那片林子里过上一两天。在那儿拴一个吊床，用桦木杆和桦树皮搭一个小窝棚，旁边支一个野炊用的铁架子，吊上野味，烤着吃，喝着酒。然后，躺到吊床上，一悠一悠地休息。这是罗伯茨的一个习惯。

......

偶尔到罗伯茨这里来做客的,有两个人,一个是那个后来被人杀害了的英国绅士,一个是敖德萨餐馆里的老板娘娜达莎。那个英国绅士来这里的次数相对少一些。

在晚秋、在暮春时节到来的时候,他和这个加拿大人搭伴到林子里生活上两三天。每次去林子里,那个英国绅士都给这个加拿大人带来一些上好的烟叶。罗伯茨像那个英国绅士一样,也喜欢吸烟斗。他们在一在打猎、野炊、喝酒。

那个英国绅士的野外生活能力很强,而且处事不惊,经验丰富,枪法也非常准,一看就是一个老手。英国人的法语讲得也很地道,这一切,很得罗伯茨的赏识。另一点让这个加拿大人赏识的,就是这个英国绅士从不向他询问任何私人问题。这个英国绅士用法语对他说,"上帝给我们的生命,都是有限的,我们尽可能地过好每一天。"

夜里,两个人一边吸着烟斗,一边款款地聊着。

没有人知道他们在一起都聊了些什么。或许是聊自己的祖国、自己的家乡、自己的青年时代,或许是宗教的、政治的、种族的——还是那句话:谁知道呢。

我们不可能倾听到世上每一个人的谈话,我们只对自己的同类,对命运,对生活,有一个基本的认识就行了。

......

冬天来临了,又到了流亡地被厚厚的大雪所覆盖的季节了。那个英国绅士偶尔也踏着大雪来罗伯茨的屋里看望他。看来,他们是一对很好的朋友,甚至好到了只有彼此沉默的朋友。

......

那个英国绅士被人杀害之后，罗伯茨去参加了他的葬礼。在葬礼上，他嗫嚅地说："先生，一切都像您预料的那样啊……安息罢，老朋友。"

从那之后，那个与英国绅士相好的鞑靼女人的栅栏院上，经常挂上了一对野鸭子，或者野兔子之类的猎物了。

另一个常去罗伯茨的那个小木屋的，是敖德萨餐馆的女老板娜达莎。娜达莎到他那里去，是收购猎物。这是开餐馆所必需的。这种活儿，从来是娜达莎亲自去，她从不让那个当伙计的韩国小伙子代劳。罗伯茨似乎知道敖德萨餐馆的女老板娜达莎什么时候来，在娜达莎到来之前，他会认真地洗个澡，修修面。

罗伯茨有一个自制的大木桶，那是一个可以烧热水的大浴桶。水烧热了之后，他就跳进去，狂呼乱喊地洗着、搓着，愉快地跟那条围着浴桶团团转又狂吠不已的猎狗交谈着，开怀地大笑着。这时候的罗伯茨，像一个朝气蓬勃的小伙子啦。

娜达莎的到来，对罗伯茨来说，是一个盛大的节日。木屋子里的一角，堆满了准备给娜达莎拿走的各种猎物，有山鸡、兔子、飞龙等等，都是上好的货。除此之外，还有蘑菇、猴头、木耳等等其他一些山野菜。这种事总会让人犯糊涂的，这究竟是为什么？难道这就是罗伯茨的生活，罗伯茨的追求吗？

娜达莎来了，一脸的骚情，一身的挑逗。她夸张地扭动着胯骨走，那只下司犬对娜达莎非常熟悉，亲热地往她身上扑。

娜达莎一走进这幢房子里来，罗伯茨感觉到木屋里立刻霞光万丈，阳光明媚，一下子变成了人间天堂。娜达莎像圣女一样，一边脱着衣裙，一边向罗伯茨走来。

娜达莎风情万种地说，"亲爱的，您还等什么？要像那个英国绅士那样，朗诵一首长诗吗？"

罗伯茨像电影大师卓别林那样搓着手，害羞地笑了。

那张用楸子木做的大木床，真是罗伯茨的杰作，它太结实了，不仅可以承受巨大的冲击、巨大的压力，还可以忍受一种发了疯一般的摇晃。罗伯茨在同娜达莎亲热的时候，嘴里总是喃喃地、忘情地呼唤着埃莉卡这个女人的名字。娜达莎非常清楚埃莉卡并不是自己，自己仅仅是她的化身。此时此刻，娜达莎感到无比的幸福和满足。

爱抚之后，罗伯茨又回到了流亡地哈尔滨的现实当中，他满脸歉意地说："对不起，亲爱的。"

"为什么？"娜达莎调皮地问。

"您看，我把您当成埃莉卡了……"

娜达莎快活地笑了，说，"我就是埃莉卡。亲爱的，我和埃莉卡的灵魂是相通的呀。"

通常，在小木屋里，娜达莎总要给罗伯茨做一顿可口的饭菜。罗伯茨坐在桌子边，规矩得像个小学生，幸福地等候着。然后，他们在一起喝酒、吃饭——酒都是娜达莎自己带来的。

到了傍晚，喝得醉醺醺的娜达莎真的该走了。罗伯茨要把娜达莎一直送到敖德萨餐馆去。

一路上，他一声不吱，听娜达莎有声有色地讲着敖德萨餐馆里的笑话，讲她的生活，她的苦恼，她的故乡，讲那个让她永远搞不懂的英国绅士……

罗伯茨冷冷地说："那个英国人是个狗屎！"

娜达莎意味深长地看了他一眼，幸福地笑了。

……

他们在敖德萨餐馆门外，匆匆地吻别了。

"再见，亲爱的，多保重。"娜达莎可怜兮兮地看罗伯茨说。

"谢谢你，亲爱的。再见。"

罗伯茨就走了。

那条下司犬，在涅克拉索夫大街上远远地等着他。

下司犬知道，这种时候，它的主人非常需要自己这个无言的朋友。

不久，位于涅克拉索夫大街尽头上的那幢小木屋，空了。没有人住了。这是那个英国绅士被人杀害之后的事。没有人知道这个加拿大人去了哪里。或许他回加拿大去了，或许去了另外的国家，或许，他仍留在中国，或是在长春，或是在沈阳，或是干脆躲进了原始森林，过着隐居的生活——谁知道呢。

涅克拉索夫大街上那座基督教堂的钟声又敲响了——

哈尔滨的那些流亡者和混血儿，就是在这样的钟声里，演绎着各自不幸的生活和不幸的故事的……

大阪理发馆的女老板

流亡地哈尔滨，又到了一年中最美妙的五月了。

在那条刚刚被春风吹干了的涅克拉索夫大街上，去那家日本人开的"大阪理发馆"烫发和理发的流亡者越来越多了。

春夏之交，是哈尔滨摘帽子的时节呀。

天气渐渐暖和起来了，倘若有身份、有教养、有知识的流亡者，他们的头型发式还像冬天一样一塌糊涂，那就是件很糟糕的事情了。人，在一个新的季节里，总是希望自己有一个崭新的面貌，流亡者自然也不例外。

不仅如此，来自各个不同国家的流亡者都是很自尊自爱的。他们非常清楚，他们在哈尔滨的形象就是自己国家的形象，对一个俄国人来说，那就是代表整个俄国，对于一个法国人来说，那就是整个法国的象征。因此，流亡者的生活再孤寂，困难得再难以想象，也要注意自己的仪表和发型。这样，其他国家的流亡者才会尊敬您，并尊敬您的国家。

尤其到了美妙的五月，这是一个抛头露面的时节。人们经历过了纷纷的落叶，经历过了严寒和大雪，会重新审视自己，也会重新审视自己所熟悉的每一个人的精神风貌。

大阪理发馆，是哈尔滨唯一的一家专门给流亡者服务的理发馆，这是一幢日本式的木板房，哈尔滨的很多人都认为这幢房子的样子很漂亮，很文静，而且看上去也非常舒展。与日本建筑风格稍有不同的是，这幢日本式的木板房前也有一个欧式的栅栏院。院子里种着几株柏树和蹿天杨，给这里平添了几分宁静。有意思的是，大阪理发馆有一个中国式的理发招牌，上半部是木板，下面的红布铰成了宽宽的，像中国古代的战旗。在栅栏院的大门上有一个弧形的横匾，上面用英文和日文写着"大阪理发馆"。在木板房的房檐下，营业的时候还一边儿挂着一个白色的纸灯笼，上面用黑字也写着"大阪理发馆"这五个字。

走进这里，恍惚之间，给人一种身置日本的感觉。

这个理发店的老板娘，是个日本人，有三十六七岁。娘家在日本的神户，下嫁给大阪美发馆的小野君。那时候，老板娘才十六七岁，说起来，还是一个国色天香的绝色女子呢。

日本的大阪，也算是一个国际都市了。第二次世界大战以来，日本的大阪到处是来日本经商和谋生的外国人。那时候，老板娘还是漂亮的小女孩。真是战战兢兢、糊里糊涂当了小野君的新娘了。

老板娘是一个性情温和的日本女人，她会讲英语，而且说得也不错。她在大阪经常接待来自欧洲的顾客，她的英语就是这样东一句、西一句学会的。小野君的美发馆，在大阪也算是小有名气的，许多外国顾客喜欢到他们夫妻的美发馆去美发。他们夫妻俩整天都忙得不亦乐乎。

……

老板娘一边给哈尔滨的流亡者女性烫发，一边不胜感慨地说，"看来，有些名词是很道理的，像蜜月这词。想一想，还真是那么回事。人一生只有一次，而且也只有一个月。过了这个月，就像晚秋里的樱花一样，该凋落了……"

"是啊，是啊。"坐着烫发的洋女人也颇有同感。

这个日本女人无论是给流亡哈尔滨的顾客烫发，还是理发，都是非常认真的。她常说，"一个人的寿命有长有短，命运也有好有坏，但不管怎么说，活好每一天也是非常重要的啊。"

女老板做活儿的手很柔软，给男人刮胡子、刮脸，感觉像情人的手在爱抚着你，让你心静如水，怡然欲睡。老板娘总会按照顾客的意思和爱好去理发和烫发，而且干得很出色，人人都很满意。理完发或者烫完头，她会拿起那面镜子，前前后后地给你照一照，让客人看看镜子里的新发型是否满意。而且，这个日本老板娘还会按摩，理过发之后，她给您捏一捏肩膀、脖子、脑瓜和胳膊。客人感觉自己身上的血液之河全都被打通了，畅快地奔涌起来了。

大阪理发店的老板娘，还是一个活泼的日本女人，当店里没有客人的时候，她经常一个人唱着日本歌，跳起了日本的舞蹈，她跳舞的动作非常优美，日本味很足。客人进来，看到老板娘边唱边跳的样子，就站在一旁欣赏地说，"老板娘，您跳得真是太美了。"说着，还鼓起掌来。

老板娘便不跳也不唱了，气喘吁吁地说，"说起来，怪不好意思的，我在神户的娘家念书那会儿，还是学校的舞蹈皇后呢。"

流亡在哈尔滨的洋人和混血儿看到这位贤淑、善良又活泼的日本老板娘，有些大惑不解，日本有这样好性格的女人，为什么还会成为军国主义呢？

老板娘是一个喜欢和顾客聊天的日本女人。她一边干活，一边聊天，日本这个民族，对男人，从他们还是小孩子的时候就抱有很大的期望，几乎每一个日本人家，都希望自己的男孩子将来成为一个真正的男子汉，响当当地去干一番事业。日本流行着这样一句谚语："花则樱花，人则武士。"这是日本国人的一种心理呀。

说着，这个日本老板娘甜蜜地笑了。

……

老板娘和小野先生所以走散了的原因，是战争。

他们夫妻从日本的大阪坐船，绕过横滨、东京，经过函馆，再到日本海，然后是从韩国到中国的东北来的。他们夫妻俩先在奉天开了一家日本美发馆。不久，他们又乘火车前往黑龙江。在这个过程中战争打起来了，夫妻俩是在逃亡混乱中离散了。彼此再就没有音讯了。

老板娘感慨地说，"开始的时候，我和我的男人想，在中国挣点钱，积蓄足了，再回到日本去，再在大阪开一家更大一点的美发馆，再生几个孩子，那该有多好啊——"老板娘说过了，脸上的惆怅更浓了，"唉——真是没有想到呵。夫妻俩离散了，到现在，一点音讯也没有，想想，真是让人伤心。"

不久，大阪理发馆里多了一个帮工。

那是一个满族小女孩，她只有十三岁，是个孤儿。一个人在涅克拉索夫大街上行乞怪可怜的。老板娘就收留了她，让她在自己的店里干点杂活。老板娘对她非常好，像对待自己的亲生女儿一样。

聊天的时候，老板娘常对顾客说，"等她长大了，我要把她当成亲女儿一样嫁出去。我要让她嫁给一个日本人。像我的丈夫那样的一个有手艺的日本人。"

这个满族小女孩在店里干得非常勤勉，无论是去涅克拉索夫大街上的肉铺买肉，还是到豆腐房买豆腐，还是干各种家务活，她几乎样样能做。而且，她还跟老板娘学会了做日本饭菜。

她们娘儿俩有一个共同的爱好，都喜欢养花。日本人讲究插花艺术。在日本小野君的美发馆里，就摆着好几盆老板娘亲手插的花，看上去非常有意境。

满族人的天性就是喜欢养花，满族是一个喜欢和平的民族，他们对花都伺弄得非常精心。他们认为花是有灵魂的。

这个日本老板娘已经信奉基督教了，她像哈尔滨的所有流亡者一样，定期地去教堂做礼拜。那个满族小姑娘也跟着她一块儿去，受老板娘的熏陶，也受流亡者的熏陶，小女孩也开始信奉基督教了。

她们母女相处得非常亲，真的像亲生母女一样。为此，整个哈尔滨的洋人和混血儿，都很尊敬她们母女。

那个被杀害的英国绅士在活着的时候，也经常到大阪理发馆去。那个英国绅士刮过脸之后，曾彬彬有礼地对老板娘说，"夫人，您有一双圣母一样温暖的手，说真的，我都有点陶醉了。"说完，这个英国绅士便用他那一双深蓝色的眼睛深情地望着她。

老板娘毕竟是一个已婚的女人，她能看懂男人异样的眼神。

她说，"谢谢了，先生。这是理发师应当做的，本店对每个光临小店的顾客，都应当这样做。"

英国绅士笑了，说，"明白了。再见，夫人。"

"再见。请多多包涵。"

英国绅士又站住了，说，"祝你们夫妻早日团圆。"

"托您的福。谢谢了。"

这位英国绅士走了。老板娘悄悄地站窗户那儿，看着他离去的背影。英国绅士一边慢慢地往栅栏院外走，一边头也不回地冲屋子里的她摆手。

老板娘见了，笑了，自言自语地说，"这家伙真是个魔鬼！"

这一年，哈尔滨一带的天气异常地寒冷。夜里，树林里的树们被冻得嘎巴嘎巴地响个不停。西北风像一群发了疯的野牛，在流亡地哈尔滨横冲直撞。哈尔滨所有住宅的窗户上都结满了厚厚的白霜。就是在这样的天气里，那个大阪理发馆的老板娘，得了急性肺炎。她病得很重。于是，不得不把理发馆先停了业，住进了哈尔滨的医院。在医院漫长的三个月治疗时候里，是那个满族小女孩天天伺候她，给她做面条，做热汤喝。孩子的手艺虽然不怎么样，但毕竟是一个小孩子的心啊。

在老板娘住院的期间里，几乎所有到过大阪理发馆理过发，或者烫过发的洋人和混血儿，都纷纷去医院看望她。说真的，哈尔滨少了这个理发、美发的日本女人，真还是件让人失魂的事啊。

大约过了半年多的时间，老板娘的病总算渐渐地好了起来。在那个满族女孩的陪同下，走出了医院。那是个好季节，正好是五月份。哈尔滨一带不少的野花都开了。

老板娘一边走，一边感慨地说，"啊——，真美呀——"

由于老板娘的身体没有真正地恢复过来，大阪理发馆仍然一时不能开业。看得出来，当地的流亡者，在这样的季节，在这样的情况下，很着急，他们都盼着大阪理发馆能早一天开业。

于是，老板娘开始教这个满族女孩理发和烫发的手艺。她用自己的头发给这个满族小女孩做练习。开始的时候，满族小女孩缺乏信心，老板娘就鼓励她，她充满同情心地告诉这个满族小女孩，哈尔滨的侨居者，大都是有家不能回、有国不能归的流亡者，可他们也要活着，也需要美啊——

这个满族小女孩非常聪明，不到一个月的时间，她就学会了理发和烫发的手艺。说实在的，在哈尔滨，满族小女孩用来练习理发、烫发手艺的中国孩子很多。对中国人来说，剪头不花钱，总是一件便宜的事嘛。他们并不计较发型的好坏和手艺的好坏。

大阪理发馆又开始营业了，但理发师不再是那个身体虚弱的日本女人，而是这个满族小女孩。刚开始的时候，顾客并不是很多。但过了不久，大阪理发馆又恢复了先前的繁荣，顾客们又多了起来。有所不同的是，这个满族小女孩在给顾客理发或者烫发的时候，总是一言不发，精心地做她该做的活儿。她也会按摩，手艺也不错。

她还是个孩子呢。

这个满族小女孩还学会了简单的英语，这都是那个日本老板娘教给她的。老板娘因为身体虚弱，只能干一些轻活、杂活。每当店里有客人来了，老板娘都要鞠个躬说，"欢迎光临。"客人要走的时候，老板娘也会向客人鞠躬说，"谢谢了，请您多关照。"

大阪理发店，买菜、买肉、买豆腐之类的活儿，自然都落老板娘的身上了。这儿的人常能看见日本老板娘提着菜篮子，缓慢地走在涅克拉索夫大街上。老板娘一边走，一边抬头看，蓝天上，秋天的大雁向南飞去了。老板娘心里想，是不是自己也该回日本了——

老板娘的丈夫小野君一直也没有音讯，日本方面也没有任何线索。而且，自从那次从医院回来以后，老板娘的身体明显地不如以前了，她有些显老了，顾客再也看不到老板娘在理发店里唱歌跳舞了。只有在过春节的时候，哈尔滨的人，才能听到从理发馆里传出来的、她们母女欢乐的笑声——她们是在自己的店里唱歌跳舞呢。

……

每天的深夜，怕是老板娘最难熬的时候了。她身旁的那个满族女孩，由于一天的劳累已经沉沉地睡熟了。

老板娘看着窗外惨白的月亮，看着自己身边熟睡的满族女儿，不由地流泪了。

她已经不想再等她的丈夫了，她想回日本去。医生也说，她这种病，长年生活在寒冷地区，是很不适宜的。她想回自己的娘家神户去，那里的气候，无论怎么说，也比这里要暖和多了。可是，这个满族女孩，她带不走啊。她想，这个满族女孩要是一个日本人该有多好啊。那样，她就会下决心，母女俩一块回日本去！

这个满族女孩，也深知老板娘的心思，可她从不说。她爱她，她想永远和她在一起。永远！一直到死！

侨民学校

流亡地哈尔滨的侨民子弟学校，在教堂的后面。教堂的后面是一个气氛安静、环境优美的地方。侨民子弟学校是一座巴洛克建筑，是个二层楼，看上去像维也纳的审布仓宫，显得郑重，有教养，也神圣不可侵犯。夏天，它在一片绿色的掩映之中，冬天则在银装素裹的雪树包围里了。这座巴洛克建筑，有一个很大的操场。冬天是滑冰场，而夏天就是绿荫地的足球场了。欧洲人酷爱足球，像中国人喜爱喝茶一样，几乎须臾不可离开。即使是流亡到了亚洲，到了中国的哈尔滨，对足球的兴趣也丝毫不减。欧洲人很耐人寻味。

所谓的侨民学校，其实并不很大，只有二三十个学生。这些学生，清一色都是流亡者的子弟。哪国人都有，像一个小联合国。到这座学校一看，真有点世界大同的味道了。侨民子弟学校的负责人，是一个叫玛拉的俄罗斯姑娘。玛拉有一条又粗又长的金色大辫子（有时候她把它盘起来，有时候不盘），蓝眼睛，白皮肤，窈窕而又丰满。走路步子迈得大，特别洋人，是一个漂亮的俄罗斯美人。玛拉对侨民子弟学校的学生要求非常严格，在教学上和学校的纪律上，从来一丝不苟。来侨民学校读书的洋孩子和混血儿都很怕她。但同时，也非常尊敬她，叫她"玛拉老师"。

侨民子弟学校执行的礼节都是欧洲式的，洋溢着典型的形式主义作风。哈尔滨的中国人，对这种如同演戏一样的礼节，早已见怪不怪了。这家流亡地唯一的侨民学校，只教俄语和英语。因为大部分流亡者都是属于这两个语系的人。该校的办学经费是由国际红十字会提供的。严格地说，这的确是一所流亡者的学校。这些孩子虽然远离他们的祖国，远离他们的民族和文化，但在这里他们仍然热情地，严肃地，执着地学习着本国的文化和历史。他们都为自己拥有那样一个伟大的祖国，感到骄傲和自豪。他们坚信，他们终会有一天像会飞的大雁一样，飞回到自己的祖国去。

这所不大的侨民学校，设有美术室、阅览室、琴房、健身房、化学试验室和医务室。所有的教学设施还算可以。欧洲人重视教育，像中国人重视孝道一样，都有一整套完整的体系。

既为流亡地的学校，缺憾当然也免不了。这所侨民学校的固定教师非常少，走的走，老的老，现在，除了玛拉一个人之外，就等于再没有固定的教员了。于是，玛拉需要经常聘请流亡在哈尔滨的，有文化又有教养的人，请他们到学校给孩子们上课，讲法国的历史，英国的历史，俄国的历史，讲世界史，讲欧洲的文艺复兴和宗教。也请他们谈谈绘画，谈谈建筑和音乐等等。

到侨民学校讲课的人，其教学方式不拘一格，内容似乎也可以"海阔天空"，可以是漫谈，谈谈欧洲见闻，风土人情。也可以谈谈兰姆酒，谈谈打猎和化装舞会等等。总之，一切都旨在扩大孩子们的眼界，丰富他们的知识——重要的，是使孩子们牢牢地记住自己的祖国。

条件所限，侨民学校的学生一律不住校，每天由学生的家长送来。玛拉就在学校的大门口迎接她的学生们。到了晚上，整个学校里只有两个人，一个是打更的老更夫，他叫萨宁。萨宁有他自己的小房子，就在学校的大门口（也做收发室用），那里整宿亮着灯。而玛拉则住在学校的教学楼里。整幢教学楼就住了她一个人。夜里，她走在走廊里，脚步声非常响。她觉得有点孤单，好像全世界都是空的。这种感受，常使她流下泪来。

在学校放假的日子里，玛拉有时候也到敖德萨餐馆去。在那里，所有的洋人和混血儿都非常尊敬她。女老板娜达莎对她也非常热情，她喜欢这个姑娘，问长问短，聊女人的时装、发式、鞋、长筒丝袜，时常不收或少收玛拉的钱。可玛拉发现，由于自己的出现，使得整个餐馆里的气氛有些拘谨。于是，她喝过咖啡后，很快地离开了这里。

教师找个教师以外的知心朋友，而且文化水平又差不多，在流亡地哈尔滨，是困难的。在她寂寞难熬的时候，也经常一个人到涅克拉索夫大街上去散散步，看看两边的街景、商店、花店等等。有时候她还在街头擦皮鞋匠那儿，擦一擦自己的靴子。无论是大雪天，还是落叶纷纷的秋天，人们总能看见她一个人，孤单地在涅克拉索夫大街上散步。有时候，她会不自觉地走到小胡木匠的栅栏院那儿，听着从小胡木匠的房间里传出女孩子的欢笑声，和小胡木匠浑厚的男中音歌唱。她真想加入他们的中间去。可是，她的身份束缚她。教师的身份太郑重，太高雅，太一本正经了。玛拉苦笑起来。

每逢礼拜六，玛拉都要到那座基督教堂里去做礼拜。她也曾邀请过神父到学校去讲《圣经》。那个阅历丰富的神父，除了讲《圣经》，还兴致勃勃地，给流亡者的孩子们讲一些有趣的童话故事。他真是一个故事大王，有的是动人有趣的故事，像魔术师从口袋里掏小银币一样，总也掏不尽。神父的故事，常常让孩子们捧腹大笑。只要神父到学校来，课堂肯定是一片欢声笑语。这里的孩子喜欢《圣经》，也喜欢神父。玛拉甚至觉得自己也喜欢上这位神父了。可惜，她和神父之间不能发生爱情。想到这儿，她也笑了。她觉得自己该恋爱了。

那个被害的英国绅士，也曾被玛拉邀请到侨民学校上过课。英国绅士笔挺地站在讲台的后面，他非常和善地说，"好吧，孩子们，恐怕得让我先猜猜，你们都是哪一个国家的人。"

这个英国绅士开始逐个地猜。孩子们依次地站了起来。

我想想。哦，对了，1695 年 8 月 13 日，法国的军队炮击了布鲁塞尔，使 16 座教堂，4000 幢民房中弹烧毁。真是不幸。比利时像夹在英、法、美三个大国之间的孩子。

英国绅士说，"你嘛，你是德国人。德国有一句谚语，很有意思：'闪电的地方不一定都有雷。'你记得这句谚语吗？"

英国绅士说，"你是英国人，我的朋友。"说着，英国人朗诵起来：

前进！祖国儿女，众同胞，

光荣的日子来到了。

暴君举起染血的旗子，

对着我们冲过来了，

对着我们冲过来了！

听见没有，残暴的士兵，

在我们的土地上嚎叫？

他们闯到我们身边儿，

把我们的妻子儿女杀掉。

武装起来，同胞！

把队伍组织好，

前进，前进！

英国绅士朗诵之后，问下面的同学们，"这是哪支歌曲的歌词？"

学生们一齐回答："《马赛曲》——"

……

这个英国绅士一个学生的国籍也没有猜错。孩子们对这个英国绅士刮目相看了。坐在课堂里和孩子们一道听课的玛拉想，看来，这是一个聪明绝顶的英国佬。

开始上课了。

那个英国绅士不仅能滔滔不绝地讲欧洲的历史、宗教、文学、风俗、气候，而且还能讲那里的奇闻逸事，那里的服饰，那里人说话的习惯，以及那里的政府、政府官员、那里的显赫人物……

好像这所有的一切，都曾是他的亲身经历一样。课堂里的孩子们都听入迷了。玛拉也听入迷了。

中午的时候，玛拉和这位英国绅士共进了午餐。英国绅士在进午餐的时候，几乎一言不发，与课堂上的表现，判若两人。

"味道还可以吗？"玛拉担心地问。

"非常可口。谢谢您的午餐，玛拉小姐。"

"您是哪个大学毕业的？"玛拉好奇地问。

"哦，在英国的剑桥。后来，又去美国的哈佛大学读书。不久，他们给了我一个硕士头衔，非常有趣儿。当然，您或许已经看出来了，我还上过其他的学校，不过，我这个人常常很矛盾……有点儿——忧郁是不是？"

"您当过兵吗？"玛拉问。

"对，当过。不过，不久我就离开了军队。"

"您打过仗吗？"

"是的。打过仗。"

"打死过人吗？"

"哦，这怎么说呢。枪在我的手里，可命令却是指挥官下的。因此，只有指挥官才是战争中真正的刽子手。我这样讲对吗？"

"我想是的。"

玛拉发现这个英国绅士有一个很性感的嘴唇。她不知为什么，心中突然有了一种异样的感受。

这个英国绅士说，"哦，差点忘了，我有一本劳伦斯的诗集，很不错。

如果您有兴趣看的话，晚上我可以给您送到这里来。晚上您在吗？或者选一个别的时间？"

"晚上我在，正巧也没有什么事，非常感谢，先生。"玛拉有些激动了。

"您喜欢劳伦斯的诗吗？"英国绅士问。

"……是的。"

"劳伦斯的诗中，有一段我非常喜欢。"

这个英国绅士轻声地，充满情感地朗诵起来：

请把月亮给我放在脚边，
把我的双足放在弯月上，
就像一位神那样！
啊，让我的足踝沉浸在月光里，
这样我就能稳稳地、
脚上穿着月儿，
双足明亮而又清凉
走向我的目的地。

因为太阳怀有敌意，
现在
他的脸庞好像一只红色的狮子
……

玛拉都听醉了。

当天晚上，英国绅士如约而来。他简直像是从天上掉下来的一样，一点声息也没有，就突然出现在玛拉的面前了。

"上帝！您吓了我一跳，先生。"

玛拉冲动地和这个英国绅士拥抱了。

玛拉问，"看门的萨宁看到您怎么说？"

英国绅士说，"不。他没有发现我。"

"怎么，你没走大门？！"

"或者，这有失绅士风度……"

"不不不……"

英国绅士放下手中的那本劳伦斯诗集。

于是，他们开始接吻了。这个英绅士充满了柔情，玛拉完全陶醉了。

这一夜，漂亮的俄罗斯姑娘玛拉永生永世也不能忘怀了。

玛拉无比幸福地对这个英绅士说，"先生，我真的没有想到，世界上还会有这样好的事……"

英国绅士也甜蜜地笑了。

早晨，玛拉给这个英国绅士做了早餐。

玛拉和这个英国绅士都没有想到，这是他的最后一顿早餐。玛拉曾询问过这个英国绅士在英国的情况。这个英国绅士回答说，他一共是兄妹三人，他排行第二。父亲是一个高级建筑师，母亲是一个英国贵族的女儿。青少年时代，他曾受到过良好的教育……

这个英国绅士也讲到，自己曾经结过一次婚，后来离婚了。

这个英国绅士说，"在婚后的生活当中，我们都表现得不够理智，她不喜欢我的工作。当然，我的工作也的确不讨人喜欢。"

"您在英国做什么工作？"玛拉问。

"私人侦探。"英国绅士说。

"怪不得——"玛拉调皮地说。

……

吃过早餐之后，英国绅士走了。当然，他仍然没有走学校的大门。

临走的时候，这个英国绅士拉着玛拉的手说，"玛拉，你还不了解我。一切我们都是刚刚开始。"

玛拉机警地说，"不，先生，您在哈尔滨的行为，我多少还是了解一点的。中国有句俗话，要想人不知，除非己莫为。"

"是有关我的那些风流韵事吗？"

"是的，您还要辩解吗？"

"不。听我说，我想我真的该成个家了，我累了……玛拉，有一天，我会向您求婚的。当然，您可以拒绝我。"

"不，先生，我很乐意。"

在同玛拉约会的第二天晚上，这个英国绅士被人杀害了。

那正是一个秋天落叶的季节。

……

玛拉参加了这个英国绅士的葬礼，并在葬礼上，她流着泪，朗诵了这个英国绅士所喜欢的、劳伦斯的那首诗：

请把月亮放在我的脚边，

把我的双足放在弯月上，

就像一位神那样！

啊，让我的双踝沉浸在月光里，

这样我就能稳稳地、

脚上穿着月儿，

双足明亮而又清凉

走向我的目的地。

因为太阳怀有敌意，

现在

他的脸庞好像是一只红色的狮子

……

玛拉出生在彼得堡。她是自愿到哈尔滨来的，为流亡国外的那些侨民的子弟教书。

……

一天夜里，玛拉走出教学楼，穿过操场，来到萨宁的房子那儿，轻轻地敲了他的房门。

萨宁问，"有什么事？玛拉老师。"

"对不起，萨宁大叔，我一个人有点害怕……"

萨宁想了想，说，"好吧，姑娘。"

说着，他卷起自己的行李，走出小房，跟着玛拉去了教学楼。

这个好心的萨宁，就睡在玛拉寝室外面走廊的那个长椅上。夜里，那幢整夜亮着灯的打更小屋，已是漆黑一片了。好像一出剧，落幕了。

哈尔滨的冬雨

又到哈尔滨的冬天了。

这一年的冬天，哈尔滨却出奇地暖和。

听当时的那几位还未走进坟墓里去的老哈尔滨人说，这种天气，过去哈尔滨就有过一次，不过，那还是在他们还是年轻小伙子时的事。

那时候，他们刚刚来到哈尔滨。当时的哈尔滨还是一片荒芜的泽沼呢。那里只有几户人家，而且都是流亡的混血儿，路没法走，到处都是沼泽，人只能走在木栈桥上。不久，又有了好看洋房，有了敖德萨餐馆，有了教堂，有了监狱，有了侨民学校，有了花店，有了肉铺，有了棺材铺，有了侨民的墓园，有了许多平常而又别致的故事。

当然，一切都开始于那次冬雨。

这个温暖的冬天，对初涉这片土地的外乡人来说，是一个诱惑。下午的时候，天下起了小雨，后来，小雨越下越密了。小雨之下的雪地和树林树枝上的积雪，还都没有化尽呢，一切都灰蒙蒙的。流亡地哈尔滨，像一幅朦朦胧胧的中国画了。

一群黑乌鸦从树林那里飞上天空，呀呀地叫着。它们又是要到松花江边去了吧。这样湿润温暖的冬天，的确是自然界给当地人的一个意外。

流亡在哈尔滨的洋人和混血儿，都走得差不多了。只有几个跟当地的中国人通婚的洋人和混血儿，一时还没有走成，但他们走心已动了。说到底，哈尔滨不是他们的根，更不是他们的故土啊。

哈尔滨在冬雨中，悄悄地发生了变化。

岁月总是这样的。

别忘了，我前面说过的话：我讲的一切，有相当一部分来自"Dreamland（梦境）"。

再见。

炸牛肉干儿

1

天气很好，招待所那个布满阳光的窗帘上，有小鸟儿的影子像音符似的跳来跳去，窗外一片清脆的鸟鸣，心情非常好。齐市的朋友小宋当即决定，老兄，去昂昂溪吧？那的炸牛肉干儿贼好吃。

小宋把那辆破面包车开得像一缕移动的阳光，在路面上轻柔地掠过。昂昂溪离齐市并不远。事先，小宋已经和他昂昂溪的朋友孙策联系过了，大约正唯如此，一路上相互召唤的电话就不断了。在电话里小宋还特意向孙策强调了炸牛肉干儿的事儿。

到了昂昂溪，来迎接我们的是小宋朋友孙策，他人虽然年轻，但很成熟，很热情，只是突然接待专门要"吃炸牛肉干儿"的作家，在"业务"上还显得有些陌生。但这不是什么问题。

车子悠然地驶入昂昂溪的镇街。雨后镇街的土道上仍有积水存焉，倒映其中的翠绿枝叶在交相辉映，并在阳光下闪烁着金色的光点。这儿的空气也非常好，吸到肺里甜丝丝的。

镇街的两边零星地有几个摊贩，摊床上摆着一些蔬菜和水果之类，好像也有炸牛肉干儿卖，但不能确定——小宋驾驶着那辆破面包车就是从这些摊贩中间驶过的。

询问过孙策之后，才知道"昂昂溪"是达斡尔语"狩猎"的意思。但我还是觉得这样的解释有点过于简单，应该把"狩猎"这两个字扩展开来，意译为"一个狩猎的地方"，这就比较好，由此还可以让外乡人想象到当年这个地方的猎物有多么的多。

在镇街的土路两边，断断续续地能看到一些俄罗斯式的单体住宅，当地人称之为"铁路房"，同时我还发现了几幢俄罗斯式的木板房，跟着又发现了几幢带有花厅的俄罗斯式民宅。这都是非常难得一见的房子了，在洋气的哈尔滨城也不多了——先前的哈尔滨到处是这样的房子——我说的是先前。在行驶途中，我注意到有的栅栏院里晾着不少牛肉干儿——当地的少数民族和俄侨都特别喜欢吃炸牛肉干儿。我马上用手中的数码相机把它们抢拍下来，打算回去再从容地走进这些房子，品味往昔岁月，品咂炸牛肉干儿的滋味儿。

通过察言观色，孙策很快就清楚我的兴趣了，他主动地向我介绍，他说"昂昂溪"原来叫"昂阿齐"，俄国人叫"沃诺齐"。他进一步地说，史书上说"城西南四十五里许，有昂阿奇屯。居人四十一户……有牧场"，指的就是昂昂溪。

我感觉他挺有文化的。

小宋说，老兄，这回知道这儿的牛肉干儿为什么多了吧？大草原、大牧场、大奶牛、牛一多，那炸牛肉干儿就多呗。

2

除了炸牛肉干儿，孙策还在告诉我另外一些古旧的或者有价值的事情。比如我们现在走的这条镇街就是一条百年老街，百年之前这里有三百多家商铺，其中有金店、面粉厂、饭店、旅店、关帝庙。

孙策说，从天津运来的盐就卸在这里，然后批发给当地的小盐商们。小盐商们争购得非常踊跃，抢啊，打架。

小宋批评孙策说，你主要介绍介绍牛肉干儿的历史，阿成老师对这个感兴趣，你不知道，光吃的书阿成老师都写了两三本了。

孙策说，我知道我知道，牛肉干儿肯定要讲，但我想我还是先介绍一下这儿的历史，好让老师对昂昂溪有个总体印象。

我觉得他挺有个性，便忍住笑说，对对对，牛肉干儿的事不急，你先给我介绍一下这儿的历史吧。

孙策说，1902 年的时候，中东铁路在咱昂昂溪设了一站，俄国人一到，先在咱昂昂溪建了一座东正教堂……

小宋不满地问，这事儿跟炸牛肉干儿有关吗？

孙策肯定地说，有关哪。这座东正教堂的主教是大胡子齐什佳果夫。当年，教堂的钟声一响，信徒们就开始陆陆续续地去这座教堂做礼拜——阿成老师，这种业务当地人都已经见怪不怪了。

小宋说，说炸牛肉干儿。

孙策说，宋哥，那个大胡子主教就特别爱吃咱昂昂溪的炸牛肉干儿，炸牛肉干儿是他们俄国人平时最喜欢吃的零食，吃炸牛肉干儿是他们发起的。

小宋说，你继续。

孙策说，我继续我继续。阿成老师，当年伪满洲国皇帝溥仪也到咱昂昂溪视察过好几次，视察之前呢，都是先由他的妹妹到这里给他打前站，安排食宿日程，其中有一道菜那是必不可少的……

小宋说，炸牛肉干儿。

孙策说，对。格格来的时候就住在前面的一家旅馆里，咱当地的老百姓管那幢楼叫格格楼。格格本人也喜欢吃咱昂昂溪的炸牛肉干儿。

我说，那咱们去格格楼瞅一眼？

孙策说，扒掉啦。

我说，噢，那你继续。

孙策说，阿成老师，当年，咱昂昂溪还是中东铁路上一个大站呢，火车一通，这里立马就成了各个国家特务机关青睐的地方，不少特务假扮成买牛肉干儿的商人到咱昂昂溪来搜集情报。其中有一件跟炸牛肉干儿有关的事我跟老师说一下。

我说，好啊。

孙策说，好像是1904年，日本驻北京公使武官派了6名间谍，化装成买牛肉干儿的中国老百姓，不说话看不出来。他们潜到中东铁路的西线，准备炸毁昂昂溪与富拉尔基之间的那座嫩江大桥——炸药就藏在装牛肉干儿的麻袋里。

我问，成功没？

孙策说，没有没有，被咱们发现了，还抓住了日本有名的间谍横川省三和冲祯介，押到哈尔滨，崩了。

我皱着眉头问，这么说，那个日本特务机关的头子土肥原也来过昂昂溪呗？

孙策说，阿成老师你挺明白呀，专家呀，来过来过，土肥原来过还不止一次呢，每次走的时候他都带上一大堆上等的牛肉干儿回去。

我说，昂昂溪是个战略要地呀。

孙策说，这话老师说到点子上了。

我们边说边往前开。

孙策说，前面有一个俄国人的俱乐部，曾经当过苏军指挥部，现在还没扒，看看不阿成老师？这个楼跟炸牛肉干儿也有点关系。

孙策不知道我也是一个铁路子弟，我爷爷就是中东铁路上的铁路工人，因此我对铁路上的一切，特别是中东铁路的历史一直有浓厚的兴趣。

我说，跟牛肉干儿有没有关系咱都看。

小宋笑着对孙策说，完了，宋哥，瞅见没有，开始跑题了。

从外观上看，这个老俄国人俱乐部当年肯定是一幢很奢华的建筑，我猜它是一座巴洛克建筑，现在是铁路上的老干部活动室。在进俱乐部之前，我就想象里面应该很陈旧了，但进去之后，发现它比我想象的还陈旧，还破烂。里面有几个老同志正在打扑克、下象棋，根本不理会我们这几个扯淡的人，在他们身上还多少残存着一点牛皮的干部作风。

我四处逡巡了一下——比如改作苏军指挥部时的某些历史痕迹之类。但没发现什么有意义的东西。不过，我还是伸手握了握那扇厚厚的木门上的那个被摸得亮晶晶的铜把手。

孙策说，在当年俄人俱乐部的冷餐之中，炸牛肉干儿是其中必不可少的一道有地方特色的菜，中外宾客都很喜欢。我老奶奶的那个已故的大盘舅就是这儿的厨师。

我问,大盘舅?什么意思?

小宋说,就是那种绕来绕去,八竿子打不着,九竿子削到脚后跟上的亲戚。孙策,你就给阿成老师讲讲这个大盘舅的故事吧。

孙策说,他早死了,而且也没啥故事,牛肉干儿炸得挺好,脆,香,咋炸的我也不知道,就知道他对牛肉挺挑剔的,爱酸脸子。说白了就是一个普通人儿,没啥力量的事儿可讲。

……

从俱乐部出来之后,便听到了从远处传来的钟声。

我问孙策,咱这儿还有钟?

孙策说,是火车站的电子钟,不是真钟,原来那个大铁钟早已经被取消了。要是还在多好,当当一敲,小镇一下子就活了。有味呀。

3

接着一行人坐上小宋那辆破面包车去看昂昂溪火车站。

小宋一边开车一边嘟嘟囔囔地说,这跟炸牛肉干儿也没啥关系,看它干啥?

孙策一本正经地说,宋哥,还是有一点点关系的,真事儿。

昂昂溪火车站是个小站儿。在我这个外行人看来像是一幢哥特式建筑,小巧典雅,也像一幢私人别墅,似乎不应当是火车站。孙策介绍说,这个尖顶的洋式的小火车站里,过去分为一、二、三等候车室——那时候的人是分等级的，当然现在也分，不过不像过去那么严格就是了。

在我们的请求之下，昂昂溪火车站站长出于礼貌，勉强同意让我们几个进去参观参观。

进去之后，我看到火车站小楼临近月台一面的一左一右，分别有一个开放式的露天餐厅，还围着低矮的墨绿色的木栅栏，非常漂亮，有一种克雷洛夫童话的感觉，挺罗曼蒂克的。木栅栏已经非常陈旧了，油漆都剥落了，让人有一种修一修它的欲望。

我知道这里是做什么用的，当二十世纪初的蒸汽火车在这里停下来之后，旅客们都纷纷在这儿下车，然后到这个木栅栏里就餐。毫无疑问，露天餐厅里有一张张的餐桌，里面有几个系白色小帆布围裙的俄国女服务员忙乎着，她们早已在这些餐桌上摆满了食品与饮品，有胡椒粉、盐、水果，还有熊牌啤酒、面包、果酱、奶油和热热的苏波（汤）。洁白的餐巾上摆放着一组组刀叉，等待着一班班旅客的到来。餐桌的花瓶上还会有一簇散发着香味的野花，或者是梦幻蓝色的马兰花——这个地方马兰花多，或者是金灿灿的苦菜花，或者是像风骚女人的舌头式的达子香以及水仙花之类。总之，这些风情万种的花儿会给旅客们一个好心情——让他们深深地感到，不出门的人生是残缺的人生。孙策说的对，这其中一定还会有新鲜的炸牛肉干儿——炸牛肉干儿毕竟是当地的特产——这是各个站点饮食之必须。

而今，昂昂溪火车站只是这条铁路上的一个折返点。我瞅见不远处还有一个水鹤（给蒸汽火车头加水的水塔——现在该是"天然雕塑"了吧）。听小个子站长介绍，国际列车在这里停二十分钟——一百年没变过——妈了个巴子，一副挺自豪的样子。

离露天餐厅不远有一个灰色的木廊桥，中国老百姓称天桥。据小个子站长介绍，这个廊桥是滨州线上唯一存留下来的俄罗斯式的木制天桥了，文物了。我看到廊桥的铁轨构架上面还铸着一长串儿的俄文，我用数码相机把它拍了下来——打算为将来实物的丧失保存一点文化上的记忆。

至于炸牛肉干儿嘛，那位小个子站长轻描淡写地说，咱们候车室里的小卖店就有卖的。

孙策小声地对我说，阿成老师，那都不新鲜了……

4

说到炸牛肉干儿，还让我想起了我的好朋友春树，他也是齐齐哈尔人。上一次他在齐市请我吃铁锅炖鱼的时候，曾跟我讲过，他就出生在昂昂溪，小的时候曾经帮母亲做过炸牛肉干儿，然后去昂昂溪火车站的月台上去卖……

我还是先简单地介绍一下他的经历。几年前，春树在日本打过一段儿工，靠专营昂昂溪炸牛肉干儿挣了不少的钱。非常有趣的是，我们初次见面的时候我甚至觉得他长得有点像日本人，个子不高，很精明的样子，留着齐刷刷的小黑胡子。记得他一边用小漏勺往我的碟子里捞鱼，一边介绍说，他每年都要回昂昂溪一两次，为自己的老屋拍个照。

他说，老哥，那可是我的出生地呀，我的根就在那里，万一哪天扒掉了，我就看不到了，根没啦，变成蒲公英了。

我说，我理解，我也如此。

他说小的时候他常利用帮妈妈卖炸牛肉干儿的空当，在火车站的月台捡烟盒玩儿。

他问我，你小时候也玩过烟盒吗？

我灿烂地笑了。

他说，我主要是捡那些乘坐国际列车的外国旅客扔的烟盒，其中有越南的烟盒，还有俄国的烟盒。

春树沉醉地说，小时候，夏天，我特别喜欢坐在铁轨上，一边嚼着卖剩下的炸牛肉干儿，一边听因热胀的原因，铁轨与铁轨的接缝处"叭"的一声，两条铁轨接在一起的声音。

他说，老哥，那声音太迷人了，让人心颤啊。

或许正是这种"让人心弦颤动"的感受，在春树幼小的心灵深里种下了远行的欲望。后来，正是这种潜在的欲望驱使他去了日本，圆了他少年时代的青春梦想。我不明白的是，春树为什么那样坚信日本人也喜欢吃炸牛肉干儿呢？难道这也是源自他少年时代在昂昂溪火车站卖炸牛肉干儿的经验吗？

……

5

我把昂昂溪火车站内外都拍了一些照片，特别是那个有特色又极有历史价值的露天的旅客餐厅。坦率地说，我不是不信任我们的同胞，我们应当对众多的决策者们有信心，我只是担心有一天有人会把它拆掉了。有备无患总是对的。这也是成熟男人的标志。

……

说实话，我之所以对昂昂溪有那么一点点兴趣，没有拒绝小宋到这里来，除了炸牛肉干儿的诱惑之外，我第二任女朋友当年就在这里下过乡，她也多次跟我说到过昂昂溪火车站，也说到过昂昂溪的炸牛肉干儿。想想看，当年百万知青下乡的时候，那些年轻的屯垦战士在这个小火车站进进出出的情景，那些穿着臃肿的黄棉袄的少年熙熙攘攘进出昂昂溪车站的样子（其中裹着我第二任女朋友）。这一情景对我来说，真的是又遥远又亲切。

我恍惚记得我第二任女朋友说过，她最惦记的还是昂昂溪那种俄式的炸牛肉干儿，她说昂昂溪炸牛肉干儿的味道在他的记忆里都保存了四十多年了——当然她已经是个准老年妇女了。

我无论如何也要买一点炸牛肉干儿带给她——希望炸牛肉干儿本身能有一点象征意义。

6

没想到关于炸牛肉干儿的故事在昂昂溪还有很多。这让我颇感意外。既然如此，那我就一个一个地讲下去。

百年之前，在昂昂溪站有一个叫 A.S. 卢卡什金的俄国演员。他是"灰熊之家"演艺班的一个演员，是随着演艺班到中东铁路演出、慰问的俄国铁路员工。这些到中国来的俄国工人不能把家属也带到这里来，尽管这儿的条件和自然风光都非常好，还能充足地提供他们熊牌啤酒和又香又脆的炸牛肉干儿，甚至还为他们建了教堂，可以去教堂里做灵魂的洗礼，但是他们毕竟不是牧师，不过是普通的居士，更多的时候，他们只能用灰眼睛或者蓝眼睛望着面前皑皑的白雪，望着白桦林，望着天上勾魂儿的月亮，望着从眼前驶过的雪橇和雪橇印儿思念自己远在俄国的亲人，一个个都是很萎靡的样子。为了改变这种沉闷的气氛和没精打采的状态，铁路当局组织了一些演艺班子和艺术人才在中东铁路线上给俄国工人轮回演出，跳俄国的舞蹈，唱俄国的歌曲，演奏俄国的乐曲，让这些背井离乡的同胞在一个虚幻的艺术环境里暂时忘记烦恼，减弱他们的思乡之情，从而提高工作效率。看来在任何时候，我们除了不能低估炸牛肉干儿的作用之外，也不能低估艺术的力量。上帝也很喜欢艺术。

这个叫卢卡什金的演员"巴松"拉得非常好，他可以一边跳水兵舞，一边拉非常地欢快、活泼的"巴松"，很是吸引女人的眼球。令人匪夷所思的是，这位动作夸张的俄国演员居然喜欢考古，喜欢收集一些文物。他在离昂昂溪火车站六公里地方的一个铁路施工现场（当时那儿正在建一个名叫"五福"的铁路小站），发现了一些石器和骨制品。这项孤独的工作挺清苦的，就他一个人和一只狗，春寒料峭，住在简陋的马架子里，饿了就吃点面包和炸牛肉干儿，或用冰块儿煮点热汤。这样干了差不多一个多月。之后他把这些文物带回了俄国，还发表了一篇文章……

看看吧，每一个人的人生都是丰富的。

翌年，卢卡什金在他的朋友 R.R. 托尔马侨夫的建议下（据他自己讲的），再一次背上了他的巴松和考古用的专用镐及帐篷，来到昂昂溪的五福火车站，开始做进一步的挖掘。这次卢卡什金又成功了——他可真是一个幸运的家伙。他在另外的一些古墓葬里，又一次发现了大量的新石器时代的墓葬品和古制品。于是，他把这些古文物带回俄国，并再次撰文发表。他的这篇论文和德国的另一位考古学家的论文同时发表在一家权威的英文版的专业杂志上，这在学术界引起了不小的轰动。

卢卡什金的论文发表之后，也引起了考古学家梁思永的高度关注（他是梁思成先生的弟弟）。有一段文字是这样记载的：
1930 年 9 月 28 日，梁思永先生来到了昂昂溪，开始考察五福墓
葬遗址。在为期一周的挖掘时间里，梁学者发现了大量新石器时
期的文化遗物……

经过这次实地的考察与挖掘，梁思永先生根据出土年代最早
的鱼鹰陶塑和骨雕渔网图案……做出结论，随后发表了著名的专
著《昂昂溪史前遗址》，他认为在七千年前昂昂溪就有人类活
动了。可当地好多中国老百姓都不知道这些事儿，也不关注这种
事儿。

梁思永先生对昂昂溪的炸牛肉干儿也很喜爱，称它"又好吃
又解决问题"。考察工作结束之后，梁思永先生特地带了一大包
子炸牛肉干儿回去。

……

我对孙策说，这个故事听了多少有点闹心。

孙策说，是。

7

据孙策介绍，当年昂昂溪火车站的露天餐厅里的炸牛肉干儿，
有手机屏幕那么大，约一厘米厚，其形状就很特别。

孙策说，阿成老师，这种炸牛肉干儿便于携带，多少天也不
会坏的。

我认为肯定是这样的。

小宋说，老兄，我们昂昂溪这种炸牛肉干儿跟蒙古人的牛肉
干儿，还有超市里卖的那种牛肉干儿完全不同，咱昂昂溪炸牛肉

干儿没有任何的添加剂，就是加上盐之后用油炸，味道非常纯正，当年不少出远门的人都带它上路，然后活着回来。

的确，早年的黑龙江毕竟是孤悬绝塞，路也不好走，被暴风雪困在路上的情况时有发生，如果这些旅人的口袋里带着炸牛肉干儿，一切就不必担心了，肯定能活着回来。

孙策说，阿成老师，那个叫卢卡什金的俄国演员就喜欢吃咱昂昂溪这种炸牛肉干儿。听老铁路说，这家伙经常带上一大包子炸牛肉干儿一个人跑到荒郊野外去考古，造得跟野人似的。

小宋说，妈了个巴子，这家伙是不是一个文化特务呀？

孙策说，除了炸牛肉干儿之外，听说他还喜欢喝伏特加。虽说俄国人喜欢酗酒，但这个卢卡什金却是一位头脑清醒的人，决不多喝，宋哥说的对，这家伙有可能是一个文化特务。肯定是。

8

几个人从火车站出来，对面就是苏军烈士陵园。

孙策说，这里埋葬着一百多名苏军战士。阿成老师进去瞅一眼不？

我说，进去看看。

烈士陵园里非常宁静，甬道两旁是两排苏军红军士兵的墓地，西面是那个不算太高的苏军纪念碑。纪念碑上写着："为从日本帝国主义压迫下解放东北的苏军死难英雄永垂不朽！"

我还仔细地绕着这个纪念碑看了一圈儿，尽量速度慢一点，不能让孙策以为我是专门为炸牛肉干儿来的。

孙策说，阿成老师，因为俄罗斯的国际列车在这里停二十分钟，时间宽裕，车上的俄国旅客一定要到陵园这里来看看。听说，这个烈士陵园里有不少人是他们的亲人或者朋友的亲人。每当到了国际列车要开过来的时候，陵园那边卖野花的、卖炸牛肉干儿的小贩也都来了，这些国际列车上的俄国旅客纷纷掏钱购买，然后到陵园里去，认识的找认识的，不认识的，也要在红军士兵的陵寝上放一束鲜花，几块炸牛肉干儿，以示缅怀。

小宋说，老兄，俄国大使馆每年也派人到这里来吊唁一下子……

孙策说，临走的时候，他们带上一大包子炸牛肉干儿回去。俄国人挺有意思的。

9

下面这个和炸牛肉干儿有关的故事，发生在1945年。

我们先快速地检索一下它的历史背景：

1945年的8月8日，苏联依照《雅尔塔协定》对日宣战，一宣战，便立即出兵中国东北，8月9日上午，苏联空军就轰炸了齐齐哈尔机场。8月11日，苏军地面部队就通过了甘南，当晚6时，到达齐齐哈尔市嫩江西岸的梅里斯屯的土岗上。苏军推进的速度非常快。8月12日上午10时，苏军别洛戈贝多夫少将命令10辆坦克、20辆装甲运兵车、20辆水陆两栖战车，过江从齐齐哈尔南面包围齐齐哈尔。苏军强行通过齐齐哈尔市江桥之后，沿着机场两侧向大乘寺方向前进，分东西两面包围齐齐哈尔，仅用两个小时的时间就完成了这一军事行动。接下来，苏军又包围了昂昂溪，同时切断了所有的铁路和公路交通。8月15日凌晨，日本天皇宣布无条件投降。8月16日上午苏军部队开进齐齐哈尔市内，正式接受日军投降。

快不快？

在8月19日那一天，齐、昂等地战败的日军在日军总部的十三部队院内，举行向苏联红军投降仪式。代表苏军接受日军投降的是苏联国家保安部别洛戈贝多夫少将。

孙策说他曾经看到了一份苏军战地记者对别洛戈贝多夫将军的采访，别洛戈贝多夫将军对昂昂溪的炸牛肉干儿大加赞赏，并建议记者同志也尝尝。

孙策说，感觉人挺幽默的。

我点点头。

日本宣布无条件投降之后，有一小股日军从阿尔泰地区流窜过来，他们迂回来到了昂昂溪附近，准备进入昂昂溪补充一些给养，如粮食和炸牛肉干之类。但是他们很快得知昂昂溪的日军已经向苏军投降了，而且，他们在附近还发现这一带到处都是荷枪实弹的苏军部队。于是，他们悄悄地躲进了苇塘和草丛地带，等待机会。说白了，他们不打算投降。

这一小股日军的流窜部队，是曾经驻守在嫩江左岸西三甲子村的日本兵，他们对这一带的地形很熟悉，他们还知道西三甲子村是专门制作炸牛肉干儿的专业村。

孙策说，估计这也是他们选择朝这个方向逃窜的原因之一。

后来搞清楚了。这一小股散兵游勇的头目是一名叫井上松村的上士，这家伙曾是一个崇尚武士道精神的日本浪人，热衷武力、崇尚战争。活见鬼了，他也特别喜欢吃炸牛肉干儿。他是个把强权当作自己终生理想的家伙。尽管他已经知道日本投降了，但他并不想面对这样一个结果，他要以一个武士的精神杀身成仁。他说，如果真的到了最后时刻，他会切腹自杀！

世界上有许多巧合。这条小股日军逃亡的路线，去年我曾经走过，只是当时我并没有意识到我走的是一条日军逃窜的路线，也没有意识到这里曾经发生过战争，更不知道西三甲子村是一个专制炸牛肉干儿的专业村。

这一小股逃窜的日军逃窜到昂昂溪隐藏起来之后，又累又饿，饥饿难忍，已经有相当数量的士兵没有力气走路了。换到晌午就挺不下去了，要哗变了，井上松村决定派三名熟悉地理环境的士兵到西三甲子村去弄些炸牛肉干儿回来。民以食为天，当兵的也是。兵马未到，粮草先行嘛。

这三个日本兵到了西三甲子村之后（孙策介绍说，这三名日本兵是双手高举着手中的枪做投降状，排成一队进村的。毕竟日本投降了），他们伪称正在准备去投降，但现在已经饿得受不了啦，打算用枪向中国老百姓换些粮食和炸牛肉干儿。

西三甲子村离齐齐哈尔市和中东铁路线比较近，他们之所以成为制作中外咸宜的炸牛肉干儿的专业村，这跟离交通大动脉的中东铁路近很有关系。而且西三甲子村有不少村民不仅会几句俄语，还能整几句小鬼子话儿。这个村的刘地主兼小买办是一个比较开明的人士，喜欢古体诗，还喜欢作画，重视教育，但主要是经营批发炸牛肉干儿的生意，日语说得比较好——至于他为什么日语说得比较好，抽空我再解释。

西三甲子村的村民看这三个小鬼子的可怜样儿，熊色儿，乐了，心也跟着软了，经过核计，觉得毕竟光复了，拨开云雾见太阳了，怕啥呀，就同意和他们进行交换。一个原因是因为当地仍然有一些土匪滋事，如果有了枪就可以保卫自己的村子了，多么好，硬实。

最后达成口头协议：村民们用粮食换鬼子的五支长枪和三百发子弹。其实，村里的老百姓看好了三个鬼子兵身上的王八盒子和他们脚上穿的九六式战靴。九六式战靴从表面上看像鹿皮靴，但外面是牛皮的，里儿是羊皮的，不仅抗穿而且非常保暖。

几个小鬼子听了之后呲着金牙直笑，摆手说，不行不行。没鞋怎么开路？

不行就算了。

谈妥之后，刘地主还特意叮嘱这三个小鬼子抓紧投降吧，只要投降到了苏军那里，就会有面包和又香又脆的炸牛肉干儿吃。

说着，刘地主指着晾在一排木架子的牛肉干儿说，这都是给苏联红军准备的，准备去犒劳他们的。

其中的一个鬼子兵一听"炸牛肉干儿"，立刻来精神了，他知道这种炸牛肉干儿将在逃亡路上发挥什么样的作用，它就是保证活命的代名词，它可以让自己活下去啊。于是，他打算脱掉脚上九六式战靴要换一些炸牛肉干儿，但立刻被旁边的那个鬼子兵抽了一个耳光，制止住了。

……

双方说好，当天下午进行交换。

但是，在下午交换的时候，这三个日本兵只带了两支枪，而且还把枪栓都卸了下来。

小宋插嘴说，没有枪栓的枪和皇宫里的太监有啥区别？没啥区别。

小鬼子和村民们争吵起来了。一个鬼子兵咬牙切齿地说，当初就应当把你们村的人全部杀光！说完，还持枪做出射击状威胁，要村民立刻交出粮食和所有的牛肉干儿，否则就开枪了。

……

10

我抽空介绍一下西三甲子村那个懂日语的开明人士刘地主。刘地主有一儿一女，他的女儿当时正在齐齐哈尔的一所小学里教书，是一名小学教员。在 2008 年秋上，一位酷爱齐齐哈尔地方史的当地朋友曾向我介绍过这个开明地主的女儿刘老师，现在她还活着，已经八十多岁了。我的这位朋友曾去采访过她，因为有人说当年的日本鬼子不打人，他打算问问这个老教员，当年的日本鬼子究竟打不打人。

这个老教员住在一幢日式的小二楼上。一进屋，两点印象很深刻，一是老教师喜欢养花——好像齐齐哈尔妇女都喜欢养花。另一个，老太婆招待他的竟是热热的红茶和一小碟地道的炸牛肉干儿。

我的这个朋友献上一束肥硕的野生芍药之后，问了她上面的那个问题。

老太婆说，说的没错，日本鬼子是不经常打人,但能吓死人！

这位刘老太太十六岁的时候，在齐齐哈尔的一所小学里教国文。当年沦陷区的学校肯定是奴化教育了，日本人规定，学校的老师和学生都必须学日语，否则后果自负。这样，小刘老师放假回家后，一有空就练习练习日语，她父亲，就是刘地主也因此学会了一点日语。

小刘老师所在的那所小学的校长，是一个五短身材的日本人，喜欢踮着脚尖走路。刘老太太讲，这家伙经常踮着脚趴在教室外面的小窗户口那儿，一边像嚼口香糖似的嚼着炸牛肉干儿，一边偷偷地往教室里看，看看教员是否在课堂上做反满抗日的宣传。刘老太太说，她一发现那个监视口那双贼溜溜的眼睛，和咕叽咕叽的咀嚼声，立刻吓得不会讲话了。

刘老太太说，这个日本校长一旦发现有人有反满抗日的迹象，第二天这个人就会秘密失踪，被宪兵队杀害了。一问呢，他像没事儿人儿似的两手一摊，说，不知道。

刘老太太笑着说，有一阵子，我一听见有人嚼着炸牛肉干儿的声音就紧张，过了多少年之后才渐渐地好了……

11

我的这位朋友跟刘老太太聊得挺好的，此外他还发现，刘老太太家的炸牛肉干儿味道更地道，嚼起来满口生香。

在品炸牛肉干儿的时候，刘老太太还讲述了一个她亲身经历的故事。

刘老太太说，伪满的时候年轻人搞对象比较早。

说着，老太婆羞涩地笑了。

刘老太太跟我的这位朋友讲，她和她的男朋友（也是一位老师），人约黄昏后，在龙沙公园里散步，两人一边款款地走一边聊，谈情说爱吧。走着走着，就觉得后面好像有人跟踪，那人还呱唧呱唧地嚼着什么，很响，挺讨厌的，皱着眉头回头一看，是一个长一脸青春痘的日本宪兵。后来才知道，这个日本兵在日本有一个女朋友，侵华战争爆发以后，他只好挥泪告别了自己的未婚妻，持带刺刀的枪来到齐市。

刘老太太说，本来应当把这个仇算在他们日本人的头上，但这个日本兵却认为这是中国人的错。所以他最看不得中国人搞对象谈恋爱了，看到我和我对象轧马路，估计刺痛了他，估计他觉得自己活得太委屈了，估计他跟在我们后面悄悄地听话儿的那一瞬间，有点儿不知如何是好了，精神错乱了，而且嘴里把炸牛肉干儿呱唧呱唧地越嚼越快，越嚼越响。八成这个日本宪兵有点大惑不解，中国都啥样了，你们还有心思谈情说爱？

刘老太太像在课堂里讲课一样，突然把声音提高了八度说，可是，世界上的哪一场战争阻止了平民的爱情呢？

说得好！

刘老太太说，这个日本宪兵不由分说把我们俩带到了日本宪兵队。在宪兵队里，这个日本宪兵先连着扇了我们几个耳刮子，问我们是不是共产党，是不是在龙沙公园秘密接头？是共产党的间谍还是苏联人的间谍。我和我的男朋友捂着火辣辣的脸极力地辩解，说自己是小学老师，绝对不是共产党，更不是间谍。

刘老太太说，这种事要是搞不清楚就会被立刻杀头。可是无论我们怎么解释，日本鬼子也不肯相信。

刘老太太说，哼，他们这是不打人么？

后来，小刘老师拿出了自己的证件，宪兵队又给学校的那个日本校长打了电话，知道小刘老师的父亲是个共产党最恨的地主，而且还给宪兵队送过炸牛肉干儿，这才放了他们。

12

我的那位朋友说，刘老太太的哥哥刘真日语说得比他妹妹好，说起话来简直就跟日本人一样。

我问，她哥哥是干什么的？

朋友说，她哥哥刘真是庚子赔款后公派去日本的，像鲁迅一样，是打算去日本学医的，用医学救国人呗。他爹也希望儿子能成为一个医生，好为乡亲们治个病啥的，不要像自己一样当一个小土地主，倒腾炸牛肉干儿什么的。刘老太太的哥哥刘真就是抱着这样一种理想去日本的。当然，这事得有金钱的支持，但钱不是问题，他家里有钱，老爹是个地主嘛，而且倒腾牛肉干儿挣了不少钱。

朋友说，刘真挺有良知，到了日本之后，通过媒体目睹了侵华日军的种种恶行之后，非常地愤慨，在日本就参加了华人的反满抗日活动，跟着就被日本当局抓起来了，好一顿严刑拷打，最后竟把人搞疯掉了，遣送回国了。

我问，真疯啦？

我的那位朋友严肃地说，真疯。回国之后，这个年轻的疯子天天在齐齐哈尔的城门楼那儿卖炸牛肉干儿，一边卖炸牛肉干儿，一边大骂过往的日本人。因为他是用日语骂的，中国人听不懂,而那些听得懂的日本兵看到这个卖炸牛肉干儿的中国人是个疯子,觉得挺好玩儿的,每天还能抢他点儿炸牛肉干儿吃,也不跟他计较,再说,一天天站岗也挺寂寞的,看看疯子也挺有意思的。就这样,刘真一直骂到"八一五"日军投降之前,准备逃窜的守城门的日本兵这才一枪打死了他。刘太太的哥哥的死她爹并不知道,妹妹隐瞒了哥哥的死讯,跟爹说,疯哥哥可能走丢了……

……

13

孙策继续。

他说,没想到,这三个日本鬼子居然持枪威胁村民,村民们一下子怒了,妈了个巴子的,这都啥时候了,日本天皇都宣布投降了,你们这几个王八犊子还在这里跟我们耍横。村民们忽一家伙围了上去。一看情况不好,有两个小鬼子跑得挺快,跳进嫩江泅水逃了,剩下的那个小鬼子被村民扭送到苏军驻地做了俘虏。

那两个小鬼子逃回去之后,浑身水淋淋地把刚才的遭遇向井上松村做了报告。井上松村受不了啦,受刺激了,火了,立刻用手中的发报机胡乱地向附近的日本部队发报,说他们被西三甲子村的中国老百姓武装围攻,请求附近的日军支援。巧的是,这条信息居然被隐藏在附近的另一支四百多人的日本鬼子部队收到了。

这支部队是从王爷庙方向溃退下来的日本关东军的残部,头头叫加藤荣男,少佐军衔。这个人曾经是个电影导演,在日本国内曾经拍过一些烂片，但成功的不多。参加侵华日军之后，他一度想成为一个随军的摄影记者，但因水平太他妈的差，被淘汰下来。但他并没有因此放弃了自己的本行，一路上用手中的那个简陋的照相机拍下了不少血腥的战争场面，他走到哪里就拍到哪里，他希望将来用这些资料能让自己一举成名，赚很多的钱。

孙策说，这可真是他乡遇故知啦。这个加滕荣男联系上了加滕松井之后，两个加滕并成一股，由那两个日本兵带路，先率领一百多个士兵来到了西三甲子村。

进村子之后，加滕荣男命令部下一律不准开枪，以免暴露目标给苏联红军。然后，开始屠村。屠村的具体做法是由加滕荣男设计的，他完全按照话剧舞台和电影的方式，并亲自进行导演和安排，首先把村民们全部赶到晾牛肉干儿的场院上去，日本鬼子分成两排，枪刺对着枪刺搭成一个过道，让村民从这个过道里过，过一个，日本鬼子用刺刀捅上一刀，一刀一刀地，一直到最后一个。人肯定活不了啦。加滕荣男站在一边，用照相机拍下这些镜头。他认为这是自己最杰出的作品，世界上再优秀的电影人也拍不出这样真实的历史画面。

孙策说，日本鬼子屠村之后便迅速撤离。

小宋问，把晾在杆子上的牛肉干儿和粮食全部弄走了？

孙策说，对。不过还是落下了一个幸存者，这个人就是前面说的那个地主兼牛肉干儿买办的刘地主。刘地主一看事情不好，麻溜地躲进了自家的暗道里，这才幸免一死。

第二天天亮刘地主才跑了出来，他打算去邻屯找人。半道上，刘地主看见远处有一队铁甲车开过来，车上的苏联红军战士正愉快地唱着：

正当梨花开遍了天涯，河上飘着柔曼的轻纱，喀秋莎站在峻峭的岸上……

刘地主摘下头上的帽子使劲地冲他们摇晃。苏军的战车终于发现了他，调头拐了过来，把刘地主扶上车。刘地主断断续续地向他们报告了小鬼子屠村的惨况。想不到这股拒不缴械的日军正是苏军追剿的对象。于是，刘地主自告奋勇为苏军带路。

到了嫩江边。苏军用望远镜发现了这股血洗了西三甲子村的鬼子们正在那里抽烟，擦刀，休息，有的正在用柴火烤牛肉干儿。他们似乎知道他们肯定逃不掉了，中国这么大，回日本的路不仅遥远而且相当渺茫，同时他们也清楚加藤荣男是狂热的战争分子，是绝不会让他们投降的。

孙策说，好像鬼子知道自己现在吃的烤牛肉干儿是他们最后的晚餐了，有的鬼子兵还在纸上写着回家的路条，然后把它烧掉，一旦自己成为鬼魂的时候用它来为自己指引回家的路。就是说，他们还是想回日本去，不想在中国变成孤魂野鬼。

孙策说，苏联红军发现这批日本兵比刘地主报告的人数多很多，他们马上用无线电向上面报告情况，请求支援。

苏军在昂昂溪的指挥所，就在前面介绍的那个铁路老干部活动室里。苏军指挥所接到报告之后，立刻命令正在附近驻防的那支由上尉包德格尔内率领的连队，迅速赶过去消灭这股拒不受降的日军。

14

孙策说，上尉包德格尔内是一个诗人，听说还是一个不错的诗人。直说吧，阿成老师，他是个心肠比较软、性格比较善良的那种类型的人。

我说，是啊，这个世界上所有的作家和诗人都是悲天悯人的人。

孙策说，所以呀，让他们做战士不合适。

小宋说，但是战争爆发啦，是不是？每一个青年人都应当像马雅可夫斯基那样拿起枪去战斗。

孙策说，对对对。上尉包德格尔内率领的这支部队是驻昂昂溪的一支远东部队，他们刚刚从欧洲战场上回来，是一支战斗力很强的部队，他接到命令之后，立刻开着装甲车赶到了江边。可是，那伙日军已经发现了前来围剿的苏军，迅速逃窜了。

孙策说，上尉包德格尔内的部队在接下来的搜寻中很快发现了这股日军。但是，令他们没想到的是，当他们接近目标并做好了战斗布置之后，突然有三十多名日军士兵从隐藏的地方举着枪出来投降了。这让上尉同志非常扫兴，看来这是一支完全没有抵抗力的部队。这样，苏军战士全部从隐藏的地方出来了，上尉包德格尔内轻松地缴了这三十多个日本人的枪，包括他们献上的牛肉干儿。之后调转车头打算往回走。就在这个时候，隐藏在附近的那几百个日本士兵全部出来，向暴露无遗的苏军发起了猛攻。这一百多人的苏军部队在措手不及的情况下遭到了日军的猛烈袭击，死伤惨重，上尉包德格尔同志当场牺牲。

仅仅十几分钟，这一百多人的苏军部队只剩下十几个人了，并仍然处在日军火力的包围之下。

小宋说，我靠。

　　孙策说，得到包德格尔内失利的消息之后，指挥部立刻命令大卫茂姆捷滨带领一支半机械化部队前去增援。这个大卫茂姆捷滨是拳击手出身，体魄强健，意志坚定，他和包德格尔不同，这家伙不把敌人打倒在地是绝不会罢休的，用指挥官的话说，大卫茂姆捷滨是一个能打硬仗的伙计。阿成老师，他可不大喜欢吃炸牛肉干儿，他更喜爱吃生牛肉，切成片蘸着盐那样吃。

　　我说，我知道这种吃法。

　　孙策说，大卫茂姆捷滨到达之后，经过对地形的分析之后，马上对这伙顽匪实行了三面包抄，命令中尉尼卡诺夫和耶先果夫各带一支纵队，从两个方向切入，将敌人分割包围，救出那十几名苏联士兵，并动用了两辆水陆坦克过江参战，同时，命令迫击炮向日军开火。到了晌午时分，大卫茂姆捷滨又组织了一支三十人的敢死队，命令他们打击隐藏在苇塘和庄稼地里的日军。

　　孙策说，但是，加滕荣男发现了苏军的意图，立刻把手下的日本兵分成三十个战斗小组，利用土岗、条沟、庄稼地、苇塘，形成一个火力交叉网，密集地向苏军猛烈射击，切断红军的企图。阿成老师，可以说，这支大卫茂姆捷滨率领的在欧洲身经百战的苏军部队还没遇到过如此猛烈的抵抗。

　　小宋说，光脚不怕穿鞋的，垂死挣扎呗。

　　孙策继续说，经过一阵猛烈的炮击之后，躲藏在苇塘和苞米地里的日本兵已经没有动静了。大卫茂姆捷滨命令红军坦克在前面开路，步兵跟在后面，对日军进行全面围剿。当坦克行进至申地房子屯前的大道时，忽然，一股日本鬼子猛地从一道小土壕后面蹿了起来。这是加滕荣男使的又一个诡计，他的部队子弹已经不多了，于是他命令士兵们不要开枪，节省子弹，悄悄地向申地房子转移，当苏军靠近时，再用刺刀跟苏军展开白刃战。

面对端着刺刀冲了上来的日本鬼子，苏军战士的确有点猝不及防，重武器又用不上，跟日本鬼子肉搏的时候，遗憾的是红军用的是冲锋枪，这种枪没有上刺刀，只能用枪托拼杀，或者抡打。

小宋说，老兄，我也知道这场白刃战，惨不忍睹啊。

我严峻地点点头。

小宋说，就像电影里的镜头一样一样的，那些闻到了血腥味的苍鹰和无数只乌鸦都飞过来了，落在附近的枯树上、土岗上，等待战斗结束……妈了个巴子的，这个场面那个加滕荣男拍没拍呀？靠！

孙策说，在这场白刃战中，苏军终于将这股日军全部消灭，而苏军的一百二十四名战士也战死在了这里。都是刀攮的，日本鬼子的刀法还是挺厉害的。

晚阳如血哟，刀伤累累的大卫茂姆捷滨组织了马车队，还在战马的身上披着黑纱，将一百二十四名牺牲的苏军烈士遗体缓缓运到昂昂溪苏军指挥部。在昂昂溪火车站前的广场上举行葬礼，在一排排枪声中，壮烈捐躯的苏军战士被逐一地下葬了。

……

15

孙策说，后来，当地政府在这里建了这个苏军烈士陵园。

那个苏军烈士纪念塔在陵园东部正中，塔高八米，塔基有石阶五级，基座四周为苏联红军解放东北战斗之浮雕。塔身朝西面，雕苏联国徽，镌中俄两国文字碑文：

"为从日本帝国主义压迫下解放东北的苏军死难英雄永垂不朽！"

碑东面雕苏联国徽，镌中俄两国文字碑文：

"中国人民要永久的纪念为日本帝国主义枷锁下解放东北人民而牺牲的苏联人民！"

塔的顶端矗立一头戴钢盔，身佩冲锋枪，高举军旗跨步前进之苏军战士塑像。陵园中苏军烈士墓圹共十六座，墓圹中均矗立着书写烈士姓名标志。这批烈士中，大尉以上军官十三人；上士以下战士一百一十一名。

陵园建成当日，黑龙江省、齐齐哈尔市机关、苏联侨民、人民团体代表及昂昂溪各界群众五千余人参加典礼。

……

我和孙策、小宋站在这个苏军烈士陵园里，一个墓碑一个墓碑地读着他们的名字：列兵保金斯基勒·克，列兵别洛克符·耶，列兵活尔果夫恩·恩，列兵沃都诺夫·阿·格，列兵果聂也夫符·克，列兵沙伊涅尔基诺夫欧，列兵巴甫连果恩·雅……

离陵园前面不足一百米远的地方，就是昂昂溪火车站。每周一次的国际列车从这里经过的时候，那些受亲朋嘱托的俄国旅客们拿着鲜花、炸牛肉干儿和伏特加酒，在这里下车，抓紧时间，到这里吊唁这些战士的亡灵。清明节的时候，当地的中国老百姓也会用中国人的方式，祭上白酒和又香又脆的炸牛肉干儿。

前面说的那个刘老太太，就是那个地主兼炸牛肉干儿买办的女儿，如今已经是一个苍老的女人了，走路不方便了，但是，每到清明节她一定亲自炸一些新鲜的牛肉干儿，到陵园来，把这些炸牛肉干儿摆在一个个苏军战士的墓碑前——从老太婆个人的角度来说，她非常感谢这些阵亡的苏军战士替她报了杀兄之仇。

　　昂昂溪火车站，无论如何是个小站，一点儿也不出名。但是，那趟国际列车在这里是一定要停的，并且始终遵守着停车二十分钟的诺言。

工作简史

什么是"工作"呢？我认为，除了毛润之先生所说的"工作就是斗争"之外，那种为了生活而付出的劳动，也可以称之为"工作"。

剥树皮的工作

我这个人开始"工作"比较早，是在念小学的时候，具体是小学几年级我记不准了，但不会超过三年级。您猜对了，我所从事的"工作"是临时性的，当小工，同志哥，小工之工也是工作啊。这份活儿，或者干的这项"工作"，是我随着两个哥哥一块儿去干的。

当然，作为三年级的小学生，记不清的地方很多，不过，我仍然记得那个临时工作的地点是在"巡船胡同"。有一次，我和我的第一任女友无意中走到了那个地方，一抬头，我看街头上的那个深蓝色的街牌上写着"巡船胡同"四个字，便脱口说道，噢，原来这条小街就是"巡船胡同"啊。

女友问，怎么啦，先前的老岳母住这儿呀？

我说，不是不是不是，光听说有这么个胡同，名字挺特别的，没想到在这儿见到了。

　　我没跟我的第一任女友讲，这是我"参加工作"的处女地。我觉得我还没跟她处到掏心掏肺的地步，另外，她总不断地挖苦我，打压我，这让我的样子很小丑。

　　"巡船胡同"，顾名思义，自然紧临着松花江边儿。在我的记忆中，我工作的地方似乎是在一个不大的，环境有些不一样的工厂（它很像一个小花园）。我至今也不知道那是一家什么工厂，又为什么是那样的一种环境。我琢磨了一下，是小型造船厂么？可在我的印象中那里并没有船，至少没有大船。小船不应当算，当年的江边人家，或者工厂、作坊都有一两只小舢板船拴在江边待用，像床下面都有鞋一样。

　　我工作的地点是在院子里，露天的。当时正是晚秋时节，记得落了一院子的树叶，风一吹，它们就开始哗哗地响。在院子的一隅，堆放着许多从松花江水路运来的圆木。我可以肯定是红松，这点我记得非常清楚。我们兄弟三人的工作，就是把这些圆木上的树皮剥下来，剥一根一毛钱。我们是所谓的计件工，并且剥下来的树皮归我们个人所有。但是，不知道为什么，我在干这份工作的时候有些不好意思，地位卑微？人太小？都不是。可为什么有"不好意思"的记忆呢？是哪个鄙夷的眼神伤害了一个三年级的小学生呢？

　　我和两个哥哥构成了一个作业小组。哥哥们用那种类似花和尚鲁智深使用的那种刀，长长的把（是人家专门提供的剥树皮的工具），用这种工具往下戗树皮。我的工作则是在他们歇气儿的时候，往自家带的麻袋里装树皮，间或，也帮哥哥们戗戗剥皮。

我很卖力，但饨的效果不太好。

当年的哈尔滨是一座准森林城市，城市里到处都是高高的树，而且各种树都有（这里我不一一列举了），因此，在秋天的时候，树叶子的颜色变得十分地绚烂——我们哥仨儿是在那样的一个环境下面工作的，多彩多姿，宁静而有序，俨然一幅俄罗斯风格的油画。有时候赶上下雨天儿，哥哥们和我便穿着雨衣干。如果雨下得太大了，又电闪雷鸣，那我们只好去旁边那个存放自行车的棚子避雨。三个孩子都盼着雨早些过去。秋雨天儿冷啊，干上活儿就会好一点儿。

晌午了，我和两个哥哥去了食堂，食堂应当也在院子里。食堂不大，一共有三个窗口。职工们排队打饭，我们自觉地排在最后。我经常能捡到大人遗落在地上的饭票，一分的，五分的（小孩子的眼睛可真好使啊）。哥哥们就用它打三碗热汤，就着自家带的干粮吃。我一丁点儿也不记得那些排队打饭的职工们都长得什么样。这才真正的是"目中无人"哪。这很不好，没有"人"的故事怎么讲呢？我推想，食堂大师傅应当是一张胖胖的脸，他笑眯眯地看着我递上去的脏饭票，然后，给我们打了三碗热汤——这个大师傅是我杜撰的，在这里作为一个补充而已。另外，那些排队打饭的职工也不会理会我们这几个小工。虽然小工也是祖国的花朵，但是，那并不是一个对花朵很上心的年代。大人们都在理论学习，抢生产进度，批评与自我批评，以及职工文艺汇演和民兵师操练，忙得很。花朵主要是写作业和饨树皮。

临时工的工钱大约是一周一算。我并不知道我们兄弟三个一共挣了多少钱。钱都是由两个哥哥掌控的。我猜想，哥哥在把"工资"上交给父母之前，照例会顺出几角钱下来，作为个人提留。

兄弟三人都有各自不同的追求和爱好。比如我，就喜欢去小人书摊那儿去看小人书，这就需要手里有钱啦。至于哥哥们用钱干什么我可不知道，也没想过问，当时我还没有这方面的意识，毕竟才三年级，怀疑的程序，一般是成为青年人并走进社会之后，才被悄悄地拷进灵魂里去的。

我并不知道这份工作是怎么找到的，我也不知道我们兄弟三人一共干了多少天（但不会超过一个学生的假期），挣了多少钱，更不知道父母对此持什么样的态度。我只记得我参加了这项工作——特别记得下雨时我们兄弟三人工作的情景。还有，就是剥树皮时那种湿湿的树脂的香气。我真想能有机会再深深地嗅上一次，令人沉醉呵。

修土篮子的工作

参加修土篮子的"工作"，是在我小学五年级，正准备上六年级的时候。因为这一年就要考初中了。所以记忆深刻，断不会搞错。修土篮子的工作地点是在八区广场，这个广场在道里区和道外区的交界处。为什么叫"八区"，目前还没有人对此做出解释。反正我从未听说过有七区和九区。道里区和道外区，这两个区隔着一个铁路线，"八区"在线的东边，属于铁道外，归道外区管辖。需要说明的是，"八区"不是区，而是一个极大的广场和一个露天体育场的所在地。在四十年代末和五十年代初，那里曾经是一个临时法场，在那儿枪毙了不少历史反革命。我没看到这样的情景，是我的第一任女友骄傲地对我讲的，她说，她的母亲就是提着匣子枪的执法员（女执法员，我的天哪）。我听了之后，骤然间觉得后脑骨一股凉风蹿了上来。我偷偷地看了她一眼，她仍在满不在乎的骄傲之中。于是，我开始动脑筋，想着怎样甩掉身边这个喜欢匣子枪的女友。我还在当晚的睡梦中，真切地梦到她提着匣子枪直指我的脑壳。

我之所以参加这个临时性的（正规称呼叫"季节工"）修土篮子的工作，是父亲安排的。父亲不想让我的暑假白白地度过。那时父亲虽然还很年轻，但是，他就已经有了让儿子出去打短工、挣点钱的谋划了。父亲是一个既有思想，又是一个能够调动一切积极因素的父亲。难怪他是一家建筑公司的计划科科长。

我修土篮子工作的八区广场的北面，有一座苏军纪念碑，风格很苏联。我们像玩丢手帕游戏一样，同那几个妇女在苏军纪念碑前的空地上坐成一圈儿，中间是堆积如山的破土篮子，都是建筑工地用坏的，送到这里由我们修。后来，我了解到这个苏军纪念碑上的汉字，即书法，是我的一个朋友的父亲写的。他曾是京师大学堂刘师培的弟子。其实，在新中国成立前，这座城市有很多名人题写的牌匾，光复以后基本都不见了。不过，这个苏军纪念碑还在，字也在，油叽叽的金字。

苏军纪念碑的南面是一排活动房，那里既是办公室也是仓库。我想，既然这个修土篮子的工作是父亲给我安排的，这应当是一处存放建筑工程材料的仓库。那么，谁是我们的领导，谁是我们的记工员，他们都长什么样子呢？这方面我却一丁点记忆都没有。这可能有点不可理喻。那么我就猜一下吧，或者这个仓库领导是个中等个，小芝麻官儿也是官儿呀，穿一身被毒太阳晒褪了色的干部服，抽那种仅高于工人吸的葡萄牌纸烟，爱跟女工们开开玩笑，是一口山东口音——当年从山东闯关东到哈尔滨的山东人很多，全城到处都是山东口音。至于那个影影绰绰的记工员，我猜他肯定是个瘦子，倒三角形的黄脸，自己卷旱烟叶抽，牙齿呈地瓜色。脸上总是屈了巴叽的，看他给工人付工资的那副表情，就好像这些纸币是他卖血换来的——请原谅，这也是我杜撰的两个人物。因为没有领导的工作感觉有点儿不正规。

至于怎样修补那些损坏了的土篮子们，说来也并没什么技术含量，不过是用细铁丝将损坏部分绑牢就可以了。至于修好一个给多少工钱，我同样没有记忆。工资不是我领，一定是人家直接交给了我父亲。就是说，爸爸把我的工钱都留下了，儿子一分钱没有。

这就是家庭。家庭是可靠的，但也是残忍的。

之于工作环境，我记得总是阳光明媚的样子。因为事先被告知，下雨天自动停工。这一点父亲显然是知道的，他打着伞出门之前，看着我总是一副意犹未尽的样子。我则是没表情地看着他。我们是这样完成短暂的交流的。父亲是意犹未尽的，我则是个任人宰割的小羔羊。

在阳光明媚的日子里，我和那几个妇女工在地上围坐成一圈儿（挺大的一个圈儿），听她们边唠家常边编土篮子。我是这些女工当中唯一的男性，而且还是个少年。她们都管我叫儿子，"儿子，去办公室看看几点啦？""儿子，去给我倒一杯开水，胃又疼啦，吃点药。"我乐意为她们服务，这样就不至于总坐着了，可以来回跑跑，活动活动，土篮子多修少修对我来说都一样。反正工钱也不给我。这一点她们是知道的。她们说："儿子，你爸可真会算计。是后爸吧？"我就咧嘴笑。

我不知道为什么一回忆到这个修土篮子的圈子，眼前就浮现出一个铝制的饭盒，里面装着几条油光光的小酥鱼儿。这种情景有几次了。那么，这其中有怎样的情节呢？这个铝制饭盒的主人是怎样的一位妇女呢？我，一个少年，跟那几条油光光的小酥鱼之间有什么样的关联呢？仅仅是我在一旁偷偷地看到了，还是亲口品尝到了？有趣的是，到现在我还是爱吃小酥鱼。

每天早晨去八区修土篮子之前，母亲肯定是给我装了饭盒的。但饭盒里都装了什么样的饭菜，我已经记不得了。不过，拥有六个儿女的母亲，她又能在饭盒里给我装些什么样的饭菜呢？我在这方面也没有记忆。这说明了我是一个没心没肺的孩子。这很好啊，要知道，有心计的孩子总是让大人和外人提心吊胆。我想，这也是父亲没安排两个哥哥去修土篮子的一个考量吧。当然，父亲也不可能让他们两个闲待着，摆在他们面前有两条路：一条，去建筑工地当小工，负责给砌砖的瓦匠添石灰，另一条，你们自己想干点儿什么好。总之不能待着。两个哥哥私下商量了一下之后，哆哆嗦嗦讲了他们的想法。没想到，父亲居然同意了他们去江边钓鱼的提议。

他们钓的鱼是这样处理的，卖一部分，家里吃一小部分。两个哥哥很高兴。在我面前陡添了一种优越感（兜里有贪污的小额卖鱼款哪），在兄弟们的日常交流当中，他们的个别动作开始有点儿夸张，也有点儿霸语权的味道了，即明知道自己说错了也不认账的那种。我就傻笑。他们对我的印象不是太好。唉，优越和自尊一结合，恨则更恨，爱则稀里糊涂。

至于当年那些修土篮子的女工现今的状况如何，我一点儿消息也没有。不错，我曾经是她们共同的儿子，可我这个没心没肺的儿子从没想着留下母亲们的住址。岁月如流，屈指算来，我的这些母亲们也都相继去世了吧？

当学徒的工作

去地处城郊的沙漫屯那家酱油厂工作，是我上初中一年级放寒假时干的"临时工作"。这份工作是由父亲山东老家的一个远房亲戚给安排的，毫无疑问，当然是老爸的旨意了。这个远房亲戚是那家酱油厂的采购员，瘦高的个子——王氏家族的人个顶个儿，差不多全是这种瘦高的个子，包括女人。我管这一个瘦高个子叫表叔。

沙漫屯，顾名思义，即，被"风沙弥漫的屯子"。我第一天坐摩电车（有轨电车）在终点一下车，立刻就被风沙变成了一个影影绰绰的少年了。现在那里是学府路，即众多大学学府的所在地，双向八车道，楼多了，风沙就软了。可当时我一下车就要顶着风沙走七八里路了。在风沙里拧来拧去地走着走着，不知道为什么想起了铁扇公主。

我要去做的这份工作，是有一点欺骗的行为的。介绍我去酱油厂当学徒的表叔跟厂长报告说，这孩子就打算在咱厂子长期干。厂长没说什么，只是用双手撸了一下疲倦的脸。当年找工作很容易的，可以说像去杂货店打酱油一样便当。自然也有"面试"：瞅瞅脸儿，捏捏胳膊，也没问什么。感觉这事儿就厂长一个人说了算。然后，厂长填了一个表（厂长的自来水笔还有点不下水儿，直甩），他问我，叫啥名？王阿成。老家？山东博平。厂长问，听口音是西三府的吧？我疑惑地看表叔。表叔说，对，西三府，西三府，是西三府的。就这样，留在酱油厂当学徒了。到现在我也没搞清楚哪儿是东三府，哪儿是西三府。找机会一定要搞清楚它！

当然，父亲给我安排这份工作，不过是让我在寒假期间给家里挣点钱。这跟欧美大学生利用假期打工有些相似。不同的是，人家是为了学费而干，我是为父亲而干，属于被动地为家庭生活分忧（不是每个孩子都愿意为家庭生活分忧的）。不过这种事我已习惯了，逢寒暑假必干，没什么怨言。只是在同学面前有点不好意思，那就撒谎呗——人的谎言很多都是来自不好意思。我就说假期下乡去亲戚家啦，或者去干别的什么什么了。那时候的学生都如我一样的傻，没人深究。酱油厂发给我的工作服，回家我就脱了。但身上总有一股挥之不去的酱油味儿。

在酱油厂，我被安排跟一个老师傅学徒。老师傅瘦瘦的，总系着一个脏兮兮的围裙，挺权威也挺倔的一个老头。我想这是可以理解的，倔的人，要么是有钱人，要么就是真正的技术权威。我师傅属于后者。我很敬重我师傅，我也很自豪。只是我参与了父亲的"欺骗"行为，我感到羞愧，对不起那样好又那样倔的师傅。

跟师傅学徒就是学怎么熬盐酸。那个时候熬盐酸的方式非常原始，盐酸锅类似炼钢的土锅炉，整个场景，同《天工开物》里画的作坊样子差不多。我们师徒俩把豆饼之类放到三个巨大的瓦缸里，再按一定比例加上盐酸，然后架火熬。差不多要熬一天，直到熬成沥青色就算熬好了。现在看，这一定就是纯绿色的酱油了。即便是今天，我到大超市都会专门去调料区看看调味品，照例会拿起每种酱油瓶子仔细地研究一下——我可是内行啊。说实话，还是土法酿制的酱油好呵。

作为学徒，我每天的工作是：上午往盐酸炉那儿挑煤，煤烧完了，变成了炉灰，好了，下午开始往厂外挑炉灰，顺便垫一垫厂里泥泞的土道。如此一天下来，少年郎的肩膀都磨出血了。中午还不错，我师傅负责给职工炖豆腐（全厂也不过十几个职工），师傅给我盛的豆腐最多。我很甜美。

尽管我是个不叫苦也不怕累的人，但是，这力工的活儿真的扛不下来了，而且那股浓烈的盐酸味儿也呛得我有些挺不住。我决定不干了，心想，宁可回家挨揍也不干了。于是我去办公室对表叔说了。不知道为什么表叔的脸一下子红了，他很私密地对我说，到了厂长哪儿你千万别说累，就说闻不了盐酸味儿。我说，好。

就这样，表叔又为我调换了工种，改到小榨车间干活儿。所谓小榨，就是将盐酸炉熬好的酱油原料，放入到另一个大木箱里去，然后，再将烧热的水兑进去，加上大木盖子，用拧螺旋杠子的方式，再将里面的"水"榨出来，流入大榨车间。就完成了做酱油的第一道工序。

这个工作很好，很轻松。加我一共三个工人。那两个人差不多也是孩子，大我三四岁的样子。我所谓的工作只是按他们的要求干一些零活而已。当时正好临近春节，进入腊月了嘛，城里的家家户户都开始准备过年的年货了。因此市场的酱油需求量很大，我们要日夜加班地干才行。我主动也跟着他们白天黑天二十四小时不回家，跟他们一块儿连轴干。困了，就在长椅上眯一觉。我还学着那两个小师傅的样子，用准备做酱油的热水洗澡。真不像话！虽然我和他们一块儿干，但我并不知道还有加班费这一说，只是觉得跟他们一块儿干活很开心，很自由。半夜，我还跟着那个叫柱子的小师傅一块儿在院子里箩麻雀，每次能箩二三十只，然后我们仨烤好后蘸酱油吃。您有机会可以试一下，很好吃的。

淋醋车间在春节期间晚上也要加班。淋醋车间都是女工，现在回想，也是几个小丫头。有一次，她们上夜班挺不住了，睡了。

结果醋池子满了，都淌到院子里去了，是我们箩麻雀的时候发现的。我赶紧进车间把她们叫醒。淋醋车间的温度特别高，因为要给作醋的粮食发酵哇，温度必须高，至少有三十度。我一进去，马上又跑了出来，在门口敲门。那个叫小桃的女工出来，怒目圆睁，厉声地问，你要干啥？深更半夜的！我磕磕巴巴地说，醋池子满了，都淌到院子里去啦……

她们这才慌了，穿上衣服，慌慌张张地开始打扫。如果白天厂长一上班，完啦完啦，罚钱不说，还得挨一顿臭骂。我们三个也帮她们收拾，然后扬上雪沫子掩盖"犯罪"现场。结果，老天有眼，后半夜居然下起雪来了。

事后，那两个小师傅问我，你进淋醋车间都看着啥啦？我就那样地笑了……

没想到，两天之后，淋醋车间的小桃偷偷地给我一个信封，然后她就跑开了。我找了一个没人的地方打开信封一看，是一帧小桃的三寸照片。我的心就快速地跳了起来。但是，还没等我想好下一步怎么办呢，父亲就不让我干了，一是要过节了，再就是寒假作业都没写呢，得抓紧补上，准备开学了。

我觉得有点对不住酱油厂，对不住盐酸炉的老师傅和小榨的两个小师傅，更对不起小桃……小桃长得非常好看，做醋有点白瞎了。虽然她比我大也大不了二三岁，但还是个孩子。真对不起。其实，那书念不念又能怎么的呢！？

这次工作，我一共开七十多块钱的工资。我不知道为什么开这么多的钱，现在想，这里面一定还含着加班。

我把工钱交给了父亲，父亲拿到钱之后非常震惊，表情定格了。他又仔细地看了我的工资条，并找出算盘，反复地进行核对，最后，乐了，说，没错。加上加班费，是这个数。然后，他从那一沓钱中抽出两块钱给了我。我没想到他会给我钱，并且给这么多。要知道，那时候，一个学期的学费才四块钱。

翌日，父亲又把他的那件紫红色的旧毛衣给了我。

很多年以后我才明白，这两块钱是父亲奖励我的诚实。

售货员的工作

又到暑假了，父亲的一个朋友给我找了个在杂货店当售货员的活儿，当然是临时的。那时，我已经上初中二年级了。

这家杂货店在热电厂和森林机械厂中间的那条小街上，叫什么食杂店我忘记了。考虑到我有过做酱油的经历，就安排我在调料柜台卖各种调味品。但是，这个工作我只干了三天，就让杂货店给辞退了。

之所以辞退我，是我卖大酱出了差错。至今我还记得，第三天的中午，一个小女孩儿进来买大酱，要一斤。那个时代的人，买酱都是自己带碗（倘若今天仍坚持这种做法，塑料袋就不会满天飞了）。我装好酱，称妥之后就给人家了。很快，小女孩的母亲怒气冲冲地找上门来了。老营业员连酱带碗放在秤上一称，总共一斤。我乐了。如果不乐，可能就不会辞退我。就这样，人家把我打发了。这是个教训。到现在，我做错了任何事都不会乐，乐，有时候是要付出代价的。我还听说，因为有人在不该乐的时候乐了，结果一辈子不得开心颜。

对于这份短命又教训深刻的工作，其经验教训大于形象记忆。我还记得那家食杂店是幢淡黄色的平房，我穿着一件蓝色大衫站在柜台里面，样子挺滑稽。就滑稽了三天，便离开了那里。

被杂货店辞退之后，我立刻被父亲安排到他所在的工厂干农活儿。当时父亲所在的那家工厂正在草创阶段，厂房还在图纸上。所以不少土地都闲着，于是，工厂决定先分给职工种地。听说这是因为厂长是农民的儿子，看到闲置的土地长满了荒草，生气，才做了这样的决定。这时候我父亲已经是这家新工厂的副厂长了，刚调来的，分的地由职工代耕。代耕，不是职工溜须，是觉得城里人出身的父亲干不了农活儿。暑假，即夏天也，正是除草的时节，我去父亲的工厂主要是去土豆地干锄草这个活儿。很显然，这个活儿是带有某种惩罚性质的。

这是一家大工厂，占地面积很大，直上天边，就是地平线。我独自一人戴个草帽在田地上驼身锄草。

从此，我知道了一个孤独农民的那种寂寞，我是从那时候开始学会了自言自语的，后来在街上走路也自言自语。只是初中二年级的学生就开始自言自语，无论如何还是早了一点儿。

这个锄草的活儿我干了整个暑假。有一次我去沈阳出差，与一个年轻的农民同居一室。闲聊时我问他，农民的最大理想是什么？他咬牙切齿地说，苗生、草死、地发酸！这七字真言，让我不胜感慨。

乘务员的工作

去有轨电车和公共汽车当乘务员，是我初中毕业"考入"交通职业学校之后的"工作"。

当时，这家交通职业学校刚刚成立，属于局（交通局）办校。

好像那一年市里成立不少职业学校，像服务、园艺、烹饪，等等，大都是服务类的。听说，是市里的一个大官从国外考察回来，指示有关局，按照外国的样子也搞一些职业学校，作为城市各服务行业的后备力量。

不过，由于我去的这家学校属于草创阶段，没什么钱，于是校方就想到了学生，学生也是劳动力，也是资源呀，换言之，也是钱哪（这同我父亲的思维方式很像啊）。就这样，校方开始安排所有的新生"勤工俭学"，堂而皇之地让学生们去公交车上当乘务员，卖票挣钱。全校一共二百多个学生，按班级分配，有的被分到公共汽车场，有的被分到电车公司，电车公司又分有轨电车和无轨电车，我被分配到有轨电车上当乘务员。

至今我仍然十分清晰地记得我工作的那辆有轨电车的车号是1919。与同一部苏联的电影《苦难的1919》重名。我的师傅，即开"苦难的1919"的师傅是一个顽皮的年轻人，他长得非常像我国早期的喜剧演员韩非，二位简直像亲兄弟一样。记得有一天"苦难的1919"只拉了一个老头，师傅开了一段儿，突然来了一个急刹车，然后回头看看，见那个老头还稳坐在那里，他又接着开，开了一段儿之后，又突然来了一个急刹车，再回头看，老人仍稳坐在那里。如此反复三四次。老头终于发话了，你是不是想玩我老头啊？师傅笑嘻嘻地说，不是不是，哪能呢。我就在一旁捂着嘴像小猴子那样笑。总之，我们师徒俩处得很好，工作得也非常愉快。

干乘务员这项工作，学生们挣的工钱全部归校方，学生们一分钱也没有，连饭也不管。现在想，这校方也忒黑了点儿。但是，当年的学生们并没这方面的诉求，更没有什么委屈感。反而觉得这比在课堂上听老师舞舞扎扎地讲课快乐多了。

干过有轨电车的乘务员之后，又到公共汽车上去当乘务员。轮换嘛。所谓社会实践课要更多地接触社会的方方面面。那一段时间学校也不怎么上课了，学生们全都被打发到公交线上当乘务员去了。听说，有两三对青年教师因为没啥事儿，开始搞对象了，在学校操场上或校园外的小树林里遛弯儿，不久，他们就相继结婚了。

在公交线上当乘务员，分早晚班，早班每天都要起大早，凌晨三点就起来了，晚班，末车收了车都半夜了。都是一些十四五岁的少年，真是够可以的了。

六十年代伊始，有轨电车还是这座城市主要的客运方式。不仅如此，还是该城的一大景观呢。尤其是那条最古老的有轨电车线，铁轨的两边被低矮的、修剪得很整齐的灌木丛簇拥着，随着铁轨迂回延伸，看上去有某种高贵的气质。沿途上，有轨电车还要经过好几座教堂呢，像教堂街上的天主教堂，涅克拉索夫大街上的东正教堂和基督教堂，还有矗立在全市最高点上的、世界闻名的尼古拉大教堂，乘坐有轨电车欣赏它们是一种很好的享受。当年的有轨电车服务也是极好的。女乘务员都戴着那种船形帽，整个装束，俨然美军的谍报员。另外，车上有各种画报、当日的报纸，还有热水供应，以及各种应急的小药品。真是很好的。车票也不贵，才四分钱，相当于一个俄式小列巴的价钱。到了敲钟的时间了，所有教堂的钟声交织着有轨电车当当的铃声，大抵是这座城市最悦耳的音乐了。冬天，漫天的大雪到这座城市来了，灌木丛上、教堂上、街道上、高高低低的房顶上，都被皑皑的白雪覆盖了。有轨电车照例要穿过它们，当当地行驶，颇有一番冬之韵味儿。不少介绍这座城市风光的画片都取材于这样的背景。

离开了"苦难的1919"，我听说，我的师傅和一个女乘务员搭档了。我没见过这个女乘务员，只知道她的绰号叫"小白鞋"。一天夜里，师傅发末班车，有轨电车的末车是23点，发完了，已是深夜了。那个年代的深夜路上基本没人了，十分寂静。在返厂的途中，我师傅让有轨电车自动沿着铁路慢慢地开着，他和"小白鞋"在车厢的长条座上开始做爱。在调度室因故未走的李调度说，我本想搭末班车回厂，就看"苦难的1919"慢腾腾地开过来，有两只小白鞋在车窗上晃来晃去，我跳上车一看，妈亲哪……

是啊，司乘人员的生活和工作总是安排得那么浪漫，那么匪夷所思。

开无轨电车的工作

从这家交通职业学校毕业之后，我立刻被分配到了无轨电车厂的一路无轨电车当驾驶员。这算是我正式地参加了工作（当时称之为"参加革命工作"，登记表上就这么印的），成了一名正式的工人，有了正式的工资，而且四十五元多。同志哥，一毕业参加革命工作就挣这么多工钱，在那个火红的年代的确是有点儿高哇，一般都是三十多块钱。那么，为啥开无轨电车的工资高呢？这里含着一个有趣的认知问题。即无轨电车是现代化运输工具，电气化嘛，准高科技，所以工资就定得高。尽管开公共汽车的人瞧不起开无轨电车的，说"舵把子上绑块大饼子，狗都能开"。意思是说开无轨电车简单，就两个脚踏板，一个是刹车，一个是加速，类似现在的自动挡小轿车。可是，说这些怪话有什么用呢？

开无轨电车分甲乙班，即早晚两班，一个星期一倒换。轮到上早班就要起大早，凌晨三点起来上班。冷飕飕的大街上空无一人，在通勤点上等车。若是冬天，三九严寒下大雪，北风嗖嗖，像锋利的小刀片儿，把脸冻得跟棕色的牛皮鞋面似的，人哆哆嗦嗦的。晚班，早收是十九点，末车是二十二点三十，回到地处阴阳屯的独身宿舍，半夜十二点了，该放鞭炮接神了。不过我们都年轻，不仅不觉得辛苦，还挺欢乐。我们这些新职工大都属于"月光族"。一到开工资的日子，固定的，几个要好的同学加工友，要去小酒馆喝一顿。就是在上班的第一年，我学会了抽烟、喝酒，学会了臭美，抹发蜡，穿时髦的衣服和皮鞋。还莫名其妙地喜欢逛书店，买书，写诗。郭沫若不是写了一本《百花齐放》么？嘻，我也学着写了一百首花的诗。还喜欢书法、摄影、篆刻、美术、打篮球、唱歌、表演、骄傲，还有打群架。皮夹里的工钱不到月底，就剩下几张毛票了。

记得某年的除夕之夜，那天晚班下班也早，过年了嘛，可我们都不愿意回家过年，哥儿几个就在宿舍过，都是小光棍，在宿舍门上还贴了一副春联，上联是：为革命葆青春。下联是：九十九岁再结婚。横批：越晚越好。让前来慰问的厂领导看见了，把我们臭骂了一顿。翌年春节，我们照例在独身宿舍过年，并事先准备了肉馅、白面，熟食，蔬菜，水果，等等。这些活儿都由铁子一手操办。他听我的。独身宿舍的三楼是女职工的独身宿舍，用今天的话说，还宅着四个大龄女，老姑娘，这几位的家都是外县农村的、山村的，过年照样上班回不去家。几个老姑娘在食堂吃了饭，就回独身宿舍早早熄灯躺下了。毕竟是大年三十儿，睡不着哇，在黑暗中互相逗，你有对象啦，她有男朋友啦，其实都没有，就是心里没底，相互试探，逗着逗着，小兰花第一个哭了起来，跟着，四个老丫头都哇哇地哭了起来，说：妈亲哪，命咋这苦哇。说的都是些比较古旧的词儿。独身宿舍管理员是老任太太，是个孤老婆子，老头子生气死了。她的七个儿女（中间还死了一个，不然是八个儿女）都成了家，但都不收养她，老太太想去谁家过旧历年，啧，都翻白眼儿。老任太太便轻轻地叹了一口气，然后主动去找领导，说过年这几天值班的活儿她一个人全包了……

大年三十儿的，听到三楼有人哭，老任太太还以为她们被坏人啥了呢？忙叫上我们几个上去看看。一看是这么回事儿，得，姐姐们，别睡啦，下楼一块儿过年吧，还有老任太太。

全来了，欢天喜地的，还带着瓜子花生，又包饺子又做菜，电车公司有的是电哪，方便得很，无论男女都管老任太太叫干娘。也写了一副春联，上联是：有哭有笑好姐妹。下联是：没爹没妈歹弟兄。横批：干娘在此。但第二天就不见了。后来才知道是那几个老姑娘中那个叫小兰花的悄悄地给揭下去了。人家小兰花有心计，怕影响不好呗。不像我们几个年轻人没心没肺。

小兰花

这无轨电车我一开就是六年。开着无轨电车天天在城里转圈儿，转过来，转过去，像驴拉磨一样。可以说，当年这个城市的上班族没有没坐过我车的。城里无轨电车一共有五条线，我全都开过。当时正是热热闹闹的"文革"时代，感觉广大人民群众有许多大是大非的问题需要辩论，车一出库，沿途到处都是辩论的青年人，滔滔不绝的人才随处可见，人家演讲根本不用稿，就那么哇哇讲，一讲讲好几个小时，可真有才。这中间还穿插一些戴高帽游街的，示威游行的，把"现行反革命"押赴刑场枪决的。无轨车离不开天线呀，所以不太好开，可也没什么难开的，慢慢蹭吧，反正靠到八小时就下班了。这期间，我还顺便谈了三四次恋爱（这些事在我的《恋爱简史》中已有涉及），虽然每一次恋爱都是掏心掏肺的真恋爱，但最后一次，结婚了。有道是"当年媳妇当年孩儿，当年没有等三年儿"。三年后，有了大女儿。

在这六年期间，我认识了很多人，也做了不少荒唐事，不知道为什么，居然有印象的记忆不多，唯一留下的感受是，工厂的老职工大都对年轻人有偏见，看不惯我们。这大抵便是老话中所谓的"代沟"吧。另一件记得特别深的事，是我突然要离开无轨电车公司的时候，我要走的消息一传开，我的那个同学加工友铁子的嘴上立刻起了一个大泡，上火了。

他湿润着眼睛说，哥，你走，我可是一点儿也没想到……

铁子特别喜欢钓鱼，经常利用假日去郊外的野河钓鱼。后来听说，一次钓鱼中，突然下大雨，铁子和几个渔友赶忙躲到野堤边的一个凹洞里。对，凹洞塌了。铁子媳妇就是独身宿舍三楼的那个老姑娘小兰花。大家议论说，兰花聪明一世，就是忘了嘱咐她男人下雨的时候，千万，妈了个巴子的，千千万万，别上土洞里去躲呀。唉，天意呀——人哪，就是越肥越添膘，越渴越吃盐哪。

后来，我在菜市场见过兰花一次，她正在那儿捡白菜叶子。看到我，一下子愣住了：阿成是吧？

我皱着眉头问，干吗呢你这是？

她说，菜太贵啦，拾掇点儿菜叶。

我说，嗨。

小兰花说，笑话我是吧？

我说，我他妈的一个开车的出身，笑话谁呀？得，今儿你就别捡啦。

说着，我告诉菜贩子，称六棵大白菜，挑大的。

小兰花说，当初你就不该调走。铁子什么都听你的。不然他就不能出这事儿。

搞得我一时无言以对。半晌才问，铁子的儿子多大啦？

小兰花说，高三，正啃劲儿的时候。

于是，我把兜里的大票都给了她。

她倒也没拒绝，肯定地说，铁子能知道。

看着她离去的背影，我心里说，小兰花可是老多喽，不过，背那么多菜走得还挺有劲儿。

汽车司机的工作

六年后，我通过父亲的熟人转到石油会战指挥部去工作，并改行当了一名汽车驾驶员。我想这次改行似乎跟汽车司机看不起开无轨电车的人有关。

所谓"石油会战指挥部"，就是一家中型石油化工厂的筹建单位，地址在城郊的"化工区"，那一带已有三四家化工厂了，什么化工总厂、油漆厂、化肥厂、化工二厂、防腐厂，等等。

我去的时候，石油会战指挥部就是两顶帐篷。远看就像地质勘探队一样。指挥部的政要和工程技术人员都集中在乳白色的帐篷里，没多少职工，刚刚筹建嘛。上下班，一辆老式日产的长鼻子通河牌客车全装下了。自然，在这车辆里面也发生过爱情和婚外情。这里不讲了。帐篷外面、四周，是四十多公顷从农民手中买下的一望无际的庄稼地，说一句狠叨叨的话，就在这片土地上要建一家中型的炼油厂。

当时指挥部的大模样就是这样。虽然状态还很大自然，但已经有不少建材和器材都运到了，不少工号也插桩开槽干地基了。办公楼已经起了一半了（上面插了不少迎风飘扬的彩旗，特别是那种水绿色的彩旗，给人一种特别纯洁，特别浪漫，特别70年代的感觉）。总之，一切都正在建，基础工程差不多全面铺开了，事情很乱，千头万绪，很恼火，还有不少张不切实际的设计图纸需要改。用施工工段长的话说，应当把那些戴眼镜的设计人员在脖子上插上亡命旗，拉出去枪毙！

我刚去的第一天，一看，哇，蓝天、白云、荒原、帐篷、野水，一下子激动了，回去就写了一首二三百句的长诗。这老派青年的诗哟，特别有那个时代的味儿。这里我想给同志哥念几句：

这里原本是一块荒寥的土地／除去几洼幽幽的野水／便是一望无际的旷野／天空的白云在这块土地上悠闲地踱步／杂瘠的植物在这块土地上自由地蔓生／狂风／暴雨／在这里频频地演习／黄羊／白兔／在这里缱绻地傲居／……／微微的细雨吟出款款的诗句／深情的春风把希望吹到了这里……

真是傻得好可爱哟。

尽管这里的一切都在建设中，还处在"现在进行时"，但车库却提前建成了，因为指挥部的车队也是刚刚筹建，仅有四台解放牌大卡车，已经投入到火热的建设中去了。

报到之后，我发现不仅我是新到车队的司机，整个车队的人也都是新来的。有的来了就是官儿，有的来了就是兵。新单位的情况差不多都是这种样子。

由于我来得比那些人晚，因此没有车开，我得等。当然，就是来了新车我也不一定能轮上，中间有可能再插进一位，抢在我头里把车开走。这也是常有的事。我还能怎么样呢？当众自杀么？干工作就要有耐心，要将心比心，要换位思考。

我刚去主要是干修理。其实所谓修理也没什么可修理的，都是新车，做做例行保养而已。

我们车队长姓刘，三十多岁，人非常横，签出车票子的时候特别用力，恨不得把钢笔尖干骨折了。其实，在我国浩浩荡荡的干部队伍当中常有这种横的人。因此，车队的司机、修理工及用车部门的货主都有点怕他，都看着他的眼神儿说话。我猜想他一定有一种极大的满足感。可我不在乎这个，这个世界上我只怕我妈我爸，半怕我老婆，剩下的我谁也不怕。另外，我为什么要怕一个人呢？为什么？古怪得很嘛。

可这就是我不成熟、我年轻、我情绪用事、我"二B"的地方了。我在自己的青年时代犯了这样大的认识上的错误，真是遗憾。我怕怕别人又有什么不好呢？怕，又不损失什么，为什么不可以怕呢？真是蠢透了。伪英雄啊！堂吉诃德呀！在领导面前保持战战兢兢永远是一种有益的获得，而不是无谓的丧失。

车队长看到我牛哄哄的样子，内心一定十分厌恶。据说，他是生产队车老板子出身，乡里，城里，赶马车搞运输的时候，对牛皮的城市青年有一种天然的抵触情绪。在他，这是永世不可改变的东西。今天他既然做了城市青年的领导，他就必须把城市青年的这股子牛气打下去（他并不知道我是从山区来的），活活地掐死！你牛皮，他比你还牛皮！

他经常出其不意地问我有关汽车修理方面的问题："小王，你是交校毕业的，传动轴是第一道费还是第二道费？"冷不丁一下子把我被问住了，我嗫嚅地说，第一道费还是第二道费？这个这个，第二道费吧？大家就笑了。后来我才反应过来。其实这是一个非常狗屁的问题，什么第一道费还是第二道费，一个传动轴有什么费不费的，太他娘的离谱了。可当时我让他给造懵了。可这是为什么？取笑我吗？

一日，不知道队长从哪弄来一台斯大林同志在卫国战争期间视察前线用的那种嘎斯67吉普车，让我和比我晚来几天的一个在部队犯了错误的并转业地方当工人的老刘一块儿修这辆破吉普车（在部队他曾是车管科的科长）。其实这台车根本没有一点修理价值，可那也得修哇。整个修车过程，感觉像医学院的学生在上尸体解剖课。人肯定是死了，就解剖解剖，万一改一机器人儿，能动就成——也可能是队长操练我们俩玩儿。没办法，我们整天被油污泡着，浑身上下没有干净的地方。然而，修着修着，上瘾了，我和老刘修来修去修着迷了，俩人一块儿研究着修，有点像修复一件破碎的古代陶罐。中间歇着的时候，我俩就坐在车库大门口那儿，一边晒太阳一边抽烟。记得当他看到那几个十六七岁的青年装卸工时，感慨地说，这些孩子正是应当念书的年龄啊。一种很惋惜的样子。这给我留下了很深的印象。

队长一看，两人不仅没有受虐感，反而干得挺沉醉，挺甜蜜，下令说，不修了，就是修好了还得坏。他这么说，我们俩还真有点恋恋不舍。这样又没事干了。没多少日子，老刘突然平反了，调到了材料科去当副科长，落实政策了。他走之后，队长撇着嘴说，这些日子他背后也没闲着。

一日，车队不知从哪儿又弄来了一台破旧的 581 型三轮小货车。队长把这台根本不能开的、三个轮的、极其破烂的、甚至就是一堆废铁片子的老式"581"汽车，让我修好。用他的话说，"修好了之后，能开几天算几天。"

我说，妥。

车队长说，用不用给你配个助手？

我说，不用不用。

全车队的人听了都开心地笑了。

队长只在自己的左唇角处，控制性地漾出了一个小银币大小的甜笑。这使我想起了那种带小红点儿的点心。

其实队长也并不是一无是处，比如他喜欢看天儿，知节气，关心农村的收成，深情地、翻来覆去地讲那些几乎是一成不变的农村故事。他的性格也不是很偏的，开始也很憨厚，很点头，很沉默的。后来，他变化了。再者说，谁当了领导不变化呀？光是他一个人变吗？

所以，他反感我，我却不反感他。

我是汽校毕业的，属于科班出身。知识永远是伟大的，尽管它在民族的历史上多次败给庸俗与无知，但那仅仅是在灵魂上，而不是它活着的躯体上。

我凭着我的知识、技能和一点儿能对付的诡诈，仅用一个星期的时间，就把那台破破烂烂的 581 开出了车库。

能开的 581 开起来俨然一台中型交响乐，由于它只有一个半缸在声嘶力竭地"工作"（正常是两个缸工作），所以，发动机包括排气管子交相奏出的曲目是《黄河大合唱》中的那段："乌

云哪，遮满天，波涛哪，高如山，冷风哪，扑上脸，浪花哪，打
进船……伙伴哪，睁开眼，舵手哪，把住腕……"然后是"划呀，
划呀，划呀……哈哈哈哈……"

我对队长和工友们说，怎么样，这台车发动起来的声音像不
像《黄河大合唱》？

大家都开心地笑了起来。

我发现工友已经喜欢我这个新来的人了。当然，喜欢，他们
也不会把崭新的大卡车让给我开。世界上所有的喜欢都不是无度
的、奢侈的。假如说，车队长喜欢我，但是他能把车队长让给我
当么？

队长瞅着"修好"的581皱着眉头说，怎么会这样。

我说，谁要能把它修得更好，并且不用新配件，我可以光腚
在工厂里跑一圈儿！

大家听了都笑疯了。

那时候，我已经结婚了，说话也不在乎了。

这台所谓"修好"的581自然归我开。队长对我说，食堂要
去买菜，你开581去吧。从那以后我几乎成了职工食堂的专用车。
是啊，吃水不忘打井人。当时，老百姓吃肉是凭票供应，一个月
每人半斤肉。食堂专有猪肉供应，借工作之便，我可以弄点不花
票的肉，包括熟肉制品，猪头肉之类的。

但很快这台车就不行了，太破了，总坏。只好扔在车库里。

又没车开了，我就在车库里待着。不过，有时候也能打个替
班（我们叫"打补丁"，或者叫板凳队员），哪个司机有病了，
有事了，或者结婚休假了，我就替一下。不过，那种给食堂，给
关系单位，给后勤，给私人出车干活的任务，我再也摊不上了。

我干的活儿，全都是拉修铁路专用线用的河流石，铺路用的猫爪石，基建用的砂子，工程用的螺纹钢，还有管线设备上用的各种大型阀门。拉这些东西我能占着什么便宜呢？我能把大阀门拉回家么？再说，抱回家去干什么用呢？

不过，打替班的日子还是挺充实的，过得也很有意思。我喜欢在卡车装货、卸货的时候，看看飘浮在蓝天上的白云（我们队长有时候也这样。我猜想，他的心情一定很好）。因为那时候我就爱看书了，尽管这与身份有些不符，但我并没别的意思，或者想因此改变自己的生活呀，想出人头地呀，没有没有，没那么不磊落。就是一种愉悦而已，一种精神生活。不是那种"读书吧，它是你知识的源泉"，而是"读书吧，你闲着干什么"。

没有打替班的任务了，就等于是没事可做了，但没事也得上班，不上班扣工资。这是规矩，不是一个可以讨论的话题。

上班后，我就自己给自己找点事儿干，看看书，给出车的工友们热热饭，中午打打扑克，赌赌钱，下下围棋（下得很不好，就是消遣），听听车队的老修理工讲他在旧社会的那些半真半假的风流韵事，什么开盘呀，探房啊，一些女孩子的命运哪，等等。尽管那个时代的社会气氛很严肃，很老派，但偷着讲也没事。有时队长坐一边闭目养神，其实他那两只厚而小的耳朵绝对在听。

第二年，车队来了一辆新的解放牌大卡车。就我一个司机闲着，但队长不让我开，那台车就那么在车库里撂着。我一看，心想，好。第二天上班带了一个围棋盘，一本日本棋手大竹英雄的棋谱，就坐在车库大门的门口，对着棋书打棋谱。这时候，工地上的人多了，会战嘛，安装的、基建的、修路的，全上来了。来来往往，从车库门前经过，就看我专心致志地在那打棋谱。车队里谁也不敢叫我干别的活儿，显然一切我都准备好了。特闲的时候，我会突然迸发出一种古怪的情绪，在车库里放声高歌起来：

歌声迎来了金色的太阳，航标兵为航手引路导航，我们战斗在天涯海角，让航行的朋友们一路顺畅……

现在的"后族"们不知道这首歌，还是挺好听的，特昂扬。

队长一听，对我说，别导航了，没啥事儿你给车队画画黑板报，宣传宣传车队，给咱车队的工作成绩拔拔高。

闲着也是闲着，拔呗、画呗。再说我愿意干点儿什么。要知道，年轻人精力过剩啊。

我这个人也有点优点，即干什么都有个认真劲儿，从这点上看，反感我的官员不让我干主力队员的活儿是对的。

下了班之后，我自己花钱买了几本图案资料的书籍，第二天上班就画了起来。应当说，我干得非常漂亮，不少职工和官员都在车库前的黑板报那儿驻足观看。车队的工友们出车回来看到了也说，行啊，靠，大才子呀。

我灿烂地笑着说，那是。我这是奔着当车队长使劲儿呢。

站在一旁的队长便讪笑起来。

很快，办公楼建起来了，有关人员也陆续到了，不少工程也初具规模了。四十公顷的土地上，到处是管道、炼油塔，以及储油罐，等等。一个在科室工作的姑娘（那时候我们管女青年叫"姑娘"，男青年叫"小伙儿"。现在都叫"男孩儿、女孩儿"，像一份巧克力甜点心似的），每当车队的黑板报内容更新时，她都过来看，有时还跟我聊几句。我知道她也喜欢读书，她告诉我，她看过《安娜·卡列尼娜》，说完，我们俩的表情都不自然起来。

要知道，那本书里有许多值得商榷的道德问题呀。

这个女孩的父亲是市里的一个官。我们队长很清楚这一点。我猜，经过他的认真观察和思考，他认为不能再让阿成画黑板报了，再画下去，万一跟那个女孩儿扯上了，局面就控制不住了。另外，让我整天在车队闲着又唱又画，又下棋，又扯淡，这么轻松，这么潇洒，会对车队职工有一种整体的腐蚀和瓦解作用，慢慢地会引发一种不满情绪。再加上我白天到各个部门乱窜，跟那里的干事、工人、大姑娘、小媳妇闲聊天儿，这也是让队长闹心的事。

车队长等大家都出了车之后，找我。

队长说，从明天开始，你值夜班。为什么？一，工厂的安装工程到了关键时刻，大批的设备安装人员正在夜以继日、挑灯夜战，因此，不能没有夜班司机。二，考虑到你是科班出身，技术好，身体也不错，不会耽误事儿，所以安排你上夜班。

队长又补充说，值夜班的时候，车队里的车，包括那台新车，你想开哪台就开哪台。

我说，队长，我可是刚结婚……

队长立刻摆手打断了我的话，意味深长地吸了一口烟说，阿成，你要珍惜这次机会哟……

我问，珍惜什么机会？

队长说，凡事你都要想一想，认真地琢磨琢磨，你考虑过没有，车队的领导班子还缺一个名额呀……另外，值夜班还有夜宵……

我笑了，心里说，队长，你能不能不闹，小魔术哇？

最后，我还是答应下来了。但是，答应是有条件的，干一个夜班算两个班，不行也可以，今后大家轮流值夜班。我毕竟是刚结婚，咋也得讲点人道吧？就是咱们总指挥也得讲人道啊。

队长的脸冷了下来，最后他还是点头了。他听出了我话里的那种暗示味道。他很聪明。

我的夜班工作并没有干多久，原因是有加班费之故，工友们眼热了，希望大家轮着值夜班。那就轮吧。一轮，我又没事干了。

一天早晨，我正夹着棋盘准备去打棋谱，队长过来说，给你，新车钥匙。

从此，我就是开着这台嘎嘎新的解放牌大卡车，为"石油会战指挥部"的工程，拉钢材，拉管道，拉机床，拉职工福利，成年地东奔西跑，跑遍了黑龙江大地。当然也捞了不少外快，鸡蛋哪，秋菜呀（为此还跟工友合挖了一个菜窖），粮食啊，农村很便宜。工作得十分愉快。在这期间，车队添人进车，我因专业学校毕业，为此还当了差不多一年的汽车教练，前前后后，一共教过三四个徒弟呢。是啊，对这份工作的印象最多的，是大自然，总开车跑外县嘛。大自然太迷人了：盐碱滩，雪水河，盘山路，大森林，风天、雨天、雪天，开着卡车在黑龙江的大野上跑。是啊，同志哥，别看阿成这孩子占了那么多便宜，但也遭了不少的罪呀……

开面包车的工作

哈尔滨石油会站指挥建成，还没正式投产呢，怪怪的，很多"老"司机都纷纷离开了这里。为什么呢？至今我也不知道是什么原因，传染？群体无意识？从众心理？不明白。不仅是"老人儿"都相继走了，车队长也被调离了车队，等待分配，"挂"了起来。队长为什么被调离了车队，"挂"起来了呢？这也是一个谜。也

124

可能是当时我还年轻，不具备及格的政治嗅觉，没注意研究青年时代众多的"为什么"，才留下这两个难解之谜。既然大家都调走了，我也不好意思再待下去了，于是，也打报告申请调离，去了市城建局。刚好城建局下属的一个市政处来了一台新面包车，没司机。

当年，城建局的市政处就在市中心，那幢原市政府大楼里。少年时代，"五一"呀，"十一"国庆搞群众大游行，主席台就设在这幢大楼前，花团锦簇的游行队伍就举着绚丽的纸花，齐齐地喊着"毛主席——万岁！"，"共产党——万岁！"浩浩荡荡从这里经过。

没活儿的时候，我就把面包车停在政府大楼的东侧。街的对面是市第一中学和一家叫"松雷"的馄饨馆。中午我常去这家馄饨馆吃饭，馄饨一毛四一碗，有紫菜、肉丁、蘑菇、虾米之类，烧饼是现烤的，烫嘴，很香。不少政府干部馋了（我是指普通干部），也上这儿来吃。这家馄饨馆的采买员是我的小学同学，尽管认识他，但我尽可能地躲着他，一是被照顾就不好意思，另外也影响进餐的快感。美美地吃过了，便回到车上一躺，看书。我特意在面包车上做了个装书和杂志的小铁箱，并安了一把锁。那时候一本杂志也就两毛多钱，一本书不过是一块多钱。可我一年订书刊就高达一百多元。处里的干部说，小王挺爱学习呀。其实不是，就是看着玩儿，喜欢。当然，看着看着，也把自己看牛了，居然也要写点什么。有一次，一个当教员的朋友让我开车拉一位一中的老师去上坟。这位先生叫王偶，曾是旧社会哈尔滨《小说月报》的主编。五七年"反右"，他是哈尔滨第一个被揪出来的右派，因为他在《黑龙江日报》上写了一篇散文《我漫步在兆麟大街上》，结果被遣送到乡下改造了好几年。平反后被安排在一中教语文。您看，我跟他认识了，一聊。他乐了，哈，师傅也写东西呀，有机会拜读一下。第二天我就把自己写的一篇小说给他送去了。翌日他打来电话，让我去一中收发室见面。在收发室见了面，他就说了一句"你还行，继续写吧"。然后把稿子给了我。回到面包车上我打开稿子一看，汗立刻就下来了，满篇红瞎瞎的，全是老师用红钢笔改的错别字。真他妈的丢人。

这是另一个话题，这里不多谈。

我所在的部门是市政市容管理部门，主要是负责这座城市的市容管理，这样，我几乎每天都要开着面包车在城市里转，干什么呢？拉着领导检查市容。

我们处有一正一副两个处长，正处长姓苑，另一个姓什么记不得了。苑处长是河南人。苑处长的优点是喜欢坐车，缺点是太喜欢坐车了。感觉他离开车就不能活，得窒息而死。当然，领导坐车是天经地义的，"当官骑马，战士走路。绝对平均主义是错误的。"习惯后也就好了。

苑处长坐车从来没有固定的去处，随意性很强——这可能跟我们处的工作性质有关系。我们处的工作范围非常宽泛，市容管理嘛，转到哪儿都是工作，转到哪都是检查市容市貌。那就可城市转吧。苑处长一坐上车的第一句话，永远是：小王，车开得慢一点。不是"点儿"，而是"点"。尾音收得很快。

那就慢一点呗。

我开着车在城里到处转，转完了上午，午饭之后，接着转下午。我有点儿恨自己，这可比开无轨电车还累呀。有时候上午开车转悠完了，中午就在他家吃面。用他的话说：小王，到家吃面吧。

126

所谓的面，就是"白水煮兔子"，清汤寡水的，啥也没有。老同志可真可爱，他认为吃面条就是改善生活了。所谓菜呢，就是将胡萝卜削了皮，切成滚刀块儿，撒上盐、味素——苑处长叫"味之素"，甜蜜地嘱咐她老伴儿说，"放点儿味之素，放点儿味之素。"听上去很关爱，很甜美的意思——然后呢，再滴上几滴芝麻油，用筷子一拌，这样子就着面条吃。每次去都吃这个，千篇一律。不过吃的时间久了，居然吃出感情了，落下病了，几十年过去，一直到今天，我仍喜欢白水煮兔子式的面条和胡萝卜咸菜。如果是家里女人拌这个小菜儿，我照例会说，"放点儿味之素，放点儿味之素。"这倒不是说我对苑处长有多深的感情，而是对生命之旅中的某些"趣点"的眷恋。

有时候，开车拉着苑处长"逛街"——既检查市容，常常是逛着逛着，我从车上的倒视镜里发现苑处长已经坐在那儿张着大嘴睡着了，像中了子弹似的，头往胸前一耷拉，那样睡。太好啦，接下来我就可以瞎开了，想上哪儿上哪儿，但是不能停，一停苑处长就醒——这种事我也落下病了，直到今天，我还喜欢坐车或开车没有什么目的性地瞎逛。正所谓："跟啥人学啥人，跟着巫婆跳大神儿。"

市政管理处除了市政管理之外，就是收集与总结相关的材料。处里写材料的老葛是专职写手。写了一辈子，一米八的大个儿，腰都写弯了，什么月总结、季总结，上半年总结、经验材料、领导发言、年终总结，写了整整一大文件柜，上下两层四隔，放得整整齐齐。他跟我关系不错。所以不错，是他知道我爱好文学。他很感慨，他说，年轻时我也写过诗……他年轻时不仅写过诗，还爱好打篮球。我问他，后卫还是前锋？他说，负责摆球的，中锋。

我多少也喜欢一点篮球，我们聊得不错，有时候聊兴奋了，老葛还会离开办公桌，左一晃，右一晃，做几个带球过人的假动作。

突然一天，干部处打来电话，请他上楼办理一下退休手续。当时他正在写一份总结报告，登时就僵住了，半天才继续写完手头的那份总结报告。我当时正在他的办公室翻看报纸。他冲我凄惨地一笑，说，上趟楼。我点点头。

大约十分钟不到，他回来了，开始收拾东西。其实也没什么东西可收拾的。然后他打开那个文件柜对我说，小王，你看着没有，全是垃圾。

我点点头。

他最后把办公室的钥匙解下来，扔在办公桌上，说，小王，我走了。再见吧。

我吃了一惊，说，怎么，不跟头儿打个招呼啦？

他鄙夷地笑了，说，走就是走了，听那些屁话干什么！

我说，葛科长，要不，我开车送你吧？

他说，不用不用，我想顺便溜达溜达。

然后，他使劲儿地握了握我的手，就走了。

下午，苑处长问我，老葛走啦？

我说，不知道哇。

我在市政管理处一干就是五年，整天拉着处长、局长、市长，各种检查团，五花八门的专家，在城里到处转，可以说把城里的大街小巷都转遍了，对它们的过去和现在太了解了。当然，除了对这座城市的了解与掌握之外，小小司机对官儿的认识也向前迈进了一大步。

当干事的工作

不久，老婆不让我开车了，整天担惊受怕的。我呢，也不想再开车了，开够了。但真正离开这份工作，还是老爸的一番话发挥了作用。

我通常是在节假日去老爸家，没事儿，就是瞇一眼，跟老爸老妈唠唠嗑儿，再吃一顿老妈做的饭（老妈做的酸菜炖大片儿五花肉，真好吃呀，香！垂涎三尺呀。现在是吃不着喽，可怜的老妈不在喽）。酒足饭饱之后，才打道回府。每次去的大致情况都是这种样子的。

这一天在和老爸唠嗑儿的时候，他突然问我，工作怎么样？

我说，混呗。

老爸说，有什么新打算没有？

我说，什么新打算？没有。

老爸说，你就打算开一辈子车呀？

我一怔，这事儿没想过。

爸说，你整天开车，你媳妇为你担心……

我说，那，她开？

老爸说，你的岁数也不小了，这车也不能开一辈子，你不是好写吗？我给你调个工作吧。

我说，不开车了？

老爸说，去樱花厂工会，当个干事。

我说，干部？

老爸说，以工代干。现在你还是工人。我都跟樱花厂说好了。

……

所说的樱花厂，是一家刚刚筹建的中型纺织厂。老爸是搞基建的，哪儿新建厂他就在哪工作。加上新厂缺人，我好歹也算是个中专生，另外还有野鸡大学的文凭，学的是中文，我可是优等生呀，对古文有天生的亲切感。当然，也是对生命的尊重。厂方听说我还能画两笔，厂工会就缺这样的人才，那就快来吧。那个时代调转个工作容易，你同意放，我同意收。完事啦。不像现在，像解剖疑难尸体一样，忒复杂。

我这个人做事雷厉风行，第二天我就向苑处长提出调转申请。

苑处长挺冷静，不愧是当官的，问我，想好啦。

我点点头。

苑处长问，在那儿做什么工作？

我说，工会干事。

苑处长说，我不知道你还有这方面的想法。想当干部咱们这儿也可以安排呀。

我说，处长，我没想当干部，是老爹跟人家说好啦。我开车老爷子不放心。

苑处长说，那，这样吧，你负责再给我找一个司机，水平跟你一样好的。

我说，妥。

当晚我就跟我的一个同学讲了，他已经好几年没车开了，一直在他们单位的车队坐冷板凳。我跟他一说，妈亲哪，上帝呀，那把他乐的，都不忍看哪，错乱啦，语无伦次了。一个劲儿地说，阿成，其实你就是个当干部的料，我早就看出来了，你开车那就白瞎了。真的。

我说，狗屁狗屁狗屁。记着，请客！

……

虽说我没想过当以工代干去，但是老爸说得对呀，我总不可能开一辈子车吧？不开就不开吧，也他妈的开够了，换一种活法可能会更有趣儿。

没过几天，我就去樱花厂工会报到去了。

厂工会也是个新工会，连工会主席在内，都是从外单位调来的新人。工会主席是个老头，一头白发。他把我领到了办公室。办公室加我一共五个人。当天我只见到两个，一个女会计，黄眼珠，瞅人笑呵呵的，看样子，看神态，看形象，一定是来自乡镇。另一个小伙子比我早报到两天，原是省足球队的队员，退役了。人不错。两天之后肯定是朋友。

工会主席指着一张办公桌说，小王，你就坐这儿办公。

我一看，所有的办公用品都给我准备好了。

我就坐那儿了。没事呀，干坐着。工会主席一看，就把报纸拿给我，说，看看报纸。

然后就回他的办公室了。

于是，我就开始哗啦哗啦，看报纸，连报缝中的寻尸启示都看了。我偷看了一眼另外两个人，女会计倒是真忙，在那儿记账，而那个姓刘的足球运动员，则在一张纸上画小人儿。见我看他，立刻站了起来，对那个女会计说，我领王师傅到厂区去转转，熟悉熟悉环境。

女会计笑着说，咱这儿也没啥事，去吧。

来到外面，小刘（他叫刘大山）说，出来透透气儿。咱也没坐过办公室呀，兄弟，坐不住哇。嘻，哪练过这个呀。

我说，可不是，坐得我直慄，瞅东西都双影了。

没用两天，不到两小时我们就成了朋友。

不过，没多长时间就结束了这种无所事事的局面。新工人上来了，各种培训也开始了。工会必然要参与其中啊。我是工会的组织委员，在各个车间搞劳动竞赛。搞竞赛就得有奖品，除了流动红旗之外——就是那种三角形的，插在机床边上的那种。现在是不扯这个了，过去很普遍。然后，还得有物资奖品，像毛巾哪、背心子呀、笔记本啦，这些小玩意儿。毕竟厂子大，工人多（四班三运转嘛），所以就得经常去市里买奖品。樱花厂是"中托"投资的，有钱，工会经费是全厂工资总额的百分之二，你算算有多少？花不了的花。不久，那个老工会主席退了，换了个女主席，大妈级的，因为买奖品都是组织委员买嘛，一次，大妈悄悄地跟我说，小王，我可喜欢那种电饭锅了，一边说还一边用手比画着大小。我说，妥，我安排。我觉得"奖励"给主席大妈一个电饭锅并不为过，老太太也挺辛苦的，当下属的应当早想到这种事，不要等人家提才是。

总之，奖品很多，肯定是发不完的。工会的其他干事看到我一打开柜子里面塞了一柜子背心呀，毛巾肥皂之类的东西，就跟我要，我手松，要者不拒。当然这是错误的。虽然没有下次了，但今后我也指定改。

不久，刘大山调走了，他嫌上班太远。于是我又兼上了文体委员。现在樱花厂的厂徽就是鄙人设计的，可以说，我应当是我国此类设计的先驱者之一。到现在，樱花厂职工的工作帽、工作服上还在使用我设计的厂徽呢。除此之外，厂内所有的摄影全部由我负责。我还专门在地下室搞了个摄影间，灯光啊，背景啊，均出自我手。所有厂劳模的照片都是我拍的。我还找了一个助手，小伙子长得有点像普希金，脸色有点苍白，特喜欢摄影，我利用手中的权力把他从车间借调出来和我一起干。我们经常在暗房一干就是一个通宵，像地下工作者似的。到现在我还珍藏着我拍的那张荣毅仁副主席视察我厂的照片。那是个大雾天，他们二十几位官员从厂区出来，有动作、有交流，我咔嚓咔嚓连拍了好几张，相当生动，非常成功。那个报社的女记者一脸鄙夷地看着我，鄙夷也没有用，我拍得肯定比她好。

既然是文体委员了，就开始抓工厂的体育活动，比如搞全厂的职工篮球赛。我从车间抽出几个爱好者，跟我一块儿干，划场地，插彩旗，排赛程，组织裁判队伍。干得有声有色，比赛基本上安排在午间举行，工人午休哇，观众多呀。在比赛过程中，有人向我反映裁判不公的问题。我很生气，跟前来观看的工会主席说了。这是一位新来的主席，那位大妈主席调走了。这个新主席瘦瘦的，人还挺不错的。他对我的工作老满意了，听我这么一说，他说，嗨，无所谓，无所谓，无所谓，活动起来就行。这不很好嘛，都活动起来啦。我一听，愣了，随后，也甜蜜地笑了起来。从此，我在政治上也逐渐地成熟起来了。过去太二了。

瘦主席的儿子也在我们樱花厂。毕竟樱花厂是新厂，经验不足，闹出了不少事故。工人们为此还编了一个顺口溜："梳棉机自己梳自己，消防车自己烧自己，救护车自己摔自己。"梳棉机是中午停机，一个工人跑到里面睡觉，有棉絮，软乎哇。但上班工人不知道里面睡着人，一开机，只听里面一声惨叫，赶忙停机，紧接着，一个红色的血人从里面爬出来了。消防车是意外自燃。救护车拉一个厂里的年轻疯子去疯人院，一不留神，疯子跳车了……类似好玩儿的笑话还有很多，比如厂门口有一个大土坑，下雨积了水，职工通勤车上下班得绕着走，很不方便，都嘟囔说，应当弄点砂石填上。立刻有人说，这可不能填，那是贾明志养鱼池。贾明志是我们樱花厂的厂长。不知怎么传到贾明志厂长的耳朵里，贾明志厂长火了，谁说的，谁说的是贾明志养鱼池？！

瘦主席的儿子是个顽主，总打架，脸上旧伤未好，新伤又添。我们一见面，他总能给我些惊喜。我说，哟嚓，旧貌换新颜哪。这小子就别个嘴笑。后来，这小子玩大了，把人家打坏了，公安局来抓人，他跑了，是瘦主席把儿子藏了起来啦。最后，公安局以窝藏罪把瘦主席拘留了。关了七天，放了。瘦主席回来之后，老兴奋了，说，我一进拘留所的监号，牢头就问我是什么罪进来的？我说，因为窝藏打架的儿子。牢头说，妈亲，这是好娘呀，你这顿打，免啦。

不久，我赶上"以工代干"转为正式干部的政策。顺理成章，我转为了正式干部。不过，当时也没太当回事。这期间，我还当了一阵子某大学分校的教员，这个分校就设在樱花厂的子弟学校。我和厂教育科的一个年轻人是邻近，在厂区家属八号楼，我住四层，他住一层，天天见面。年轻是年轻人的通行证嘛。

有一天他问我，家里有没有耗子？

我说，偶尔有。

他诉苦说，一开始他让耗子闹得整宿睡不好觉，地下管道的耗子太多了，结婚的，赶集的，整宿不消停。

我说，没下耗夹子吗？

他说，下啦，不好使，耗子太多了。

我说，耗子药呢？

他说，下啦，药不过来，太多。

接着，他乐不可支地告诉我一种治耗子的方法。

他说，先抓一个强壮的大耗子。这很好抓，抓住以后，不弄死它，找一个大芸豆塞到它的屁眼儿里，然后，用胶布把屁眼儿封牢，粘死。再把它放回去。

我问，怎么样？

他笑逐颜开地说，那家伙，这耗子憋地，跟疯狗一样，见谁咬谁。

说着，他伸出三个指头说，三天，就三天，耗子全部扫荡干净。

我问，清静了？

他说，相当清静，一觉睡到大天亮。

就这样，鼠为媒，他把我招募到职工分校，教中文。多少挣了一点儿钱。只是，关于这个人，我现在一点信息也没有。遗憾。

二年后，我被调到厂俱乐部当主任。没想到我这一生还会当上"领导"。找我谈话的厂人事处的干部对我宣布了厂部的决定，然后皱着眉头问我，哪不舒服吗？

我说没有，只是有一点儿胃酸。

他很有人情味地笑了，说，年轻人，好好干吧。

我说，行。

他说，不是行，而是一定。

我说，一定一定。

然后，我趋身向前，用手轻轻地拍了拍这个干部的膝盖问，那，工会的文体委员我还当不当了？

他有些厌恶地躲开我的手说，你恐怕还得兼着。有问题吗？

我说，没有没有。

他说，你还有别的问题吗？

我说，谢谢你啊。

他说，要谢谢组织。好了，你可以走了。

说心里话，我很喜欢继续兼着工会的文体委员，这个职务让我理所当然地成为厂足球队的领队。要知道，樱花厂足球队的队员绝大多数是国家队、省队的退役球员。我也因此成为樱花厂里有身份的人物。这里，我简洁地介绍一下樱花厂的足球活动。我可以负责任地说，几乎所有樱花厂的女工都是足球迷，即便是刚进厂的时候，她们中间有些人对足球还很陌生，但是，这些女工却能以惊人的速度，很快就弄懂了什么是越位，什么是角球和点球，什么是黄牌警告和红牌罚下，等等。她们看球时的那股子投入劲儿简直让旁观者目瞪口呆，你甚至能感觉到她们所喜爱的球员正在她们身体的各个部位里奔跑：铲球、带球、过人、顶球、传中、射门！其中，最让她们战栗不已的就是罚点球，在这种令人悬心与窒息的时刻，个个女工们的脸上都呈现出激越与恐怖的表情。这就不能不让我这个领队动容了。可以说，那几年我们厂足球队踢得棒极了，几乎场场都有超水平的发挥。自然，我作为足球队的领队也在她们的视野之内。要知道，一个男人经常被异性瞭望，感受别样啊，而且身体容易发飘，要知道，不少人为此还丧失了人格立场呢。

说实话，我也喜欢足球，因为足球运动太像男人复杂的人生缩影了（裁判就像一个个貌似公平的领导，教练则酷似另类的父母）。概括地说，任何过于让人热爱的运动项目，都和人类的生命体验、梦幻般的追求暗合着，纠缠着。

除此以外，樱花厂对其他门类的体育活动也十分重视，如乒乓球、篮球、冰球、排球，而且档次都比较高。樱花厂工会是以好工种、好待遇，吸纳了不少专业的退役运动员。

所以，我想兼着文体委员一职，尽管这种身份在领导那里狗屁不算。

领导谈过话之后，我立刻借故去了一趟厂职工俱乐部，打算先去那儿看看。很显然，过去我对它有些熟视无睹了。

厂职工俱乐部处在工厂西南角的位置上，夸张点说，这是一幢在设计理念上比较前卫的建筑，它的外部大都镶着巨幅的玻璃。剧场里有三千个座位，所有设施都很现代。我背着手像散步似的在俱乐部周围转了一圈儿，边走边仰视着它，心里说，"是呵，它现在归我管啦。"

……

第二天一大早我就到任了。

大抵是刚刚当官的缘故，我开始注意自己的身体造型和脸部表情（包括走路姿势和略略前倾的身体）。需要承认的是，在刚当主任的那些日子里，我的工作方式的确有点不伦不类，显得粗野、俗气，一会儿实在，一会儿奸诈，常常假装沉思和无缘无故地哈哈大笑，在倾听下属汇报工作时，嘴角上还经常挂着讥讽对方的表情，而且总想反驳对方的建议和想法，或者抽冷子刺对方一句。我还经常死盯着对方的眼睛讲话，搞得对方无法适从，眼神儿不知往哪放好。有时候下属进到我的办公室来请示工作，我故意装作很忙不理他，然后再装作猛地发现了对方样子，演戏般地出一副热情的表情。是啊，从一个普通的干事到领导岗位，我没有现成的经验和来自外界的忠告可遵循。不过，这一套扯谈的东西很快就玩完了，我很快就和同事们打成了一片。现在想，俱乐部的工人真是非常可爱，听你讲话的时候，那眼睛像青草地上闲逛着的小牛犊。

那是一种享受。

工厂俱乐部的日常工作，就是晚上给职工和家属放映电影，大多是一些租金便宜的老影片《地道战》《铁道游击队》《小兵张嘎》《列宁在十月》《秘密图纸》《51号兵站》，等等。再就是搞周末舞会，五一，十一，节日期间组织职工文艺汇演，更多是配合厂部召开的各种会议做会场的布置工作。俱乐部的工作内容大体就是这些。如果俱乐部有招待外来客人的事儿，比如请一下外来的放映机维修师傅、剧场音响安装人员，以及上级来检查工作的领导，一般我都安排下属们去作陪。我知道下属们这样的机会在他们的一生中不多，这种陪客的事有可能成为他们老来儿孙绕膝时津津乐道的风光事。另外，这样的安排也利于我和下属们相互理解，相互支持。总之，我没有理由不看重一同到尘世上来和我共同工作的人们，我们应当彼此互倾爱心，携手共进。这才是有趣的工厂生活。至于在厂职工俱乐部当主任的最大体会，那就是你永远也看不上一场整场电影。你得拿个手电筒在大楼里到处巡视，剧场内、放映室，倒片车，偶尔睐一眼银幕，没头没脑的，看着也没劲。

不是我还爱写点东西嘛，在俱乐部当头期间，我参加了一家文艺杂志社举办的"笔会"（这跟我以后的工作有某种关联）。那是八十年代中期，在这个笔会上认识了当时的卢先生。卢先生是哈尔滨文学界泰山北斗式的人物。他个子不高，南方人，身体似乎有点臃肿，穿着也不甚利落。在他身上毫无那种大作家咄咄逼人风习。偶尔也向我们这些下人要烟抽。他烟抽得很厉害，很贪婪。卢先生对我的文友小刘十分欣赏。对，只要您写作，肯定就会有文友，三个五个、十个八个，数量不等，会不由自主地拢成一个小圈子，在小圈子里不一定非要跟着他们随帮唱影去冷淡某人，矮化人家，但至少可以彼此互相招呼着前进，前进，前进，进！

我和小刘就是这样的朋友。

小刘贼能抽烟，还喜欢喝那种掺一点儿敌敌畏的白酒。他说这种酒有劲。我立刻呸呸呸地冲地吐下唾沫，表示轻蔑。他自称"刘大侠"，可胆儿很小，怕打架。这种事我俩遭遇过，所以我有体会，对他在现场怯懦的表现我很意外。奢侈地说，小刘是个真诚的人，对人袒露心扉，从不掩饰自己，包括缺点。这是我朋友当中比较特殊也很特别的一位。我们当时都是业余作者。

从卢先生欣赏他的表情上看，卢先生对小刘既有竭力提携，也有隆重推出的意思。

一次，小刘一本正经地对我说，阿成，卢先生就像是我的亲生父亲一样，如果他的儿女不养他，我给他养老送终。

我立刻向他敬了一个美式的军礼。

小刘龇着一口烟牙乐了。

小刘的小说写得非常之好，非常精彩，甚至非常"残忍"，像《马车》《养猪场》《精神病院》等等，都是相当漂亮的中篇小说。一写起来人非常疯狂。卢先生称他是"野兽派"。他时不时地眼睛里也展示出一种杀气。

小刘诚恳地对我说，阿成，我衡量过了，写短篇我恐怕干不过你——记住，只是恐怕，而不是一定干不过。所以，我他妈的写中篇。另外，发表中篇小说听着也比发表短篇好听啊。这样，我就能一下子就把你干掉了。对！我只有绕开你的长处，才能打倒你。你说是不是？

我就乐。说心里话，我从未把他当作对手。但我理解他靠假想的敌人给自己鼓劲儿的方式。

他还说，我写到半夜写累了，想歇一歇，一想，不行，阿成还在写，我必须继续写！他哪里想到，此时此刻的阿成早已进入甜美的梦乡了。可他死活不信哪。他说，"烟幕弹，烟幕弹，烟幕弹。"

小刘长得像《静静的顿河》里的葛里高里似的，留着漂亮且俏皮的哥萨克式的小胡子。我经常看见他和卢先生在街上一起走，俩人脸儿喝得红扑扑的。小刘两只胳膊像指挥演奏狐步舞曲似的，夸张地挥动着。卢先生只是不断地点头，人也是云一脚，雾一脚的了。哥儿俩就从我身边走过去的，根本没看见我。

当时，卢先生对我写的东西并不是太欣赏。主要是那时候我写的小说洋腔洋调，像翻译小说。他不喜欢。卢先生同他的爱子小刘谈心时曾动情地说，我这一生有两项坚持，一是坚持走现实主义道路。二是，坚持走民族化的道路。

小刘听完，转过头来问我，明白不？那意思是他明白了，我还不见得明白。

小刘是太平区的。当时，那个区的主干道没有排水管道，都是阴沟呢。太平区基本属于半乡村半城市的样子。小刘就是在那儿长大的，在那儿念的书，然后在那儿下乡。他所谓的下乡，就是在香坊区边上的农村——也是哈尔滨的郊区。在那里，他赶过大车，喂过猪。他跟我讲，三九严寒的时候，赶马车实在冻得不行了，手都冻僵了，他就把手塞到马的肛门里取暖。听得我浑身起鸡皮疙瘩。他还说，他赶马车有一诀窍，他事先偷偷地在马的屁股那儿用镐刨了一个血洞。然后，用勒马的皮带盖住，并保持不让伤口愈合。赶车的时候根本不用鞭子，用手一摸马屁股上的血痂，马立刻就小跑起来。

小刘为此十分得意。

下乡的时候，下晚，他就睡在马号里。没事儿的时候，他就跟另一个知青赌钱。用扑克牌押宝。最后，他的钱输光了，他提出赌嘴巴子的，对方同意了。谁赢了就扇对方一个耳光。这样相互打来打去，而且越打越狠。一直干到天亮，两个人的脸都打肿了。彼此一乐，拉倒了。

小刘返城之后，曾在太平区的化肥厂当装卸工，成天卸那些做农用化肥的骨头。动物骨头都堆成了山，他们就在这座"山"上，上上下下，背动物骨头。冬天，贼冷。夏天，赤日炎炎。味儿又大。干这种活儿，挣这种钱，真是不容易。所以他说，一看到他的儿子吃鱼吃肉，他就心痛。

他咬牙切齿地对我说，他吃的是我的肉，喝的是我的血呀！

开始的时候，我还相信他讲的这些是心里话。

他还跟我讲过，他一直想杀了他的媳妇。

我听了吓了一跳。

他说他有一个情人。

我忙问，怎么样怎么样？

他说，长得非常好看，就是有点皮肤病，银屑病。

我问，什么叫银屑病啊？

他说，就是老百姓说的那种"蛇皮"。天天往下掉干皮儿，一次能收集一火柴盒。

我听了，真是有点哭笑不得。

小刘说，但她身材很好。有一次我老婆跟我犟嘴，我叭！叭！上去给老婆两个大耳刮子。

说这话的时候，小刘的眼珠子都红了，杀气腾腾的。

我赶忙严肃地说，兄弟，这可不行，你怎么能打人呢。

小刘说，这事儿我跟我情人说了，我情人哭了。

我说，哭了？为什么？

小刘说，替我感到委屈呗。

我说，你还委屈？

小刘说，我情人说，亲爱的，咱们行动吧！

我问，行动什么？

小刘说，离婚呗。

我扑哧笑了。

小刘说，有一次，晚上，我和我媳妇、孩子从老丈母娘家坐车回来。我家的楼前面挖了一个大沟，好像搞什么建筑，行人必须从沟上搭的那块跳板上通过。我走过去的时候发现，跳板的一头马上就要掉下去了。我当时心想，好啊！太好了！后头我媳妇从跳板上一走，跳板一滑，肯定掉下去把她摔死！多好。后来一想，不行，我媳妇还抱着我儿子呢！我立刻冲他们喊，不要过！危险！

听得我直摇头，说，不怪卢主席说你是野兽派呢。

这之后不久的一个黄昏，小刘领着他的媳妇、孩子到我家串门儿。哈尔滨是一个喜欢相互串门儿的城市。在去我家的途中，他还买了一个处理西瓜给我，说，这个西瓜的头上有点烂了，但货主用刀削去一片，你看，照样可以吃。

在我家聊天的时候，我发现小刘的媳妇是很端庄的一个人，挺不错的。小刘呢，每说一句话都要征询地瞅他媳妇一眼。我看到这种情景，心里乐开了花，从此再也不相信他那些胡编乱侃的鬼话了。

在笔会期间，卢先生正在写长篇小说，差不多已经写了一半儿了，只是眼下苦于没有一个安静的地方把后半部写完。小刘便主动向任先生提议："到阿成的房子去写。"

我的确在樱厂家属区有一套新房子，因在郊区，家里人都不愿去。那套两屋一厨除了我偶尔住一住，平时基本上空着。

卢先生问我。我说行啊，就是吃饭怎么办呢？吃食堂中不？

笔会刚一结束，他们二位就来了。房间是这样分配的，我跟小刘一个房间，卢先生自己一个房间。卧具、床及桌子，都是我从招待所临时借来的。我那儿有朋友。再加上我那儿的环境相当静。真是大作家创作的最佳地点。

开始的几顿饭，是我给他们做的。他们"父子"都夸我手艺好，说没想到。我听了非常愉快。然而事情也因此麻烦起来，他们根本不去食堂吃，专门等着我给他们做饭吃。我是俱乐部主任啊，工作非常忙，差不多天天生着气工作。但是，不论我晚上几点钟回去——他们二位一准儿还没吃饭呢。算一算，那期间我差不多做了有两个多月的专职伙夫。现在想都不敢想了，真不知道那六十多天是怎么过来的。

一天，卢先生目光锐利地对我说，阿成，等我这部长篇写完了，我要送你一套鲁迅全集。

我忸怩地说，不要，不要。

这期间，他们二位各占一个屋，自顾自地唰唰写，似乎没有一个人认为阿成也可以写。而我呢，则像个娘们儿似的在厨房里给他们做饭。有时候，我把"愤怒"的声音搞得大一点，但他们没感觉。

但更多的是愉快的时光。他们写累了，喘口气儿，三个人便聚在小方厅，喝茶，闲聊。

小刘问，卢先生，你说实话，你过去有没有情人？就咱们仨，没别人，你一定讲实话。真的，这很正常，都是人嘛。

卢先生一乐。

我们以为他有，说，讲讲，讲讲。

卢先生讲，那是年轻的时候，三十多岁，在电影厂当编剧，有一个女编剧跟我合作一部电影。

小刘说，来电啦？

卢先生说，没有没有，后来她就去加拿大了，她有海外关系，后来给我邮来一封信……

小刘问，情信？勾你去加拿大？

卢先生说，不是不是，信里头夹了一片枫叶。

然后卢主席就不言语了。

小刘问，完啦？

卢先生说，对。就这些。

小刘说，这算什么呀？什么也不算哪。

卢先生说，可我这一生就这么点出格的事儿。

我诚恳地说，敬爱的卢老师，这不能叫情人。加拿大是枫叶之国嘛，国旗上就是一个枫叶。就算有点儿什么，顶多顶多，有点小布尔乔亚。

卢先生忙说，不不不不，这种事在那个时代，了不得。

卢先生在我那个小屋里写作的时候，不知为什么特别喜欢用小刘的那个电动剃须刀不断地"剃须"——估计就是用它按摩。电动剃须刀哇哇地响个不停。小刘在方厅里听见了，心疼得只搓手，跟我说，没电了、没电了，这么整，一会儿就没电了。

我说，那——你进去跟卢先生说一声呗。

小刘跟我急了，小声地说，我怎么说呀！

我说，既然不说，那你就不应该着急嘛。

小刘低声地怒吼道，我他妈的不是悲剧人格吗！我就这么跟你说说还不可以吗？

卢先生在我的那个小屋里写作时，即便是大白天也挂着窗帘，而且，二十四小时开着大灯、台灯和床上的电褥子。我注意了一下电表，那个电流盘像飞碟一样，旋转得飞快。

我跟小刘说，你看，我心疼了吗？

小刘一本正经地说，你心疼了！

作家就是作家，观察人入木三分哪。

后来，小刘在卢先生的帮助下，去了市文联当上了专业作家，跟着又转了干。不久，又被送到北京的鲁迅文学院学习。在那里毕业之后，他又伙同一帮人去读西北大学的作家班，那个作家班发国家承认的文凭。在他"读书"期间，我们通过几封信。他在信中除了问我要一点粮票之外，还鼓励我努力创作。我看了非常生气。

大学毕业自然就是大学毕业生了。毕业之后，小刘在市里有关领导的过问下，分到了一套房子。算是有了一个住的地方。是二楼。只是房子的质量很差，烧煤！而且房间在一楼的大门洞子上面。大门洞的穿堂风一刮，冬天屋子里能冻死人。

大约是在九十年代中期，文联又开始分房子。小刘再度提出申请，但上头没有解决得很好，小刘就跟领导对骂了起来。此时一直热心扶植他的卢先生已经提前过世了。

这之后没多少日子，小刘也调走了，不在文联干了。

回想起来，在卢先生临死之前，我在松花江散步时曾碰见过他一次。十多年过去，先生已十分地老态了，衣着邋遢，布鞋面上沾满了污点。正坐在江边的长椅上晒太阳。

我站着，他坐着，我们聊了起来。

其中，我还说到了我刚出版的两部长篇小说。

要分手的时候，他突然喊住我问，刚才你说，你出了两本书？

我笑了。

卢先生说，祝贺你呀！

我点点头。

……

卢先生出殡的时候，我也去了。很多人都在那儿抬棺材。我站在一边看着。小刘也站在一边看着。那天早晨的太阳很好，但卢先生故去了。就在去年初夏，小刘也死了。之前我曾去医院看过他，他已经昏迷好几天了，我看着伤心哪，他还年轻啊。小刘死后，去参加他葬礼的人很少，当他们单位念悼词的领导念到小刘的文学成绩，最高的文学奖仅有市级的三等奖时，参加追悼会从不落泪的我，眼泪刷地淌了下来。可怜的作家哟，怎么会呢？他得了好多奖啊。这帮饭桶！

　　回去后，更深夜静，在朦胧的月下，我写了一首悼念他的诗：

我来看你
病床上
没想到
你的创作还在继续
我熟悉你在苦思冥想时的表情
深度昏迷中的你
睁着眼睛
不断思索的眼睛在眨闪着
我来看你
痛心将刻在回忆里了

朋友
你曾经是我的偶像
使酒骂座
慷慨悲歌
唉，落幕啦

叹息
长长的

深度的呼吸
无耻的吊瓶
是欺骗与可耻的同谋
病床上
你的灵魂还在躁动不安地走着
正在创作当中
开始不断地自言自语

惊人的脆弱
憧憬着大胆
诱惑总像是一个幽灵
与你同行
在喧嚣的城市里
你是对的

困惑与无奈呵
你想象中的竞争对手太多了
太多了
你变得不知疲倦
在你的世界里
你是绝对的国王
精彩的对话

痛快的主宰
迷人的睿智
纠缠着你
让笔在驰骋中迟疑

在某些场合里
你只能在他人的脚面上飞翔
你的笑脸
在欢乐面前
是画好的应付
你的坦率
在亲朋中流传
冬去春来
你走的路太长
太长

当成功仅成为瞬间
瞬间
你却上路了
即使在弥留之际
一个不算老的作家
这样的一生
为什么
让我落泪
……

私厨

写得不好，仅仅表达一种心声吧。

卢先生和小刘在我那儿写完了东西离开之后的第二年早春，正赶上市里的一下家文学编辑部多人退休，缺人手。毕竟我写过东西，又参加过笔会，人家便给我打来了电话，征求我的意见。这样，我就离开了樱花厂。当时我在樱花厂还兼着厂图书馆的主任，临走前，的确有几本书挺喜欢，不想还。工会的瘦主席说，爷儿们，我还能因为几本书不放你走哇？靠。

那是一个大雪纷飞的日子，我顶着纷纷扬扬的大雪，走了四十分钟路，然后乘郊区车，离开了樱花厂。

当编辑的工作

头一天到编辑部上班，我记得我穿了一件米黄色的风衣，这跟我当俱乐部主任时不一样了，我觉得自己在打扮上应当像个知识分子。这之前我看到不少知识分子都穿风衣。

报到那天我是准时上班的。但是，却发现编辑部一个人没有，我有点困惑，今天是不是都去开什么会去了？于是，我掏出烟卷儿，刚点上，还没来得及抽呢，从楼下上来一位，高个子，穿一件藏蓝色的风衣（看来我这件风衣无论是颜色上，还是式样上，都有些落伍了），戴着一顶礼帽，手里提着一个深褐色的皮包，脚上是尖尖的长头皮鞋。我赶忙掐灭了烟卷，冲他点头。心想这位是主编吧？

他倒挺自然，问，阿成？

150

我说，是我。

他笑着说，你来挺早哇。

我说，不是八点上……

他打断了我的话说，以后不用来这么早，九点多钟到就行，咱这儿跟机关不一样。

然后，他用钥匙打开办公室的门，说，我是办公室的，我姓张。

我说，张主任。

他说，啥鸡巴主任，我在办公室管后勤，一般干事。

然后，他又找出编辑部的钥匙，说，办公桌都给你准备好了，老刘上文联当专业作家去了，你就用他的办公桌椅。

我说，好，好的。

……

老刘的办公桌堆了好几摞子作者来稿，抽屉里塞的也是。我一时不知道该怎么办。张后勤说，一会儿老刘还来，你俩交接一下就完了。

差不多九点，编辑部的人陆陆续续地到了。主编、主任，还有几位编辑都见了，一一介绍，一一握手。然后，我就坐到办公桌前看稿。心想，这就算上班了。刚坐下，就听到背后有人敲着后面那个放暖水瓶的桌子说，新来的同志注意了，暖瓶没水了，该打水打水。

我立刻站了起来，回头一看，是刘老师，我认识。

我说，刘老师，我马上去打，马上去打。

他笑嘻嘻地说，这就对了。

我跟老刘早在背荫河笔会就以识。我们住在一家劳改队专门安排探监犯人家属住的招待所里。那次笔会开得非常轻松，伙食也不错，每个菜里都有肉，只是住的条件略微简陋了一点。当然，提供探监用的客房也不大可能好到哪儿去。当时杂志社的编辑只来了老刘一个人。"入乡随俗"，按照犯人的习惯，我们这些业余作者称老刘为"大坐班的"，就是"牢头"的意思。老刘为此也感到非常愉快，逢人讲，这帮小子，他妈的，管我叫大坐班的。

老刘是一个像弥勒佛似的大胖子，他的特点就是特别能抽烟，最多的时候，一天能抽七盒烟。如果当年您走在哈尔滨的街道上，看到一个叼着烟卷走路的大胖子，你就可以认定，那就是老刘。

老刘是双成人，他还很小的时候，就跟着那挂民间艺人的大马车，走乡串屯的二人转戏班子学戏、写戏、演戏。风餐露宿，风里雨里，其乐陶陶。老刘的二人转唱得非常地道，相当勾魂儿。他时不常地就给我们来一段儿，乐死我们了。

这回他要去当专业作家了，积了一大堆稿子，有的根本就没看，积压了一两年了。

他说，这些就你处理吧。

那时候，稿子用不用都必须给作者回信。

我问他，这退稿信咋写呀？

他说，简单，你就写：主题不主，人物不人，结构不结，一退，完了。

我就笑着看他，旁边的编辑都在，我也不敢乐出声来。

就这么，我光处理他的积稿就干了两个多月。

晚上下班，挤公共汽车回家，正是上下班儿的高峰时间，人多，我就往里挤，里面有空。结果被一个年轻人死死地挡住了。我一看，他正护着一个女孩儿。我以为是他对象，就客气地说，请让一让。

他理都不理我。后上来的人一挤我，我便挤到了他。

我马上说，对不起。

我想，我是当编辑了，是知识分子了，还穿着风衣，不能再什么了。

没想到他回过头就给我一拳。我一躲，没打着。

我说，怎么，打人哪？

他说，打你怎么的！

我说，好。

说着，我脱了风衣，把风衣和皮包放到一位大妈的座位上，说，麻烦您替我看一下。说完，我转过身来，都说车挤，一下子空出一大块儿地方来。

我走过去，说，想打架是吧？好，来吧。

他有点儿哆嗦了，说，你你你你你你，你骂我。

那意思是我骂他，他才打我的。

我一听，说了句"狗屎"，就放弃了。

后来我发现，他跟那个女的并不是一块儿的。仅仅是个临时的义务护花使者，大约是一个又浪漫又胆怯的人。但现实是严酷的。

总之，这编辑的工作就算正式干上了。但是我并没有因此放弃写作。经常利用星期天，带上午饭，骑上自行车去编辑部写东西。也可能是这方面有了点小成果，在城里飘荡着小名气。市民进党也把我召去了，成了民进党成员，后来"官"至市民进党的副主委。记得人家打算推举我当驻会副主委，就是副局级。可我爱写作呀，心想，整天开会，那就毁啦。肯定不能当啊。可我越不当，人家就越推荐我。我一看这还了得，就给统战部的部长打电话。当时我和三个文友正在林区玩儿呢。统战部的部长也是个诗人，跟我挺好的。

我跟他说，部长，以我的话为准，你别听别人的，我肯定不当。撒谎我是你儿子。我得写东西呀。

部长说，当官有待遇呀，你还是慎重考虑一下。

我说，我还能跟你玩矫情吗？肯是不能当的。

部长说，我明白啦。说心里话，别说让你当驻会副主委，就是副市级的主委也够格。

我旁边的这三个文友，有一个是刚退休的某厅副厅长，也写东西。他在旁边听我在电话里这样说，颇不以为然，说，你们这些文人真是怪，给官还不当。

咱们花开两朵，各表一枝。这时在文联干专业作家的老刘身体突然不行了。他是坐出租车回家的途中突然觉得心口闷，哎哟，不行啦，感觉要出事，让司机马上掉头住医院开。到了医院一检查，严重心脏病，必须立刻住院。

老刘住院期间，我去看过他。单位给他活动了一个单人间。病房里摆满了看望者送来的鲜花，简直成了花的海洋。

我一进门就说，咋的，老刘大哥，装病啊？玩高干病房馋我们哪？

老刘就灰着脸乐，一副特幼稚、特自豪的样子。其实，他内心很脆弱。

……

老刘的追悼会搞得有声有色，可以说，开创了哈尔滨追悼会的最大规模，至少有一千多人为他送行。虽然他在全国不是那儿太有名气，但哈尔滨人喜欢他。坦率地说，这就行啦。哈尔滨也叫近千万人口的城市啊。

接下来的几年，编辑部的老总们也相继离岗了，有的就永别了，在如此悲怆的背景下，我就算编辑部的"老人"了，于是上头决定让我当编辑部的副主编。组织部的人特意告诉我说，是副处级。可我有点儿失落，不大想干，便咨询了在人事劳资部门工作的内人，就是能不能光当官儿不干活儿？内人听了之后，一脸的鄙夷，那表情分明在说，就你这个熊样的还能当官儿？

她说，我明确地告诉你，共产党是不会养着光当官不干活儿的人。这是我党的组织原则，你整个一个"白板"，什么都不懂。

内人说的"白板"，是指没注册的民用煤气罐，我家的煤气罐就是"白板"，我去换煤气罐的时候常常受刁难。

内人说，阿成同志，别人不了解你，我还是了解你的。就你这种缺心眼劲儿，把你卖到非洲当奴隶你都不知道是谁卖的，卖了多少钱。所以我看哪，亲爱的阿成同志，您就走职称的路子吧，工资照样不少。还是继续当你的普通编辑啵，自由加散漫，多好哇。这你已经就沾了天大的便宜啦。

我一想，这个蠢货说的是啊，当普通编辑多自由哇，受那个约束呢，上班呢，想来就来，想走就走。这样的"活儿"用老编辑的话说，那都是前世修来的。我不能干！立刻决定去市委宣传部找陈部长，辞掉这个官。什么他妈的副处级不副处级的。在文学界同行中说你是副处级，丢不丢人哪。

早年的中国，文化人大致被分为两派，即"左"派和右派。陈部长是右派。当然，已经平反多年了。他认为，作为地方文学刊物的头儿，还是让一个在全国比较有影响的作家来当比较好。

我去见他的时候，门卫以为我是上访告状的，不让我进。又拿证件又说明的，最后让我进去了。我觉得挺有意思，把这个事儿跟陈部长说了，陈部长根本没表情，也没乐。这我才知道，下级跟领导幽默是不适宜的，幽默也分上下级，只能是上级跟下级幽默，下级不能跟上级幽默。另外，下级跟上级幽默是很危险的。显然，他对我这种文人的没出息劲儿十分了解。

他说，官，你先不要辞了，我只要你干一年，一年之后，你不想干了，那你就下来还当你的编辑，好不好？这一年呢你得给我好好干。

只干一年，我立刻就答应了。可是没想到，一年以后我准备卸任的时候，老练的陈部长已经调到省里去了。就这样，我只好接着干，从副主编到主编。既是主编了，谁都能溜号你不能溜哇。那就干吧。我就不信我干不好！于是开始蹦高干，从稿件到校对，从版式到封面，从题图到插图，从印刷到发行，事必亲躬，且不辞劳苦，常常通宵达旦地干。仅半年，刊物影响越来越好。还把杂志社前任所欠的百万元欠款还清了。我还给编辑规定了一条，凡是到编辑部来投稿的，我们一定要热情，人家是投稿不是投毒。如果只有一个凳子，你站着，作者坐着。我还对一个新到编辑部当编辑的高干子弟说，记着，在我这儿，留长头发可以，业余弹你的吉他可以，不按时上下班也可以，但是，完不成你的编辑任务，我才不管你爸是什么官呢，照样收拾你！

可就在我得意忘形的时候，一个眼神发飙的女士到官儿那告了我一状，官来了，开会！他铁青着脸说——是指着我说：都你一个人干算了，还要那么多人干什么？！

我一听，心想，我靠，这鸡巴淡扯的。老子他妈的不干啦。从此，开始甩大鞋，刊物爱咋整咋整。有人担心地问，阿成，你这是咋地啦？我说，过去我是一个盛满水的洗脸盆儿，让官一砸，给砸成铁片了。铁片怎么盛水呀？盛不了水啦。哈哈哈，不扯啦……

当副主席的工作

2003年的4月，突然生病，随即住进了医院，本来，三天之后，我要随中国作家代表团赴台湾访问，所有的手续都办妥了。结果突然病了，非常不好意思，只好电告人家退掉机票。特别丢人。给你个机会，你他妈的还病了。

当时正是春风初至，天气乍暖还寒，树叶待发未发。可我却住进了医院。这也是我平生第一次住院。我谁也没告诉，反正单位以为我去台湾了呢。一个知心的哥儿们来看，跟我说，佛家讲，病即是缘分，是好事，以后你就注意了，不然还满不在乎呢。

是啊是啊，兄弟所言极是。以后冒进的事就要讲究点分寸了。

病来得快，好得也快。出院后，又回到纷繁的人类社会，又开始工作了。但是拼命干的劲头已趋平缓，那些柳絮般飞来缠绕的人间俗事也看得开了，这不是挺好的嘛。

我还决定借此由头去了一趟三亚。一来散散心，休息一下，当了作家，脚就得飘，就得到处走哇。二来，前不久，丫头自作主张在那个地方买了个小房间，买完了，她就回来了，装修的活儿就落在我身上了。当然不是我亲自操刀，雇人干，但得我掏钱。这种应当是一篇生活的随笔。

既然是雇人干，我顶多是一个不懂装懂的监工，即一个不受工人欢迎的人。既然不受欢迎，那咱就少去。我基本上在小旅馆里闲着，写了一篇《雨》，没什么具体内容，从头到尾就是下雨，

怎么下怎么下，什么心情，什么感受。近似一段仿古的生活。手
机我关掉了。古人不就是没有手机吗？但晚上七点，我再开机，
好跟丫头联系。家里还有十几盆花呢，别看小丫头那么喜欢花花
草草，但并不想着给花草们浇水，所以我得督促她，命令她，别
忘了浇花。

一夕晚七点，我照例打开手机，丫头来电话了，说，王老师，
当地的报纸把你的名字公示了，职务是副局级。

这不可能啊，哪有提官儿不事先谈话，也不提前通报一声的。
而且，在我来三亚之前，文联主席还特意找我谈了一次话，他非
常哥们儿地对我说，哥，恐怕你当不上文联副主席了。

我说，怎么没头没脑地说这个？啥意思，是不是哪个王八蛋
说我想当官了？

文联主席连说，不是不是不是，我是替大哥惋惜，因为有另
一个更合适的候选人。

我乐了，说，怕我小心眼儿是不？嘻，我还没长这心眼儿呢。

文联主席连说，没有没有没有，我的意思是，不能让大哥感
到老弟心里没有大哥，好事不惦记大哥。

我说，好，心里有就行啦。

文联主席不断地搓着手连说，可惜可惜可惜呀。

我就嗤嗤乐，心想，可惜个鸡巴。

文联主席说，对了，你这次去海南带点红肠吧，我已经告诉
办公室了，让他们给你准备五斤红肠，再准备点干肠。你好打点
一下当地的文友嘛。

我抱拳说，那就谢谢主席啦。

但是万万没想到，怎么把我给公示了呢？是不是搞错了，同

名同姓啊。在中国文坛，我就差不多就跟人家同名过，让不少人误解，坚定地以为我吃人家的豆腐。其实使用"阿成"发小说，我比对方还早三年呢。第二天晚上，丫头再次打来电话说，王老师，就是你，公示职务，文联副主席。白天把手机打开吧。人家肯定到处找你呢，你就别矜持了，装差不多行啦。

我说，可是房子刚刚装修完，弄得漂漂亮亮的，咋，一天不住就走啦？不行，咋也得住三天，然后再回去。

丫头说，你随便吧，反正我要是市里领导肯定不让你这种人当官。

我吼道，小兔崽子，说什么哪？！我这种人怎么啦？

丫头说，好好好，不说了，我错了还不行吗，反正老爸你得抓紧啦。

三天之后，打道回府。飞机从海口出发，三起三落，先落深圳，再落烟台，最后降落在哈尔滨。到家之后，再一次证实消息确切。新一届市委常委会已形成决议了。文联连我的办公室都给准备得好好的了，还安了一张小床。

回来的第一件事，就是立刻去拜见市委副书记，任职前的谈话呀。这是个女书记，挺端庄的一个人，还有机关的纪委书记在座。我坐在椅子上，勾着腰，迂回地把自己意思说清楚，大意是，您"给"我个官，从理论上说，我应当真诚地感谢才是……

书记立刻打断了我的话，绷着脸说，怎么还从理论上说呢？你啥意思啊？

我连忙说，不不不，我是说，我的人生目标是写作，您要让我当这个官，我八成就写不了啦。

书记说，你接着说。

我说，书记，我能不能上半天班？那半天写作。

书记说，可以。

纪委书记在一旁使劲儿地憋着笑。

书记也慈祥地乐了，说，一座城市就要有各种各样的人才呀。

书记问，文联的车来了吗？

我问，什么车？

书记说，你现在是局级干部啦，按规定有车坐了。打电话，让文联的车来接你回去。

我说，不用不用，不远，我走回去行。

……

书记的话，那就是"圣旨"啊。所谓"奉旨出朝，地动山摇，逢山开道，遇水搭桥"。回到文联后，我立刻把这个意思向领导班子"传达"了，没想到领导班子成员的脸上个个都露出了幸福的笑容，说，别说你半天不来，全天不来也没问题。你的写作是大事，不能耽误写作呀。

就这样，这官儿就算当上了。虽说当了官，但基本上没啥事。我对头说（不叫主席了），今后，你们定的所有事我都同意，但一条，分东西落下我，我就跟你们急。他听了都乐得不行了。

在职期间，我一次会也没召开过。每天到单位转一圈儿，间或替专业作家叫叫屈，争取点什么，就回家了。唯独在哈尔滨松花江染污期间（其间还说哈尔滨要闹地震），我当了一回官。一天半夜了，我刚写完，都脱光了躺下了，电话哇地响了，我吓了一跳，这半夜打来的电话，是不是老爸那头出啥事了。抓起电话一听，是市委办公厅打来的，说，明早六点，在市委召开紧急会议。

我说，您搞错了吧，我是王阿成。

对方说，我知道你是王阿成。你们文联其他三个领导都出差在外地呢，领导班子就你一个人在家。所以通知你开会……

嘻，还挺有意思的，那就去吧。

第二天一大早到了市委，各局的官儿陆陆续续都到了，见我也来了，咦，怎么作家也来了？

我说，我们那三头儿都跑了，在外地呢。我就来了。

会议结束以后，要求回去立刻向全体职工传达市委紧急会议精神。我就告诉办公室主任，上午十点，召开全体职工大会。因为三个头都不在家，文联基本上没人来上班，所以上午十点这个时间开会，比较合适。

十点到了，一共来了七个人，四个食堂的，一个打更的，加两个办公室的。我一看火了，告诉办公室主任，改下午一点开会。你就在电话里告诉他们，谁今天不来开会，今后想提干、提官、提职称，门儿都没有。你看我说了算不算！？

办公室主任问，主席，就这么说么？

我说，对，就这么说，原话，一个字也不能少！妈的。

下午，全来了，一个个笑嘻嘻的。

我说，你们也不给我面子啊，我他妈的当头就开这么一次会，你们还不来……

……

是啊，总的说来，当头这几年过得还算滋润，同事们跟我玩得也还都不错，最重要的是，没有耽误写东西，出版了十几本书。

在离开这份似是而非的工作之前，我把挂在办公室墙上的鲁迅像摘了下来，决定带回家去，免得后继者以为这个留小黑胡子的人是阿成的大爷呢。

像一颗黄豆粒那么大

我并不清楚这一切是怎么发生的，也不清楚自己为什么来到这样一个匪夷所思的地方，而且是为何事而来？

我来到的这个地方看起来还算干净，总的感觉有点儿像地下车库，但又不完全，近乎一个不规则的"大厅"。在我的迎面角那儿，有一尊老式的大茶炉，里面正烧着开水，并轻微地发出哨子声。地面上，那些横七竖八的板床上躺着几个形形色色的人（以男人居多），也有的人在床沿上呆呆地坐着。这个不用怀疑，他们都是一些流浪者，是一些无家可归，或者有家不能归的人。总人数并不多，像一个开放的尚无人员管理的"避难所"。妈的，城市里怎么会有这么一个怪怪的地方？

于是我走了进去。为什么？鬼才知道。

进去之后，我看到的第一个人（就是离我最近的那一位）正坐在床上看旧报纸（流浪汉＋旧报纸。这几乎是他们一个固定的形象组合）。这个人看上去不到四十岁的光景。没错，这不重要，黄泉路上无老少，生活路上无成败嘛。这里的流浪汉并不像想象的那样肮脏，大部分人的穿戴还都说得过去，有的甚至穿得很得体。

我觉得既然进来了，就应当抓住这个难得的机会跟这里的人聊一聊，毕竟这是我的职业，毕竟我是一位假牛逼的、靠写作讨生活的人（我的不少朋友都忘了这最基本的东西了）。我本能地想知道他们的故事，他们对我来说太陌生了。有时候完全依赖想象力写作，那得等到个人生活资源完全熬干碗儿了之后才能发动起来。

于是，我在那个看报纸的男人旁边坐了下来（我得学会自来熟）。不过还好，感觉他并不反感我，好像这里无论是谁来了，谁走了，谁随便坐在那儿，都很正常，很自然。或者是这里的某种风俗（流浪文化？）也未可知。我自然知道自己看上去无论如何不像一个流浪汉，我相信这个看报纸的男人，包括这里的每一个流浪者也能够看得出来。

我"自言自语"地说，这里挺好啊，还有热水喝，真温暖。

看来他很同情，也很配合我这种拙劣的开场白，笑着说，是啊，挺温暖。

我说，对了，我怎么总觉得这个地方我有点熟呀……

这次他倒没说什么，继续看他的旧报纸，或者等着我继续说下去。他手中的旧报纸散发着一股潮湿的霉味儿，并随着他的翻动，时浓时淡。我心想，这我得用一段时间来适应才行。

他附近的那几人看到我进来，每一个人的脸上都流露出了一丝警惕，但并不是那种敌意的表情。或者在他们看来，这儿谁来谁走，像过堂风一样，来了就来了，走了就走了。仅凭这一点，或者凭这种胸怀，我觉得他们并不是弱势群体，相反还有点儿强势的味道。恰恰是这种无形的强势味道让我隐隐地感到了一种无形压力，让我多少有一点窒息感，一种不安（小慌乱）。你想，毕竟我不属于这里，这里是他们的地盘儿，是他们的王国，他们的领地，我是一个外人，一个无意中的闯入者。可是，我想，我既然来了，总不能立马就溜走吧？我绝不能选择这种没出息的样子，那就太狼狈了。

我觉得，当时我手上还提着什么东西，至于究竟提着什么，我想不起来了。总而言之。我还不是纯粹地无意间到这里来的，我还是有事，肯定有事，但究竟是什么事让我来到了这里，已经忘得死死的。不过，现在看这并不重要，毕竟我已经来了。这才是绝对的真实。既然来了，我总得跟他们当中的某个人聊一聊，了解一下他们的"故事"，然后把它写出来。这也算是我没白来一趟。不是有那么一句话么：一个人所有的行踪都是命里注定的。

这次注定要发生些什么事呢？

第一个流浪者

我非常客气，但也非常小心地问他，兄弟，你为什么到这里来呀，您，没有家吗？

他说，挺好的，可以的。

我问，那，为什么呢？总有一个原因吧？你没有妻子和孩子吗？

他不断地点头，说，有啊，有啊，当然应当有，绝对应当有。

我靠，这家伙的说话方式有点儿像我。

我问，那是为什么呀？

他平静地说，那么多的钱呢，全都输了，一长撅儿。愿者服输嘛。

我吃惊地问，怎么，你不会连房子也输了进去吧？

他说，对，全输光了。

像一颗黄豆粒那么大 | **165**

他说得很平静，好像是在说，这是什么花，那是什么草，这儿是他种的什么菜一样的平静，一点波澜都没有，一点弦外之音都没有。

我说，你就这样离家出走了，你的妻子和孩子知道吗？

他说，嘻，不辞而别。

我问，你过去就在这个城市里住吗？

他说，在另外一个城市里。

我问，家人没来找过你吗？或者是用其他什么方式联系你。

他说，他们不会找我的，他们也不应当来找我。为什么找我呀？你愿意找一个赌徒回家吗？继续和赌徒在一起生活的的日子你愿意吗？如果他们真的这样做了，那他们就选择了苦难，选择了悲痛，选择了仇恨，选择了绝望。所以，他们不找我是对的。正确百分百。

我说，你就在这里靠乞讨生活是吗？

他说，我现在还看不清将来会是什么样子。这里的每一个人，每一个流浪者都看不清自己会有什么样的前途？明天的日子又是什么样子。这里，最最重要的事，是吃饱饭，晚上有一个睡觉的地方。正如你所说，这里有一个大茶炉，开水随便用，真是不错。没错，有开水的日子真幸福。你想啊，大家聚在一起，尽管彼此都不怎么说话，甚至不知道对方的底细，但都不觉得孤单，挺好的。真的，挺好的。就这么活着吧，这就是我的生活全部，讨饭，开心，睡觉。静静地等待死神的引领。

我说，没啦？

他问，你知道棉花糖么？

我说，小的时候吃过。一大团儿，像西瓜那么大，白色的，蓬蓬松松的。

他说，如果你用手把它攥紧，散开后，它就像一颗黄豆粒儿那么大了。明白吗？

我含混地说，明白……

只是，他的故事也太过简单了，真的像一颗黄豆粒儿那么大了。可我想知道是更多的事情，包括他过去都曾干过什么，包括他离家出走的细节，心情，大雨天，还是天上下着鹅毛大雪，他的家人有没有发现他悄悄地溜了，等等。没错，我对他乞讨的事情并不感兴趣，我只是对他曾经的家庭，包括他个人的经历，包括他一切的一切，包括他对未来，对明天有什么样的期待这些事感兴趣。可是，他就用"像一颗黄豆粒儿那么大"结束了我们的谈话。我心不甘哪。

不过，话又说回来，毕竟我们才刚刚见面，他不可能把自己的一切都告诉我，我们还没有到那种推心置腹的程度，而且他似乎也不想再交什么朋友了。我估计他现在需要的仅仅是伙伴而已。

我指着一个穿着比较整齐的年轻人问，我想跟那个人聊聊，行吗？

他说，那你就过去跟他聊吧。

我显出多少有点儿为难的样子。

他说，去吧。没关系。

第二个流浪者

这个衣着整洁、表情呆板的年轻人有点儿阴冷，感觉他的体温顶多有二十度。

我走了过去，尽量装作很随便的样子问他，兄弟好，你为什么也成了流浪者呢？我可看着一点都不像，感觉你像个大学讲师，真的。

他说，你是在问我吗？

我说，是啊。你为什么选择这样的生活呢？我猜猜，这是不是你的一种选择？或者……

他并不看我，他似乎仍然沉浸在某种愤怒当中。

他说，她太阴毒，太残暴，太可怕了。

我用一根手指摁着嘴唇故作天真地问，你说的"她"，是谁呀？

他说，我老婆。

我说，你是因为不如意的婚姻才……

他说，不如意？不，是魔鬼一样的婚姻。

我说，所以，你逃离了家，离开了她。是吗？

他说，我是在施行一种惩罚。我知道她一直想离开我。可我到今天也不知道这究竟是为什么？是怎么发生的。我更不知道自己做错了什么，我不明白她为什么会用那种巫婆式的手段对待我。我又是为什么让她感到憎恨和厌恶。

我说，所以，你就离开了。

他说，这是一种选择。我要让她永远也找不到我，我让她的离婚的目的根本无法实现。她想跟我离婚，嘿嘿，这完全办不到。我研究过的，法律上有规定，只有夫妻两个人在两年之内互相没有音信或不来往，法院才可以在另一方缺席的情况判处离婚。嘻，可是我总会在两年之内回一趟家，跟她通电话，并且大张旗鼓地回去，让所有人都知道我回来了。并且把这个日子记录下来，这样，她就无法达到跟我离婚的目的了。

我说，他是在用这种方法报复她？

他说，很准确，报复，是报复。

我叹了一口气说，那，请继续吧。

说实话，我不太喜欢这一类型的人。

第三个流浪者

这时候，我听到在我的后方有人在重复说着"报复"两个字。我回过头去，发现一个叼着烟嘴儿的五十多岁的男人，正用阴险的表情冲我别有意味地笑着。说心里话，我一点儿也不惊讶能在这里看到他。这样说吧，在这座城市里的任何一个地方遇见他，我都不感到惊奇。

实话实说，我并不想理这个人。对，我们之间有误会，是重大的误会。这个误会让我无法承受。没错，有些误会相逢一见，就可以解释清楚，误会随之就蒸发了，化作了空气，但有些误会却终生都将是停滞，或者定格在误会上。这一类"隔色"的误会所产生的后果，将导致我永远无法真正地（从内心）原谅对方。

事情是这样的。

年轻的时候我们是好朋友，真的是好朋友，如同亲兄弟一样，我们天天在一起，几乎是形影不离。他有一个的外号，叫"烟嘴儿"。烟嘴儿没工作，他也不想工作。烟嘴儿之所以这种样子，并不是他受到了西方的某种消极思潮，或者人生观的影响，没有，他天生就是这样一个人，怎么说？就是这么一个"品种"。

其实，类似烟嘴儿这样的朋友我还有一些，不过，随着彼此年龄的增长，岁月的流逝，他们渐渐地散去了。这就像烟，烟会固定在那儿不动吗？不可能的。说句心里话，年轻的时候，我喜欢和烟嘴儿交往，感觉他有点儿像日本电视剧中的那个"寅次郎"。不过，烟嘴儿身上的毛病要比寅次郎要多。我历来认为：什么是朋友？朋友就是彼此能够包容对方的缺点。

可以说，烟嘴儿是一个货真价实的电影爱好者，现在，把这种人称之为"电影达人"。烟嘴儿与之近似，只是他更民间化一些，并不是那种与人间烟火拉开距离的"小资"。烟嘴儿能将一部电影，从影片的片头、厂徽，音乐，以及建筑、服装（包括纳粹军官怎样一根一根地从自己的手指上往下摘黑色的皮手套，等等），还有饮食、室内布置等等，一直讲到"剧终"两个字。而且讲的是有声有色。听过他讲之后，如果你再去看那部影片，就会觉得它们彼此之间不仅有很大的出入，而且完全不如烟嘴儿讲得精彩。

我和烟嘴儿是这样认识的（尽管和这样的人认识并不难，他会主动过来结识你），那个时候，民间舞会刚刚解禁，改革开放了嘛，延安时期就跳舞，离开延安就不跳啦？再说，这点事儿也不算什么大事儿，当时政府心情很好的，很宽松的样子。跳吧，跳吧。有一支《青年圆舞曲》怎么唱来着？"跳吧，跳吧，跳吧，跳吧，尽情地跳吧，愉快地跳吧。一对对，一双双，晚会开始了。"就这样，青年人经常凑在一起跳。烟嘴儿有一个女朋友，能看出来他们之间处得非常好，好到随便你怎样想。当然，不会过"红线"。此为时代之局限嘛。但是，我一直不明白烟嘴儿为什么怀疑我跟他的女朋友之间似乎有了些什么瓜葛。这我是从一个写诗的朋友那儿知道的，这让我大吃一惊，听得我眼睛瞪得溜圆。诗人看着我的表情说，装，继续装。看来他也对此深信不疑了。

我觉得，有些误会，尤其对方是你的朋友，这样说吧，无论怎样精彩的解释都是苍白的，无力的，而且越抹越黑。面对这样的前景我非常难过，伤心，沮丧。我和烟嘴儿是多年的好朋友，妈的，妈的，妈的，难道连最起码的信任都没有了吗？不过，冷静下来之后我意识到了，在人世间，特别是在年轻人，中年人，包括老年人之间，最难说，最说不清楚的，也最伤人的，也就是男女之间的情事。这种事最容易在朋友当中产生难以化解的误解。常常是这样的，有时候你想对一个很好的朋友，或者纯粹的朋友，纯洁的朋友，傻傻地告诫他，他恋着的那个女人不值得信赖，告诉他那个女人在外面还有许多男人。可想来想去，这种话你没法说呀。要知道，而且百分百，他会把你的那些傻话原原本本地告诉那个女人。或者还没等你跟朋友说呢，那个女人就能预先知道你要对他说什么，事先就给你下好药了，往你身上泼脏东西了。没错，政策和策略是党的生命，但也是一个人的生命。你光讲政策不讲策略，完。你光讲策略不讲政策。也完。

　　看到烟嘴儿的那副德兴，我也表现出一副冷淡的样子。我是男人，我也有自己的尊严哪，我凭什么让你误解我这么多年？凭什么。可是，转念一想，唉，仁慈的上帝呀，可怜的烟嘴儿，是不是因为这事儿受到了什么伤害，走不出来了，才变成了一个流浪者了呀。设若如此，我可是即便无罪也有罪了。莫须有的罪也是罪呀。妈的，这难道就是所谓的命吗？

　　想到这儿，我冲烟嘴儿点点头，挥挥手。烟嘴儿也冲我挥挥手。我自然明白这并不意味着他原谅我了。不过，我们彼此的"恩怨"也许会因此而减弱一点点的吧，就是说，过去的误解是一百分或者一百二十分，现在"点点头，挥挥手"，减到了七十分。

像一颗黄豆粒那么大　　　171

最后一个流浪者

我没有想到的是，烟嘴儿并不是我在这里遇的唯一的一个熟人，还有一位，这个人几乎被我已经忘得干干净净了。上帝哟，人这一生要忘掉多少人哪，看来，这人生也是一次残酷之旅呀。

这件事得从头说。

我的这位熟人的儿子外号叫"冻梨"。冻梨几年前就已经去世了，患的是癌症，非常年轻，身体非常棒，工友们之所以给他起了这个"冻梨"的外号，是在他当装卸工的时候，东北的天气大家都知道，最冷的时候，就是哈尔滨的郊区也有零下三十多度，最低甚至达到三十六七度。那时候我开的是解放车。装卸工只能坐到卡车的车厢上去。卡车上搭了一个帆布的棚子，帆布的能遇御寒吗？一跑最少几十公里，那卡车上的温度一下降到了零下四十多度。这样艰苦的条件，也只有年轻人才能抗下来。这让我联想到了二万五千里长征，想到了历朝历代的国内战争和世界战争。靠什么？光有信仰还不够，还要靠无数年轻人抗折腾的身体呀。不信，老年人你试试，根本不行，干个狙击手还可以。装卸工们就是这样，而且长途中吃不上饭是常事。一次冻梨从兜里拿出的一只麻梨，梨子已经冻得像石头一样梆梆硬了，他就啃这只冻梨充饥。所以人送给外号"冻梨"。我曾在江边见到过冻梨，他在那儿玩单杠，冻梨喜欢体育运动。他一生就是一个出大力的人，可能在我们看不出装卸工这一行当有什么技巧可言，但是，那里有他们的自信、骄傲和光荣。

冻梨也是我青年时代最好的朋友之一。后来，冬去春来，又冬去春来的，我真不知道在我们之间发生了什么，冻梨再见到我的时候突然变得冷淡起来。当然，这同我与烟嘴儿之间的误解不同，所以这种莫名其妙冷淡期并不长，很快，一切又恢复了常态。是啊，友谊的再生能力是很强的。再后来，我听说冻梨又娶了一个媳妇，我见过这个媳妇的照片，挺漂亮的。不过，我的第一感觉却是觉得他们两个不大般配。我当时正在翻看瓦西里的《情爱论》，书中有这样一段话我记住了，大意是：当你看到并不般配的夫妻时，你应当意识到，你没有像他们那样发现彼此更多的优点。冻梨先前的那个媳妇我也认识。后来冻梨告诉我，他们夫妻生活并不好。这方面我有点儿难以启齿，我也不应当这样说朋友的前妻。我想说的是，冻梨真是一个很不错的男人，这个装卸工不仅能干，会干，而且特别能吃苦，有点像战斗在深山老林里的抗联战士。您也许会问，为什么在你的周围都是这样一些"低层"的朋友。答案很简单，因为我就生活在他们中间，是他们中的一员。用高尔基的话说，这是"我的大学"。我知道有些人从这所"大学"毕业之后，周围多都是一些有身份的人、名人、明星、高官，个个穿得都挺高档的。而我仍是一身地摊儿上的便宜货（包括假名牌。有人说，只有穿真名牌的人才能看出对方穿的是否是假名牌。所以，每当我遇到穿真名牌的同人时表情非常不自然）。

不说了。我们继续。

我真的没想到会在这里见到冻梨的父亲，更让我没想到是，大叔还是那么年轻，那么有风度（他过去就很讲究发式，那发型好像叫"丽凤甩翅"式），这我完全没想到，我太惊讶了。没错，我可以遇见你，但你居然还是原来的样子，原来的表情，而且还像原来那么年轻。这就不能不让我惊讶了。看来，这世上真的有人在"逆生长"啊。

好了，我们书归正传吧。

冻梨的父亲从年轻的时候开始就不断地离家出走。不过，大叔不是那种彻底的离家出走（说实话，彻底离家出走的人也并不多），他几乎每隔一两年都会回来一趟，在家里待上几天，就是几天而已，然后，再次悄没声地不辞而别了。没人知道他去了哪里，如果你瞅着浩瀚的天空问他，他只说了一个大致的方向，如西北、西南、云贵、江浙。这样，家人也就不问了，你回来就回来，不回来就不回来。冬去春来，再冬去春来，时间是最好的医生嘛。这个家已经适应了没有父亲的生活了。但在户口本上，他的名字还在，仍然是户主。

冻梨的家在一幢犹太式小楼的半地下室里（比较单调刻板的那种建筑）。哈尔滨这种半地下室的民居，先前随处可见。半地下室里居住的都是一些普通的、善良的，什么都不懂却又以为自己什么都懂的市民。他们不仅没有因生活在半地下室里有一丝一毫的自卑感，反而个个都活得非常自信（即"文化自信"），并且个个充满激情，充满乐趣，充满幽默感。当然，现在改变多了，只能出现在那种类似《窝头会馆》的话剧舞台上了。

这里我想说明一下，冻梨的父亲之所以离家出走的真正原因，我并不知道。我每次漫想到这个疑问时都会猜一下。我个人认为，其中的一个原因，那就是大叔的夫人长相平平。但是，我可以肯定地说，大婶儿的心灵是美的，她是一个勤劳的，有责任心的，伟大的母亲。这都是我亲眼所见、所感的。另外一点，大叔不断地离家出走，除了自己的妻子不称其心之外，一定还有另外的原因，或者是他在外面另有"家室"，另有"妻子"，另有"孩子"。

第三点，或者，大叔天生就是这一类人，脚飘，喜欢到处走，他无法忍受墨守成规的老式生活方式。我就有几位这一类的朋友（今后我一旦发现大家喜欢这些，我就会不断地把他们写出来），其实，这种类型的人就在我们周围，只是大家不注意他们就是了。

意外地见到了大叔之后，那大叔的表情也分明在说，"咱们好像认识，或者在什么地方见过。"

我冲他点点头，说，大叔，你怎么样，身体还好吗？

他点点头说，马马虎虎。

然后我走过去，请他吸烟。男人嘛，除了吸烟、喝酒，真就没有什么别的了。当然，我是指我们这种住过半地下室的男人，不同于那些有档次的绅士，他们见了面通常是握手，或互相拥抱一下，拍拍对方的后背。这是文化人见面的方式。我们见面就是敬一支烟，或者当胸给对方一拳，表示友好。我当然不能当胸给大叔一拳，我们之间还差着辈儿呢。

我们坐下来开始吸烟。我突然觉得，当你有机会面对一个充满着疑问，充满着问号，充满了许多未知的人的时候，你居然一下子变得无话可说了，而且也没有问题可问了。

为什么？

大叔冲我笑笑说，我，一切都很好。

我说，这就好，这就好。

然后我说，大叔，你知道三儿（冻梨行三）的事儿吗？

他点点头。

我说，以后，我就知道的不多了，我曾在江边见过三儿。

他点点头。

我说，大叔，你知道吗？你们原来住那个地方改造了，变成了一个漂亮的居民小区，而且房价涨得贼快。

他点点头。

看来，他已经知道了所有的一切。

虽说我们有点儿话不投机，但不论怎么说，在这里能够见到大叔，我除了意外，还是有点儿小兴奋。世界上的事就是这样，有时候你会很关心某个人在分别后的那些日子里都做了些什么，可是，到头来你却发现，这一切都是毫无意义的。我们彼此在不同的地方就是那样不咸不淡地活着，至于怎么活？做什么事，有怎样的故事，这重要吗？非知道不可吗？

大叔说，阿成（哇，他还记得我的名字），我的腰不太好，想躺一会儿，你不介意吧？

我说，没事，大叔，您躺一下吧。

这样，我就站了起来。起身的那一瞬间，我突然觉得有点儿伤心，我不知道人为什么要活成这种样子，或者人与人之间的关系会是这种淡若轻风的样子。我真的有些难过。

这时候，我看到一个穿戴入时的年轻女性从我的面前走了过去。显然她也是这里的一员。这个女人看上去挺漂亮的，但她同样没什么表情（为什么这里的人都没有表情，表情都去哪儿了）。是，我不是上帝。我是在瞎担心，担心这里每一个人的命运，过去的，现在的，将来的。

我还发现，似乎是由于我和刚才的那几个人交谈，让周围的人变得有些不安，以至有些"不友好"起来。这时候，那个看报纸的男人走了过来，对我说，你走吧，快走吧。

我心有不甘地说，我才聊两个人，太少啦，哥。

他说，别聊了，走吧，快走吧。

看来，的确是不能再待下去了。于是，我慌慌张张地同那个看报纸的男人一同走出那个像地下车库的大厅。

临别时，我说，谢谢您。对了，您贵姓？

他说，我姓郑。我知道你是阿成，是个作家。

连续的惊讶让我的面部表情都变了形了。

我说，您怎么会知道？

他说，我知道。快回去吧，快走吧，以后不要再到这里来了。

我突然想起来了，问老郑，老郑，那个报复他妻子的年轻人是怎样一个人呢？我还没来得及问呢。

老郑说，其实我不应当跟你说，没错，他太特殊了。我可以告诉你，他还是哥伦比亚大学毕业的博士呢。

我惊叫了起来，真吗？留洋的博士。

老郑说，对。博士。

我说，我的天哪，怎么会是这样。

老郑叹了一口气说，唉，谁也逃不过"情"字这一关哪。那可是人生的一大关哪。

我仍然心有不甘地说，老郑，真的不好意思，真的非常非常不好意思。不过，我还是想问您一下，就像您说的那样，就像一颗黄豆粒儿那么大也行。我是说那个漂亮的女人……

老郑说，我注意到了。

我说，您能简单地说一两句吗？

老郑说，她是个艾滋病患者。

我再次叫了起来，这次太不可思议了，太悲催了，太可怜了，怎么会是这种样子？这简直是一个天大的悲剧呀。

老郑回头用手指了一下他身后的那个像车库的大厅说，这就是一个您说的，这里像一部话剧的大舞台。好啦，该说的我都说了，走吧。

……

就这样，我慌慌张张地离开了。

后来，所有的记忆都变得模糊起来，我仅仅记住那么一点点。不过，我至今还清楚地记得那个地方，那些人。除了看报纸的老郑，除了那个满脸愤怒的年轻人，还有那个从我面前走过去的、漂亮的、样子阴沉的年轻女人，还有在那里邂逅的烟嘴儿和冻梨的父亲。至于其他那些人的表情、样子，仍然是模模糊糊的。但无论怎么说，那里所有的一切，都给我留下了极为深刻的印象。

在回去路上，我就掏出了手机，想把这些零星的片段都记下来，但不知为什么总是很难完成，总是出差错。我在想，究竟是什么原因让我去了那里呢？

我苦苦地思寻着。

然后，我就醒了。

日本清酒

父亲在世的时候，每临近春节，我总要想方设法给老同志弄一瓶日本清酒。纯粹的那种。这种事在今天办很容易，但是在二十世纪的七八十年代，要想搞到一瓶原产地的日本清酒就不容易了，需要托那些在日本有亲戚朋友的人帮忙。这自然是一件麻烦人的事。要知道从日本捎酒到咱中国来有诸多的不便，但是，朋友听说是我准备春节孝敬老爸的，难，就变成了难得了，会想方设法满足我的托付。

是啊，老爷子为什么喜欢喝日本清酒呢？这要从他年轻的时候说起。父亲年轻的时候是在一个靠近苏俄边境的伪县公署上班，是日满时期的小职员。父亲是国高毕业之后直接到县公署工作的。他内心有怎样的感受鬼才知道。但是那的周边环境，包括待遇都挺好。这对年轻人是一个诱惑。年轻的父亲日语很好，在国高的时候就是一等合格，日语讲得很地道，人也仪表堂堂，颇有点文艺范儿，偶或的幽默和不过问政治的态度，让他很快和伪公署的日本职员熟识起来。当然，日本职员也是侵略者，是不端刺刀的日本兵。但是，在和这些文职鬼子的接触当中，父亲很快发现他们当中也不乏有一些反战分子。那么，咱父亲是怎样了解到这一点的呢？其中的一个重要媒介，就是日本清酒。

平日，这些日本职员在公干之余喜欢聚在一起喝酒。由于父亲没有语言上的障碍（还可以兼做翻译），他们常着拉上父亲一块儿去整（喝）。有道是"酒后吐真言"。这几个日本职员在喝酒的时候，除了表达了强烈的思乡思亲的情绪之外，也吐露出了对侵华战争的厌恶。那么是不是这样的一种情绪，让父亲和他们结成了朋友呢？对，是那种彼此在心理上有些别扭的朋友。但别扭的朋友也是朋友哇。就拿一国的国政来说，不也是有不少别别扭扭的朋友吗？

喜欢和父亲喝酒的人并非全是日本职员，也有中国职员。父亲在讲这一段历史的时候很平静地说（属低调牛皮），我的酒量还是可以的。我也平静地点点头。但我知道我爷爷不能喝酒，有点儿像诗人陆游，喝一口，脸通红。我奶奶能喝，但平常她是不喝的，是一个很自律的女人，只有来了客人的时候，才会替爷爷把酒干掉。一点儿事没有。显然是父亲继承了奶奶的基因。

所以呀，能喝的人从不缺酒友。日伪时期的某些市井现象和现在差不太多，一些开饭馆的人很精明，喜欢把饭店开在衙门口附近。这样子，伪县衙里的那些恋酒的中、日职员就成了这些小馆子里的常客。况且所有的小馆里都备有日本清酒，有的还专门设有日本式的单间和懂简单日语的女招待。喝来喝去，日子一久，父亲对日本清酒也喜欢起来。至于他喜欢上之后心里是不是安慰自己说"酒可是无罪的"呢？这就不得而知了。

转眼就是九九重阳节了。重阳节是一个晚辈孝敬老人的节日。

我便请父亲去了那家日本风情的"上野酒吧"消费。

上野咖啡馆并非完全的日本风格，至少这幢房子是欧式的。阳光从一扇扇欧式的窄条窗户射进来，俨然舞台上的追光灯。屋子里正款款地放着软人脊梁的日本轻音乐。我为父亲点了较贵的日本清酒。

我调侃地对父亲说，先生，您尝尝这清酒怎么样？

父亲瞥了一眼别处说，儿子，不管怎么说，日本清酒总是无罪的吧？

我也扭头看了看别处，点点头，表示赞同。

几款小菜也是日式的。接下来，感觉老爸喝得挺满意。

我问，您年轻的时候跟日本人就没喝出点儿什么故事来么？

父亲沉思了一小会儿，说，你是指你妈常说的那个叫木婉的日本女人吗？

我说，都行。

父亲自言自语地重复道，什么叫都行？话问得不善良啊。

我说，要是没别人，那咱就说木婉。

父亲说，木婉就是上野人，跟这个咖啡馆一个名。

我说，巧了。记得鲁迅先生在《藤野先生》中写道：上野的樱花烂漫的时节，望去确也像绯红的轻云……那地方不错啊，你去过吗？

父亲说，我只到过东京。不过，喝酒的时候木婉曾经讲过，上野在东京都的台东，那儿有一个上野公园和恩赐公园，恩赐公园是日本最早的公园，那儿又是一种风情。此外那儿还有几条繁华的商业街。

……

我在日本自由行的时候去过上野，那条阿麦横丁街特别吸引游人。那个地儿店铺林立，从日用品到高级进口品应有尽有，重要的是价格便宜，我去的那天是星期天，人山人海的。有印象。

父亲说，上野还有个上野动物园、东京文化会馆、东京国立博物馆。鲁迅先生说得对，上野的确是个赏樱花的地方。木婉说，每当春天到来的时候，前来这里赏花的人们络绎不绝，非常热闹。

说罢，父亲吟到："上野的樱花，在樱花下的人还会陌生的嘛！""韶华终将逝，宛若暮樱随风谢，安能知此生？""雁别叫了，从今天起，我也是漂泊者。"

我问，这是谁的诗句？最后一句感觉挺凄凉。

父亲说，松尾芭蕉。他是日本的"俳圣"。但木婉最喜欢的是松尾芭蕉的："闲寂古池旁，青蛙跳进水中央，扑通一声响。"此外还有《赏樱》："树下肉丝、菜汤上，飘落樱花瓣。"

我听了一时有点儿转不过轴儿来。

父亲说，韵味悠长啊。

我说，除了木婉的肉丝菜汤，还有？

父亲说，还有……就是在喝酒的那几家小馆儿里，我分别认识了共产党和国民党的人。

说完就不言语了。

我说，老爸，不想说就不说，咱换个话题……

父亲说，也没什么，很简单，就是他们都希望我能为他们做事。

我吃了一惊，说，我靠！您不会是双重间谍吧？先生。

父亲呷了一口茶说，说话要文明。什么××的。简单说吧，我就是为这事儿才和木婉进一步接触的。

说罢，老爸长叹了一口气，说，这件事儿你妈误解了我一辈子呀。

我问，色诱？

父亲说，她是喜欢我。

说完又补充上了个"先"字。

我问，这个日本女人在县里做什么工作？

父亲说，用现在的话说，是机要秘书。

我脱口道，我靠。明白了。

父亲严厉地说，我说过了，说话要文明。

我说，文明文明，一定文明。对了，老爸，她长得漂亮吗？

父亲说，一般。但一看就是日本女人，很白，嘴唇是淡粉色的，丹凤眼。

我仰着头，用手指不断地在桌子上弹奏着，在脑子里极力地复原着她的形象。

我说，一般人儿是吧？这个这个……

老爸立刻打断我说，说话不要"这个这个"的，像领导讲话。坏毛病。

我说，您就从她那里套取日本人的机要秘密的吧？

没想到对我的提问父亲居然未置可否。

我进一步地问，那，比如说，老爸，情报到手之后，您是给共产党呢，还是给国民党？他们不都是在争取你吗？

父亲却岔开话头说，去年秋天，我向组织部的一个朋友问你提级的事是否有谱。你猜他怎么说？

我说，这事儿您怎么才跟我说呢？那他怎么说呢？

父亲说，他说，兄弟，这事你不该问哪。

我像狐狸一样笑了，说，服了，姜还是老的辣。好，咱不说这些没影的事儿。

老爸说，影儿还是有一点的。但听说后来让人搅了，这才把你的名给勾了。

我立刻提高了嗓门儿说，爸，这事我都习惯了，只要我刚有点儿起色，立刻就会有人像疯狗一样蹿出来咬我。

父亲说，急眼了？

我立马换了一副儿子的面孔，说，老爸，咱不说我行不？最后一个问题，您当双面间谍是为了钱呢，还是像电视剧里常说的——信仰？

父亲说，我不是什么双面间谍。我是中国人。

说完，父亲指着我说，你也是。

我说，我两个女儿也是。可国民党人也是呀。

父亲点点头说，说的好。

然后我斟酌着说，可是，我总觉得您说的这些事儿有点抽象……

父亲看着窗外，茫然地说，儿子，你说这种事，我本人怎么可能自己证明自己呢？这不是笑话吗？

我吃了一惊，问，咋的，能证明您的人都不在了？

父亲说，在。但这个人却说，他既不能证实，也不能证伪。

然后，我们父子俩便沉默起来。阳光从窄条的窗户那儿射进来，把我照得棱角分明，而父亲则被隐藏在阴影当中，只有他的眼白和牙齿清晰可辨。

……

父亲说，苏联红军毕竟分不清这些日本职员哪个是反战分子呀，有的被打死了，有的被押运到了俄国的西伯利亚做苦工。

我问，那，木婉呢？

父亲说，她挺好的。

我睁大了眼睛问，她挺好的。为什么？

父亲说，她是俄共的谍报人员。

我捂着脑门儿仰天长叹道，老爸呀老爸，亲爱的老爸，您被她耍啦。

父亲说，是啊，没想到我反倒成了她的交通员了。

我问，现在这个木婉还活着吗？

父亲说，活着，偶然一次我在电视上看到了她……

我说，外交场合？

父亲说，不，日本新闻。

我说，你确定？

父亲说，确定。

我说，老爸，她早把你忘到九霄云外了吧。嘿嘿。

父亲笑眯眯地说，不会的。

我反倒狐疑起来，问，您这么自信？

父亲开始低下头用手掸裤子上的"灰"。

我说，对了，您认识木婉的时候跟我妈结婚没？

父亲说，没有。

我说，不对呀，您不是说我妈因为这事儿误解了您一辈子吗？

父亲说，你妈恨日本人！有机会我跟你专门讲。来，儿子，干一个。

过了一会儿，我问，老爸，您有多长时间没喝日本清酒了？

父亲说，自打光复后就再没喝过。

正是父亲的这句话，让我萌生了给父亲搞一瓶日本清酒的愿望。之后每年的大年初一，我就把朋友从日本捎来的清酒，"咣"一声，放到餐桌子。父亲的眼睛顿时一亮。我立刻替他打开，斟了一小杯给他。老先生只尝了一点点，然后聚精会神地品着，半晌才说，啊，真正的日本清酒。

只要过节，我总惦记着给父亲搞一瓶日本清酒，而父亲呢，似乎也期待着这一天。不管怎么说，咱父亲也是一个有情有义的人哪。

后来，父亲的身体越来越差了，不能喝酒了。我只能打开清酒瓶，用筷子蘸一下，然后放在他嘴里，让他呷一下。

这样的事一直持续了十几年。父亲家存的清酒也越来越多了。但我照例会在春节和重阳节的时候买一瓶日本清酒孝敬他老人家，一直到老父亲过世。

每到老宅时，看到父亲遗留下来的清酒时，想到父亲啜酒时的那种沉醉的样子，不由得让我潸然泪下。

茶馆

朋友 K 约我去道外三道街的一家咖啡馆喝咖啡。他说让我见一位有趣的哥儿们。

K 说，他会给讲一些有意思的事，也挺诡异的事。

其实，我对咖啡并没有什么特殊的感情。不过我知道所有的咖啡馆都另外备有茶。能借此机会和朋友在一起聊聊天也是一件舒心的事。虽说大家同在一座城市里，但彼此见面的机会并不多，一个季度能见一次就算极频繁了。比如省作协，我两三年都没去过，结果不少人都退休了。靠，非常遗憾。

当然，到了我这个岁数，对吊胃口的事儿已经不那么太感兴趣了，不过，道外区这个地方我毕竟多年没有来过了，记得第一次到这里来还是送我的第一任女朋友，她住在道外的十六道街。当时感觉到外区就像是另一个国度，建筑、商家，都非常的陌生。而且路两旁的小柳树那么细，挺有趣。后来结识了几个右派朋友，他们都住在道外区。当时还想，想不到这个道外区是一个出右派的地方。当时年轻啊，晚上一下班，我就骑车子直奔道外的右派朋友家去玩儿，一聊就聊到半夜。几乎天天如此。在这些朋友当中有一位并不是右派，是右派们的街坊。我刚刚听说前年他就过世了——这也是我答应朋友去道外喝咖啡的另一个私人原因。

道外的头道街、三道街，还有四道街（其实我不太清楚），已被区政府的改造成了民俗一条街，称之为"中华巴洛克"建筑。这家咖啡馆在三道街上。我们先是海阔天空地闲聊。我说，我记得在多年前的一次关于旅游的讨论会，还有几个洋人参加，一个美国人说，他觉得道外区才是真正的哈尔滨，有中国风味。

K说，老哥，经常来道外吗？

我说，不经常。对道外真是一知半解。

K说，老哥，其实还有一家茶馆……

我打断他的话说，你一说到茶馆我就伤心。

K说，我说的这家茶馆是一家不挂牌的茶馆，在北六道街上，已经差不多有将近半个世纪的历史了，前几年才刚刚拆迁掉。

我说，蹦高扒吧。

K说，是一家小茶馆，你从外面看，就是一户普通人家，一进门，十几平方米，分里外间。火炕，火炕上有炕桌，小茶馆就老板和老板娘两个人。客人进来后往火炕上一坐，上的茶也不是什么好茶。

我说，一块钱一铁锹那种。

K说，差不多。然后，他们在那里窃窃私语。完事后，把钱一扔就走了。不扔钱也可以。老哥，知道是什么地方吗？

我说，你说。

K说，我告诉你，这个地儿是那些黑社会和流氓地痞，包括警察和线人见面的地方。在这里谈事儿，平事儿和出卖情报。

我说，这个地方可够诡异的了。这对那个茶馆的老板、老板娘来说也挺危险啊。

K说，恰恰说错了，一点儿危险也没有。

我说，后台杠杠的？

K说，不是，是他们两口子绝对地嘴严。就是说，你别指望他们出庭作证，他们什么都不知道，一个字都不会透露。

我说，道外这个地方水挺深啊。现在……

K说，我说的是"反右"时期的事儿。

我问，那，庙扒了，两和尚呢？

K说，蒸发了。没人知道他们两口子去哪儿了。

……

水中的月亮

入秋以后，眼前的这座北方城市陷入了雾霾和落叶之中，一切变得很梦幻。街上的行人除了眼睛之外，全部被围巾、帽子、手套等遮掩物包扎起来。行驶在雾霾和落叶中的私家车像 3D 片儿。冬天马上到来。这是一年当中最难熬的时节，如同打不出来的喷嚏。

晚上很好，雾霾散了。月光照在城边的那座建筑上，外人并不知道这是一家什么单位，看到有囚车一样的车子驶进驶出，他们认为这是一家兽医研究所。但内部人知道，这是"901 所"，一家机密单位。

"901 所"正静静地矗立在那儿，四周空着，显得有点儿孤独。楼前不远是公路，楼后则是月光下的田野。大楼值班室在一层。今晚老王当班。老王毕竟是七十岁的人了，自然有一些现成的经验，他根据眼下的季节、气候、天气，根据楼外面越来越强的风，他认为今夜会有一场雪。下雪是一个好兆头，明天就不用戴口罩了——雪会把悬浮在空中的尘埃打扫干净。

老王是"901 所"的老更夫了。他退休之前是保卫处长。办退休手续的时候，他抽搐着嘴角想说：我不想离开这里。没想到，所里更需要他（准确地说是信任他）。就这样，处长成了更夫，称呼也从王处，到老哥，到老王，再到老爷子，进入了一个人生命第三阶段的小历史当中。老王是单身一个人，老婆死掉多年了，儿女都在美国，祖国这边就剩下他一人，即空巢老人。

建"901 所"的时候老王就在这里工作了。所以他熟悉所里的每一个人，每一扇窗，每一片瓦，每一条电线的走向。老王的工作就是在职工下班之后，拿着手电筒从六楼开始，自上而下，逐层楼、逐个房间地开始检查。按照惯例，会有一个在职人员和他一起值班。但是，这个人无论是哪个，都会待在自己的办公室里继续工作，觉得有老王一个人就足够了。况且凡二十年来，所里从未发生过任何事情，始终平安无事。

职工都走了。老王拿着手电筒开始逐层检查。例行先从六楼开始。六楼主要是会议室，此外还有几扇壁垒森严的铁门。就是老王也不可以进去。老王知道铁门里是什么，简单地说是国家机密。用所长的话说，那是一双明亮的眼睛，不仅我们看不见，整个城市里的人谁也看不见，但它却可以看见每一个陌生人。不要理解成摄像头或者监视器之类东西，比那些东西要复杂得多，它不单是眼睛，还包含着行动。老王每检查到"止步"的那个标志那儿就停下来，然后开始往回转。

今晚和老王在一起值班的是老刘。这里的人无论称呼谁都带一个"老"字，其实他们并不老，都在二十到四十岁之间，个别的五十岁，而五十岁的人基本都是这儿的头儿。老刘的办公室在六楼走廊的另一端，紧靠着走廊的尽头，再尽头是卫生间。好在六楼办公的人不多，只有所长、副所长、机要秘书和老刘四个人。至于老刘究竟是做什么工作的，老王也并不清楚。但他清楚地知道，老刘有权力接触这座楼里的所有机密。

老刘是一个很讲究穿戴的人，而且有轻微的洁癖。具有讽刺意味的是，他的办公室挨着卫生间，这就是没有办法的事了，人生就必定要面对许多形形色色的挑战。

出入六楼的人必须要有特别通行卡。插入卡之后，六楼电梯的门打开了。老王从电梯里走了出来。按照习惯，他先看了一下"止步"的标识。就在这一瞬间，他猛然发现有一扇铁门没有关严。这还是他当更夫以来第一次看到这种事。他轻轻地走了过去。但他没有权力进入那扇铁门，门不仅写着"止步"，还写着一行

"未经许可，不准入内"。老王迟疑了一下，回头看了看走廊尽头老刘的房间。他知道今晚老刘值班。他发现老刘的门也露着一条缝，从那道门缝里顺出一条凉丝丝的光。他觉得必要和老刘说一下。便转身向老刘的办公室走去。尽管老刘办公室的门虚掩着，老王还是敲了敲门。敲门声在黑夜里显得特别响，有点惊心动魄。里面没有任何回音。老王在门外站了一会儿，并没有贸然进去。他又转身检查了走廊的每一窗户，但都关得好好的。透过窗玻璃，正像老王预料的那样，外面落雪了。

老王回来再一次地敲老刘的门，但里面还是没回音。于是他转身向铁门走去，站在门外向里面喊，老刘，你在里面吗？你的办公室门没有锁呀。铁门里没有任何回音。他连着喊了几次，仍然没有回音。老王便再次来到老刘的办公室。他用力敲过门后，见里面仍然没有回声，就猛地打开门，他吃惊地看到老刘正背对着他坐在椅子上。

老王喊，老刘，你睡着了吗？

老刘没有任何反应。

这是"901所"二十年来第一次的不眠之夜。几辆神秘的车子驶进了"901所"的院子。警察和警犬开始搜查每一个房间。外面的雪越下越大。就是说如果有人经过这里的话，随着雪花不断地飘落，雪会将这个人的足迹掩埋得干干净净。

老王心想，看来这个人也懂得天气，知道今天晚上会下雪呀。

老王站在"901所"的门口，看着老刘被担架抬上了一辆救护车。

所长脸色铁青地看着老王，问，你在楼里就什么也没听见？

老王说，除了风声，任何声音都没有。

所长问，你仔细听过风声吗？

老王说，仔细听过。

所长问，你到六楼上也没听见任何声音么？

老王说，绝对没有。

所长说，不要说得这么肯定。你再想想吧，如果有什么遗漏，随时给我打电话。

说罢，所长走了。

所有的人都撤了，"901所"又恢复了夜的平静。

在收发室里，老王给自己泡了一杯热茶，并破例点了一支烟。的确，今夜里的事真是让他百思不解。难道杀手白天就潜入了"901所"吗？还是这个杀手和老刘认识，是内部人？大家都知道，没有特殊通行证，想进入六楼是根本不可能的。除非……除非这个人有穿墙的本事。就算是这样，楼里所有的监控会将此人的所有行动记录无遗。

医生初步判断说，老刘不是被枪杀，也不是被刺杀，有可能是服毒……

老王想，怎么会出现这样的事情呢？

想到这儿，老王突然想起所长的话，"你仔细听过风声了吗？"这让他冷静下来，再一次仔细地听着窗外的风声。就在他倾听的时候，他似乎听到六楼上发出声响。这次他毫不犹豫地按响了警报。顿时，整幢大楼灯火通明。他迅速地冲上六楼。发现本已关好的老刘办公室的大门大开。老王迅速掏出枪，并同时给所长打电话报告。

私厨

整个过程不超过三分钟，"901所"这幢大楼被武警围得严严实实。但是，经过仔细的搜查，并未发现任何足迹，而且保险柜等都完好无损。

　　就这样，老王被隔离审查。一个星期以后，他被解除了审查。让他惊讶不已的是，来接他的人竟然是老刘。
　　老刘伸出手来，微笑着跟他说，老爷子，恭喜你，演习结束了。

何拜伦的猫

又是一个雨加雹子的天儿。我就是在这样的天气打着伞去何拜伦家的。我的确有一点点激动，倾诉的欲望像一层薄雾似的笼罩着我的心灵。理智上说，不去也可以的，但是脚却朝着何拜伦家的方向走去。

一路上，随雨而下的冰雹把伞布击得扑扑直响，品味一下这种声音，那是一种很古怪、很特别的感受。在雨兼冰雹之下，天气骤然变冷。路上全是布满着冰雹的水，它同样给你一种很古怪、很特别的感受。整只的皮鞋和裤腿都已经湿透了，小腿肚子上布满了硬硬的鸡皮疙瘩。这使得你不由自主地想到了穿山甲。电视里的那个天气预报员说，今天夜间还有雨夹雪。看来，古代人的"话"是不错的，"胡天八月即飞雪"，现在正好是农历八月。我有点儿搞不懂，古代人怎么那么喜欢观察天气呢？古代的生活很悠闲吗？

在这样冷飕飕的天气里，街上的行人不多了，马路上只有我这种失业者，或者叫"富余人员"，以及一些零星的、归期在即的外地人在冒着雨水冰雹走着。当然，这也不是完全伤感的马路，在街角处就有一对中年恋人正在忘我地接吻，他们两个人的嘴吻在一起，相互拧着，男人手中的那把伞像盾牌似的慢慢地脱落在地上，落在他们肩背上的白色冰雹像音符似的跳动着。离他们旁边不远，是一个卖香烟的摊子，卖烟的老太太像一个顽皮的乞儿似的伸出一只手，在接冰雹玩。老太太穿着一件老式的雨衣，瘪得像咧开的干蘑菇一样的嘴，黑洞洞地张开着。我边走边想，恐怕没有谁会再吻这张嘴了。是啊，趁着年轻，趁着充满激情，能接吻还是多接吻吧。

我是一边走一边回头看着那两个热吻者，后来干脆倒着走，结果，差一点撞到路边的那个垃圾箱上。我觉得这是一组很漂亮的电影镜头。

过去，每当我的精神进退维谷，需要别人指点迷津的时候，总要去看看我的"心理医生"何拜伦，何医生。何拜伦是一个体恤朋友苦衷又充满同情心的哥儿们，而且，在我看来，他还是一个相当有才华的诗人。多少年来，我一直很爱戴他，而且我也喜欢诗，所以我们谈得来。我知道他曾犯有多种过失，像几起令人喷饭的医疗事故，像收取厂家赠送的小额药品回扣，还有非法接生，向患者索要"红包"等等。很显然，这是他的另一面。其实每个人都有另一面。但这些"另一面"对我来说并不重要，我并不是这些事故与过错的直接受害者，所以，不会令我对他的判断产生什么影响。重要的是，由于他对我的精神引导——当然他讲得很坦率啦，以至有悖纲常，但毕竟使我几度走出生活的迷津。不要以为人的心理是绝对自由的，那是哲学家们在胡扯，要知道，所谓自由的心灵也是会受到某种束缚的。

别嫌弃我说的话太"嫩"，用何拜伦的话说，人的一生不说嫩话是相当可怕的，要远离这样危险的人。

不过，我今天去看他，并不是自身又产生了什么心理危机，仅仅是想跟他说说话儿，仅仅是这样。更何况，现在我的口袋里有钱了。我甚至颇为得意地觉得，何拜伦的那幢由石头砌成的房子正在召唤着我呢。

我打的这把黑布伞已经很旧了，铝制的伞骨已经氧化了，老化了，一路上它不时地被风雨吹得反鼓过去，像一只接冰雹的大黑锅。先前，在这个黑布伞下面的常常是两个人，除了我，还有我的前妻贾红。而现在只有我一个人了，所以它才时不时地像黑锅似的翻转过去。伞也是有灵魂的。其实，在这座城市里，很多打伞的单行者都是我这种情况，不同的是，有的伞是花的，有的伞是条格的，有的伞是那种老式油布伞——这种情况比较凄凉一点，伞下的单行者肯定苍老不堪了。有些老年夫妇一看到这样的形象就不寒而栗，死死地挽紧自己的老伴儿。

我冒雨继续走我的路。肉体和灵魂，就像一支歌的词和曲一样，有时候是和谐的，有时候就不那么和谐。

我的头上戴着一顶鸡屎色的条绒礼帽，这种礼帽在那些所谓的"城市孤旅"当中非常流行。有些人对帽子很不以为然，其实，无论在官场还是在民间，古往今来帽子都是非常讲究的，甚至是一个人的尊严与个性的象征。这顶鸡屎色的条绒礼帽上面，是那把时不时被风雨吹得反鼓过去的黑伞。一路上我还发现，雨下的人行道上偶尔有人扔掉的当日报纸。人们就是喜新厌旧啊。

其实，这样的雨天最好是待在"家"里，关起门来，喝一壶热酒。像一个憨厚的老农民那样。但是，脚还是朝着何拜伦家的方向走去。

后来，我趄进了街边的一家副食店，进店之前我像一个绅士那样，把那把黑布伞撂在了副食店门口。担心是没用的，谁会要这把破伞呢？没人要。我非常清楚，这个世界偷什么的都有，就是没有偷伞的。所以，我认为我们的世界是有希望的世界，是美好的世界。

然后，我走进了副食店。的确，有钱进副食店和没钱进副食店的那种精神状态就是不一样。

兜里的钱，是我的前妻贾红给的。当我穿上她提供的裤子和衬衫时，她顺手把一沓钞票塞进我的衣口袋里，笑眯眯地说："再装点儿钱就齐了。"临走的时候，贾红慈祥地说，还使这把旧伞呢？我给你拿把新的吧。我说，不用。这把伞是我生活中最忠实的伴侣。贾红听了，扑哧一声笑了，说，啧啧，还玩诗人呢？愁死我了。

从贾红那儿出来，我立即钻进了路边的那个付费的公厕。蹲在公厕的"单隔"里，我清点了一下贾红塞给我那沓钞票，一共是一千元。这钱在她可能不足挂齿，零花钱一样，在我，那就是生死攸关的生命钱了。临走的时候，贾红还再三地叮嘱我，有困难一定给她打电话。然后，她又吞吞吐吐地说："另外，你要想到我这里来，一定事先打个电话，我好做一个准备。我爱你。"我一脸灿烂地说："哎。我也爱你。"可我心里非常清楚，没有她的允许，她的房子我永远也别想进来。但这又有什么呢？我应当时时刻刻保持一种清醒的头脑，我们之间不过是在联手玩一个怀旧的游戏。说得优雅一点，她追求的是精神上的，而我注意的是游戏的经济效益。

在副食品店里，我买了一瓶白酒，本想买一瓶高档点的，但是，钱还是省着点儿花好。我还得靠这些钱应付漫长的生活呢。除非这期间贾红再找我一次。想想看，冬天就要来临了，我将要面临一火车皮那么多的难题呢。一般地说，年终岁尾，各个单位不会再雇用新人。加上东北的冬天是一个失业的季节，一个天寒地冻的季节，大街、公园、江边，不再是"城市孤旅"消磨时间的理想场所。天太冷了，北风呼号着……还有，这次去，你能保证何拜伦不伸手向你借钱么？

在副食品店，我还购买了一些香肠、熟肉和烟卷儿。走出副食品店的时候，我看见旁边的水产部在卖一些烂鱼。于是，我走了过去，递过去一块钱，对那个男营业员说："随便给我点烂鱼，真正烂的，我喂猫。"

何拜伦家的那只黑猫给我留下了很深的印象，它一犯毒瘾一切都不顾了。

记得最初我到何拜伦那儿去，当时他已经被医学院开除公职了。我去安慰安慰他。以失业者对失业者，以男人对男人，以朋友对朋友，以诗人对诗人。

何拜伦见到我，却玩世不恭地说，好久没见到你啦，在何处得意呀？

没想到，他的角色转变得这么快。

我反倒显得有些被动了，便提醒他说，我已经离婚了，你不知道吗？我叫贾红给甩了。

我说这话，也是想营造一个同病相怜的气氛。

何拜伦给我找出了烟卷儿，他自己却抽着香气喷喷的大烟斗。

他笑嘻嘻地说，听说了。这回你跟我一样了，我们都被女人给甩了。

我笑了。心想，诗人就是人类的儿童啊。

我记得，在他的屋子里，我闻到了一股诡异的香味儿，当时心里还想，难道有浓妆艳抹的女人刚刚来过么？女人是治疗男人心灵痛苦的最佳良方啊。

突然，那只被关在铁笼子里的黑猫疯了一样地在笼子里上下翻腾着，左突右冲，自己咬自己的毛。估计是想尽快地结束自己的生命。当它筋疲力尽停下来的时候，便可怜巴巴地看着何拜伦，两只蓝幽幽的眼睛像坟地里的鬼火一样，一明一灭地闪动着，嘴里呜呜地叫个不停。何拜伦则像个法国绅士一样，叼着那个大号的、镶着黄铜箍儿的烟斗慈祥地看着它，并冲它喷着烟气。那只猫却贪婪地吸着。

我问，它怎么啦？

何拜伦用燃着的火柴替我点燃了香烟，然后，用手中的烟斗指着铁笼子里的黑猫说，老弟，我正在做一种试验呐。

发疯试验？

何拜伦自豪地说，我已经成功让这只猫染上毒瘾啦。

毒瘾？！

我不觉大吃了一惊。

他说，我在它的食物中掺了点可卡因，让它先慢慢地上瘾。然后，再断了给它的毒品供应，并喂它最新鲜的小鱼和纯质的牛奶喝……

结果怎么样？

何拜伦像帕瓦罗蒂演唱《我的太阳》那样，夸张地张开双臂，说，结果你都看到了，它什么也不吃，犯毒瘾了，疯了，自己咬自己。哈哈。

我告诉他，虽然我不懂医，但我知道这种行为在医学上叫虐待狂，是一种变态心理。

何拜伦说，你说的对，这种行为在医学上叫虐待狂，的确是心理变态的表现。不过，朋友，你知道吗？那些用毒品害人的人不也是属于这种症状吗？

我嘟哝起来，我不知道你要说什么，总之没劲，你这种比喻也很离谱……

何拜伦指着铁笼子里的可怜巴巴的、像下贱的奴才一样的猫，很哈姆雷特地说，这只猫，就是我这几年经历的一个缩影。它不是不想过正常的生活，它也希望自己有一个贤惠的老婆，再生一堆花花绿绿的可爱的小猫咪。可它没有这个资格，它已经染上了毒瘾，它偏离了正常的生活轨迹，于是，它被驱逐出了猫的世界。老弟，你看它长得多么漂亮，我相信会有很美丽纯情的女猫爱上它，可它自己却完了，变成了一个瘾君子。那么，是谁使它变成了瘾君子呢？是我。那么，又是谁把我变成了一个下流坯、一个可耻之徒的呢？是把我搞破产的老熊，熊教授。现在，这个熊教授正怡然地走在大街上，他几乎在每一条街上都能看见一个他曾经毒害过的人。在这些人当中，有的成了无赖，有的成了下贱的妓女，有的变成了精神病患者，有的贫困潦倒、一蹶不振。我认为，他应当对这一切负全责！就像我，必须对这只猫的不幸负责一样。

我担心地问，那你打算把熊教授怎么样呢？

何拜伦恶狠狠地说，让他也染上毒瘾！老弟，他现在已经是

N 医科大学的副校长啦。

我哈哈大笑起来，说，算了吧何拜伦，你这是异想天开，你怎么能让他染上毒瘾呢？将白粉点在烟卷里么？

何拜伦严肃地说，是的！没错。

我愣住了。竟一时说不出话来了。

过了好一会儿，何拜伦才不无自嘲地说，只是，我有点不忍心，下不了手。我倒是计划过给他送一条有毒的烟卷过去。我也去过他府上一次，看到他的家庭如此幸福，儿子、儿媳，女儿、女婿，都相处得非常融洽，个个保养得白白胖胖的，我他妈的有点下不了手了。

何拜伦吐了一口痰说，老弟，不管怎么说，你我都没有他们的心肠硬啊——

我问，那，这只猫怎么办呢？

何拜伦说，不知道。再者说，我总不能把昂贵的毒品给一只猫吸吧？

那只关在铁笼里的猫再度发起疯来了，野性十足，凄厉地惨叫，翻腾着，一次又一次地用头撞着铁牢笼。我当时就想，这只可怜的猫是在代那个副校长受过啊，这不公平。

营业员给我装了满满一小塑料袋烂鱼，递给我。

我说，谢谢你。

他笑着说，我也喜欢猫。

我甜蜜地冲他点点头。

冰雹结束了，仅仅有一点极小的雨。冰雹就是这样，来得快，去得也快。

这时候，街上的行人多了起来。每个街口都流动着各种颜色的伞。

我看见了何拜伦那幢被雨丝水雾包围着的房子了。我猜想，何拜伦也许会看见我正向他那里走去。我知道何拜伦喜欢在雨天站在窗前看街景。他曾经对我说过，有些心里话只有在雨天里才会说，才会说得更真诚。我同意他的看法。在他的心灵当中，的确有诗一样圣洁的一面。

这次之所以上何拜伦的家还有另一个原因。前不久去何拜伦家的时候（那次也是从我的前妻贾红那里出来之后。我几乎每次从我的前妻贾红那里出来，都要去何拜伦家里聊一聊。真是不可思议），我就发现，几个月不见，他的脸色变化很大，眼神幽幽的，俨然一个鬼魂。他的那只黑猫仍在铁笼里发疯地撞着，但它已经瘦弱不堪了，头部被撞得伤痕累累，其哀号，像被刽子手不断刺杀的婴儿叫声，令人毛骨悚然。

那天也下着雨。何拜伦见我进来，马上让我把湿漉漉的雨伞给他。他拿过去之后，收了伞篷，两手紧紧地攥着伞布，沉醉地说，这样攥着，有一种在大江里游泳的感觉：天上下着小雨／江水在流／小舢板船在芦苇丛中／船上的那只伞下／是一对青年情侣／伞是媒介／也是象征。这你知道吗？

我说，我知道。

他又问我是否看过美国电影《克莱默夫妇》。

我说我看过。

他说，记得电影里有这样的一个镜头，那个男主人公打着一把伞出来……

我说，那个男主角是由达斯汀·霍夫曼扮演的。

他说，对。天正在下雨，结果他的伞怎么也打不开了，那个由梅丽尔·斯特里普扮演的女律师看着了，便请他和自己共用一把伞。你知道这个镜头是什么意思吗？

我说，我说不清楚。

何拜伦说，伞象征着爱情。当一个男人或一个女人把伞赠送给你的时候，同时也把自己的灵魂、自己的爱交给你了。

我说，过分了。并粗鲁地将伞从他的手中拽了出来，说，我看你现在有点心理变态，何拜伦。

当时，何拜伦多多少少有一点尴尬，空空地搓着自己的双手，想了好一会儿，终于说，老弟，身上带钱了吗？

要多少？

凭赏吧。说着，他下贱地一笑。

我掏出了身上仅有的三十块钱，放在茶几上。何拜伦立刻像闪电一般地把钱抓了过去，迅速地塞进自己的内衣口袋里。

他立刻变得健谈起来，他说，有时候他觉得自己就像一条狗，像一条没有任何刑侦任务的、被开除了警犬队伍的狗一样，还在到处嗅，这儿嗅过了，再跑到另一个地方嗅，结果一无所获。如果来世它再托生狗，它还会继续它的前世，继续嗅，继续寻找。一只狗如此，一百只狗也如此，一千只、一万只、一百万只狗全都如此。这说明了什么？

我说，不知道。

他说，说明，破灭。

我摇摇头，没说什么。心想，既然破灭了，还攥湿伞布干什么？矛盾。

那只猫依旧在铁笼子里发着疯。何拜伦走过去，取出一个注射器，那只黑猫立刻不疯了，趴在铁笼子里，顺从地伸出一只爪子，何拜伦熟练地给它注射了一针。

我问，你给它注射的什么？

何拜伦收好注射器说，你看，它多么需要我，没有我，它一分钟都不快活。它的生活，它的喜怒哀乐，全部掌握在我的手上。我是它的上帝。

我不屑地问，你是不是给它注射了毒品？

他说，是的。

何拜伦咧嘴笑了笑，点燃自己的烟斗，坐下来问，怎么，又上贾红哪儿去了？有什么新的进展么？

我把整个情况，包括一些难以启齿的细节，自身的体验、判断，都一一向何拜伦讲了。

最后，我还跟他撒谎说，贾红给了我二百块钱——其实，那次贾红给了我五百元。我掏出一百块钱放在他的那个小茶几上，说，咱俩一人一半儿。

我隐隐约约地感到何拜伦有点忌妒我。

何拜伦家的门被贴上了封条。这使我大吃了一惊。我仔细察看了封条的印章，是该城市的公安局封的。何拜伦怎么啦？

在我惊愕、茫然、与失落万分的时候，我看到了何拜伦的那只黑猫，它贴着墙角缓缓地向我走来。它还认识我。它已经被雨水浇透了，样子狼狈不堪。我蹲下来，唤它过来，并把手中的鱼倒在台阶上让它吃。它走过来咕咕地吃着，它饿坏了，我抚摸着它，问，你知道何拜伦出了什么事吗？

这时候，两个便衣警察幽灵般地站在我的背后。

其中那个高个的人命令道，站起来！

我缓缓地站了起来。

举起双手面靠墙站着！

我便举起了双手面朝墙站着。看来，何拜伦肯定是出事了。

那个矮个子警察走过来，从肩到脚搜了我的身。接着，又检查了我手中的酒和副食品。那只黑猫一直在仇恨地盯着他们，嘴里并发出呜呜的声音。

转过身来！

我转过身来，平静地看着他们。

那个瘦高的警察眼珠子一动不动地盯着我的脸，问，你到这来找谁？

我说，何拜伦。

找他干什么？

我说，不干什么。聊天儿。没事。

你和何拜伦是什么关系？

我说，没什么关系，我们是诗友。

什么什么，诗友？什么诗友？

就是喜欢诗歌的朋友。

你叫什么？

我挑衅地盯着他的眼睛说，对不起，我想看看你的证件。

矮个子立刻掏出证件，亮给我看，然后，对瘦高的同事说，先把他带回去。

瘦高的人对我说，你得跟我们走一趟。

我说，行。没问题。

我随着这两个便衣，冒着雨快步地过了马路，然后上了警车。看来，他们一直在这里监视着哪，我算是自投罗网了。我觉得整个情景有点像南斯拉夫影片《桥》中的片段。

上了警车，车便立刻开动了。小雨中，隔着车窗玻璃，我看见何拜伦那只黑猫正在雨中注视着我。我冲它挥了挥手，心里说："再见，朋友。"

……

我从未进过局子，也从未尝到过蹲监牢的滋味。坦白地说，我有点好奇。我希望他们能以审查为名拘留我几天。反正我也没什么事，现在，无论让我去经历什么都会对我有吸引力。

在局子里，他们查看了我的证件，又给我所在管区的派出所打了电话，询问我的情况，同时，他们又查阅了有关资料。之后，又问了我一些奇奇怪怪的问题。

你已经离婚了？

我说，对。离两年多了。

你对离婚的事怎么看？

我说，没怎么看。不是我要离婚，是我前妻提出来的。

她为什么提出离婚？

我说，这个你得去问她。

我现在问你！

我一脸不屑地说，你跟我来强硬的是吧？我拒绝回答。

负责审讯的家伙愣住了，但马上又笑了起来，好吧，好吧。现、在、请、您、谈、谈、您、的、前、妻，为什么，跟……

我打断了他的话说，她继续跟一个不着调的诗人生活下去，前景渺茫。她说，自己得珍惜生命。要活得有点质量。

那你怎么想呢？

我说，我又没有固定的工作和固定的经济收入。那些年，我一直靠她的工资抽烟、喝酒。我没有理由拒绝她提出的离婚要求。

懂啦。你离婚之后一个人过不苦闷吗？

我说，我们是和平分手。现在我们还是朋友。

离婚之后，你精神上有压力吗？

我说，没有。我只有经济上的压力。我口袋里经常没钱，但我必须付房费、水费、电费、煤气费、卫生费、路灯费、巡逻费、冰灯建设费等等。这是实实在在的压力。现在，这些压力得靠我自己解决。政府还没有把我们这类人的事纳入议事日程。

我再问你，你经常找何拜伦干什么？

我说，不经常找他。找他就是聊天儿，海阔天空，信马由缰。

何拜伦说过毒品的事吗？

我傻兮兮地说，没有！

作伪证，可要负法律上的责任。

我说，我知道、我知道。而且我多多少少懂一点法律。何拜伦的确从未跟我讲过什么毒品的事。怎么，他吸毒？

你说呢？

我说，不可能，他是一个穷鬼，他想吸毒也没钱呐。

你没在何拜伦家还见过其他什么人吗？

我说，我说过，我很少到他那里去。有时候一年半年也不去一趟。

好啦，没事了，你可以回去了。有事我们还会随时找你。

我说，对不起，我想打听一样，何拜伦究竟怎么啦？

吸毒和贩毒。

贩毒？不可能啊——

三个月以后，冬天差不多都过去了，我才通过一个法院的朋友，打听到了关押何拜伦的监狱，并得到允许，我可以去看望他，还可以带一些吃的东西，以及无害的书报之类。

当时，我听到这个消息是很激动的。

法院的那个朋友说，告诉你真情吧，何拜伦已经被判了死刑。他现在正在上诉期。

枪决？

对。

我叫了起来，多大的罪呀？至于吗？

法院的那个朋友说，他贩毒的量太大。有两个女孩因过量吸食了他卖的白粉，死一个，抢救过来一个。而且他还私藏武器。

私藏武器？开什么玩笑？绝对不可能！

法院的那个朋友说，这些他自己都承认了。

……

我不能再考虑生活费的问题了。我必须给何拜伦买一些好吃的东西，烟，还有书报。

到了监狱，我被允许和他有半个小时的谈话时间。

走进监狱的大铁门时，我觉得自己好像也被关了进来。我知道大墙上的岗哨正在注视着我，他们的手中都有枪。如此看来，何拜伦想从这里逃出去，那是白日做梦了。

我被引到接见室。

坐在一张长条桌子前，我将自己所带去的食品之类交给警察，他们一一作了细致的检查。不大一会儿，何拜伦由两个年轻的警察带了进来。

这次，何拜伦看上去显得容光焕发、神采奕奕。脸刮得干干净净，冷不丁一看，还以为是一个外交官呢。这可是做梦也没想到的事呀。

何拜伦见了我，冲我文雅地点点头，一副成竹在胸很自信的样子。好像不是我来探望他，而是他出来接见我。

何拜伦的手、脚上都戴着镣铐，一走哗啦哗啦地直响。

我说，你好。

何拜伦也说，你好，哥儿们。我知道你肯定能来看我。

说着，他坐了下来，眼珠子放在木桌上的那些食品上来来回回地逡巡着。

边吃边说。我做了一个"请"的手势。

何拜伦说，那就边吃边聊。让你破费，不好意思。

说着，他就自己动手吃了起来。边吃边表扬我会买东西，很好吃。

我点了一支烟，并敬给警察看守一支，警察厌恶地拒绝了。

我吸着烟，看着他吃。

我问，听说你撤回了上诉，为什么？这毕竟是一线生机呀。

何拜伦说，我不打算上诉了。贩卖毒品就是死罪。这是对的。这标志着一个民族和一个国家的尊严。我得支持。说着，还冲我笑了笑。

我心想，他妈的，好像在讨论别人的事情似的。

接着，他又边吃边谈，吸毒、贩毒的危害，各个国家对贩毒者惩罚的不同的方法等等。还讲到中国是一个大国，不严惩贩毒者是不行的。还讲到了林则徐……

我打断了他的话，说，是，我很受教育，谢谢。

他一边吃一边对我说，告诉你一件喜事。

什么喜事？

我戒毒了。

很好，祝贺。

说着，他长叹了一声，说，唉——我觉得自己的新生命才刚刚开始，没想到，又要走向法场了。

说完，他问我，你最近怎么样？

还行。

去贾红那里了吗？

没有。

何拜伦看了看一桌子的食物，不住地点头，不胜感慨地说，难为你了，兄弟，难为你了。

我说，没什么，朋友嘛，应该的。

何拜伦说，你和贾红有没有复婚的可能？

我说，没有。

那你今后怎么办呢？

我说，古人说，山穷水复疑无路，柳暗花明又一村。怎么办的问题还是留给明天吧，今天咱们只说今天的话题。

何拜伦点点头，说，本来，我想通过遗嘱的方式，把我的那幢房子留给你，你也好有一个安身之处，也算是咱们朋友一场。但是，他们通知我说，房子没收了。唉，天不遂人愿哪……

我说，抽一支烟吧。

何拜伦吸了起来。

他突然问我，老弟，我死后，你能来给我收尸吗？

我说，好的，这事我来办。

何拜伦伸过手来，拍了拍我的手背说，谢谢你。

我说，别客气。

何拜伦一边吸烟，一边对我说，我基本是个孤儿，真是党和人民培养我上了医科大学，毕业之后，我成了一名研究员，手中拥有大笔的研究经费，但没想到我很快又成了一个吸毒者，从此，一切就乱套了，成了一笔理不清的糊涂账了，人也成了一具幽灵。古人说，肉体死了，精神也就不存在了。其实，精神死了，肉体也等于不存在了。现在好了，到了谢幕的时候了。只是……

我说，你说得挺进步，我很感动。你刚才说"只是"，只是什么？

他说，只是死的方法不太妙。

我赞同地点点头。

他说，老弟我想给你留一句遗言，想听么？

我说，说吧。

他说，古人说：鸟之将死，其鸣也哀，人之将死，其言也善。老弟，到了这个阴阳界的关口，我想告诉你一句话：好好活着，犯法的事别做，贩毒的饭别吃！

我说，你说的过于郑重了。这不是什么难事。

……

临分手的时候，我亲切地问他，大哥，你的骨灰怎么办？

何拜伦有些感动，说，你还是第一次管我叫大哥。

我说，过去你没少帮助我。现在，有什么事你就说吧。

何拜伦想了想，说，如果可能，你到我的母校去一趟，找一棵大树，偷偷地把我的骨灰盒埋了算了。

我说，知道了，怀念大学那一段生活，是吧？放心吧。

接着，何拜伦又小声地告诉我，把他的骨灰具体埋在校园的哪个地方。

我说，记住了，不就是那个副校长办公室的对面吗？没问题。

何拜伦诡诈地笑了，又问，哦，对了，我那只黑猫怎么样了？

我说，它现在还在你那幢房子附近转悠呢。我常过去喂它，给它买一些烂鱼吃。

他说，哦，别管它，随它去吧。

说完，何拜伦淌着泪水嘟嘟囔囔地说，我对不起它，我对不起它呀。

我平静地说，我会想方设法把那只猫给那个熊校长送去的。

何拜伦听了，吃惊地睁大了眼睛，好像我是一个陌生人。

生
活
在
画
报
里
的
女
人

珠珠被丈夫抛弃了。两个人的离婚手续已经办了有一年多了。现在她是单身，仍然在那家时尚杂志社工作。

这是发生在 2001 年以后的事情。2001 年以前的故事已经卖不出价钱来了。所以，我只好把眼光移到 2001 年以后，并从 2001 年以前的、旧的回忆、旧的资源、旧的体验中痛苦地、恋恋不舍地拔出脚来，然后，一步三回头地走进新生活，融入新生活，拥抱新生活，向新生活敬礼。但不屈服。我已经意识到了这是一个喜欢忘本的时代，是一个充满诗意的、伪造个人历史的时代。我们再去坚持现实主义，这恐怕会有点问题。何况，新生活对我并没有什么偏见，感觉它还可以接受我，而且进入新生活并不需要办理什么特别的手续。

穷作家就是这点好（当然也是不幸了），他们为了生活，为了养家糊口，就得不断地点灯熬油，挖空心思地去写，而且要不断地更新"观念"，把写出来的东西设法卖出去，这才是最大的"政治"。当然，这种样子看起来并不高雅，似乎灵魂也有问题了，是值得他人不屑与发怒的。但是，我想这并不是穷作家的错，而是生活的错。穷作家总是担心那种"硬硬的、还在"的感觉从自己的身上消失掉。那——往后的日子就不堪设想了。他们有过这方面的痛苦经历和体验。

不过，端庄地说，尽管他们是穷人，但绝对不需要大家的同情，只要能予以理解就可以了。当然，不理解也没什么。

总之一句话，穷作家们过的是没有保障的生活。因此，他们必须调整好精神产品的销路，奋力地将自己单薄的、千疮百孔的生活之舟从一个个激流险滩中，划呀划，划出来。

……

好了，我们还是来讲珠珠的故事——我知道现代人喜欢故事，特别是与女人有关的故事。

珠珠受聘在那家庞大的时尚杂志社，工作和薪水都不错。她似乎可以算是一个白领女人、一个小资女人。比如说，在女同事注意她的时候，她可以打的士回家，先是：哈腰打开的士的车门，然后一甩长发，斜着身子跨进车中。

珠珠的个子很高，胯骨很宽，形象挺不错的。珠珠既然作为一个小资女人，她当然喜欢逛精品商店、车市，喜欢去咖啡屋、酒吧，华梅西餐厅、波特曼西餐厅，喜欢脱糖的红酒和小包的香水餐巾纸，等等。她经常手中提着几个精品时装的纸袋招摇过市。春秋时节，她喜欢穿那种呢质的长大衣，穿一双高筒皮靴，敞着怀儿，里面是一件乳白色的高档绒衣，脖子上挂着古怪的木质项链儿，走起路来大步流星，大衣的下摆向两侧翻飞着。只要走在步行街上，她肯定是盖世太保那种眼神。有时停下来（歪头甩一下长发），接一个手机电话，第一句一定是"你好"，最后一句肯定是"拜拜"。

遗憾的是，珠珠的前夫并不喜欢珠珠这种类型的女人。他觉得这种女人插上手枪就是职业杀手，戴上面罩就是宇宙人。她们离普通人的生活太远了，是生活在画报里的女人（喜新厌旧的男人们真是一个谜呀）。

珠珠的前夫去过一趟日本之后，突然就喜欢上日式女人了。日本女子大都是小个子，胖嘟嘟的，白白嫩嫩，性格温柔，样子温顺，总是不断地向您鞠躬，说"请多多关照"。听了之后立刻有一种男子汉的感觉（男子汉的感觉对男人来说特别重要，但是，不少中国女性跟男人们争这种感觉，真是不懂事）。珠珠的前夫觉得跟珠珠这样的高个子女人走在一起，特别是她穿着一双高筒羊皮靴（还是高跟的），有一种窒息感和被压迫感，感觉自己像一张立起来走路的纸条儿，想立刻就离开她。有一段时间的确是这样的，只要跟她一路走，他脑子里总在不断地寻找借口离开这个女人。

华灯初上，回到家中，比如说，他有原始冲动了，但常常因为珠珠的个子太高了，一时不知道从哪儿下手好，像搞一项攀岩项目一样，最后只好放弃。为此他感到特别沮丧。

后来，他下定决心把珠珠蹬掉，一定蹬掉！坚决蹬掉！后来，蹬掉了。蹬掉之后，他感到无比地轻松。

从这个意义上说，男人和女人离婚的原因应当是复杂的、古怪的、匪夷所思，并且不可理喻。如果把这种事全部上升到现行的"理论"层面上去判断，即爱与不爱都和品德有关的话，那么，这种"理论"的样子再严肃，再牛皮，也是滑稽的。

珠珠离婚的消息传出来之后，开始，时尚杂志社的员工们认为，一定是珠珠把自己的男人蹬了，因为珠珠是一个白领，是一个小资女人，再加上她先生的个子那么矮，又不是希特勒或者拿破仑，她凭什么让这个短男人永远睡在自己的身边呢？

但一个月以后，事情清楚了，是珠珠的前夫在外地进修期间，跟一个像日本女孩儿的小胖丫头扯上了。听说，那个小胖丫头爱他爱得如醉如痴，追星族一样，整天价傻话连篇，说的做的，在港台电视剧和大陆青春偶像剧中串来串去，哆得简直不像话了。而且，她很快就委身了。她是真诚的，不是逗他，利用他，吊着他的胃口，让他为自己服务，她一丁点儿计谋也没有。当然，她还不太成熟，正处在泉水叮咚响的时代。

这让珠珠的前夫感到非常地震撼与惊喜，手足无措时，他自身常常出现一些话剧舞台上的动作。他觉得两个小个子在一起玩儿，像一对儿小鹌鹑一样，太开心了。

那个小胖丫头的父亲是一家大公司的老板，他非常欣赏珠珠的先生，觉得这个言语不多，但又颇有心计的年轻人将来可以做他的接班人（小胖丫头是独生女）。作为一个老板，他看重的是对方是否是一个理想的接班人，而不是像普通人家的父母那样，计较这个人是否结过婚哪，人是不是老实呀，等等，这些扯淡的事。在他看来人只要合适，可以鼓励他先离婚嘛，离了婚一切就迎刃而解了。于是，他将自己的这种期待策略地跟自己的小胖女儿讲了。从此以后，小胖丫头天天给珠珠打长途电话，告诉她自己怀孕了，怀的是她丈夫的孩子，B超做过啦，是一个男孩儿，嘻，用不用做亲子鉴定啊？让珠珠赶快跟丈夫离婚吧。珠珠气得嘴唇都哆嗦了，说不成话了。小胖丫头却一天不落地天天晚上这么骚扰她，都快要把她逼疯了……

所以，从本质上讲，是珠珠的男人把她甩了，而不是珠珠把丈夫甩了。

珠珠详细地跟时尚杂志社的女同事们倾诉了整个事情的经过，包括小胖丫头打的那些骚扰电话及电话内容等等。她边哭诉边用面巾纸擦脸，讲述完之后，从自己的小包里取出小镜子再补一补妆。

从这一点上看，珠珠是一个诚实的女人。时尚女人并不意味着不诚实，反过来，朴实的女人也不一定意味着就不撒谎。男人们要求女人讲述的一切都必须是诚实的，这本身就不切实际，也不应当这样要求。谎言是生活的组成部分，它是一支别样的、浪漫的又无时无刻不在发生作用的特种部队。

珠珠离婚以后，当然不能再住婆婆家了。婆婆家永远是儿子的家，当然也是儿媳妇的家，但不意味着永远是儿媳妇的家。特别是他们离了婚之后，儿媳妇应当清楚婆婆是不会允许一个已经不相干的女人再住在自己的家里的。除非对方是个泼妇、悍妇、刁妇。但是长期地扮演这种女人是很辛苦的，像永远在战斗中的战士一样。这种"生活"方式对珠珠来说肯定不行。她仅仅是一个喜欢滔滔不绝地说事儿的女人。这是她依赖的倾诉方式。我觉得在这个白领的小资女人身上似乎有一种女阿Q式的东西。这太落伍了。

还是珠珠的丈夫了解她，一日夫妻百日恩嘛。离婚以后，他替她找了一个与人合租的公寓。那个合租者是珠珠前夫的朋友，外号叫"鼻涕"，是一个业余围棋迷，形象同珠珠的前夫一样是个小个子（所谓物以类聚），瘦瘦的，脏兮兮的，总怯着眼神瞅你，好像你看透了他什么。他在区政府工作，是一个部门的小干事，小跑腿子，小力巴，小使唤，小听差。糊涂的上帝呀，他还是清华大学的毕业生呢。层次可以，只是外人看不出来，总以为他的毕业证是假的，秘密地查过之后，的确是真的，物理系的，而且还是高才生。尽管这很是让人百思不得其解。总之，大多数女人是不会看上这种男人的，太蔫儿，太肉，太邋遢，太软，太梦魇了。而且从他身上还散发出一股淡淡的馊味儿。见了他马上会有一种缺氧感。

这套合租的公寓是那种"一担挑"的格局：中间是客厅，两头各有一个卧室。公用场地有：小客厅、厨房和卫生间，包括相应的照明及炊事设备等。

珠珠租的是西头那间。就是说，太阳光首先照进鼻涕的房间，到了下午一点钟以后，再转过来照珠珠的房间。

珠珠的前夫把珠珠安顿下来之后，对鼻涕说，老同学，我走了。费用的问题，你们谈。怎么定怎么是呗。

说完，冲珠珠点点头，走了。

珠珠喊了一声，等等。

啥事儿？

珠珠说：我问你，那个小矮胖子真的怀孕了吗？

这两年你没怀孕吧？

珠珠吼道，滚！

珠珠的前夫笑了一下就滚了，心里还甜蜜地想，好啊，骂了这句今后就谁也不欠谁的了。

珠珠嘟哝了一句"臭狗屎"之后，便在客厅坐了下来跟鼻涕谈费用问题。不知为什么，珠珠见了鼻涕的第一面就有一种居高临下的感觉，有一种要把心中的邪气撒在他身上的欲望。

218

珠珠冷冷地说，说吧，费用怎么个分摊法？房租肯定是一人一半了。其他的呢？公共用地，水、电、煤气，等等。说！

鼻涕说，你说。

珠珠说，我说？好，水费一人一半儿，电费一人一半儿，煤气……

鼻涕打断了珠珠的话说，我全包。

珠珠说，好啊，那就这么定了。另外，我早晨起来得晚，你注意点儿，别弄得叮当山响。

鼻涕说，我起得也晚……

珠珠说，巨恶。

珠珠成为新寡之后，可能是心理作用，她总觉得时尚杂志社的女同事在讥笑她、看不起她。按说珠珠是被自己的男人抛弃的，是一个很具体的"痛苦"女人，若从这样的认识上出发，同事们应该同情她才是。但是，世事的反应状态绝不会是一种模样呀，它们像烟雾一样既没有固定的形状，也没有可以框定的范围。这就是火热的、有魅力的生活。

出于报复、出于回击，珠珠在时尚杂志社的女同胞中郑重宣称，今后，她一定要找一个岁数大的，有钱的大老板。因为她知道，这是相当多的女人私下的理想与梦想。她就要找一个这样的男人，给她们看看，要活活地气死她们！

女同事们听了珠珠的宣言，像一阵小麻雀似的叽叽喳喳地笑了。

珠珠用夹着中性油笔的纤手一摆说，不用笑，你们等着。

　　珠珠不愧为珠珠，仅用三天的时间，就勾上了一个五十六岁
的大老板。这个大老板长得肥头大耳，精力旺盛，声音洪亮，感
觉有点像巴顿将军，喜欢抽雪茄烟，从嘴里往外喷烟的样子，让
人能联想到深海里的鲸鱼。他们是在一个饭局上认识的。当代中
国饭局之多，在世界上可以当之无愧地排在第一位。而且很多人
天天都有饭局〔当然，也有很多像我这样的人，一天饭局也没有，
只能利用散步（类似放风）的时间，叼颗劣质的烟卷儿站在大饭
店的门口那儿牛掰地向里面观察〕。我的生活是那种传统式的，
从早六点开始，而人家的生活从晚六点钟才拉开序幕（听说广州
的酒吧半夜十一点才开始营业）。状态非常牛皮，我羡慕得很，
只是我没有资格，没钱，精神头也不济，难怪他们嘲笑我。

　　在那个饭局上（似乎也跟时尚杂志社的采访有点关系），大
老板很欣赏地看了珠珠一眼，他觉得这妞不错嘛，有点味道。他
喜欢这种类型的女人，大高个子，像一只长颈鹿一样。你驯服一
只老虎和驯服一只耗子，感觉肯定不同。

　　珠珠冲他莞尔（"莞尔"这个词儿有点老了，步入新生活之后，
肚子里的新货进得还不多，暂时先用上，见谅）一笑。大老板马
上精神了，主动与她交换了名片，表情庄严地说，希望彼此能保
持联系。珠珠笑着点点头，认真地看了那张名片："A 房地产开
发公司董事长。"看过之后，又核对了一下对面的真人，才很使
劲地冲他点了一下头。大老板也很使劲地冲她点了一下头。

　　这个大老板属于接受新事物、新动作、新词汇特别快，运用
得又特别熟的那种男人。这种男人是新生活的骑手，投飞镖者，
魔术师，名牌服饰的消费者，多面人和老千。

　　我当时还在这家灯红酒绿的大饭店外面卖呆儿呢，而里面，

珠珠与那个大老板已经顺利地完成对接了。真不知道，全国的各大饭店、酒吧，每天有多少这种令人眼热的对接。

三天后是情人节。

情人节是刚刚泊入中国不久的一个洋节，有趣儿的是，它刚一泊入，立刻就在中国的各大中城市（包括县城）火了。上午十点整，六个穿着礼服的鲜花店服务生捧着九大篮子，共九百九十九朵玫瑰来到了时尚杂志社。他们在珠珠的编辑室找到了珠珠小姐，一篮子一篮子地献上这些玫瑰。珠珠太兴奋了，太有面子了，简直像在歌剧舞台上一样，说话的腔调和音色都变了。这么多的玫瑰，小小的办公室肯定是放不下，兴奋的珠珠要分发给其他的女同事，但是大家全推，全不要。最后，只好将这些花篮放到走廊里。

总之，珠珠刷一下子把时尚杂志社的女同事全干倒了。九百九十九朵玫瑰，是所有年轻（包括不年轻的）女性的一个浪漫的梦想呵。这一层和男性不同，男性的一生基本没梦想（他们只有欲望），个别有梦的，不是疯子就是 rhymist（诗人）。

很快，珠珠就开始跟那个大老板幽会了。男女幽会这种事，像东北的石火浴一样，在当代社会上相当流行，这种事甚至都要归属到日常消费范畴当中去了。这个像巴顿将军的大老板有两套房子（他的家人在美国得克萨斯州，那儿有他的一个私人牧场）。他将在中国的一套房子的房门钥匙给了珠珠。珠珠几乎就是这套宅子的女主人了。她将这套房子重新做了精心的布置。简而言之，完全按照时尚画报里的式样设计的。其实，看女人的房间设计就能猜出女主人的内心追求，比如喜欢摆一些小玩具的，是幻想自己是一个小公主，喜欢挂一些古怪墙饰的，是一些自命不凡又凌厉自尊的女性，喜欢将写字台斜摆在房屋当中的，毫无疑问，对方是一个有权力欲的计谋女人，等等。珠珠的房间设计我一时还描叙不出来，似乎与梦游当中的怪环境有些相似。总之，感觉还有些不太成熟的地方。

他们第一次幽会的时候，珠珠没想到大老板的身体这么棒，简直像泰森一样，在表达感情方面全部是重拳出击。有好几次，被击倒在地的珠珠，老板喊到"十"她还没爬起来。

这一天，大雪下了整整一天。东北毕竟是东北，这里是大雪经常光临的地带。这座城市由于经常遭遇大雪，使得城市的交通常常陷于瘫痪的状态，这非常令人恼火。

到了时尚杂志社下班的时候，由于大雪封路，职工通勤车开不出去了。在这样的大雪天打"的士"，简直比登天还难。于是，下班的职工只好站在大厅那儿一筹莫展地等着，诅咒着，不断地看手表。

这时候，珠珠取出手机，当着众人的面儿给那个大老板打电话："喂，我，珠珠，对，你马上派车来接我回家。拜拜。"

说完，珠珠叭的一下把电话关了。时尚杂志社的女员工都听傻了。须知，这种事也是女性们的一种梦想啊，打个电话，让丈夫或者朋友，或者情人，或者恋人开车来接……

当然，大家也希望车来不了，出车祸了，到时候看珠珠怎么下台。

半个小时之后，轿车来了。珠珠冲她们摆手说"拜拜"，就钻进轿车里走了。

这次，珠珠又是"刷"一家伙把女同事们干倒了。

　　这期间，珠珠很少回到与鼻涕合租的小公寓。但是，所有的费用她一一照付。倒是让鼻涕占了便宜了。为此，鼻涕多多少少有点不安。大凡经常感到心里不安的人，不用说，多数是些像我这样没出息的小人物。

　　鼻涕偶尔碰到珠珠的时候就跟她说，电费，什么费的，这个月您就免交吧……

　　珠珠锐利地看了他一眼，心想，熊样。

　　鼻涕便把话咽了回去。

　　有时候，珠珠的前夫也摔一个电话过来，向鼻涕询问一下珠珠的情况，尤其是近况。

　　鼻涕说，不知道，白天黑天见不着她影儿啊。

　　珠珠的前夫说，咋，她不打算住了？

　　鼻涕说，还不是，还住，费用还交。

　　珠珠前夫咬牙切齿地说，这狗屎娘们儿。

　　鼻涕听了偷偷地龇牙一乐。不过，他感觉到了，这哥们儿心里还是有他前妻的。人的事儿就是这样，只要在心里动情地待过一阵儿，一生也不会消失了。这与仇恨有着本质的不同。

　　鼻涕没什么业余生活，就是下围棋。下了班，胡乱地整口吃的，如果不想在家里的网上"HH世界"下棋，就骑上自行车到附近的棋馆去下棋。那里有一大群以棋为生的人。鼻涕在那里还算下的不错的主儿，胜率在百分之七十以上。这很不容易了，这可是需要相当长的修炼过程了。

　　一般说，鼻涕下到半夜才回公寓。每次回来他都蹑手蹑脚的，

私
厨

唯恐影响珠珠的休息，悄悄地脱鞋，悄悄地上卫生间，小解时勒
着肚子，生怕声音过大过猛。然后，悄悄地上床，赶紧把灯闭了，
睡觉。但是，第二天早晨起来一看，珠珠一宿根本没回来。

但不管怎么说，鼻涕对珠珠的私人生活还是比别人了解得多。
首先，他发现珠珠是一个不坏的女人，她至少很真实，欢乐和痛
苦都写在脸上，绝不是那种现用现交、心里冷酷的女人（男人和
这样的女人"交往"，总有一天会突然在街上站住，发现自己什
么便宜也没得着，让对方给利用了，自己是个大傻子啦）。珠珠
绝对没什么心计，别看她的样子冷冰冰的，骄傲得不得了，但她
心里一点诡诈的东西也没有。鼻涕想，这个女人不过是想过得更
好一些而已。可哪个女人不想如此呢？

说起来，鼻涕也不是一个真正意义上的光棍儿。大学刚毕业
的时候，他曾和同班同学，一个四川女孩儿结了婚。但是，这个
辣妹子无论如何也没想到，自己的丈夫竟然这么没出息，如此地
迷恋围棋，下起围棋来连老丈人过世都不回来。等到出完殡之后，
他回来了，辣妹子当众给了他一个嘴巴。第二天两个人就办了离
婚手续。之后，鼻涕乘火车回东北老家，打算去一个新城市。在
火车上，他小心翼翼地问一个东北人，城里有棋馆么？那个东北
人说，有。鼻涕听了长长地舒了一口气，回自己的座位上，看着
窗外的景色，心里说，离就离吧。

鼻涕凭着清华大学的毕业证（算是引进特殊人才），在区政
府找到了一份工作，算是在新的城市里安定下来了。虽然刚开始
工作的时候有人警惕他，琢磨他，研究他，不断把自己重新编辑
后的小报告悄悄打给二 × 领导，借以在鼻涕和二 × 领导之间引
起事端，制造矛盾，从而达到消除仕途障碍的目的。但后来发现，

224

鼻涕啥也不是，而且连一丁点进取心也没有，就沉迷于下围棋，完全用不着冒着自毁的风险给他打小报告，万一出了差错，自己就毁了。嘻。

珠珠和那个大老板仅仅相处了两个月，事情就穿帮了。

一日下班之后，珠珠拿着钥匙应约去了大老板的那栋房子。打开房门后，发现里面居然还坐着一个年轻女人，一看对方的打扮就知道是一个下三烂的货。两个人见了面都吃了一惊，但事情很快弄清楚了，是那个大老板自己弄糊涂了，把一个歌屋的小姐约到家里时，忘了自己也同时、同地，约了珠珠。

那个小姐说，我可以走，但你得付费，一千块。说着，向珠珠伸出了手。珠珠把房门的钥匙放到了她的手上，说，把这个交给那个老色鬼。说完，摔门走了。

回到公寓，珠珠扑在床上哭了一宿。

本来打算去棋社下棋的鼻涕，见珠珠这种惨相，想了想就没去棋社，躲在自己的房间里在网上下棋。他下了一宿，珠珠也哭了一宿、狠狠地骂了一宿。天亮的时候，鼻涕伸了个懒腰自言自语地说，看来，死是死不了啦。然后，到卫生间用凉水撸了把脸，上班去了。他还得去办公室给人家当孙子去呢。

时尚杂志社很快知道了珠珠的事，不少女同事为此感到无比的幸福和愉快，私下里说，咋样，美大劲了吧！让老头子给涮了吧。姜还是老的辣。也有人说，嗨，你也别这么说，珠珠也是半老徐娘了，她不找老的还能找个年轻小帅哥儿呀？那个说，说的也是，小帅哥儿谁跟他呀？

说着，这几个白领女人都嘻嘻地笑了起来。

她们说的这些话都让珠珠听见了。珠珠心想，好，我一定给你们找个小帅哥儿看看。

珠珠说到做到。仅用了一周的时间，她就和社里一个搞电脑平面设计的小伙子搞上了。小伙子刚来，二十三岁，以前根本没处过对象，是一款嘎嘎新的小帅哥儿，富有诗意的是，小帅哥儿非常喜欢珠珠这种类型的女人，高挑的个儿，魔鬼一样的身材，野辣的眼神，飘逸的长发，入时的打扮。这就是那种画报里的女人嘛。

珠珠走到他面前，见四下无人，便"不经意"地说，小帅哥儿，我请你去喝一杯咖啡吧。

小伙子开始还以为珠珠跟别人说话呢，一时没反应过来。

珠珠说，说你呢。

小伙子用手指指着自己的鼻子说，是说我么？

珠珠笑了，走吧。

……

两个人在咖啡屋聊了很久，不仅仅喝了热咖啡，还点了红酒和西餐。两个人接吻是在下半夜三点左右。这个时间里，整个咖啡屋里的男女情侣都在做"人工呼吸"（接吻），他们彼此看了一眼，也搂到了一起，然后小伙子在珠珠的帮助下顺利地完成了对接。

珠珠感到万分的激动，她似乎第一次尝到了纯洁之爱的滋味，真诚，热烈，无私，忘我，掏心掏肺，一点心眼儿也没有。

之后，珠珠把小伙子领到了公寓。她悄悄地打开公寓的门，然后，没开小厅的灯，和小帅哥儿一同悄悄地溜进了房间。

其实，鼻涕根本没睡，他一直在网上下棋呢。这几天他有点担心珠珠。他莫名地感到自己对珠珠有一份责任。与此同时，他还对自己当下的生活——灰色的生活，感到了某种失望。他想，他应当过一种正常人的生活，而且他本人有能力干一番事业，比如辞去公职，受聘于某个电脑公司。其实这方面他是很有路子的。大学里的同学开公司的很多，只要打一个电话，凭他的才能与执着，应当说毫无问题，甚至他到外企干也毫无问题。挣了大钱之后，开一个现代化棋馆……

当鼻涕听到开门声之后，赶忙熄了灯，装作睡下了。黑暗中，他听到，这次进来的不是珠珠一个人，而是两个人，而且另一位是个男人。几分钟后，他清晰地听到来自珠珠房间的某种特殊的、压抑的声音，但很快一切放开了。好像这套公寓里只有珠珠和那个男人。一点礼貌也不讲了。

鼻涕坐了起来，点了一支烟吸着，一直到天亮。然后，他悄悄地离开上班去了。

珠珠和那个小伙子相爱的事，很快在时尚杂志社公开了。珠珠刷的一家伙，又把那些女同事干倒了。珠珠的新恋爱让社里的女同事个个羡慕得咬牙切齿。当那个小伙子不在的时候，珠珠对她们说，咋样啊，我说要找个年轻的小帅哥儿就找个小帅哥儿。

金色的秋天到了，城市的街道被落叶铺成了金色的大道，在这个收获的季节里，珠珠和那个小伙子的恋爱旅程已经步入了实质性的阶段。两个人决定先贷款买一幢房子，当然，居住面积至少在一百平米以上。家具、洁具、厨具，一切都要重新设计，要那种最超前的、最新款式的。为此，那个小伙子设计了好几张图纸。想想看，他们是时尚杂志社的，他们用爱，用梦，用热情设计出来的东西能不好么？

在临近实际操作的时候，小伙子的母亲才听说了儿子的这桩不相称的恋爱。老人家气坏了，呸呸呸地直冲地下吐唾沫，然后，毅然地采取行动，亲自跑到时尚杂志社，把珠珠骂了个狗血喷头，什么难听的话都骂了，之后，拽着儿子到老总那儿把工作辞了，领着自己的儿子走了。她说，决不让自己的儿子在这个腐化堕落的单位干！

珠珠一下子病倒了，躺在公寓里一动不能动，她在发高烧，浑身好像一摊稀泥。她想伸手把桌子上的那杯用来吃药的水拿到手上都拿不到了。珠珠感到自己彻底失败了，眼泪哗哗地往下流。她想，如果这时候有人给她把那杯水递过来，她就嫁给他，管他是个什么样的男人呢。

这时候，响起了轻轻的敲门声。

珠珠有气无力地问，谁呀——

鼻涕在门外说，是我，同屋的。

珠珠问，有事吗——

鼻涕说，我煮了一点儿小米粥，你要一点么？我想，你是不是病了……

珠珠心想，唉，支前的来了。

悼词撰写者

接到老果去世通知时我正在外地。快速地算了一下时间，我可以赶上他的追悼会。

我和老果是多年的朋友，用男人之间的话说，我们是哥们儿，是兄弟。没错，近十几年来我们接触的机会越来越少了，所谓渐行渐远。其实这也是人生常态的一个组成部分。尽管我们生活在同一个城市里，但毕竟各自有工作要忙。换句话说，都有各自的追求和各自的新朋友，包括新结识的酒肉朋友。我忙在这边，他忙在那边。虽说各忙各的，但友谊的这条链却一直系在彼此的心中。

至少有十五年以上的时间，老果从文化馆调走的。调走的原因简单而复杂。当时广大职工还生活在福利分房的美好形势下面。具体说到老果，先前是有一个房子的，只是又小又冷，还靠着那幢小破楼的山墙。这可能生活在亚热带的读者不容易理解。在寒冷的黑龙江，住房若靠着山墙一侧，就等于靠着一面峭立的冰山。相当冷。到了暖气送暖的时间，山墙的一面就会往下淌水，万流宛然。暖气一停，用不了半个小时墙壁就会结成一层白霜。老果和他的媳妇即便是在屋子里也必须穿棉衣，戴棉帽子和厚手套。俨然一组冬季版的灶王爷和灶王奶奶的雕像。二人一边一个坐在桌子两旁，不停地唉声叹气。生活在这样寒冷的屋子里不仅是艰难的、愤怒的，也是无奈的。其间自然也有"亢奋"的爆发，夫妻二人开始相互攻讦，谁都想把生活在这种冷屋子里的原因像屎盆子一样扣到对方的脑瓜子上。一俟这种互害模式走完之后，身体也被搞得暖和起来，似一缕春风融化了他们心中冰凉的块垒，人也平静下来了。当然，彼此心里都十分清楚，之所以造成这种状况，除了命运不济之外，更重要的原因，主要的罪魁祸首，是单位福利分房不公正造成的。于是，两口子开始有条不紊的、恶毒地咒骂单位的领导——当然，这些恶毒的咒骂领导是听不到的。这一点老果心里非常清楚。家里永远是夫妻可以肆无忌惮地漫骂任何人的地方。不过在单位里，老果见了领导还是像汉奸一样，或者夸领导帅，或者对领导的狗屁讲话大加赞美。其言辞，其形态相当肉麻，比汉奸还汉奸。

按说是不应该，老果毕竟是一名作家，完全不用着出这副德行。可毕竟他有求于领导，是那样极其恳切的希望领导帮助他解决一套住房，使自己和老婆孩子从冰冷的房屋里解放出来。职工分房在福利时代虽说是美丽的也是残酷的，是一场不见血的白刃战，是翻脸不认人，毫无人性的厮杀。场面相当惨烈、悲怆，既不忍卒观，也不忍卒听。我还是那句话：这个世界上没有不讲理的人，只不过是我们讲的道理不同罢了。

现在，有必要重新审视一下老果的个人经历。这样，读者或有不同的认识与理解也未可知。我们先往前倒一下。老果原本是一个装卸工。是怎样的一种装卸工作呢？说来也挺悲怆的。老果是在郊区的一家化肥厂当装卸工，每天的工作就是将那些骨灰，装袋儿、加工、做成化肥。老果的工作是装袋子，扛袋子，往返于骨灰堆和加工车间之间。每天都有成卡车的骨灰运到这里。倘若遇到刮大风，骨灰漫天飞扬，老果的身上、脸上、手上、鞋上到处都沾满了骨灰。好像有无数个死魂灵依附在他的身上，对他哭诉着什么。记得老果跟我讲他的这段经历的时候说，我就像一个残忍的君主，每天都踩在无数个尸骨的上面，其形象相当丑陋，相当狰狞，相当残忍。我觉得人的生命真他妈的一文不值。

我们继续往前倒。老果在当装卸工之前是知青。他下乡的地方离城里并不远，就在城郊。他在生产队的活儿也不错，赶马车。用老果的话说，那可太牛逼了。他说夏天没有问题，冬天可就遭罪了，贼拉拉的冷，人都冻僵了。实在冻得受不了，我就把手伸到马屁眼子里头取暖。我听了直想呕吐。他妈的，这都是怎么回事啊？老果说，晚上没事儿啦，我就和马厩里另外一个知青赌博，耍小钱。不过小钱也有输光的时候啊。那怎么办呢？不服输哇。于是，就赢打嘴巴子的。你输了我扇你一个大耳刮子，我输了，你扇我一个大耳刮子。这样一直扇到天亮。两个人的脸都被扇肿了，然后相对一笑。起身干活去了。

老果返城之后，像大多数知识青年一样，虽然都有了对象，但没有工作，更没有住房。只好在老娘家的山墙那儿搭了一个偏厦子，聊做婚房。那个时代知识青年的新婚房多数是这种样子。天可怜见儿，老果爱好文学，居然动笔写一些自己的感受投到报刊，还真就发表了。于是被省城的一位知名的老作家看中，非要把他调到文化馆当专业创作员不可。这事儿还真就办成了。老作家既然提携青年人，他也注意到老果住房之惨状，如是杜甫《茅屋为秋风所破歌》一样的状态。于是这位老作家再次奔走呼吁，别说，还真就给老果弄了一套住房。非常好吧？可是人呐总是不知足的。虽说老果从偏厦子搬到正规的住房，完成了人生路上的一次重大飞跃，但是，新房的状态如我前面介绍的那样，到了冬天屋子里非常之冷。这种时候，你要求老果想想过去，想想背骨灰时候的生活，想想过去住的那种偏厦子，想想"床头屋漏无干处，雨脚如麻未断绝"的状态，你现在的住房、现有工作就该相当知足了。可世界上的道理并不是这样讲的。此一时彼一时嘛。所谓人往高处走，水往低处流嘛。是，知足者常乐。可眼下你并不知足啊，那你怎么能乐得起来呢？因此上，才有了老果迫切的、真诚的、加一点悲怆的争住房的经历。

看到这儿，有经验的读者应当预料到，我之所以说了这么一大堆，就是那次单位的福利分房老果没弄上。这对老果来说是千古奇冤，是天大的不公平，是弱肉强食，是逼良为娼，是在逼他揭竿而起。于是，他用狼的眼睛去找单位的领导。他豁出去了。在去领导办公室的一路上，谁和他打招呼他都看不见，也听不见，嘴里还不停地叨咕着：民不畏死，奈何以死惧之。民不畏死，奈何以死惧之。我一个踏着骨灰走出来的人有何畏惧？不给我房子，妄想！妄想！妄想！当时楼道里弥漫着暴风雨即将来临的气氛，所有的人都预感到一场可怕的战斗即将打响了。

按说，文化馆的领导不应该太像领导，但是您千万千万不要忘了，不像领导的领导也是领导啊。特别是在职工福利分房的工作当中，对可能发生的种种情况的判断与预料，包括需要特别关照的个别职工，馆领导都要有足够的应对经验和先见之明。至于说个别职工要横，生打硬拼，破口大骂，蛮不讲理，诸如此类，馆领导根本不在乎这个。当领导的脸皮要不厚，那世界上就没有什么更厚的东西了。

在馆领导的办公室里，老果仅仅进去五分钟，两个人就谈崩了。一个炸雷之后（当时办公室楼外面正好狂风骤起，电闪雷鸣），老果开始破口大骂。馆领导完全被骂傻掉了，他完全没有预料到这个平时看起来卑躬屈膝，俨然汉奸的鸡巴作家，竟然敢指着自己的鼻子破口大骂他的祖宗三代。

然后，尽管老果正处在盛怒之中，盛怒之下，他心里仍然清楚地知道，事情已经完全被他搞砸了，已经没有丝毫的挽回之地了，这是破釜沉舟的最后一搏。骂过之后，他拂袖而去。

发泄完了之后，老果心里也十分清楚，一切算是彻底地完蛋了，房子彻底别想了。房子已乘黄鹤去，白云千载空悠悠。于兹之下，他反而觉得特别地轻松，特别地英雄，特别地汉子，也特别地作家，有一种变态的痛快和潇洒。出了文化馆的小楼，他完全没有在意大雨瓢泼似的浇在他的头上，他像一个敬业的电影演员那样，在狂风暴雨中，在频频的闪电和滚滚的雷声中，牛逼地走着。

这事儿就算结束了。所谓结束，就是说痛苦的一页终于翻过去了。就是说"灶王爷"不再幻想要房了。已经和馆领导打成了个王八犊子色儿，指定房子的事彻底玩儿完了。意想不到的是，老果回到家向"灶王奶奶"汇报之后，灶王奶奶一下子就火了，二话不说，一下蹿到了文化馆。

"灶王奶奶"的打法和老果的打法不一样，老果的打法是公务员式的打法，虽然粗口频出，但内容和形式还都在现代主义的范畴之内。就是说，貌似失控，但还是有控的。这一点从对骂中的某个"休止符"当中就可以看出来。他和馆领导之间还是有分寸感的，留有余地的。而老果媳妇的打法却截然不同，她采用的

私
厨

是旧东北农村的传统方式。她并不进馆领导的办公室，而是站在走廊上，人倚靠在墙上，开始祖宗三代地骂，边骂、边唱、边哭、边笑、边说。就这样，几乎不停歇地连续搞了四个多小时。搞得馆领导尿尿都不敢出门。同志们，搞独唱音乐会的歌唱家也绝不可能连续不停唱四个小时呀。"灶王奶奶"骂完了，大义凛然地走了。有人窃窃私语地说，看见没有？什么叫女汉子？这就是。家里的爷们儿在外面受了气，娘们儿立马跳出来，破口大骂，给爷儿们出气。娶老婆就得娶这样的。

当时我并不在现场。在外面办完事回到办公室之后，很快就接到了馆领导的电话，让我到他办公室去一趟。大约他知道我和老果的关系好吧。我刚一进馆领导的办公室，馆领导就和我说，阿成，你说说，她要抱我孩子下井！我说，下井？这有点过分了。你们俩口子刚有孩子不久哇，才几岁？四岁还是五岁？可我的女儿都上高中了。这时候要抱你孩子下井，过分了，过分了。不过，说要抱你孩子下井，可井在哪儿呀，没有啊。全市你找不到一口井啊。馆领导说，妈的，我都让她给气糊涂了，不是水井，是马葫芦。我说，这就对了。不过，领导，你说的是谁呀？谁要抱你孩子下井啊？领导说，老果的媳妇呀。我说，咋的，你在感情上背叛了她？他说，放狗屁！就她那个熊色，倒找我钱我都不乐意。我笑着说，领导，你不要把话说得太绝对……

然后，我们俩庄重下来。馆领导向我叙说了整个事情的原委。当他讲完了事情的经过之后，我郑重且语重心长地说，领导啊，虽然孔子说"唯上智与下愚不移"，我们当兵的是属于下愚类，但有两件事您是不能得罪的，一件是职工住房的分配，一件是职

234

工子女的工作分配（现在看，这两件事都被市场经济解决掉了，看来还真是上智下愚不移）。老果之所以这样，您就理解吧，别生气。您是领导，大人大量。再说，她说抱你孩子下井，那也不过是气话。痛快痛快嘴而已。有道是风物长宜放眼量，以后你有的是机会给他穿小鞋嘛。领导说，还穿小鞋呢，我怕他的这只破鞋扎了我的脚。

……

我原本想等老果消消气，找一家小馆儿，点俩小菜儿，喝点儿小酒，跟他好好聊聊，劝他凡事就得想得开一点，咱们都是当差的，走卒而已。生活中，工作中出现一点挫折是正常的。是，有的挫折小一点，皱皱眉头过去了。有的挫折大于天哪。你可能一时接受不了，义愤填膺！连拼命的心都有。那么结果呢？后果呢？想过没有？所以呀，我们就得忍哪。古人不是说"吃亏者常在，能忍则久安"吗，这就是咱们小人物的生活常态。有道是"天塌大家死，过河有矬子"。弟呀，咱要多想想那些还不如我们的人，多想想那些露宿街头的流浪汉，这样一想，这样一比较，我们现在的日子不是很好吗？没错，老果一定会说，你以后就别叫阿成，叫阿Q好了。

没想到的是，没不几天，老果调走了，去报社干了。馆领导还假惺惺地挽留了他一番，劝他不要意气用事，困难是暂时的，前途是光明的。等等。但老果去意已决，非走不可。领导一边叹气，一边在他的请调申请上签了字。

我在想，既然老果下决心非要调走不可，那也不应当去报社。老果是纯工人出身，没有大学文凭。而报社呢是准知识分子、大学生、高学历者成堆的地方，甚至连扫地的都可能是野鸡大学毕业的，你一个初中文化的人到那儿去，然后你说你会写小说，那不是滑稽吗？不是让人家笑掉大牙吗？报社玩儿的是新闻，你风吹别调写小说，那属于不务正业。在文化馆里，你作为一个作家，无论真的假的，但表面上总是很风光，很体面的。比如领导见了面，一般总会问，老果，最近写什么哪？其实不过就是随便问问而已。老果当真了，说，我现在心情不好，不写了。领导就会很慈祥地说，别耍小孩子脾气嘛，我们市的文艺繁荣就仰仗你们了。尽管领导和老果分手后心里说，爱他妈的写不写，不写拉鸡巴倒，吓唬尿炕的呢？啧。但面儿上还是很客气的。其实这本身就难能可贵了。但你去了报社就不同了，那里连这种表面文章都不会做的。作为报人，你不写新闻稿行吗？累死你。可现在说什么都晚了，人都走了，天要下雨，娘要改嫁。那就听其自然吧。

可万万没想到的是，他死了。

其实，老果死之前，我也偶然听说过他有病了，住院了，而且还病得不轻。就去医院看他。算一算，老果离开文化馆差不多也有六七年的时间了。在这段时间里我们接触得很少，不是感情上的原因，友谊还是先前的友谊，朋友还是先前的朋友，没变味儿，也没抽条。还是像先前一样一样的，是我的兄弟，哥们儿，朋友。按说，在一个城市里生活、工作，彼此挨得并不远，但是，情况就是这样：有事，就是人在天涯海角也是近的，没事，就是那人近在咫尺也是远的。

记得那次去医院看望老果之前，我并不知道他的经济状况竟如此地糟，我就像一个老年二B似的抱了一个花篮去了。现在都想抽自己嘴巴，直接给钱不就完了吗。好在当时老果正处于昏迷状态，他媳妇看了一眼那个花篮，似乎也有某种满足。但是，听了他媳妇介绍了老果的窘境之后，我感到非常难受，为了治病，老果的媳妇已经花光了家里全部积蓄，已经无法支付医院的住院费、药费和医疗费了。医生已经开始"恳求"老果的女人：要么，赶快筹钱，继续治疗。要么，院方已经通知到他了，如果患者还不交钱，就扣主治医生的工资。真就没办法了，只好出院。我只是听，只是摇头，只是不断地叹气。我又有什么办法呢？然后我就匆匆离开了。我觉得我的形象非常地丑陋，非常地猥琐。没过几天，老果就去世了。人哪，金刚汉子也好，钢铁战士也罢，无论我自我感觉多么良好，多么勇敢，多么自信，多么强大，多么不可战胜，多么力大无穷，但在和死神的较量中就是不堪一击，非常脆弱。

过去大凡是文化馆的老作家、老艺术家去世了，也不知道是谁他妈"规定"的，还是我自己觉得有责任，有义务，应该用文字的方式送他们一程。换句话说，我都要给亡者写一篇悼文，在报纸上发表一下，以示悼念。开始干这种事的时候的确是无意识的，纯粹是个人感情所至。后来就刹不住车了，死一个，家属就会给我打电话，说，你给我爸（我妈）也写个悼文吧。我说，对不起呀，我不太熟悉啊。对方一听就火了，咋的，我家死的人不是诗人啊、不是作家啊、不是散文家啊、不是戏剧家啊？啊？你都给别人写了，为啥就不能给我们写？你什么意思？

就这样，我就稀里糊涂地成了文化馆写悼文的"专业户"。死一个，或者某人将要咽气未咽气时，家属就会提出要求说，最好先写个草稿，给临终前的人看一眼。说实话，开始我写的还是比较客观的，尽管又拔了拔高。这也是一份功德，是在做一件好事。当然也包含着我的同情心。我刚到文化馆来的时候，看到老剧作家、老艺术家们一个个器宇轩昂进进出出，心里老佩服，老崇拜，老害怕了。当然也老绝望了。觉得自己一辈子也到不了他们那个程度，一辈子也穿不上他们穿的呢子大衣，一辈子也戴不上那种顶上有一个小纽儿的软帽。是啊，岁月是残酷的。有一首歌怎么唱来着？好像是无情的岁月，真的是很无情。软帽下，呢子大衣里，他们的确还没写出，或者不可能写出能够震惊全省的作品（全国就不要说了）。想一想也觉得他们怪可怜的，顶着这么多"艺术家"的头衔，到头来却不过尔尔。这辈子哟，真是满纸荒唐言，一把辛酸泪呀。即将离开人世了，无论是作为一个晚辈也好，朋友也好，同事也好，相识或陌生也罢。作为一个糊里糊涂成为一个悼词撰写者的我，无论如何也得给他们拔拔高，热情地颂扬一番。尽管我认为我做的已经很够了，但是，包括临终者和他们的家属看来还远远不够。经验告诉我千万不要以为给死者写了一篇歌功颂德的悼文，人家就会感谢你，眼含泪水。不会的，也万不要这样想。人家不恨你，不怨你，不骂你就可以啦。那一阵子大约是流年不利，文化馆死的老人特别多，我就特别忙。在报纸上连二连三地发表这样的悼文，报社也挺为难，但也不好拒绝。最近刚刚消停了两三年，没想到老果又死了。

按照规定的时间，我去了第二火葬场（第一火葬场满员了）。一看，悼念大厅里只有三五个人，我以为还没到规定时间，也可能我看错了点，听错了通知。最后发现整个追悼大厅里也就这七八个人了。这不禁让我瞠目结舌，难道就这几个人吗？追悼会正式开始了。我站在这七八个人当中，屏幕上开始播放老果的生平。虽然老果还不是特别特别优秀的作家，但无论如何也应该算是一个相当有实力的作家。就我所知道的、所了解的，他得了许多奖，其中一等奖就有三四个。然而在主持人的悼词中，只提到了他得的一个本市的三等奖。没错，如果老果不离开文化馆的话，关于他的悼词极有可能是我写。可他不在文化馆工作了……

此时屏幕上正在一帧一帧地走着他年轻的照片。年轻时的老果有点像哥萨克人，很潇洒。大厅里按着死者生前的要求没有放哀乐，而是播放施特劳斯的世界名曲《蓝色多瑙河》。这是老果生前最喜欢的曲子。在优美的乐曲中我流泪了。我觉得，作家再牛逼，别人再称之为老师，然而，在某些人眼里就是狗屁。这个冷冷清清的追悼会，寥寥无几的几个参加追悼会的人就足以说明一切。

老果死了，"灶王奶奶"并没有要求我写纪念文章在报刊上发表。我估计这可能是基于两点考虑，一是"灶王爷"已经离开文化馆多年，朋友关系说不很准了，工作关系毕竟也断了。这样子，悼念文章似乎不应该由我来写了。第二点，也可能是老果有自知之明，死之前已经预料到了这一幕，也看透了人世间的一切。如果我推测得没错的话，那他真就是一个高人，一个高尚的死人。

追悼会结束以后，照例有一个白宴。白宴由老果的女儿主持。我曾偶然听说老果的女儿很快要去伊拉克了。我搞不清楚这孩子为什么要去那种地方，那是个人体炸弹横飞的危险之地。老果的女儿在白宴上始终绷着脸。老果的女儿长得挺端庄，但表情冷峻，对参加追悼会仅有的几个人很不屑。按说应该很感谢我们才是。
没有，丝毫没有这个意思。不过，白宴非常丰盛，备有白酒、啤
酒和红酒。老果的女儿只说了句，各位老师吃好喝好。就完事了，
然后站在一边像领班那样看着我们。苍天呐，大地呀，这几个人
当中真有不知愁的，居然还拼起了酒，还过来要和我拼。看着老
果的女儿那张冷峻的脸，我冷静地拒绝了笑嘻嘻来和我拼酒的人。
这个过来拼酒的人我认识，他先前是县里的一个作者，当年我和
老果去他们那里参加一个选稿会，他是当地人最不看好的一个人，
而且还在选稿会上经常取笑他玩儿。或许正是这一点激怒了老果，
他坚持选发了这伙计的短剧，其他人则全部落选。时过境迁矣，
物是人非的残酷，大约是一面人生百态的哈哈镜吧。然后本应痛
哭流涕的他，却笑嘻嘻地过来和我拼酒。我草草地吃了几口便提
前离开了白宴。向老果的女儿告别时我说，孩子，我先走了。这
孩子冷冷地说，老师，慢走，不送。

上帝哟，是不是我还差纪念老果的一篇悼文啊？

的确，说到悼文之类，终究是悼念者主动为之的事情。倘若
他想写，以文代祭，自然就写了。完全用不着家属主动要求。如
果我没猜错，这样的话大约也是老果临终之前告诫女儿的罢。

居柳镇的远水

老曲闲适惯了，真是不愿意去居柳镇露脸儿。但是，看到张平那副大任于斯的样子才无奈地说，明白了。不过，去了你准后悔！那里都他娘的穷透了。看到时撂什么招待你吧。

张平悠了他一眼，咧嘴笑笑，没言语。

临行之前，老曲对张平说，稍等。说完急忙跑回家，让炕里的娘儿们煮几个鸡子儿。是想着下了火车，万一没饭吃，饿着张平就不太好。朋友归朋友，毕竟是省里下来的作家，况且多年没来了。是啵？亲。

娘儿们说，知道了，张平是你爹嘛。要不要把咱家那只老母鸡也炖了？

老曲说，鸡就算了。

老曲趁老婆不备，又抓了两个麻梨塞在褂兜里。

老曲褂兜鼓鼓地进了招待所，见张平仍坐在客房的那张薄床上，正吊着两条腿，努着嘴儿吸烟呢。身上穿一件风衣，头上歪着一顶紫丢丢的软帽，帽子中间的凹处还挺出一根小把儿。脸色青蒿蒿的。虽说是近五十的人了，看着还是挺年轻的。

张平问，电话打了么？给居柳镇文化站。

老曲刚想掏出麻梨分给张平，俩人儿一人一个。又一想，还是火车上吃的好。

老曲说，站长不在。他家那个娘儿们说，你下黑儿打准在。我说下黑儿才不行，你家汉子正啥呢，能舍得起来听电话？

张平笑着说，行了行了，你这张嘴呀，不怪你媳妇总怀疑你。

路上，老曲说得相当诚恳，我媳妇要是不怀疑我，那活得就没劲了。炕里的事我还行，这寡淡的日子全靠这个撑着呢。你说说你吧，咋样？

张平突然收了步子，被斗似的哈下腰，酸酸地拧了拧鼻涕，然后摸出一方手绢儿，在嘴上、鼻下揩了又揩，确实净了，才说，你老嫂子呀，看样子也怀疑，不过嘴上不说，心里攒着。

俩人都笑。

张平又弯下腰去，在土道上拾起一块小石子儿，做少年状，拉开架式，朝道边的一棵伞蓬似的榆树梢子打去，树上的鸟刷一下子全溅了出去。

橘色的夕阳，茸茸的一团，瞅着，样子甜甜的，萌得很。

见此状，老曲邪下里想，居柳镇是不是有他的老相好哇？不的，咋非去呢？

榆镇不是个大镇，小小的，仅有几溜平房，横着，竖着，斜着，随便凑合在一起，中间留着过道。恰好，铁轨在一片开阔的高地上，可以回过头来俯瞰到这一切。小小的，真的是小小的镇。

从榆镇到居柳镇，是傍着快下黑儿的车。这种短途的森林小火车一日只有一趟。到居柳镇行程三小时，慢得很。车上车下的面孔都熟，不少林业职工就是榆镇上的人。

老曲说，咱不买票也行。

张平说，咱可不扯这个，都是公家的事。你说呢？

这个世界，老曲就服张平。

那溜长长的小火车早就候在铁轨上了，机车头上的烟囱正轻轻地往外悠着白烟儿。太阳卡山了，天上地下，如虚弱的老人一般，软得很。

离开车还有十多分钟。

张平把背包放在怀里，顺势坐在铁轨上，然后，取出一颗烟，燃了，很风度地享了一口，又放开目光，让目光循着铁轨绊绊磕磕地向前走，一直到山口才散开。夕阳就卡在那里，血血地洇出半山的锦绣。

张平突然觉得这日子过得好悲壮。

老曲就站在他的身后，顺着张平所视，也把目光一款一款地荡了出去，缓缓地瞅了半晌，叹道，今晚是没有热炕头睡喽。居柳镇的招待所我还不知道？床上就一个塑料垫子，粘身子，一翻身，吱啦一声，像揭皮似的——

火车一晃，开动了。

车厢里，张平勾着腰，把脸始终转向窗外，看得很贪。一条山水河，随着火车正恋恋不舍地跟着走。

世界在蛇行的运动中渐渐地黑下了。耳里，只有车轮敲击铁轨的脆响和偶尔的汽笛长鸣。

森铁小火车里没有灯。老曲亮着白牙在暗中说，吃个梨吧，精神精神。

张平接过梨，执小弯刀边削边说，削完这个，我再给你削。

老曲说，我直接造（吃）了。你削你的。

老曲将麻梨送到嘴边，上去就是水脆地一口，然后呱唧呱唧地嚼开了，听着有声有色的。

老曲突然发狠地说，到了居柳镇文化馆，咱们得狠吃他们一家伙。

张平头垂着，将麻梨皮儿一线地削下去。

老曲一边直呆呆地看着老张手中不断生长的梨皮一点一点往下垂，一边想，这工夫家里的娘儿们干啥呢？那娘儿们下黑总是寻摸点儿活干，择菜、缝缀，然后才让人搂过去睡……

居柳镇到了。

下了车，二人都控不住脚，顺着坡势斜斜地紧跑了几步。

二人住了脚，又回头看了一阵儿继续前进的小火车。

老曲转过脸来，在黑暗中辨了辨方向，说，跟我走吧。

张平便随着老曲，前脚跟后脚地踩着湿漉漉的嫩草走。

去居柳镇的街里，须翻一座小山，人要在坡上的那片影影绰绰林子里穿过去。林子里有一条小鸡肠子道，须绕来绕去地走。这是最近的道了。

老曲一边走一边说，哥，你这是存心操练我呀。

穿着风衣的张平一声不吱，像一个刚刚偷越边境的间谍那样，提着手提兜跟在老曲的后面猫着腰走。

早年，老曲曾到居柳镇来过，共两次。那时老曲发表了不少"东西"。居柳镇文化馆和当地的文学青年，都把老曲视为林业战线上的"茅盾"和"巴金"。想当年，他一下车，就有一大帮举着火把的男女文青迎着。只是这几年狗屁了，心也烦了，话也鼻涕了。

　　俩人儿攀到小山顶上，停在那儿一同吁吁地喘气，一同天上地下地看：那轮蓝瓦瓦的月，就在天上不远处圆圆的浮着不动。

　　张平看了看手表，喘着粗气说，时间赶趟，咱们歇歇，歇歇，妈逼，抽口烟再走。

　　老曲不吸烟，顺手捋了一把柳树叶，在月的蓝光下拨出芽嫩的一枚，放在嘴里，苦水水地嚼着。

　　山下的居柳镇正眠着。张平撩起风衣，蹲着吮烟，瞅山下。烟头艳亮亮的，并快速地蚀着。

　　老曲心想，家里的娘儿们八成睡了，那一身的白肉哟……

　　张平动也不动地问，老弟，居柳镇小学在下边哪个地界？

　　声音来得好慈祥。老曲听得感动，便放眼地逡巡，说，就在北斗七星下边，瞅着没有？有一盏灯。

　　老曲哈下腰，一手扶着张平的肩膀，一手遥遥地指了出去。

　　张平顺着手指的方向仔细看，果然在北斗七星下面有一盏灯，在一扩一扩地亮着。

　　瞅见了吧？

　　瞅见了。

　　你再看，老曲说，灯后面，就是远水，亮了巴叽的，看见没？

　　看见了。

　　老曲说，这条河是从俄罗斯那边流过来的。鱼贼厚。上次来我没少吃，就是妈逼的刺儿多。

张平感慨了，嗨，十五年了，弹指就一挥间了。

说着，张平看了看手表，站了起来，对老曲说，下山。

陡坡上，俩人悬悬地走，好像过雷区似的。

老曲兀然间觉得心里有点儿窝囊，气闷。便拽住一个树杈，喘吁吁又一本正经地说，张哥，我真想大骂几句……

张平回头奇怪事地看了看他，说，那就骂呗。

当老曲看到月辉下张平的脸泛紫紫的，很苍老，心头那股子陡然升起的莫名火，竟"刷"地化了。

老曲说，算了算了，走吧。你可要加点小心，咱不年轻了，别打了"爬犁"。

老曲和张平是早年在省里开创作会时认识的。张平也常到这一带来体验生活。认识后，他每次来，一准儿的，会坐上森铁小火车到老曲处待上一二天，讲讲生活，讲讲女人。谁也不高看谁，谁也不低看谁。俩人处得挺兄弟。

到了山下俩人才觉得，背后的山居然这样高，黑色的大幕一样，把老曲和张平的过去一下子隔开了，若想回去似乎已不可能。俩人儿扭过头去，仰着脸，麻雀似的一转，一转，瞅了好一阵儿。

张平转过头来说，先到居柳镇小学去看看。

老曲看了看张平那张诚恳的脸，便咽下了想说的话，说，依你。然后，看了看手表，继续跟着张平走。

北斗七星下的那盏灯，被一片"柳雾"遮着，忽而见忽而不见的。但远水流走的声音却能潺潺地明辨。前面泗泗的一片柳林，恰好有一条从河的方向甩出个头来，俩人就钻了进去，并随着这条小道走。

宇宙好静，地也潮湿，夜风频频吹过去，柳梢头上便齐刷刷地"蝉鸣"起来。老曲头心酸酸地痒，一时间，下身竟有些把持不住了。

老曲说，我想撒泡尿。

张平驻下脚来，燃了一颗烟，在一旁一明一明地等着。

月下，张平那张青白的脸，只有在烟头一灿时才很美地红了起来，像似两张脸在一白一红地换。

老曲侧过脸瞅了瞅，下意识地抽搐了一下嘴角后，说，尿完了，走吧。

茅道上，张平一浮一浮走得没分量。老曲便有意地缓下脚来，同他拉开一点距离。心想，深夜到此，必有其故罢。

远水流走的声音，近了，似乎就在身前身后。北斗七星高了，宽宽舒舒地布在夜空之上。

两个小人儿在茅道中那样走着。

那盏灯终于近了，仰头瞅，灯下模模糊糊地现出一架瞭望塔的轮廓。

俩人同时站住，转过身四下地寻。

四下，统是墨霭相融的柳树林。

老曲看了看张平，说，难道居柳镇小学被河水淹了？多少年啦——这个地方是指定没错，我还在这里讲过学……

张平点点头，平静地表示赞同。

不能再往前走了，再走……

于是，俩人盘腿坐下来。老曲看了看腕上的表，咽下一些话。

张平木木地坐着。半个小时过去了，张平的头，终于像掉了闸似的垂了下头去，并哀哀地左右悠颤着。半晌，他才抬起了头，冲着老曲很丑地笑了起来，说，没事了。

老曲没有作声。

这时，张平慢慢地升起胳膊，指着茅道尽头的远水说，佳丽雅就从那儿蹚过河来的。

老曲问，啥时候？

张平说，晚上。二十多年前，我在柳镇小学蹲点儿的时候……不过，得等没月亮的天儿才行……

老曲皱着眉头问，你们是怎么扯到一块儿的？

张平说，那天俩人都在边境线边溜达，我把采的野花编了一个花环，扔给了她。她一下子就接住了，并戴在了头上。

老曲说，这就扯上了？

张平说，对。

说着，张平闭上了眼睛，很感慨地说，人年轻啊，胆子就大呀。现在可不敢啦，老喽——

你们是真好？

张平闭着眼睛点点头，并用手指了指天。

远水在张平苍老的眼里，过得好优美，好优美——

俩人不再言语了，那远水正顺着他们的目光，从异邦的土地流过来，流过来。

乐天照相馆

　　年轻的时候，我就喜欢照相，家里有三部照相机，一个是120的，德国弗兰卡·索利达，镜片上镀有蓝紫色增透膜。一个是135的，Kodak Retinaflex，棕色硬壳牛皮套，特间谍。还有一部就是德国名牌蔡司，老照相机了，但质量相当好，据说在二战时期的欧洲城市里，是间谍们的最爱。这三部照相机都是老爸留下的。像玛丽莲·梦露一样，喜欢还是喜欢，但毕竟风光不再了。

　　我父亲年轻的时候，在建筑部门供职，是那幢大楼里的一个什么科室的科长，橡木办公桌斜放着，签字用蘸水钢笔。这些玩意儿都俄国人留下的。这座城市有许许多多的东西，包括大楼、汽车、街头塑像、深绿色的邮筒、皮靴、怀表、礼帽、丁香树，以及手摇留声机，烫金的硬壳书，等等，都是俄国人留下的东西。老爸的办公室，从整个环境看，多少有一点捷尔任斯基之"契卡"的味道，加上他还抽烟斗。

　　那个年代的科长，感觉相当于现在的局长，给咱老百姓的印象是挺大的官，类似当时初中毕业生像现在的硕士一样，特别有文化的样子，上衣兜插支钢笔。我念小学的时候，父亲经常在本城报纸上写哈尔滨建筑方面的消息，他是黑龙江日报和哈尔滨日报的特邀通讯员。在我的印象当中，他写的众多报道中，只有一篇还有点浪漫色彩，标题是《奇怪的转门》，是写老秋林公司商场大门的，并配有一张照片。现在你再看这篇文章，人得笑疯过去。

父亲发的所有文章，小豆腐块也好，大豆腐块也好，都配有照片，而且都是他自己拍的，就用这几台照相机。然后，让我到乐天照相馆去冲洗。小孩儿的腿不值钱哪。那时候，我念小学还是念初中记不得了，反正是小学和初中之间，可已经相当于老爸的小秘书了，经常给他往报社送稿，或者到照相馆给他冲洗相片，然后，再把冲洗好的照片送到报社去，给收发室那个喜欢假笑的右派就行了。这种差事我干了好几年，所以和乐天照相馆就比较熟了，特别是跟老板的儿子小孙子（外号，见谅）。后来，小孙子也成了乐天照相馆的摄影师，而且是水平相当高的摄影师，我们也成了好朋友。

年轻的时候，我有事没事，喜欢到照相馆坐一坐，聊点摄影方面的事，用现在的话说，是摄影发烧友。那时候，摄影者还是挺让人羡慕的。我在工厂工会当宣传委员的时候，我自己单独在地下室弄了一个摄影棚，有暗室的。全厂五六十个先进生产者的照片全是我拍的，旁边放了一把小梳子。我对坐在小方凳上的先进生产者说，笑——咔嚓一声就拍了。还有一次国家某领导人到工厂视察，那天下大雾，其中最成功的一幅照片，即厂党委书记兼厂长和首长握手的照片，就是我用那台欧洲间谍喜欢用的德国蔡司照相机拍的。画面相当生动，而且非常清晰。厂党委书记相当高兴，用那样的眼神看我。

我们书归正传。

乐天照相馆的小孙子是一个结巴，但不太严重，而且有点酸脸子，但是，他酸我比他还酸。我们是这样处成朋友的。小孙子非常幽默。有一次，一个女孩子，胖胖的，长得有点像如今网上流行的"小月月"，拿着照片找来了，生气了。这是一张二寸的黑白照片，斜着脸儿照的，那个时代时兴这种姿势。"小月月"举着照片说，你们照的这是啥呀？啥呀？！啥呀！服务柜台的服务员紧着跟她解释，当时全城正在服务行业开展"五满意"活动。可她就是不听。小孙子走了过去，把照片拿过去，一边看一边对照"小月月"，说，这，这，这是你吗？"小月月"说，咋不是我呢，你看你们给照成啥样了。小孙说，这、这、这就对了，是你就对了，我们照相就是如、如、如实反映情况。气得"小月月"一时语塞，摔门走了。出门后，又想往东，又想往西，最后还是往东走了。当时我正在照相馆跟小孙子聊天呢，看到这种情景都乐得不行了，说，你也太损啦。

二十世纪三十年代，乐天照相馆是中共地下党的一个国际情报组织的秘密交通站，该交通站主要是负责收集日本鬼子在东北的军事设施和军事活动等方面的情报。那时候小孙子的父亲孙乐天还不是共产党呢，他是在共产党的帮助下才成为共产党的。孙乐天和我一样，年轻时也酷爱摄影艺术和美术。当时他是从河北那边过来到哈尔滨谋生的。刚来，恰春风过耳，在松花江边卖风筝。他会做风筝也会画，人还机灵，说话还结巴。洋人很喜欢他的风筝，喜欢学他的结巴。当年到松花江野浴的基本上都是侨居在哈尔滨的外国人，蓝眼睛的小毛子孩儿和大胖娘儿们，到处都是，但更多的是绅士。绅士中也有特别胖的，大肚子，咬着雪茄抽，像大侦探波罗似的。他们个个都很喜欢照相，让孙乐天觉得好奇，有时还应邀替洋人照合影、全家照之类。116、120、126、135胶卷、各种型号的都有。洋人教给他怎么照，看哪儿，摁哪儿，摁的时候手不能动，稳住摁，不然，往下一使劲儿摁，结果照出来只有下半身了。孙乐天也梦想自己能有一照相机，能在江边给人照相挣钱，但这怎么可能，得卖多少风筝才能挣出一台照相机钱来？

孙乐天的这种样子引起一个人的注意，这个人就是一个中共地下党的同志，也是个河北人。老孙说只知道叫他老王，但他真姓王还是假姓王就不知道了，也没必要知道。老王在邮电局上班，这是他的公开身份。他出钱在中国大街十四道街角那儿开了一家小照相馆，名字就叫乐天照相馆。年轻的孙乐天乍一听，天上掉下来的不是林妹妹，不是照相机，而是一个照相馆。感到这是做梦。老王说，美不美，家乡水，亲不亲，乡里人哪。你看那些山东人，多抱团儿，乡里乡亲的，相互照应着，还成立了一个山东会馆，在太古街那儿。有道是，在家千般好，出门处处难哪。有个为难遭灾的事儿，一呼百应，大家都上，日子就好过多了。这二年，我利用邮路，倒腾洋酒挣了点钱，想来想去，咱们还是干点正事吧。不过，你得先去学学手艺。其他的事，我办。你当老板，咱们五五开。赔了挣了，我认，但你得好好干哪，给河北人争个脸呀。说完，还掉眼泪了。孙乐天眼睛也红了。然后，两人一块儿去道外吃了顿河北人做的驴肉火烧。干香干香的驴肉火烧上来了，还有两碗漂着葱花的高汤。兴奋的孙乐天说，叔，平时，一顿我能、能、能吃六个，现在我一点也吃不下。老王说，都买了，吃不了，就带回去吃。孙乐天说，哎。老王说，把汤喝了，别白瞎了，里面点香油了。孙乐天说，哎，我喝。孙乐天一边喝一边笑。老王问，你笑什么？孙乐天说，王叔，你挺、挺会吃呀。老王说，你看我在这城里待了几年了。孙乐天说，没二十年不行。老王说，好眼力。

不久，乐天照相馆开张了，照相馆有个不大的玻璃橱窗，里面挂着几幅中外明星的照片，用现在的话说，都是老照片了，男士大都是侧着身，飞机头，用拇指和食指叉着下巴，女士抹着红嘴唇，头发烫成大波浪卷儿，大都是单眼皮儿，全是五彩的。孙乐天会画画，画风筝出身嘛，这对修版和上色都非常有好处，再加上人又聪明，不到一年，就把这家乐天照相馆经营得有声有色。最重要的是，老王没有变卦，很自然，年终了，五五分成。一丝不苟。不过，他对某些冲洗的东西比较在意，个别的，他会挑出来，让乐天给他加洗一份，工钱照付。对乐天的额外要求就两字：保密。

孙乐天非常过意不去。不过，有心人就是有心人。久而久之，乐天大体知道老王喜欢哪种照片了，遇有这样的，他就主动加冲一份，给老王留着。感到其中有特别重要的，他会给老王打电话，而且在电话里说得很含蓄，王叔，你有空回来一趟吧，一联底片我给冲坏了，你帮我看看。老王一听，都乐不行了，觉得这小子也太聪明了，说，好好好。撂下电话，他对同事说，小崽子闯祸了，底片冲花了，我回去看看。同事把钥匙扔给他说，骑我的德国蓝牌回去。

回来以后，在暗房里，红灯下，老王仔细看了那一卷底片，里面全是小鬼子寻欢作乐的场面。其中，有一个中分头，穿对襟儿夹祆的中国人正对一个日本军曹耳语着什么。乐天说，王叔，我又冲洗了一份。这次老王没着急走。要了两份外卖，瑞门灌汤包子，小米粥，虾籽炝芹菜，大蒜瓣儿若干。两人边吃边聊，就大蒜瓣儿。

乐天说，王叔，没有你，我上哪过上好日子去？我以茶代酒，敬你。

老王长叹了一声，说，光把你一个人的日子过好了，还不行，得让咱们所有的老百姓过上好日子才行啊。

乐天正要说什么，老王用手势制止了他，说，记住，今后我无论让你干什么都不要问为什么？而且你什么也不知道。记住了吗？

乐天说，我指定什么也不知道。

老王说，这包子馅儿有点咸了吧？

乐天严肃地说，不知道！

老王哈哈大笑，说，不至于，不至于。

作为秘密情报点，照相馆好哇，为什么呢？照相馆人来人往很正常，进进出出非常自然，不像普通人家，人来人往，会被人发现，觉得有问题。有时候，叛徒是这样产生出来的，因为你家有问题，加上小鬼子又有赏金，你再贪图点安逸，好色，瞬间就叛变了。照相馆不同，男的也好，女的也好，老的也好，少的也好，都是来照相的、取相的。新生儿照百岁也得来照相馆呀，人照遗像也得来照相馆呀，而且还有不少做产品广告的。此外，还有搞专业的人士。比如，沦陷时期哈尔滨有一支侵华日军的工程部队，这个部队有一个随军摄影师，拍了不少照片，但没有冲洗设备，他就专门到乐天照相馆来冲洗，因为乐天照相馆的水平高啊，用今天的话说，还有回扣，来了还有甜茶喝，就华梅的小点心。小孙的父亲老孙，孙乐天说话也有点结巴，这是他们家的遗传，据说他爷爷说话就结巴，就得慢说，有板有眼的，还特能聊，挺幽默。所以，年轻的孙乐天跟这个日本摄影师的关系搞得非常不错，聊得开心。一般说，跟商人的关系再好，人家不挣钱那不扯吗？也没心思跟你玩呀，多烦人哪。但孙乐天另有所图，他从中获得了许多日本人有关铁路、桥梁、军营等工程方面的情报和照片。

地下党组织对老王和孙乐天的工作相当满意，并认为年轻的孙乐天，不光是摄影师，天生就是一个间谍的料，觉得这个人的潜质好，还可以深挖一下，水平再提高一下子。所以，安排他到苏联的符拉迪沃斯托克"旅游"，开开眼界，在列宁党校学学俄语，看看红色的苏维埃。孙乐天从苏联回来以后，继续利用这个乐天照相馆从事情报收集工作。但这时候的孙乐天别看他一身俄式打扮，吊带西裤，系着领花，但骨子里对红色苏维埃十分向往了。

老王还是跟孙乐天五五分成，仍然经常地领他吃哈埠的名吃，像宝盛东的圆笼鸳鸯蒸饺，范记永的饺子，老仁义的牛肉蒸饺，魁元阁山东炒肉，虽然都是一些小饭店，用孙乐天的话说，味道真、真可以。记得是松花江跑冰排前后的那几天，老王来了，出去请孙乐天吃了顿西餐，在伦敦饭店，在一个地下室里。现在这家纯高加索风味的馆子没了。当年挺火。俄国女招待的眉目撩人。老王请孙乐天吃的铁扒鸡、罐焖羊肉和高加索串烧羊肉，基辅红菜汤，喝的是梭忌奴牌啤酒。老王还单独给自己要了一杯沃得克。有三两多。但外国人论杯。老王说，小孙，我要走了。今后就得你一个独挑门户干了。孙乐天问，还回来不？老王说，够呛啊。孙乐天一听眼圈儿就红了。老王说，今后不用五五分成了。都是你的了。孙乐天说，你那份我给你存着。老王说，不用存了。就一件事拜托你，今后你看到什么有价值的照片，多冲一份，送到克萨克街七号，离着圣母报喜教堂不远。那有个大院，板幛子挺高，大门上有个投信口，你扔进去就行了。记住，晚上去。孙乐天说，记住了。老王又说，有空了，心烦了，出来走走，吃点小吃，放松放松。吃过饭，两个人去了江边，看看跑冰排。一块块的冰排被月亮镀成了钢蓝色，随着松花江水缓缓地向东流去。老王长叹了一声说，小兄弟，多保重吧。然后，两个人就分手了。

我小的时候见过老孙，当面叫他孙叔。因为他是父辈那一代的人，所以见了我，孙叔基本没什么表情，也不太支持我照相，他说，这东西，烧钱的玩意，兜里有多少钱都搭进去，跟旧社会抽大烟差不多。话里话外是，他不希望我玩这种东西。

他说，你爸照行，那是公、公家花钱，你照，谁、谁花钱？啧。

他越是这么说，我越觉得照相有意思，非要照不可。

有一天下大雨，我到他那儿取照片，外面的雨越下越大，走不了啦，照相馆里就我们爷俩儿，闲着没事，他便一张一张地评论我的照片，就好像我吃喝嫖赌抽占全了，浑身上下都是毛病，让他结结巴巴地给损坏了。可我不生气，我知道他的目的，就那么笑嘻嘻地听着。外面是电闪不断，雷声滚滚，很像舞台话剧中的某个场景。后来，他长叹一口气，说，唉，你跟我儿子一样，咋说也不听啊，不让你们干这个，你们非干这个。为什么呢？我是害你们么？

我就安慰他说，大叔，咱不说这个，你跟我说说，你最后怎么叫日本人给抓了呢，你叛变没有？

老头一听，乐了，说，你小、小子刺激我？你刺激我就、就好使啦，小兔崽子，你还嫩、嫩啊，你还能比、比日本人厉害啊，日本人什么手段都、都给我上了，我死活没、没承认。那个记录的最后都、都疯了，因为我、我结巴呀。那记录本让他画来画去，最后让他的长、长官给、给扇了个嘴巴子。

我问，大叔，你是让叛徒出卖的，还是自己暴露啦？

老孙说，叫叛徒出卖的。那天下晚我去克萨克街，就是现在的友谊路，送照片，当场被抓住的。我一口咬定说，是一个女客人让我送的，是个俄国大胖娘儿们。他们让那个叛徒出来当面和我对质。但是，他不认识我，我也不认识他，一次也没见过。这可不是演戏，是真事儿。后来这家伙咬不死了，就指着我说，反正他可、可疑。

我问，日本人把你放了之后，没送你去当劳工啊？修小丰满水电站。

老孙说，没有。嗨，你想不到什么人能、能发挥作用，最后是、是那个日本工程队的随军摄、摄影师出面保、保的我，他说我是大大的好、好人，也给他送过照片。就这么的，把我放、放了。

我问他，大叔，说实话，你那时候是不是中共地下党员？

老孙说，还真、真不是，我是 1945 年 5 月份入的党。

我说，大叔，我又不是日本鬼子，你哪年入的党能咋的，你都替共产党干那么多事了。

老孙说，我真是 1945 年入、入的党。

说着，老孙头猛地拍了一下自己的脑门儿，乐了，最后竟然弯着腰疯笑不止，把我给笑糊涂了。

我问他，大叔，你笑啥呀？我说啥可笑的事啦？

老孙说，你这一说我，我才明白啦，为啥让我 1945 年入党，没让我 1932 年入党，就是考虑到我一旦让鬼子抓去，我还真不是共产党，党组织的老王想得可、可真周到啊。

正说着，老孙的儿子小孙打着伞进来了，他听到了后面的几

句话，说，行啦，还是啥好事啊？爸，你要是 1932 年入的党，
是啥待遇？ 1945 年入党又是啥待遇？ 1945 年，哈尔滨都光复了，
你知不知道？

　　……

　　老孙死的时候，小孙提出来，要在他爹的遗体上覆盖党旗。
他说，我爹实际上在 1932 年就是中共地下党员了，是特工。

　　小孙的这个要求，党组织研究了半天，最后，派一个人出面
告诉小孙，这个人悄悄地把小孙拉到走廊的角落里，说，你听我说，
这是我的个人意见，怎么办呢，你就自己悄悄地带个党旗，给老
爹盖上。我们就装不知道了，谁还能给掀下来呀。因为，你爹哪
年入的党，这个事要调查起来，相当麻烦，你不在组织，你不懂。
你提供的那个老王，真名呢？真名叫什么？向邮电局了解，不清楚，
没记录。解放以后在哪儿供职，不知道。光是哈尔滨老字号小吃
的掌柜的都认识他，有什么用？屁用没有。顶多证明他是个美食家，
可能是个文人，像袁枚和苏东坡似的。还能说明什么？没啦。

　　小孙说，这么说，没没没，没招了？

　　对方说，要是你爹死前的一年，咱们就能把这个事整明白。

　　小孙急了，说，我知道我爹一年以后能死啊？！

　　乐天照相馆现在还在，但是我一次也没有进去过，现在都改
成数码照相机了，只有个别专业的人士用胶卷照相，到那里去。
另外，小孙已经不是这家照相馆的老板了，他去了外地，好像在
那边干了一个什么买卖，好像也跟照相有关，听说是经营照相器
材，说不准。既不能证实，也不能证伪。

沈阳月

1

不久前，吉林共青团的地下组织，遭到了日伪的破坏，侯小古决定到哈尔滨来。他已经事先和哈尔滨的萧军先生约好，两个人在哈尔滨的"一毛钱饭馆"见面。

下了火车后，在火车站广场，侯小古看见一个乞丐正倚在那个铁邮筒旁边，自拉自唱《哈尔滨十二月》。有意思的是，他所唱的内容几乎是音乐版的哈尔滨导游图：

正月里来是呀吗是新年儿呀

东三省的景致数着哈尔滨

哈尔滨的景致实在好哇

裤裆里街两下分

道里道外有洋人儿

卖洋酒的都是那山东人，哪呼嗨

……

侯小古饶有兴致地听了一会儿，便丢下一枚硬币匆匆地离开了。

2

萧军已经等候在"一毛钱饭馆"了。

侯小古一进到这家小馆子就觉得这里怪怪的，发现无论是跑堂的还是账房，个个戴着那种圆圆的眼镜，几乎全是文化人的模样。坐在角落里的萧军，见进来这位的打扮猜到，他就是侯小古。忙起身招呼。

落座之后，萧军见侯小古左顾右盼，仍是一副疑惑的样子，便悄声地告诉他，谷（古）子，在沦陷区，党的机关能公开挂牌办公吗？

侯小古说，自然不能。

萧军说，所以呀，秘密联络站表面上必须要有一个公开的名堂。

侯小古释然地说，明白了。

萧军似乎并不急于谈正事，闲聊似的问，谷子，知道我为什么约你在这里见面吗？

侯小古说，您说。

萧军说，我十六岁的时候曾经写过一首诗，其中一句：醉能涤我胸襟处，痛饮松江第一楼。这"松江第一楼"，后来就成了同志们去"一毛钱饭馆"的暗语了。哈哈。

侯小古说：那"刹那光阴又到秋，天光云影望中收"是不是对方回答的暗语呢？

萧军一愣，继而大笑着说，没想到，没想到，真是没想到，你还知道我十六岁时写的诗呀。

侯小古说，萧先生，这之前您没写过诗呀。

萧军笑得更厉害了，说，倒是东北人，说话痛快。然后问，谷子，到哈尔滨来有什么打算哪？

侯小古说，去山上，加入抗日游击队。希望先生能为我做介绍。

萧军亲切地说，谷子，我看你还是留在哈尔滨吧。最近，金剑啸刚刚成立了一个天马广告公司，眼下正缺人手哪。你去他那儿吧，连吃住的问题都解决了。谷子，任何地方都是抗日的战场啊。

侯小古问，先生，那金先生是怎样的一个人呢？

萧军说，这怎么说呢，他人很潇洒、乐观。有一个宽广明净的前额，喜欢从眼镜的缘框上面看人，还喜欢笑。

说完，萧军似又无缘由地低头笑了起来。

侯小古不知就里地等待着。

笑罢，萧军说，请别介意。我觉得你在这儿当个跑堂的不合适。说实话，没见到你之前我是有这样的想法，让你在这儿一边跑堂，一边为党工作。可是，见到了你之后，我改主意了。来吧，咱们干一杯！哈尔滨欢迎你。

不知为什么，侯小古总觉得暗地里有人在注视着他。

萧军悄声说，自己人。

侯小古说，看着像个特务。

萧军说，说的没错，他就是日本宪兵队的特务。但为我们工作。

3

天马广告公司的屋子里挂满了各种商品张贴画。自然都是那种老式的风格。总之，一看这儿的陈设，就知道这里是画家的工作室。

身上有一种诗人和艺术家范儿的金剑啸已经等在那里了。

金剑啸见到侯小古的第一眼，就喜欢上了这个年轻的朋友。他们用英语打过招呼后，侯小古还即兴地用英语朗诵了金剑啸的诗《兴安岭的风雪》：

他们有一个思想

春天

骑士

在一个思想里

充塞着他们的希望

正耐过严冬

不就是春天

穿过黑夜的暗网

不就是黎明的微光?

——只要有春天

——只要有微光

活下去吧

伙伴们

这就是他们所有的希望

……

金剑啸听了鼓起了掌。然后笑着说，我这里很安全，谷子，我们还是说汉语吧。

然后，两个人喝茶、聊天。

金剑啸还不时地站起来走到窗前，拨开一点窗纱，向外面观察着。

侯小古说，是那个戴黑色礼帽的吗？他跟了我一道了。没事，金先生，他是自己人。

金剑啸坐下来后，若无其事地问，谷子，最近读什么书呢？

侯小古说，高尔基的话剧剧本《敌人》。金先生，您呢？

金剑啸说，我喜欢普希金的诗体小说《叶莆盖尼·奥涅金》。这儿书多，你随时可以拿去看。

侯小古说，太好了。

金剑啸说，这样，你先在我这里住下来，至于商业广告方面的业务，不妨你也熟悉一下。当然，这不过是权宜之计。安顿下来之后，一切随您方便。

4

侯小古在天马广告社打工期间，用"小古"和"纪元"等笔名，通过金剑啸的介绍，在哈尔滨的《国际协报》和《大北新报》上发表了许多进步文章。通读这些文章，金剑啸更加赏识这个有文才，有朝气的青年人了。

很快，侯小古在区税务监督所找到了一份职员的工作（这与他能熟练地讲俄语和英语有关）。这份工作收入较高，工作也比较轻松。侯小古租到了房子后，便打电报，将母亲和妹妹也接到了哈尔滨。侯小古是个孝子。

接到母亲后，在火车站广场，侯小古又看到那个乞丐，他仍在自拉自唱《哈尔滨十二月》呢：

……
二月里来龙呀吗龙抬头啊
哈尔滨的火车往里走
到车站换车头
火车撒汽赛牤牛
各个站口都有那上水楼哇，哪呼嗨
……

　　刚刚下了火车的母亲，看到街上有这么多的洋人，又听到教
堂发出的叮叮咚咚的敲钟声，说，谷子，咱哈尔滨可真洋气呀。

　　谷子说，妈，妹子，等安顿下来之后，我带你们去吃西餐。
……

　　说着，他警惕地看了看周围，随后叫了一辆洋马车，直奔住处。

5

　　三月份，地处北回归线上的哈尔滨依然很寒冷。松花江的江
北临江一带，是那些侨居在哈尔滨外国阔佬的别墅区。那一带的
单体小洋房特别多，家家都有一个栅栏院，院子里有樱桃树、李
子树、山楂树。到了冬天，避暑的洋人都回到城里去了。走之前，
他们照例会雇当地的中国人替他们看房子，烧炉子，免得把房子
冻坏了。洋房东喜欢雇那些有教养，会俄语的中国人替他们看守
房子。

替 16 号俄人别墅看房子的，是一个叫高明千的青年人。他是哈尔滨工业大学的在校学生，地下共青团员。他的俄文极好。他每年都会利用寒假到这儿看守洋房。在这里他可以安安静静地翻译俄文歌曲。非常好。冬天这一带并没人住，你就是放声高歌也不会影响到谁。他翻译的歌曲当中影响最广泛、最受人欢迎的，是那首俏皮的《卖列巴圈》。大学校园里的学生都会唱这支歌。

　　高明千完全是一副俄国人的打扮，留着小黑胡子。他非常崇拜俄国音乐家彼得·伊里奇·柴可夫斯基，特别是他的那部传世名作《1812 序曲》，让他如醉如痴。他希望有朝一日能到莫斯科去……

　　冬日的周末，这幢别墅里就会聚集几个志趣相同的青年人（有点儿类似我们今天民间的"书友会"和"音乐发烧友"）。届时，高明千同学早已把客厅里的火炉烧得旺旺的。火炉上的茶炊正在往外冒着水蒸气。屋子里暖融融的。

　　聚在这里的青年人，在这儿畅谈文学、音乐、美术和天下时局。这些人当中有金剑啸、袁亚成、姜椿芳等人。然后，大家围坐成一圈儿，持各自手中的小提琴、黑管、小号、横笛、大贝斯，手风琴等乐器，在一起演奏他们喜欢的中外名曲。有时候，萧军，萧红也会过来欣赏他们的演奏。中午，他们便自己动手，烤面包，调苏波（汤），奶汁肉饼和罐焖羊肉。高明千同学做的乌克兰风味的 Borshch（罗宋汤，即红菜汤），地道极了。如果赶上中国的节日，他们还会在一起包酸菜馅的饺子，演奏中国的民间乐曲，在院子里堆雪人玩儿……如果赶上了暴风雪，他们就会在这里住上一夜，第二天雪住了再走。

　　就在这次聚会上，袁亚成兴致勃勃地说，诸位，我正在构思一个反映"九一八"事件的协奏曲，我想用协奏曲的方式去唤醒广大民众，驱逐日寇，光复中华。

姜椿芳颇感兴趣地问，老袁，动笔了么？

袁亚成说，我正在写，不过很快。

姜椿芳说，太好了。我们终于有自己的协奏曲了。

金剑啸说，老袁，那我们可就等着你的这部曲子了。

高明千说，这个想法好，可是，如何普及民众呢？

金剑啸突然说，口琴。对呀，口琴怎么样？

袁亚成说，口琴协奏曲？太好了。就这么定了。

……

6

吉人天相。那天姜椿芳从江北聚会回到江南后，当他走到灯红酒绿的中国大街上时，无意中看到了一家洋行张贴的招聘口琴教员的广告。这立刻引起了他的兴趣。便推门进去打听详情。原来，这是一家德国人开的"孔氏琴行"，老板为了推销德国产的"真善美"牌口琴，打算招一个口琴教员，条件非常优厚，月薪五十块，并允许教员自己开口琴学校，所有的手续由洋行负责代办，而收入则归教师自己。同时承诺，口琴教员每卖出一个口琴还付给一定的提成。姜椿芳立刻想到了袁亚成，心想，如果他能成为这儿的口琴教师，就可以名正言顺地成立一个口琴社，将那些爱国青年吸引到我们的周围，再逐渐发展成为党的外围组织，进行反满抗日活动。

德国老板问，那么，是您本人，还是您的朋友？

姜椿芳说，是我的一个朋友。

第二天，袁亚成在姜椿芳的陪同下，去了那家孔式琴行。他们一进去，那个德国老板就小声地对他的胖妇人说，我敢肯定，这位先生是个艺术家。

果然不出所料，袁亚成娴熟的技术和扎实的基本功，以及演奏式的风度立刻赢这对德国夫妻的掌声。

德国老板站起来说，上帝呀，太棒了。我完全没有想到口琴能把门德尔松的《苏格兰》交响曲演奏得如此美妙。祝贺您，我现在就可以把门口的招聘广告摘下来了。

7

袁亚成被聘为口琴教员之后，他立即和姜椿芳、金剑啸着手商量办学校的事。经过几天的筹备，于1935年4月1日，也有人说是4月17日，"哈尔滨口琴社"正式成立了。地点在哈尔滨道里区西四道街2号（也有人说，在中国八道街4号。其实不过是两处口琴课堂而已）。单说中国八道街，中国八道街，哈尔滨人称之为"食品一条街"，许多商店和饭店都在这里，人来人往，非常热闹。显然是开口琴社的最佳地点。

第一个找上门来的，是文艺青年丁二甲，尽管他的口琴水平一般，但他人很热情。既然是第一个，袁亚成就安排他暂时作为口琴社的总管，负责招生和日常管理事务。由于此君说话、走路、动作，都挺女人化，于是大家笑称他"丁二小姐"。

金剑啸知道侯小古多才多艺，美术、音乐、诗文都很好，便建议他去参加口琴队。同时，金剑啸还邀请高明千同学一道参加。高明千的水平，袁亚成了解，他本来想请高明千做口琴社的队长，但高明千是在校生，还得上课，学习，不合适。当袁亚成听了侯小古的即兴吹奏之后，高兴地说，谷子，你现在可以参加口琴社的活动了。并郑重地宣布，任命侯小古为口琴队的队长。

站在旁边的丁二甲听到袁亚成的这个决定，心里很不是滋味。金剑啸看到这种情景，就悄悄地对侯小古说，以后，你要特别注意丁二甲这个人，我总觉得他什么地方有点儿不对劲儿。

侯小古说，娘儿们。

金剑啸说，不仅如此。总之，你在这里说话要注意。一定要吸收吉林团组织被破坏的教训。

侯小古说，明白了。

8

口琴社成立之初，学员还只有五六十人，但很快就发展到二百多人。在这些青年人当中有政法大学的学生，工业大学的学生和医学院的学生，等等。这些青年人怀着对艺术的热爱，纷纷前来报名。看到这种情景，德国老板特别高兴，对他来说，二百多人就意味着又有二百多个口琴的卖出。

口琴队每天晚上都有教学活动，由袁亚成教授学员们学习口琴演奏技法，并同时排练一些世界名曲，如《美国巡逻兵》《养蚕女》《伏尔加船夫曲》《平湖秋月》等。侯小古作为队长在排练当中最为刻苦，他只用了一个月的时间就掌握了小口琴、中口琴，以及最难大贝斯口琴吹奏技艺。

按照姜椿芳和金剑啸的指示，袁亚成与侯小古一道，在教授与排练的期间，悄悄地发展其中的爱国青年成为党的外围组织。这些年轻人不仅是中共地下党领导下的地方革命文艺队伍的中坚力量，而且，他们每个人的口琴演奏水平也非常之高。这期间丁二甲则显得有些孤立。他显然意识到了什么，总觉得什么地方不对劲儿，但究竟是什么，他又一时说不清。但是他每与侯小古碰面的时候，眼睛里都充满着敌意。

元旦将近时，口琴社决定，在中东铁路俱乐部举办一次口琴音乐会。袁亚成对全体演奏员说，虽然这次首演是牛刀小试，但也要试出锋芒、试出水平、试出中国年轻人的艺术创造力。德国老板听到这件事积极性很高，主动过来帮忙张罗，联系，布置与筹划。金剑啸还专门为这次口琴音乐会制作了一个大幅的广告，以扩大影响。

口琴音乐会首演如期举行。

在口琴音乐会上，口琴社的成员演奏了俄罗斯音乐《俄罗斯船夫曲》和施特劳斯的圆舞曲等一些世界名曲。这些由口琴演奏的曲目深受观众喜欢，尤其是受那些外国侨民的喜欢。每当台上演奏完一支曲子，他们都报以热烈的掌声。特别是侯小古和高明千的口琴二重奏《卖列巴圈》，幽默、欢快、乐观，极受观众欢迎，使得演出场面达到了高潮。

演出的成功，正如那个德国老板所期待的，引来更多有文艺特长的中上层人士也前来参加口琴社。于是，这支完全由中国人组成的口琴社乐队，演奏水平越来越成熟，越来越精湛，也越来越受观众的欢迎，而且每次演出都是座无虚席，反响热烈。几乎可以和中乐铁俱乐部交响乐团相媲美了。

但是在每次演出当中，细心的侯小古发现，在剧场里总有几个可疑的人物躲在暗处窥视着。

9

在口琴社的办公室里，姜椿芳、袁亚成、金剑啸三个人在一起喝咖啡的时候，姜椿芳问，老袁，你创作的"九一八"事件的口琴协奏曲怎么样了？

袁亚成说，写完了，不过，我打算避开"九一八"这样的敏感词，免得特务们来捣乱。你看改成《沈阳月》怎么样？

姜椿芳说，好啊。不过，作为一场大型音乐，要做的工作很多，我认为还应当找一个艺术造诣深的人来担任口琴社的艺术指导。你看如何？

袁亚成说，是啊，我也在考虑这件事。一个忙不过来呀，其他人又不专业。

姜椿芳问，那谁最合适呢？

金剑啸立刻说，大艺术家刘中啊。我和他是朋友，我可以出面去邀请他。

刘中，字性诚，奉天（沈阳）人，毕业于奉天两机师范学校音乐美术专业，1927年，考入哈尔滨俄国人创办的俄侨音乐传习所，专攻声乐。1931年，日伪哈尔滨中央放声局依托团体F·Y合唱团的成立，刘中担任该团的艺术指导。他的嗓音空旷、嘹亮，是难得的次高音。

翌日，金剑啸便找到了刘中，说明来意，希望他担任口琴社的艺术顾问，兼总指挥。金剑啸直言道，口琴社是党的外围组织，担负着抗日救国的文化宣传工作。袁亚成创作的口琴协奏曲《沈阳月》，就是一部抗日救亡的曲子。

刘中说，那，我还是先看看这部作品再说吧。

……

第二天，刘中来到金剑啸的广告社，一进门就兴冲冲地说，巴来（金剑啸的笔名），这部协奏曲写得太好了，我是流着泪看完的。好，我来排。不过，还要请任国治来担任西乐顾问。我想把这部协奏曲做得更好，然后推向全国。

金剑啸说，好啊。

刘中推荐的西乐顾问任国治，是广东省鹤山县人。1930年夏毕业于哈尔滨医科专门学校。之后任职于博家甸诊疗所，是一名儿科医师。三十年代初期，乐坛上活跃的那个白鸥弦组，就是以他为主，由全家组成的（母、妻、弟、妹），一家人分别使用小提琴、大提琴、吉他、曼多林等各种弦乐配器合奏。这个白鸥弦组偶尔也在公开的音乐会、学校的集会以及赈灾义捐时应邀演出，还在马迭尔影院举办过专场演出。任国治在医专学习期间，在该校学生会曾组织演出的进步话剧《归来》中，他负责导演和音乐。他还经常在《哈尔滨晨光报》和《五日画报》撰文，抨击旧社会的不合理制度。他与刘中是朋友。

任国治欣然接受了刘中的邀请，做口琴社的西乐顾问。很快，刘中便开始着手排练大型口琴协奏曲《沈阳月》。

经过一个多月的排练，口琴社决定，在中东铁路俱乐部做首场演出。

10

介绍一下中东铁路俱乐部。

1903 年，中东铁路管理局，在大直街上兴建了一座占地三千多平方米、仿莫斯科大剧院的"中东铁路俱乐部"。中东铁路俱乐部除了剧场、舞厅、台球厅和餐饮设施外，后院还有一个贝壳形的露天剧场，其面积一直延伸到前省文联（那儿是当年的中东铁路中央图书馆）。俱乐部里富丽堂皇，大厅内悬挂着豪华的欧式吊灯和多幅俄罗斯油画。无论是舞台、灯光、乐池，都堪称远东一流。1908 年，"哈尔滨（中）东清铁路管理局交响乐团"，亦称远东第一交响乐团。在这里上演了多部世界名作，像《天鹅湖》，柴可夫斯基的《黑桃皇后》，比才的《卡门》，鲁宾斯坦的《恶魔》和莫扎特的歌剧《费加罗的婚礼》等等。

《沈阳月》的首演正式拉开了帷幕。

演奏员们在刘忠的指挥下，第一部分，演奏的是一些外国名曲，如《俄罗斯婚礼》《天鹅湖》《雪姑娘》《黑桃皇后》《水仙女》《乡村骑士》《塞尔维亚的理发师》等。然后，由任国治全家组成的白鸥弦组登台献艺，他们的器乐合奏《蓝色多瑙河》，宛如天籁之音，让观众陶醉了。接下来的是，侯小古和高明千的口琴二重奏《卖列巴圈》。他们风趣、欢乐的演奏，使得全场的气氛达到了欢乐的高潮。随后，帷幕迅疾地落下了。灯光转暗时，大幕再一次缓缓地拉开时，天幕上的那轮银色的圆月，渐渐地被袭来的乌云所侵噬……

在压抑的气氛中，报幕员报幕：女士们，先生们，请欣赏大型口琴协助奏曲《沈阳月》。

这时，舞台上四十多位身穿沈阳各阶层服装的男女演奏员，随着刘中的指挥棒开始了演奏。先是低音口琴吹出缓慢而低沉的乐声，逐渐的，中音口琴加了进去，声调也逐渐地提高，接着，面容悲愤，眼含泪花的全体演奏员一起合奏。随着一阵低音鼓急促的敲击声，突然，电闪雷鸣，犹如腥风血雨骤然袭来。在刘中近乎疯狂的指挥下，演奏进入到激昂凄楚的乐章。

观众席上，一位俄国绅士低声询问坐在邻座的萧红，对不起女士，打扰一下，请问这是什么曲子？萧红不加思索地说，中国的《马赛曲》。坐在旁边的萧军立刻向萧红伸出了大拇指。

当全部乐章演奏结束之后，萧军和萧红等人带头起立鼓掌，场内热烈的掌声经久不息。

口琴社的这次演出获得了空前的成功。

第二天，多家报纸纷纷发表文章大加赞扬。本来，口琴社仅安排了三天公演，不料场场爆满。于是不得不加演两天。看到这种情形，地下党组织为了扩大影响，唤起更多民众的觉醒，指示金剑啸和袁亚成，将这部口琴协奏曲送到日伪放送局进行广播。果然，这部口琴协奏曲在放送局播出之后，市民纷纷要求到剧场观看《沈阳月》的演出。口琴社决定，在巴拉斯电影院再举行第二次公演，并在地下党组织的建议下，在演出曲目中加进了聂耳的《开路先锋》《大路歌》等进步歌曲。

在一次演出的间歇，侯小古无意中发现，丁二甲和一位形迹可疑的人正在角落里悄悄地说着什么。而那个戴着黑色礼帽的刀条脸正在远处注视着这两个人。

11

正当口琴社准备 12 月的第三次公演的时候，丁二甲在口琴社悄悄地散布消息说，日本人已经刺探到口琴社内部有共产党活动，日本宪兵队盯上咱们啦，八成要出事儿呀，小心点吧。听到这个消息，在一些口琴社成员当中产生了不安情绪。看到这种情形，侯小古一方面做安抚工作，一方面建议袁亚成立即将丁二甲开除出口琴社。

袁亚成问，以什么名义呢？

侯小古说，我查过账，丁二甲曾多次贪污学员经费，是有充分的证据的。

没想到，丁二甲在开除当天就去了日本宪兵队。

……

就在口琴社第三次公演的当天夜里，日本宪兵队和伪警察局秘密逮捕了金剑啸、刘中等人。而领着日伪特务去实施抓捕的人就是丁二甲。

金剑啸和刘中在日本宪兵队关押期间，多次被拉去上刑，但他们死也不承认口琴社是共产党领导的，只是爱好艺术而已。而丁二甲也确实不知道他们的真实身份，也仅仅是怀疑而已。最后，经过地下党组织的多方营救，由那个德国老板出面，金剑啸和刘中才得以保释。

当侯小古去天马广告公司看望金剑啸时，恰好与那个戴黑色礼帽的刀条脸打了个照面。

金剑啸送走了那个人之后说，小谷，你稍等一下，姜椿芳和袁亚成他们马上就到。

就是在这次聚会上，党的地下组织刚刚得到可靠消息，鬼子并不会就此罢休，还将对口琴社有进一步的行动。经研究，为了保护口琴社的青年人，保存力量，决定，口琴队暂时解散。由侯小古负责通知口琴队的所有成员尽快转移，免遭敌人的毒手。

随即，转移行动迅速开始。

袁亚成则是以送妻子韩娟到上海生孩子为名，离开哈尔滨了。有的人假扮成夫妻乘船离开了。他们都是侯小古亲自去火车站、码头为他们送行。送走他们之后，在火车站广场上，侯小古再次看到那个乞丐在唱着《哈尔滨十二月》：

四月里来四月十八呀

娘娘庙会把戏台搭

江北的胡子就造了反哪

十三里、马连匣

套筒子快枪手中拿

自来得的洋刀腰间插，呀呼嗨

……

但侯小古并没有离开，他的母亲和妹妹还需要他的照顾。而大多数口琴队成员已经安全撤离了。

12

正像地下党组织预料的那样，当开江风刚刚刮起的时候，日伪特务机关开始了震惊中外的"四一三大逮捕"。这次逮捕的范围很广，而且也非常荒唐，凡是会吹口琴的，或者学过口琴的，甚至为红白喜事吹喇叭的人，都被抓走了。

在丁二甲的指认下，日本宪兵队逮捕了侯小古和高明千等人。被捕后，他们在日本宪兵队受尽了各种酷刑。在如此的酷刑之下，有些口琴社演奏员留下了终生的残疾，有的惨死在了刑讯室……

在关押期间，为了鼓舞大家的士气，高明千将俄国歌曲《卖列巴圈》，改编成《牢笼之歌》（亦称《脚镣舞》），偷偷地教难友们唱。《牢笼之歌》的歌词是：

看那窗小

天高云淡

星稀月遥

时刻已经不早

起来舞蹈

振起铁的脚镣

奏起前进的曲调

冲出黑暗的牢笼

奔向光明大道

本来，按照满洲省委的指示，金剑啸去了省会城市齐齐哈尔，在那儿主编《黑龙江民报》的副刊，并先后发表了剧本《车中》、小说《瘦骨头》《王二之死》等一些进步的文艺作品。恰恰是这些鞭挞日伪当局之罪恶的文章引起了日伪特务机关的注意。于是1936年4月，金剑啸只好离开了齐齐哈尔，重新回到了哈尔滨。6月9日，金剑啸因在《大北新报》上刊登了苏联作家《高尔基突然病危》的电讯，遭到了日本便衣警察逮捕。当时他正在家里创作讽刺连环画《差不多》，丁二甲突然带领三个日本便衣特务闯进家门。

金剑啸鄙视地看着丁二甲说，狗男女！

在日本总领事馆特务机关的地下室关押期间，日本特务很快了解到，这个金剑啸，就是齐齐哈尔《民报》副刊的巴来。随即将他押送往齐齐哈尔监狱，并关进地牢。在那里，日本人虽对金剑啸进行了多次拷打，但他们无论如何也没想到，这个瘦弱的文人骨头这么硬。两个月后，即8月15日，金剑啸在没有给妻子和女儿留下一句遗言的情况下，被日伪特务机关枪杀于齐齐哈尔市北门外的白塔附近，时年26岁。

当女作家萧红听说自己的师长壮烈牺牲的消息之后，悲痛地写下了悼念金剑啸的诗《一粒土泥》：

只是猜着你受难的日子,

在何时才得到一个这样的终了!

你的尸骨已经干败了!

我们的心上,

你还活活地走着跳着,

你的尸骨也许不存在了!

我们的心上,

你还活活地说着笑着。

苍天为什么这样地迢迢!

受难的兄弟:

你怎样终止了你最后的呼吸?

你没喝到朋友们端给你的一杯清水,

你没听到朋友们呼叫一声你的名字,

处理着你的,完全是出于我们的敌人。

朋友们慌忙地相继而出去,

只把你一个人献给了我们的敌手,

也许临行的时候,

没留给你一言半语;

也许临行的时候,

把你来忘记;

而今你的尸骨睡在山坡或是洼地?

要想吊你,也无从吊起。

将来全世界的土地开满了花的时候,

那时候,

我们全要记起，

亡友剑啸，

就是这开花的一粒土泥。

　　在日本宪兵队，侯小古在鬼子的酷刑下，虽然他坚持说自己仅仅是口琴社的队长，并不是共产党，但日伪特务机关还是判了他死刑。于9月23日，侯小古和高明千等人被押往太平桥圈儿河。途中，侯小古和高明千二人以口作琴，吹奏由苏联歌曲《卖列巴圈》改编的《脚镣舞》。就义时，侯小古和高明千二人均年仅24岁。

　　丁二甲虽然投靠了日本人，但是，在那个戴黑色礼帽的刀条脸特务的提示下，日伪警察厅仍将丁二甲定为"要视察人"，经常受到日伪警察的暗察、跟踪、盯梢。最后，丁二甲因高度紧张，又多次受到那个戴黑色礼帽的刀条脸勒索、辱骂、恫吓，人就疯掉了。经常看到丁二甲脸上涂着胭脂、口红，在尘土飞扬的马路乱跑。

　　……

　　圈儿河是哈尔滨的一条内陆河，它发源于阿城区。这条河由南到北，流向松花江，这中间分了几个岔，形成一个大圆圈儿，当地的老百姓称它是"圈儿河"。圈儿河也是抗日战争中日本鬼子枪杀抗日志士的刑场。这让我想起了戴望舒的诗《狱中题壁》：

如果我死在这里

朋友啊

不要悲伤

我会永远地生存在
你们的心上
你们之中的一个死了
在日本占领地的牢里
他怀着的深深仇恨
你们应该永远地记忆
当你们回来
从泥土掘起他伤损的肢体
用你们胜利的欢呼
把他的灵魂高高扬起
然后把他的白骨放在山峰
曝着太阳
沐着飘风：在那暗黑潮湿的土牢
这曾是他唯一的美梦

私人侦探

我跟人高马大的王太太讲，顶多两天，不能再多了。我的事太多。说真的，考察一个人，两天就足够了。

我说这话的时候，户外正下着雨，尽管我有伞，但也被浇得水淋淋的。我皮鞋底下的雨水开始越积越多。太冷了，我讲话时，牙齿一直在打战。酷热的八月里下这样的冷雨，真让人受不了。

我站在那儿心想，要感冒了，回去的第一件事，就是喝碗热姜汤！

我站在门口那儿，等待王太太的回答。王太太并没有邀请我进去的意思。当然我注意到她的客厅和卧室都铺着那种昂贵的新疆地毯。

滚雷、闪电和暴雨，正袭击着客厅左面的那扇窗户。房顶上的吊灯开始轻微地摇晃。

由于我们彼此陌生，王太太不邀请我进去，我认为属于正常。

王太太站在那儿抱着臂膀问，你能把我丈夫每天的活动情况，都如实地汇报给我吗？

我说，那当然。而且，我会把您丈夫每天所有的活动，都整理好，以最简洁的方式给您写一份文字材料。

她冷着脸问问，每天我付您多少钱？

我突然发现王太太很俗，厚嘴唇上蹿出了密密麻麻清晰可见的胡须。她脸色苍白，眼神有点神经质。我想，哪个男人找了这样的女人，是一个灾难。

我对当代的许多女性是极为反感的。我像大多数男人一样，每当面对那些说话滔滔不绝、态度蛮横傲慢又处处居高临下的女人时，就想到世界的末日要到了。

我告诉王太太，每天我需要打出租车，或者在餐馆里盯梢，或者去大歌剧院，等等等等，这些都需要钱，而这些花费，毫无疑问地都是工作需要，不应属于您对我的报酬。我的意思是说，我每天工作十二小时，报酬为两百元。每超过一小时，加二十元。这里我需要说明的是，我从不跟客户讨价还价。

她说，那么，四百元足够了对吗？

我说是。如果格外需要，我会及时通知您。比如您丈夫突然乘飞机去南方，又当天返回来，一切神不知鬼不觉，这种事过去我经常遇到。所以额外的花费，随时随地都可能出现，有时候还会来不及通知您。您心里事先得有个准备。

王太太想说，好吧。我先付您一半儿……

我说，不不不不，至少先付三分之二。也就是说，先付我三百元。而且我要现钞，不收国库券、股票，或者其他有偿证券。这一点，希望您能理解。

王太太付给我钱后，户外的雨势仍然没有减弱的迹象。我用表情告诉她，我想再待一会儿，避避雨再走。

王太太说，看来您打算冒雨走，是吗？那好，我就不留你了。

我推开门，重新撑开伞，一跩一滑地进入雨中。

我觉得这个世界上，就我一个人冒着大雨为生计奔波。如此说来，整个世界都在为我哭泣呢。

我是个业余侦探。是生活教会我这么干的。当你对一个人做出承诺后，必然会对另一人构成伤害。这就是生活。需要郑重声明的是，我不是这伤害的直接制造者。我是为了活着。生活本身太复杂了。理想既在生活中产生，也在生活中破灭。

第 一 天

王先生从家里一出来，我就盯上他了。王先生似乎根本没有注意到我。由此我感到，看得出王先生不是那种神经过敏，疑心重，或者喜欢想入非非的人。他一生也没有想到自己会被人家盯梢。

他太轻视这个世界了。

看上去，王先生要比他的太太大几岁。要知道，有时候悲剧就是从这种微不足道的小事上产生的。王先生是个瘦小的矮个子，穿着似乎古板。人们的审美方式不一样，我们对王先生的穿着无可厚非。当今，似乎是一个喜欢嘲弄别人和自嘲的时代。这使得某种忧患和悲剧意识变得滑稽可笑起来。这是没有办法的事。嘲讽本身是一种精神鸦片，它可以使许多活得愤愤不平的人有一种伟大感。在这里我要说的是，我对这位被盯梢的王先生，突然有一种好感。坦率地说，我不太喜欢潇洒的男人，潇洒本身很可能就是一种脆弱，是一种欺骗的代名词。不错，干我们这行，既然是为了生活，也应当像妓女一样，应当有自己喜欢的顾客。

王先生在微湿的路上缓慢地走着。

经过一夜的大暴雨，这座城市显得清爽多了。应当说这是一个出门的好日子。街上浓荫的树叶都被大暴雨洗透明了，使得整条街道弥漫在梦一样的蓝色世界里。

王先生就走在对面的人行道上。我在这边盯着他。

已经过了上班的时间了，路上的行人很少，说根本没有行人也可以。王先生提着一把黑色的雨伞，看来他是把它当成了拐杖，一点一点地走在蓝色的世界里。

有时候，王先生会抬头看一眼在浓荫的树叶间啁啾的小鸟。我发现王先生的表情像个不谙世事的小孩子一样。这让我感动。我知道，当一个人对人类渐渐失去兴趣的时候，才会对小鸟感兴趣。

经过一个类似德国小城镇似的上坡，王先生来到一个公共报廊前。报廊的背后，是那座傻兮兮的报社大楼。这座大楼估计有二十层，每一个房间里都装满了人。我想他们和我一样——把这个社会上发生的事通过各种方式收集起来，根据有关方面的意愿，再印成报纸卖给市民。从这一点上看，我似乎比他们更真实一点。我不存在取舍问题，我的职责就是把我所看到的一切，都毫无保留地提供给我的顾主。这一点，是许多极为优秀的报人可望而不可即的。

报廊里贴满了全国各地的最新报纸。报廊前只有三四个人表情淡漠地站在那儿阅读。王先生开始从最前的一张报纸看起。我坐在街对面的一个小卖店的门口，抽着烟，监视着他。

我跟看上去有点风骚的女老板要了一瓶可乐。我一边吸烟、喝可乐，一边用俄式望远镜观察在报廊前看报的王先生。我想看看是否他是在利用看报这种场合，与他的情人约会。

小卖店的女老板小心地问我，您是便衣警察吧？

我没有回答。

女老板说，我给你拿个小板凳，刚下过雨，地下潮。

我说谢谢。

我坐在小板凳上，继续用望远镜监视王先生。

我使用的是高倍数的军用望远镜，这种望远可以将橱窗里的报纸上的每一个字，看得清清楚楚。我发现每一张报纸的内容、口气、语法、遣词造句、结构，都惊人地酷似，如果不是出自一人之手，就是存在着极为严重的抄袭现象。

王先生逐张逐版地看着，看得非常认真。我想，王先生对生活还没有完全丧失兴趣，否则就不会这样看报了。一般地说，喜欢读报纸的人，大多数都是对生活存在幻想的人。王先生可能就是这样的人。或者完全不是，纯粹是一种本能。

两个小时过去了，随着太阳的升高，城市的气温也开始逐步地升高。小卖店的女老板递给我一把蒲扇说，干你们这行也真不容易，有时候还会有生命危险是吧？

我没吱声。

后来我们终于聊了起来。她告诉我说，她是一个寡妇。

我立刻礼貌地说，看不出来。

她跟我很熟悉地说，得了吧，干你这行的还会看不出来。她说，她丈夫已经去世几年了，跟另外一个女人殉情了。

说着她感叹起来，唉——

她又请我猜猜她有多大年岁了。

我一边用望远镜监视着王先生，一边漫不经心地说，不到三十岁吧。

女老板立刻拍了我一下，风骚地说，讨厌！

这时候，我发现王先生离开了报廊，向北面的岔路走去。

我立刻站了起来，斜着马路追了上去。在我的背后，隐约传来女老板喊了一声什么。不过，我没听清。

我不远不近地跟着王先生走。

途中，王先生进了几家商店。商店也有可能成为与情人约会的地点。估计是约会的时间不到，王先生才在报廊那儿消磨一会儿时间，然后再来到约会地点的。

王先生在商店里，将每件商品都看得很仔细。好像他对每一件商品都很熟，柜台里每摆上一件新产品，都逃不过他的眼睛。

王先生从商店里走出来，步子开始加快。

我紧紧地跟着他。

后来，他进了一家地下快餐店。

我这才发现，已经是中午了。

王先生在快餐店里要了一碗牛肉面。端着托盘，独自坐在角落里吃了起来。

我照样要了一碗面，坐在他的侧面不远的地方。

我发现这种面量大实惠，好吃，辣、肉多，而且价格十分便宜。

我注意到一个女人也端着托盘坐在王先生的对面。

令人失望的是，那个女人显然与他并不相识。

我很快把一碗面吃光了。

角落里的王先生还在不紧不慢地吃着。对面那个女人早已离去。

难道他真的在等什么人吗？

整个午餐，并没有人与王先生联系。

王先生从快餐店走出来，站在门口想了想，然后向东拐。那是一条繁华的街道。利用午休时间逛商店的人们使这条街显得拥挤起来。在拥挤的人群里，王先生时隐时现，但我一直没有丢掉目标，紧紧地跟着他。

后来，王先生在一家电影院的售票口买了票，然后进电影院里去了。

我立即买票尾随了进去。

我想，另一个目标该出现了。

这家电影院的电影是循环上映的，观众并不多，大部分座位都空着。我没想到电影界会如此凄凉。

我选了一个靠门的位置坐了下来。王先生则坐在大部分空座正当中的一个位置。他先擦了擦眼镜，然后戴上，开始看电影。如果有一只蚊子接近他，我也能发现——他正坐在放映光线的光区内。

这是一部外国影片，没有看着片头，但毫无疑问是一部悲剧式的爱情故事。应当说，这部片子的确很感人，看了让人难过。我看到王先生开始流泪，我在望远镜里发现，他的泪水正顺着面颊往下淌。当荧幕上男女主角再度相逢时，王先生开始泪如雨下了。

这一点我完全没有想到。

令人吃惊的是，王先生将这部片子连续地看了两遍。我真有点累了，中间打了一个很长的瞌睡。

当我猛地惊醒的时候，心想完了，对方一定不见了。但我很快发现，王先生仍然正襟危坐在那里，表情严肃地看着电影。

我离开了座位，到走廊里吸烟。

外面的天早就黑了，并且从远处传来隐隐的雷声。我心想，这个带雨伞的王先生，真是有先见之明啊。

散场之后，我不远不近地尾随着王先生往他家的方向走。雨下得大了起来，我们分别打着伞，一前一后走在寂静无人的雨路上。

我一直尾随着王先生走到他的家，看他走进自己的家门后，我才离去。

我开始怀疑，我是否已被王先生发现了。后来在出租车上逐款地反省自己的行为时，我否认了自己的这种看法。

第 二 天

翌日的天，有些阴霾。我认为这极有可能是一个下雨的天。但我发现，王先生走出家门时并没有带伞。我不觉笑了起来，我认为王先生是对的——换句话说，我似乎已经从这位貌不惊人的普通人身上看到了他的某些与众不同的地方。

王先生照例来到那个报廊前，又开始逐个橱窗地看了起来。

我只好再次来到那个小卖店，老板娘见了我，老熟人似的跟我热情地打起招呼来。

她说，我劝你来杯热茶吧。

我说，好的。

然后，点了烟，并敬给老板娘一支。

老板娘欣然地接受了。

老板娘倚在门框那儿吸。我仍坐在昨天的那个小板凳上喝热茶。

老板娘一脸神秘地说，在对面报廊看报的，总是那么几位，他们像上班一样准时，风雨不误，就是下大暴雨，也都按时来看报。真是一群怪人啊。

我问，他们彼此都认识吗？

老板娘说，不，他们总是各看各的，彼此不说话。怎么，他们当中有谁有问题吗？

我没吱声。

老板娘长长地吐了一口气说，我懂了，是嫌疑犯，对吧。

我问，这几位在报廊看报有多长时间了？

老板娘像谍报员那样拈着香烟，仰着头算了起来。

她说，至少有三四年了，那时候我丈夫还没有过世呢。我丈夫活着的时候，偶尔也过马路去看报，但只是偶尔。我在马路这边看他给那几位敬烟，结果都被拒绝了。我丈夫是个热情的人，他喜欢交朋友，对人特别坦诚，但我没想到他能殉情。你看，这些看报的人活得多好，天天来，有滋有味的，像钟表一样准时。

我同意地点点头。

王先生看过报纸后，便离开了报廊，去了南边的那条路。我付了茶资，告别了老板娘，跟了上去。

王先生顺这条路一直向江边走去。

大约不是双休日的缘故，江边的游人不多，三三两两，俨然点缀。

王先生找个面江的空长椅坐了下来。

我这时才发现王先生也吸烟。

他幽幽地吸着烟，哈着腰看着江水。

私
厨

我坐在他后面的一个石凳上，远远地监视着他。

秋之将至，沿江树木的叶子都是老绿色了。加上天阴，对岸的层次看上去极为明朗。隐隐约有点早秋的意味了。

在望远镜里，我发现一条毛毛虫落在王先生的肩上，开始，毛毛虫装死，一动不动，在它确定没有任何危险后，开始蠕动起来，并顺着王先生的后肩部起伏行走。

对面江岸上树立了巨大的广告牌，这使得整个风景区充满了商业气氛。尽管如此，我们仍然可以感觉到大江永恒的生命力和藐视一切的个性态度。

王先生是中午的时候，离开那条长椅。走出江畔的。我希望他能发现落在他身上的那只虫子，显然他还浑然不觉。那些从他后面走过的行人，大都发现了那只虫子，只是没有人吱声。

……

我随着王先生来到"食品一条街"。

王先生找了个油饼豆腐脑的摊位坐了下来。

我坐在离他不远的馄饨摊上。

除了油饼和豆腐脑之外，王先生还要了二两白酒和一碟卤花生米。

于是我也补要了一瓶啤酒。

王先生吃得相当慢。从他整个背部看，似乎充满了男性的悲哀和绝望。

我心里有点难过。我盯这样一个男人的梢，无疑是一种强权，是一种践踏，是一个野蛮的侵犯。

午餐之后，我跟着王先生七扭八拐，来到一家偏僻的大众浴池。

大众浴池简陋得让人震惊，如同战地浴池。好在到这里泡澡的人不多，空空落落的，让人心静如水。

王先生脱光了衣服，像一只褪了毛的山羊似的在前面走。

我发现，王先生的脖子，大腿和胳膊，到处都是紫黑色的伤痕。毫无疑问，这些伤痕肯定是出自王太太之手了。

可怜的小男人哟。

王先生选了个热水池泡了起来。

我在对面的那个温水池里监视着他。

我发现热水池里的王先生很快出现了昏昏欲睡的样子，由于热水的作用，他的脸开始是红色的，接着逐渐变青，眼神儿迷离起来。我想，他可能要睡了。我立刻过去对另一个浴客说了他这种危险。那个浴客立刻过去拍了拍王先生的肩头，说，喂，不能在热水池里睡觉，否则会呛死的。

王先生立刻回到了现实，像山羊一样从热水池里爬了出来。开始打肥皂洗涤自己。

我也简单地把自己处理了一下。

王先生洗过之后，来到了自己的木床上，像尸体那样平躺下来，盖上毛巾被，很快睡熟了。

没想到，王先生小小的个子，竟发出那么大的鼾声，以致使所有的浴客都扭过头看他。他睡得那样好，间或痛苦地痉挛一下，然后，又恢复了平静。

我记得我和王太太谈价钱的时候，她的家里有卫生间啊，可为什么他不在自己的家里洗呢？

王先生一直睡到晚上才醒过来。坐起来之后，开始用双手搓脸。然后，开始一件一件地穿衣服，动作非常缓慢，显得犹豫不决。

走出浴池，已是万家灯火了。

王先生朝着自己家的方向走去。有时候还站在交叉路口那儿，看一会儿交通民警指挥车辆。

这是个彩色的夜晚，整个城市到处都有霓虹灯闪烁。王先生像一个幽灵，在彩色的世界里走走停停，停停走走。

将近晚上十点钟，他才回到自己的家。

一天的盯梢，让我感到沉重。我逐渐地开始感觉到人们的活法有多么的不同啊，我也感到难过，不知是为一个男人，还是为一种生存状态……

第 三 天

我在远处看到王先生离开家后，立即来到王先生的家。

王太太见是我，神情略略有些紧张地把我让进去。

怎么样？发现我丈夫有什么问题吗？她问。

我并不急于回答她的提问，把两天跟踪的文字材料交给她，说，请您过目。

王太太迅速地翻阅这份材料。然后，抬起头来，吃惊地问，怎么，就这些，是全部吗？

我说对，全部！

我丈夫他没有什么可疑的迹象吗？

没有。一点也没有。

为什么？

不知道。

我接着说，王太太，请付款吧。

王太太立刻取钱，并多给了我五十元，说，请您为这件事保守秘密。

我说，当然，谢谢。

我就告辞了。

可能是出于好奇，我在傍晚时分，又回到了王太太的住宅，在一旁监视着。

王先生终于出现在回家的路上了。我目送他进了家门。

在窗户外，我看见王太太泪流满面地拥抱了王先生，嘴里不断地说着什么。王先生则一动不动。看上去，他似乎有点不耐烦，在默默地忍受着。

我感觉到王先生，无论是他的身体，还是他的精神生活，都已经是神圣不可侵犯的了。他已经拥有完全属于自己的精神世界了。

我离开了窗户，点上了一支烟，独自地走在大街上。

看着万家灯火的城市，我无法估计出，这座城市里究竟有多少像王先生这样生活着的男人。

桃花乡

　　湛凉的秋夜里，我无缘由地做了一个年轻女鬼的梦：门吱呀地一响，她走进了我曾在桃花乡住过的那间土房。她长得虽不能称之为绝色，但艳若桃花，是一张清纯女孩儿的脸。但是，她的神态却是很孤独、很凄楚的样子。她飘然入室的时候，我还心虚地朗笑起来。

　　就这样，我笑醒了。

　　醒了之后，我决计去桃花乡看看。

　　刚结婚的时候，由于在城里尚无立锥之地，我们小两口就借住在桃花乡。

　　早年的桃花乡属于梨树公社，在城郊边那儿，牛皮的城市到了那儿，突然下落——桃花乡就在大坡的下面，簇拥着几十户的农舍。村子的前面是一望无际的、平坦的庄稼地，再远，便是辽阔的地平线了。

　　在城市与桃花乡的交界处，是黑龙江北部尔来的铁路线。站在坡下的桃花乡那儿仰头看，墨绿色的火车似在白云中驶过，宛如来自天国的列车。

我决定结婚之后，父亲便在桃花乡为我租了一间土屋。父亲领我去看了，虽然我走在父亲的后面，但我感觉父亲很烦，或者他在想怎么有这么个不争气的儿子呢，连房子也得老子给找。父亲从未为我这个儿子骄傲过，他甚至有点瞧不起我。从年轻开始父亲就是一个很自立的人。

桃花乡是纯中国式的农村。一进村，觉得它到处弥漫着农村式的恋爱故事、选举故事、倔老汉和风流寡妇的故事——这一切，都是我少儿时从老一代作家的作品中感受到的，而今身临其境了，多好啊。

将租给我的那间做洞房的土房也很农村。

土屋的房檐上照例挂着一串串紫红色的辣椒和土黄色的玉米棒子，院子里照例有一条楞眉楞眼的黄狗和一些闲逛的芦花鸡，以及柴火垛、猪圈、仓房、石磨，等等。

我和父亲是沿着桃花乡那条脊梁骨似的土道走过来的。

父亲和那个总是习惯摩挲鼻子的房东交付了几句之后就匆匆地走了。父亲很忙，似乎他没有耐心。

我租的是西屋。我没有对未来的洞房进行粉刷，全部是用白纸、画报和报纸糊就，不过效果很好，像一幅幅另类艺术家发疯后的现代派艺术。都弄妥了之后，我星夜用自行车将独身宿舍里的旧皮箱——也是父亲年轻时上国高时用过的皮箱，以及一些家用的闲杂物驮了过来。

我非常快乐。我要结婚了，天上的星星像迸发的架子鼓点儿似的跳动个不停啊。

全都收拾完了，我那个尚未过门儿的小个子女人也过来看了

一下——她很满意，像野菊花那样灿烂地笑了。我觉得爱情应当
是纯洁的、缺心眼儿的，一旦进入比较与掂量，那就太可耻了。

结婚的喜宴安排在城里的父亲家。是啊，桃花乡离市区太远了。总
算闹完了。一个司机朋友用卡车把我们这一对新人送到桃花乡去。
当卡车开到城郊时，看到满天绚丽的晚霞，我的心情平静下来，
便让朋友停下卡车，跑到路边的一个小店买了两个面包。我们已
经一天没吃东西了。

我妻子那时还很羞涩呢。

蜜月之后，小两口便开始正常的生活了。

我是无轨电车的司机，晚上下班很晚，要是摊上跑末班车，
回到桃花乡就已经是深夜了。

深夜回家，我经常要站在那条火车道线那儿等一列火车驶过
去。夜半时分，火车的车厢已熄灯了，车上的人都睡了，火车是
黑色的，只有在月亮极好的时候，它才变成了一列银色的列车从
我面前嗒嗒嗒地驶过。

又是中秋节了，我发完末班车回来，已是深夜，临近铁道口
的时候，我看见一个青年人在铁路边烧纸。他烧的纸足有百十捆，
真的很多。

坡顶上只有我们两个人。

我问，这是给……

未婚妻。他说。

他烧得很仔细，烧到连一小块残片也没有时，才站了起来，
长长地叹了一口气之后，冲我点点头，一个人朝着城里的方向

走了。

尽管那天晚上是中秋节，但没有月亮，它大约是在倏忽间被黑夜淹没了。

……

我从桃花乡搬走以前，这个年轻人几乎年年都到坡顶的铁道边烧纸，只是烧的纸一年比一年少了，但终是在烧呵。

后来，我的妻子怀孕了，我便搬走了，在城里又租了一个房子。女人挺个大肚子上下班不方便了，而且，总觉得那列在黑暗中幽幽驶过的火车，不安全。

……

屈指算来，离开桃花乡已有多年了，那列火车还在深夜驶过吗？那个烧纸的年轻人还在烧么？或许不烧了吧。那么，梦中的那个看上去很孤独的年轻女鬼究竟是谁呢？

二十年

这一次到湖北的向坝来，山路是走够了，最多的时候，一天差不多要连续走九个小时的盘山路。向坝人唱的原生态的山歌固然好听，大山深处的景色也一如天堂般的妙不可言。但是，对此你必须付出走盘山路的代价才行啊。

头晕目眩地到了竹溪县，活动日程就结束了，可以返程了。但是，我知道，从竹溪到十堰去坐火车，还要走五个多小时的盘山路（我来的时候走的就是这条路线）。于是，我满脸堆笑地试探着问对方，回去的时候，有没有可以少走一些盘山路，而且也能上火车的地方呢？主人说，噢，那只能从这里乘汽车，先到安康——不过，从这里到安康的这一段山路你还是要走的，然后，在安康那里上火车。

安康，在陕西省界内，从湖北省的竹溪县（目前竹溪那里还没有通火车），到两省交界处的陕西省的安康，汽车只要走两个小时的山路就到了。这比起从竹溪乘汽车走五个小时的盘山路，再到十堰去上火车，要近好多。听到这样的消息，心情非常好。

招待方给我买的是软卧票，这就好，年岁大了（人称"阿成大兄"或"老哥"了），还是要舒适一点。艰苦奋斗的事留给年轻人吧。

所谓的安康县虽说不大，却是一个有趣的地方，两省百姓，朝发夕归，过古城之门"关垭"，往来贩卖瓜果菜蔬、通婚，总之互通有无的事是很频繁的。所谓"朝秦暮楚"即由此而来。

……

本以为卧铺票会很紧张，但这里却并非如此，特别是软卧车厢，整节车厢有好多铺位都空着。我进到自己包厢的时候里面还空着。后来进来两个人，那个男的看上去有五十五六岁的光景，瘦瘦的，看状态似乎是一个知识分子吧，只是衣着的式样太过老旧了，特外是那件褪了色的蓝色解放装，看上去很不合时宜，胡碴子也很重，青白相间，多少有一点不修边幅的样子——仿佛此君不是当代之人。

跟在他后面的那个女人，看上去比他小三四岁的样子，凝聚着一脸的愁云，虽是当今的穿戴，但很朴素。开始，我以为他们二人都是要坐这趟车的，但很快知道这个女人是来送他上车的。他们彼此没说什么话，好像两个人的话已经说尽了，就这样了，已无话可说了。

当火车就要开车的时候，这个女人下了车。下了车之后，她站在月台上，隔着车窗看着他。但是，由于有纱帘挡着，那个男人并没有看到她。于是，我装作不经意的样子拉开了纱帘，让他们彼此看得更清楚些。"伤心最是离别时"啊。那个男人将脸贴在车窗上，嘴唇在无声地蠕动着，似乎是在说，回去吧，回去吧。那个女人没有动，依然是一脸愁云地看着他，仍旧是不说话，就那样无奈地看着他。两个人都是无话可说且无计可施的样子。凭直觉，他们不会是夫妻关系，要么就是兄妹罢，除此之外还会是什么呢？

……

火车徐徐地开动了。过了一段时间那个男人才转过身来。既然是同车同厢（这个包厢只有我们两个人），彼此的年龄又差不多，自然要打个招呼。我甚至觉得我们之间还有着某些相似之处，似乎都是经历过苦难的男人。是啊，这人生就像马拉松赛跑，快到终点的时候才大彻大悟，开始放慢速度，以至缓步而行，应当享受一下生活了。如若不然，此君这一身陈旧的打扮怎么会买软卧票呢？到了这个年岁该想通的都想通了。这就好，亡羊补牢犹未晚矣。只是，我发现他并不想和我说话，眼神儿一直躲着我，一副不敢正视我的样子。这也好，本来我这个人就不善于和陌生人说话，既然你不愿意说话，那就算了。

火车驶离安康站不久，乘务员来换票了。我将车票递给乘务员之后，她又要我的身份证，说要登记一下。现在坐火车就是麻烦，还需要旅客持身份证乘火车。不可思议，不可思议。嗨，话又说回来了，不过这又有什么呢？估计他们这样做，也是为了旅客的安全考虑。登记好，登记！没什么。乘务员看了他的卧铺票之后，要他的身份证登记一下，他却掏出一张折叠的纸递了过去。那个乘务员打开看了看，又认真地瞟了他一眼，没说什么，登了记，给我们换了卧铺牌后就走了。

同包厢的男人也是到终点站北京的（也可能跟我一样，在北京转车。阿成家在东北）。看到他那副不愿意搭话的样子，心想，这一天一宿的火车也够闷的了，然而，总不至于两个人一句话也不说吧？于是，我从随行的兜子里拿出招待方给我带的水果、方便面、矿泉水及自己的茶杯之类，摆在了那个小桌子上，然后躺下来看书。坐车是看那种枯燥的"必看书"的好机会，既可以了解真相，增长知识，又能排遣旅途的寂寞。唉，看吧——

我对面的这位旅客也仰面躺在了卧铺上，那双老式的"三接头"皮鞋整齐地摆在地上。他两眼呆呆地看着上铺的铺板，一动也不动，渐渐地，渐渐地，在车轮声的陪伴下进入了似睡非睡的状态——但是，我却觉得他仍然是很机警的。因为，我在好奇地打量他脚上的那双补了补丁的袜子时，他突然睁开眼，快速地看了我一眼之后，又睡下了。这让我有点尴尬。

我们两个都是下铺，上铺没有人，等于是我们两个人的包厢。我这边看书，他那边一声不响、一动不动地躺着。包厢里有如此静谧的气氛，这是事先不曾料到的。中间，他的手机响过两三次，他掏出来看了一下，都没有接就摁掉了，然后继续躺着。我发现，他使用的是一个老款的、水粉色的女式手机。我猜想，大约是那个送他上车的女人送给他的吧。

天渐渐地黑了下来，加上这一路又过了无数个涵洞（此域为山区啊，车行不易呀），这样在涵洞中穿来穿去，就觉得天更加地黑了。这时候，广播里传出了餐车开始供应晚餐的消息了。于是，我起身去了餐车。

去餐车就餐的人并不多。有时候，我们会想象大家的生活都很好，这自然是不错的，可是，节约毕竟是中国人的天性啊。但是，到了我这个年龄还节个什么鸟约哟？不浪费就可以了。

在餐车车厢里我要了一瓶啤酒，选了两个炒菜，大约花了四五十元。还可以吧。而我对面的那位老爷子和他的孙女只要了一个辣椒丝炒肉。尽管小姑娘不断地指着那个菜谱，要这个要那个，她的爷爷却笑眯眯的并不理会。最后，他只点了那一个菜，并要了四碗饭，然后对服务员说，我可不可以打包带到车厢里去？那个胖胖的女服务员问，你们几个人吃？他说，三个人。服务员问，你们两个在这儿吃吗？老爷子说，是，我们俩在这儿吃，然后再带回去一些。那个女服务员是个很和气的人，说，好的好的。

菜上来了。我看到给对方上的那一盘菜的量非常多。我想，这一定是那个女服务员特意叮嘱过伙房的。老爷子要了餐盒，把菜拨出了大半放在餐盒里，只留了一小半儿他们爷儿俩吃。我看到老爷子吃了两碗饭（菜吃得少），小孙女吃了一碗饭。但那碟子里菜并没有吃光，小孙女开始把剩下的菜夹到那个装菜的餐盒里。回头再看我面前的两个菜，真的有点不好意思。可这就是人生啊。

回到车厢，我发现我的同厢者正在那里吃辣米粉儿。他用的是一个很奇特的餐盒，我看了半天才搞清楚，原来，这个辣米粉儿是先装在一个塑料袋里，然后，又用报纸叠了一个盒子，再把塑料袋的辣米粉儿放到这个盒子里，这样吃起来就方便多了。显然，辣米粉儿已经事先在家里拌好了，拿到车上就可以吃了。我觉得我面前的这个男人，是一个很有旅行经验的聪明人。人在江湖，就得不断地向生活，向那些聪明人学习呀。

由于小桌上摆满了我的东西，只有靠窗边儿的那个桌角儿处有一块儿空地儿，他把辣米粉盒放在那里，这样只能别着身子吃。我看了，不禁叹了一口气，过去把我那些东西往一边挪了挪，这样他吃起来就方便些了。他看到后，终于在喉咙里挤出一个字来，谢……

他吃饭的样子很专注，很投入，在专注与投入的用餐之中，还不时地偷看我一眼。于是，我躲开他的目光，继续半卧在铺位上看书。只是，书中的内容渐渐地不入眼了。

他吃过红辣辣的米粉儿之后，收拾过这些东西，开始嗑瓜子——我猜，瓜子也是那个送他上站的女人带给他的吧。他一边嗑瓜子，一边拧过身去，凑到车窗那儿呆呆地看车窗外夜的景色。这时，他的手机响了，他看也没看就把手机摁断了，接着，手机又响了，他再次把手机摁断。我猜想，似乎这个男人已习惯于一个人孤独的生活吧，或许，在他的世界里只有他一个人了。

火车在夜幕中亢奋地行进着。通过不同的运行声音，就能知道火车是在过桥梁、穿涵洞，还是与对面驶来的火车风驰电掣般地会车。我放下书，到包厢外面去透透气。

回来以后，我看到那个男人已经和衣仰面躺在自己的铺位上了，他睁着眼看着上铺的铺板，一动不动，依旧是不想与人讲话的样子。我淡淡地一笑，知道他是在用表情拒绝着与他人交流。于是，我再次半卧在铺位上看书。过了一个多小时，差不多九点多钟的样子，我觉得他似乎是睡着了，但包厢里的顶灯还开着，这显然会影响他的睡眠。于是，我起来关掉了顶灯，打开了自己铺前的夜读灯，继续看书。看到将近十点多的时候，我关掉了灯，睡下了。但是，并没有真正地睡着，人在异乡总是睡得不踏实啊。但我很快发现，对面的那个男人也没有真正地睡着，于夜光之中，他间或地睁开眼睛偷看我一眼，然后又快速地闭上眼睛。这样的偷看不禁让我更加地睡不着了。

这一夜，列车已经悄悄地驶入了河南的境内。在途中，他似乎睡得安稳下来，并发出了轻轻的鼾声。我在他轻轻的鼾声之中，也渐渐地进入了睡眠状态。后半夜的时候，包厢的门被突然打开，

二十年 | 303

是乘警进行安全检查，那个年轻的乘警用手电照着对面铺那个男人的脸，他醒着，面无表情地躺着。仿佛他习惯了这"突然"的一切。当警察的手电照到我的时候，我立刻愤怒地皱起了眉头，不满地看着他。我觉得这是很不礼貌的，粗暴的，很他妈的。于是，那个乘警关掉了手电，悄悄地离开了，并轻轻地带上了包厢的门。我看到，对面铺的那个男人平静地睁着眼睛，仍然呆呆地看着上铺的铺板。当我想跟他交流一下表情时，他却闭上了眼睛。

哦，继续睡觉。

翌日的六点多钟我才醒来。可能是这一夜睡得不踏实的缘故吧。我瞟了一眼对面铺的那个男人，发现他早已经醒了，只是半闭着眼睛躺在那里。可是，他为什么不起来呢？难道是在等我起来？或是怕影响我吗？可这又有什么呢？旅行就是这样，一切都很正常。

起来之后，我开始洗漱，然后去餐车吃早餐。

餐车的早餐还是要吃的，因为有稀饭。早晨的稀饭对一个人新的一天很重要，这是忽视不得的。吃过早餐之后，我回到包厢，发现他正在吃力地拉着窗帘，那个窗帘好像被卡住了，其实再一用力就会打开，但他好像不太敢。于是，我过去使劲地一拉，哗的一下打开了。接下来，他又开始吃他的辣米粉儿了。我感觉他在生人面前吃饭似乎有些不自在，便走出包厢，坐在过道上的边座那儿喝刚刚冲好的绿茶。是啊，真想不透这是怎样的一个男人哪。

我再次回到包厢，发现他照例仰面躺在铺位上，一动不动看着上铺的铺板。心想，不会是这一路他只说一个字吧？但是，看到他那种完全不愿意和我讲话的样子，那还是尊重他的人生方式吧，不要硬行搭话了。这样，我便半坐在铺位上写笔记，发短信，看书。

中午，我买了一盒方便面，一是火车的中餐实在是不怎么样，二是想到那位老爷子节约的样子，我也应该收敛一点，而且我并不是个富人。

吃过了方便面，离下车的时间还有四个小时，对面铺的那个男人除了上厕所，回来之后，不是躺在铺位上木木地看着上铺的铺板发呆，就是坐在车窗前面无表情地看外面的景色，完全没有和我说话的样子。火车外面不知道从什么时候下起了雨，乡下人在泥泞的路上吃力地走着，看来这雨下得有些时候了。在雨中和阳光下看人生的风景，心情总是不一样的。于是，我再次来到过道上，来回地走一走，活动活动吧。唉——

当火车快要抵达终点站的时候，在过道里，我和那个女乘务员聊了起来。我问，你给我同车厢那个旅客换票的时候，他拿出一张纸给你，那是什么？女乘务员说，犯人的刑满释放证明。女乘务员又说，判了二十年哪，唉，出来都是个老头啦。

……

私
厨

火车沐着雨丝到了终点站。

对面铺的那位一身农式西装的汉子站了起来，一脸疲倦地伸了一个懒腰，说，到啦——有家的回家，没家的奔庙。说罢，开始收拾行李准备下车。回头看着我坐在那里没动，说，大哥，到站了，终点了。我说，知道。

我是最后一个下车的。那个女乘务员笑嘻嘻地说，大叔，您可真够稳的。我点点头。我走在所有出站旅客的最后。一位执勤的老警看了我一眼，我便冲他点点头。他问，回家？我说，算是吧。他也点点头，看着别处说，多快呀，一场秋雨一场凉啊。我点着头从他身边走过去。那个警察在后面自言自语地说，接着就要下雪啦，还是家好啊——

在出站口，那位男验票员说，欢迎来到 H 城。

我说，我是回家。

他说，哦，欢迎回家。

我说，谢谢。

尽管我仍然孤家寡人一个（没有正式结过婚）。不过，我已经习惯了一个人的生活。从少年时代我就是少年管教所、拘留所、劳教营和监狱里的常客。到现在我还记得我的监号，194。这就像古代犯人脸上的烫金一样，永不磨灭。说一个细节：街上有汽车驶过时，我能立刻捕捉到哪个车牌号曾经是我的监号，冥冥之中总有一个声音在提醒我，你从少年时就曾经是个囚犯。

几番春夏秋冬过后，我老了，生活的节奏也随之慢了下来。人一老经常会莫名其妙地感到有点不好意思。如果街上有不良青年向我挑衅，我会向他行个举手礼。总之，日子过得有点儿无聊，雇主也越来越少了，门可罗雀了。我该回家看看了，算起来，这些年的漂泊加监禁，离家已经好多年了。

我回来的途中雨下大了，我刚走进巷子的时候，就看见姐姐打着伞正站在巷子里向外张望着。就是在这一刻，我决定不走了。那年我刚好五十岁。姐姐比我大三岁。

见了面，姐姐问，弟弟，回来啦？

我说，哎。

姐姐问，弟弟，饿不饿？

我就笑了，流泪了。已经有很多年没有人问过我"你饿不饿"了。

回家的第一顿饭，吃是疙瘩汤。姐姐知道我喜欢吃疙瘩汤。

姐姐说，弟弟，喝点酒吧，祛祛寒气。

我说，姐，我已经戒酒了。

姐姐看到我很坚决的样子，忍不住哭了……

第二天的雨小了很多，烟雾似的。囚犯最讨厌的就是这样的天儿，雨若不大囚犯就不能歇工，照样要出去干活，干活的时候浑身都被雨雾洇透了，与身上的汗水贴在一起，难受极了。

烟雨中，姐姐陪着我去墓地看望父母。母亲是在我四岁的时候去世的，父亲再未续弦。在墓地，姐姐说，老爸临死的时候跟我说，你弟弟的悟性好，是个当厨师的材料。他嘱咐我说，如果这小子愿意，还是让他开家小饭馆维持自己的生活吧……

姐姐说，我对爸说，我能照顾弟弟一辈子。老爸说，可他是个男人哪。

父亲给我这个唯一的儿子留下一处门市房，独门独院，挺不错的。房子一直常年地空着，也曾有人过来租，但都被父亲婉言拒绝了。老头子到死都坚信自己的儿子有一天会回到这幢房子，并且和他想象中的儿媳妇过平安的日子。他的口头禅是，"时间是最好的老师"。父亲死后，这幢房子由姐姐替我照看，当然，她照看的还有父亲的灵魂。

在监狱生活的时候，教授就曾问过我，出去以后打算干什么？我说，我老爸是个厨师，他看儿子也不是块读书的料……教授立刻打断了我的话说，你的确不是读书的料。说着，教授叹了一口气说，其实我也不是读书的料啊。我问，你原先打算干什么呢？教授说，我原本的志向是开一家小饭馆，但我母亲坚决反对。没办法才这么一路读下来。说起来，五四时期的那些文化人几乎个个都不希望自己的儿女从文。如此说来，你父亲还是个开明人哪。教授说，老弟，你有家传，手艺又不错，还是开个小饭馆吧。我送给你一个店名吧，叫"寻味小馆"怎么样？我笑着说，是教授打算给自己饭馆起的名吧？他说，所谓寻味小馆，就是专门给客人预定他一生中最钟情的吃食。你来满足他们的需求。庄子《逍遥篇》就有"寻味"，"卓然标新理于二家之表，立异于众贤之外，皆是诸名贤寻味之不所不得。"只是我呀老喽，不要说当寻味小馆的老板，就是能成为一次寻味小馆的客人也就知足啦。

……

晚上，我一个人坐在父亲留给我的宅院里，看着父亲留给我的那些厨具，菜刀、大勺、铲子，以及一些古怪的东西，无端地失眠了。屋子外面的雨时下时停，房檐儿不停地往下滴答着残雨。我在想，老爸的确是一个手艺不错的厨师，开始的时候他希望自己儿子能考上医学院，将来当个医生。他不希望自己的儿子干厨师这一行。后来看到儿子不成器的样子，才改变了初衷，希望儿子将来能自食其力就好了。这些年，无论是在社会上混，还是在监狱里服刑，我从帮厨一直干到厨师，虽说谈不上高等的手艺，但一般的家常饭菜做得还是挺好的。教授说，恰恰是家常饭菜最能触动人情感最为脆弱的地方。你就主打家常菜吧。

……

那一夜，伴着窗外的雨，伴着父亲的遗像，我吸了好多烟。我想，还是教授说的对，人生就是妥协的艺术。别人都能妥协，你为什么不能妥协呢？

我就决定不走了，开家小饭馆。

姐姐听了我的想法之后说，弟弟如果心里不愿意开饭馆也不必勉强，老爸的话只是一个参考。姐姐想过了，你也可以去你姐夫的建筑公司做事。唉，只要弟弟平平安安的就好。总之这事不急，弟弟，你先休息一些日子再说吧。

姐姐看着我的脸说，弟弟，你也年过半百了，头发都白了，总该成个家吧？

我没有言语。

姐姐说，弟弟，我们家总不能断了后哇。

我说，姐，有的。只是他们母子始终避而不见。

姐姐说，你是说那个叫梅的女人吗？这件事就交给你姐夫，让他吩咐下属去找，他们有办法的。

……

我还清楚地记得那年的初冬。梅因为怀了孕不得不离家出走。也许是命运，也许是缘分，我们居然在 H 市火车站的站台上意外相遇。她挺个大肚子小心翼翼地下火车时，而我正准备上车，而且是同一节车厢，当我伸出手来准备扶一把这位孕妇的时候，一抬头，我们两个人都愣住了。看着她的大肚子，我四处寻找着。梅问，哥，找谁呢？我问梅，就你一个人？梅点点头。我问，孩子他、他爸呢？梅幸福地说，你不就是吗……后来，我问梅，怎么知道我在这里？梅说，我不知道哇，我只想登上一趟火车，随便去哪儿都行。谁承想，老天爷都替咱安排好了。

我搀扶着梅来到了我的住处。我还开玩笑说，要是事先知道你来我就收拾一下了。梅看了看凌乱的屋子似乎还挺满足，说，没事，收拾一下就好了。收拾完后，我说，走吧，上饭馆吃饭去。梅说，嗨，到家了，上什么饭馆呀，我先做点疙瘩汤，咱先简单垫巴一下。你不是爱吃疙瘩汤吗？晚上我们包饺子吃。

就这样，一家人就安顿下来，是啊，一家人。一直到孩子出生。但孩子出生后不久梅又决定离开了。记得梅带着孩子离开之前，将我们租的那个房子烧得暖暖的，还和好了做疙瘩汤的小面穗儿。窗户上印着儿子的小脚丫印儿已经开始往下淌水了。她在留给我的纸条上写道：哥，不能让儿子再过他父亲那样的生活了……

我对姐姐说，还是不要打扰他们母子吧。

我的寻味小馆在梨花巷。相对于繁华的大都市，这个地方儿算是比较幽静的一隅。这条巷子里只有两家小旅馆和一个咖啡馆，都是比较内敛的，静静的，不事张扬的那种。寻味小馆就在这条巷子的中间。或者是天意，或者是这条巷子的气氛给了我那种启示。虽说我决定开一家小饭馆。但年过半百的我并不想太累，不完全是为了挣钱，我只是希望能过得放松一点，怀旧一点。

寻味小馆与其他类似的私厨不同，小饭馆里只有两张餐桌和一个 L 型吧台，类似日本小酒馆的样子，只招待那些即来即走的客人，像工装上沾满油漆的工人，西装革履的推销车保险的人，穿着雪白衬衫的中年男子，或者浓妆艳抹的老女人，要一杯啤酒，一碟干肠，或者一小碟五香花生米，喝光了就走了。甚至连椅子也不坐，就靠在吧台那儿，跟我聊几句天气、胡同新闻之类的闲话，就匆匆离开了。

寻味小馆没有专门的菜谱，只有一个留言簿，客人可以在上面填写上你打算吃什么，什么口味的，然后留下你的联系方式，如电话、微信、电子邮箱，只要能联系到你就好。也可以打电话留言，不必专门跑一趟。对那些即喝即走的客人，我会预先准备好四五款清爽应季小菜，方便他们选用。当然，生啤酒必须是最好、最新鲜的。我对那个瓦口脸的啤酒推销商说，这是本店的操守。他看了看我的眼神说，好，我喜欢你这样的人。

开张之前，我做了一点功课，在城里的几个揭示板上贴上了我的名片。我原以为不会有太多的客人，会比较清闲一点，但开张之后情况却并非如此。

1. 土豆饼

第一个打电话留言的客人，介绍说，他初中毕业之后就下乡插队了。对，是（19）65 年。他说他至今还记得下乡的时候，房东大娘烙的土豆饼。可是当时不好意思，只尝了一张。他说，真是太好吃了。四十多年过去了，还在想。老板，你那儿能做这种饼？如果可以，就烙五张，行吗？

从这位自称老张的声音与语态上判断，他应该是一位花甲老人。

我还是要打电话确认一下。

电话只响了一声就接通了，似乎对方一直在等这个电话。

我说，我看到了您的留言。非常感谢。

他有点吃惊，说，没想到你这么快就回我的电话了，嗨，你千万别为难，我不过是一时冲动……

看来对方是一位自尊心很强的人。

我说，我打电话是想确认一下，您想吃什么口味的？咸的，辣的，还是甜的？

他立刻说，不不不，不是辣的也不是甜的。就是乡下老大娘烙的那种普普通通的土豆烙饼。对，略微——有一点点咸。

我说，略微有一点点咸是吗？

他吃惊地说，你知道？

他突然问道，老板，你下过乡吗？

我说，没有。

他问，老板，那我什么时候能吃到呢？

然后他压低了声音说，不要担心钱，我有私房钱。

我说，等我的电话吧。很快。

　　说实话，客人要吃的那种土豆烙饼，今天已不那么容易做到了。首先面，必须那种是一箩到底的面。所谓"一箩到底的面"，是新麦子打下来之后，连皮带粒一起磨成的面，也叫黑面。做土豆饼用的土豆，须是那种麻皮土豆。只是现在这种只上农家肥的土豆很少了，在乡下，只有个别人家会种几垄留着自家吃。这种麻皮土豆不像"蹿地龙"，又长，又大，又脆。麻皮土豆完全是靠土里的营养把它滋润成丰硕果实的。如果用这种土豆炖鸡、炖肉，绵软，好吃。唯其绵软，乡下人才将它蒸熟后抿碎，用来做土豆饼的。我是吃过的。那还是在我服刑劳动改造期间，记得那天我们这些犯人正在地里给玉米锄草，这时候，负责看管我们第十一小组小周管教的对象来了。其实，我们早就看见她了，穿着一件蓝色小碎花衬衫，胳膊上挎着一个篮子，顺着河渠那边走过来，一拧一拧的。我们几个犯人就猜，今天她会给周管教送什么好吃的。这个时间送的饭在农村这叫"贴晌饭"。教授说，有点类似英国人的下午茶。是农忙时节，在午饭和晚饭之间的一种垫补小餐。犯人自然是没有的。小周管教的对象是监狱附近农村的，看得出两个人的感情挺好。小周管教的对象把饭篮子放在警戒线外面，冲着小周妩媚地一笑，就走了，一拧一拧，很自信的样子。

这时候，警卫班的班长照例过去检查一下。他打开一看，说，嘿，土豆烙饼，真他娘的香啊。每次小周管教的对象都会给他带很多，小周管教吃不了，就奖励给在劳动中表现最好的犯人。警卫班长也只是睁一只眼闭一只眼，充满慈爱地说，就他娘的年轻。

为了做好这一客地道的土豆烙饼，我决定开着姐姐送给我的那辆二手的客货两用车去农村走一趟。没错，仅仅购买做几张土豆烙饼的原材料真的是不好意思开口，量太少了，而且容易被对方误解。但是，君子一言，驷马难追。岂能失信？况且这是小馆开张后的第一单生意。无论如何要做好。

到了乡下，逡巡了一圈儿之后，我便冒昧地推开了那位老大姐家院子的柴门。院子里那只大黑狗立刻狂吠起来。我冲它走过去，蹲了下来摸着它的头，狗很快就驯服地趴下了。

老大姐看了之后非常吃惊，说，啧啧，这可真是怪事，你可不知道，这狗可凶了，真咬人呀。白天我都不敢放开它。今天可是怪了，见了你老实得像只小猫似的，啧啧。

我抬起头来客气地说，大姐，我想讨口水喝。

老大姐很热情，立刻放下手里的活儿，去屋里给我倒水。我坐在院子里看着乡下人宁静的生活，真是很羡慕。心想，难怪竹刀他们两口子喜欢乡下的生活（后面我会介绍到他们两口子）。

老大姐端来了一碗热水，说，家里人都去收麦子了，就我一个人在家给他们做饭。

我问，是贴晌饭么？

老大姐说，是啊。你不知道，庄稼地里的活儿呀能累死个人呀。

我说，我知道，我干过整整十年哪。大姐，您这是打算烙土豆饼吗?

老大姐愣了一下,说,咋,你还知道土豆饼哪?

我说,是啊。到了秋收的时候,咱乡下人不就喜欢土豆烙饼吃个鲜嘛。

她说,嗨,我正犯愁不知道做啥呢,你这句话倒是提醒我了。

我问,大姐,您烙土豆饼还是用那种一箩到底的面吗?

她说,嗨,现在可不是挨饿的那个年代了,早就不用了。咋,你过去吃过呀?

我说,我吃过,到现在还惦记着哪。

老大姐真有股子东北人的风火劲儿,说,你别走了,一会儿尝尝我的手艺。

说完,她猛然看到了停在门口的车,呆愣了一下说,兄弟,你的车也别闲着,去西头的岗地去帮我拉一趟麦子。让黑子给你领路。

我听了不禁哈哈大笑起来。

……

真是盛情难却。我还和老大姐他们一家人共进了晚餐。是啊,老大姐烙的土豆饼真香啊……

这是一个温馨的夜晚。

翌日,我打电话给客人老张,说,张先生,您过来吧,土豆饼做好了。

他惊讶地说,好啦?

我说,对。

……

老张比我预想的年龄还要大些，估计在六十五岁左右。看他的样子，打扮、神态、做派，应当是个老工人。他那双布满青筋的糙手足以说明这点（有一只手指还缠着创可贴）。我心里说，是啊，这正是一个人怀旧的季节呀。

当我把热气腾腾的土豆烙饼、一碗苞米面粥、一碟青萝条和胡萝卜条及豌豆、小尖辣椒拌的咸菜放到他的面前时，他完全呆住了。

他咯咯巴巴地说，老板，我不是在做梦吧？

我说，你尝尝看，是不是您说的那种味道？

他小心翼翼地拿起一张土豆烙饼，轻轻地尝了一口，然后用筷子从小碟中扦出一条咸菜，放到嘴里，慢慢地品着。这时候我发现，眼泪从他的眼角处已缓缓地流了下来。

他一边用纸巾擦眼泪，一边说，对不起，人一老啊，骨头就软啦……

我说，没关系，您慢慢用吧。

我躲进了厨房，掐着腰站在通窄的小厨房里，冲着窗外的秋景，长长地叹了一口气。我知道，张先生在当年下乡插队的那家一定还有很多故事。时光像飞箭一样快，一晃几十年就过去了，当年意气风发的小伙子老喽。

……

老张吃过以后，将剩下的土豆饼和咸菜全部打了包。然后对我说，有一件事想请教你。前几天我把菜刀放在洗水池旁边，一不小心菜刀掉下来了，我下意识地伸手去接，结果手指头被割了一个小口。幸亏我反应快，不然……当时，那个女人就站在我身后。我在包扎手指头的时候，她说，我突然想起来了，我还有个急事忘了。我得走了。你自己吃吧。

讲过之后他问我，老板，我是不是很蠢哪？

我问，那个女的叫什么名字？

老张说，忘了，我们是头一次见面，好像叫什么花。

我说，掉刀割手这种事我也有过。你说，我蠢吗？

老张愣了一下说，咱们可以拥抱一下吗？

拥抱之后，他就离开了。

土豆饼的做法：

做土豆饼，其实很简单。我说一下，先把土豆去皮儿，然后擦成丝儿到水盆里，这样能防止土豆变黑。这样一来，和面糊的时候就不需要再加清水了。盐是百味之首，自然要加点盐，味道会好。然后再加入面粉，用勺子拌成均匀的糊，之后，加进一些小香葱，把它拌匀。

开做了。锅热以后加一小勺油，摊入适量的面糊，把它晃匀了，中火加热三分钟之后翻面儿，再加热三分钟。瞅见土豆饼呈金黄色了，那是就熟透了。可以吃了。

除了我说这种普通的土豆烙饼之外，还有一种黑胡椒土豆饼，就是加一点儿胡椒粉就可以了。除此之外，还有洋葱土豆饼、炸土豆饼、椒盐土豆饼、香煎土豆饼，等等。看名字您就会做了。

这里我想多啰唆几句。土豆很好的，它所含的蛋白质与维生素 B_1，相当于苹果的十倍。其中维生素 C 是苹果的三倍半。维生素 B_2 和铁质是苹果的三倍。磷是苹果的二倍。正是这种"身份"，联合国粮农组织才将 2008 年正式推动为"马铃薯年"，并将马铃薯定义为地球"未来的粮食"。还有顶重要一点忘了，就是土

私
厨

豆还含有丰富的钾，它可以有效预防工作压力大而导致的脑中风及高血压。

2. 雪里蕻炖豆腐

这位叫老雪的客人（估计是个化名）在电话里留言，他说：多年来我一直惦记着吃一次雪里蕻炖豆腐。这期间我也吃过几次，但都不对味儿。老板，我不知道怎么形容这个菜，简单说吧，我就是想吃一次地道的雪里蕻炖豆腐。能配上一碗大馇子粥就最好了，拜托了。老雪。

看到这个留言之后，我开始拨打他的电话。头几次没人接，但最后一次还是打通了——我跟别人不一样，别人都是给对方三次机会，而我至少是四次。这可能跟我是个囚犯的经历有关吧。

我说，您好老雪。我想确认一下，你是要那种辣的雪里蕻炖豆腐么？

老雪说，不。普通的，家常的，我奶奶做过。辣不辣呢？我想想，好像有一丝丝辣。这有点儿说不准了……

我笑着问，这道菜您还有什么特别的记忆吗？

老雪说，有。咸咸的，香香的，嫩嫩的。特别好吃，一生也忘不了。

我问，奶奶还在吗？

老雪说，嘻，怎么说话呢？我都当爷爷了。

我说，好。等我的电话吧。

放下电话之后我想，雪里蕻炖豆腐不是难做的菜呀，普普通

318

通，东北人家都会做。如果这个老雪他不是单身的话，他的老伴儿就应当会做这种菜。这个想吃雪里蕻炖豆腐的老雪是怎么个情况啊？

　　作为一家私厨的老板，你的客人不可能全都是那种夫妻健在，儿女双全的家庭。我粗略地回顾了一下，自打寻味馆开张以来，打电话来我这儿订餐的多是那种残缺的家庭人士，其中八成以上是老年人。是啊，人进入到老年季节，如果再让他们有怎样宏大的理想，就不厚道了。虽然听起来他们的这些对吃食的要求有些匪夷所思，但对他们来说却是真诚的、迫切的。人生苦短嘛。这让我想起了我的发小"竹刀"。他现在像我一样也是一个老头子了。年轻的时候，我们都是梨花巷里的问题少年（当年的官方称谓是"青年走险分子"），我们在一起干过了不少荒唐事。竹刀这家伙不喜欢城市了，而且相当决绝。现在竹刀和他的女人"小喇叭花"（不好意思，她曾经也是个在街头跟我们混的女孩儿。也五十多岁了。她现在的名言是，"宁做老妖精，也不当老太婆"），在乡下过着自给自足的生活，种菜，养鸡，还弄了一个很大的葡萄园。他每年都会给我一坛子自酿的葡萄酒。讲一件趣事，有一次竹刀和小喇叭花去监狱看望我，小喇叭花是第一次去，她环视着监狱的四周说，哇，逃不出去呀。把旁边的那个狱警都给说乐了。这些年我和竹刀一直保持着友谊。记得我们二十多岁的时候，竹刀的父亲得了重病，老爷子临终前对竹刀说，儿子，我想吃黄瓜拌猪耳丝。这件事让竹刀很为难，他知道老爷子不可能嚼得动带脆骨的猪耳丝儿，就连黄瓜都嚼不动啦。可是，这毕竟是老爷子离开人世前的最后一个要求。于是他打电话给我。他打电话的意思并非是想让我帮助解决这件事情，不过是向我倾吐一下苦水罢了——流氓也有流氓的苦闷啊（这就是我为什么喜欢看罗伯特·德尼罗主演的电影《美国往事》的缘故）。竹刀说，老爷子一辈子跟我较劲，临死了还砍我一刀。我说，竹刀，这件事情交给我来办吧。不过，放下电话我就有些后悔了，如何能将那带脆骨的猪耳朵让牙齿不好的老人嚼得动呢？最后我还是做到了。首先，我将猪耳朵切得像玻璃纸一样薄，透明的。然后选那种最嫩的、还没有长成（仅有两三厘米长）的小黄瓜。不需要太多，一小碟就足够了。但在选料和配料上不能有丁点的马虎，比如猪耳朵就选的是小嫩猪的耳朵，加上碾细的海盐，小磨香油，再温上一点点（一克）纯粮食酒。事后竹刀对我说，老爷子吃了几口说，儿子，香啊。竹刀的父亲是个极老实的人，在一家工厂当仓库保管员，年年都是劳模，小小心心，恪尽职守。但临终前却对竹刀说，儿子，今后你想干什么就干什么吧。竹刀讲完，放声大哭起来。

……

尽管雪里蕻炖豆腐是一道比较简单的家常菜，但我心里明白，这个叫老雪的客人想吃到的是七十年代那种口味的雪里蕻炖豆腐。看来，我必须去竹刀那里走一趟了。竹刀一定留有自家吃的雪里蕻。我很清楚，小菜园里的雪里蕻是不放化肥的，虽然长得个头比较小，但味道绝对纯正。

竹刀听了我的目的后，说，靠，你打个电话，我给你送过去不就得了。脚飘啊？

竹刀的夫人小喇叭花也在一旁说，是啊，为了这点玩意儿还专门跑一趟。三哥，我想知道，这道菜你打算卖多少钱呀？

竹刀对小喇叭花说，三哥是阔小姐开窑子，不图钱财，图快活。

除了雪里蕻，还需要纯正的豆腐。于是小喇叭花带着我去了村里。一路上，小喇叭花絮絮叨叨地说，三哥，我跟你说，李二逼家的豆腐做得是最好啦，李二逼用的黄豆不放任何化肥，别看黄豆粒儿比较小，但做出的豆腐啊贼好吃。我跟你说三哥，李二逼做的豆腐只卖给本村的乡亲。给城里人的，是另外一种。可爱吧？嘻。

说起来，小喇叭花也怪可怜的，从小就寄养姑姑家。姑姑和姑父是做小本生意的，根本无暇照顾她。再加上毕竟不是亲生，说实话也无心看护她，随她像野草一样生长。小喇叭花从小就爱美，可又没钱，就每天都采一朵野花插在头上。我们那个巷子里，家家的栅栏都开满了艳丽的喇叭花，小喇叭花就天天采一朵插在她头上。这么多年过去，至今还是这个样子，虽说人老珠黄，但看着风骚不减当年。

……

在豆腐坊。李二逼痛快地说，不就这么几块豆腐吗？咱敞亮人说敞亮话，你也这么大岁数了，又是大老远跑来的，免费。

我说，兄弟，你要是不要钱下次我就进不了你的门了。这样，我听说你不是喜欢喝酒吗？我送你一瓶。

李二逼说，妥。

至于做大馇子粥的苞米和饭豆，自然也需是绿色的，且可以多购进一些。总之，在2016年想凑齐70年代的味道，难哪。

晚上，月光下，厨房里。我将大馇子和饭豆用凉水泡上，准备第二天用小火慢慢熬，一直煮得稠稠的才行。当老雪来的时候最好是刚出锅，米汤既不大也不小。给老雪配的小咸菜，是用大葱叶做的——这纯粹是 70 年代的老式咸菜。小时候，父亲挣的钱倒是不少，可一样是穷日子。我母亲就在秋大葱上市的季节，去菜站捡些人家不要的碎葱叶，洗净以后，腌咸菜。通常，只有最穷的人家才吃这种咸菜的。

一切都准备停当了，我打电话给老雪，请他明天中午过来。

第二天中午，老雪准时到了。哦，是个邋遢的老头，脸呈浅灰色，眼神迷茫。以我这个老江湖的经验，他还应当是个酒鬼。因为他一进门儿就瞥了柜架上的白酒瓶一眼。

当他看到我用中号碗盛着的雪里蕻豆腐和一碗大馇子粥时，将手在胸襟上擦了擦，忘我地说，老板，那我就不客气了。说着，捧起碗就吃了起来。一边吃一边说，太好了，对，就是这个味儿，太好了。又说，现在就是让我去死也没什么可遗憾的了。

我站在一旁插着手笑眯眯地看着，问，小咸菜怎么样？

他说，噢，天妈呀，大葱咸菜。地道。我小的时候，我妈就给我们腌这种咸菜。现在想，老太太可真可怜哪，连腌咸菜的芥菜、胡萝卜、青萝卜都买不起。对呀老板，你怎么会想到腌大葱咸菜呢？莫非我们都是穷鬼家的狼？

我说，我总觉得你会喜欢。

……

老雪放下了筷子说，老板哥，你的雪里蕻炖豆腐做得太地道了。

我笑眯眯地问，怎么说？

老雪说，我吃过许多雪里蕻炖豆腐，唯独你煎豆腐的时候就把它煎得稍微糊一点。是特意的吧？

我说，这样才能有香味。

老雪说，对呀。可很多人不会这么做。虎了吧唧地就把生豆腐直接削进去了。吃着只剩下一股子老咸菜汤味儿了。

我说，兄弟，我是专门到农村给您买的雪里蕻，人家是自己留着吃的。

他说，怪不得，不然不会这么清香。但钱不是问题，钱是什么？钱是王八蛋！

……

吃过以后，老雪向我微微地鞠了一躬，说，谢谢。

我说，不喝一口么？

他瞟了一眼柜架上的白酒，说，不了。今天喝了，那明天呢？

说完苦笑了一下，说，结账吧。

我拿出一个已经装好的餐盒，里面是满满的雪里蕻。说，带上吧。

他一愣，立马说，太谢谢了……请问，一共多少钱。

我说，难得咱兄弟俩的口味相同，别客气。走吧。

他说，我可带着钱哪……

我说，我知道。慢走啊。

……

雪里蕻炖豆腐的做法：

做雪里蕻炖豆腐，先把腌制好的雪里蕻清洗干净，然后再用水浸泡一会儿，这样泡一下就不会很咸了。然后再切成您认为合适的小段儿。豆腐呢记着用开水煮一煮。煮的时候别忘了放一点儿盐，这样子豆腐不易碎。之后切成小块。

做的时候，先煎豆腐块儿，煎成微黄色。再放入葱花和姜末，把它炒出香味后，放一点料酒一烹，把雪里蕻放进翻炒，现着放一点儿糖提鲜。差不多了，加清水，一定要没过雪里蕻才好。用中火炖十分钟，汤汁儿收得不多了，加点鸡粉，盛出。再把切好的小嫩葱米放进去，拌点香油，就可以了。

3. 酸菜油滋拉饺子

客人老齐在留言簿里写道：老板，你好啊。我就想吃一顿地道的酸菜油滋拉饺子。多少钱不重要，只要是地道、正宗就好。

看了他的留言后，我心想，又来了一个穷人家的孩子。现如今你要是跟年轻人说酸菜油滋拉饺子，恐怕没几个人知道。酸菜油滋拉饺子是一款典型的东北人怀旧菜。我记得那次逃亡到乡下，暴雨突然而至（还伴有冰雹）。我躲进了附近的那个看地的窝棚里。我的腿在一次替人讨债的械斗中受了伤，已经开始红肿化脓了。我躲进窝棚，正在地里干活儿的梅也跑进来避雨。她看见我吓了一跳。我说，你家的窝棚吧？别怕，我立刻就走。但是，受伤的腿让我起立艰难。梅说，你受伤了呀，快坐下。看到外面的大雨冰雹如此迅猛，我只好留下来。梅问，你这是怎么了？我咧嘴笑了笑说，没事。后来，梅替我买了药和绷带，并为我清洗了伤口，包扎好。那次我在梅的看地窝棚里住了一周，直到伤口渐愈我才离开。临走的那天晚上，梅给我包的酸菜油滋拉饺子。梅说，上马饺子，下马面。图个吉利。有关上马饺子下马面的民风我还是头次听说。梅说，小的时候，老妈熬猪板油的时候，常会用熬油炼下来的油渣儿，给我们包酸菜油滋拉饺子吃。嗨，就是穷。有钱谁不知道猪肉白菜饺子好吃啊。我说，难为你啦。梅说，快尝尝吧，可香啦。

这款怀旧版的酸菜油滋拉饺子，首先在选料上要精益求精。这样说好像有些夸张，但事实并非如此。既然这位食客要吃当年那种味道的酸菜油滋拉饺子，首先，酸菜就必须是本地的白菜腌的。所说的本地菜其实就是山东菜。早年那些流亡到黑龙江讨生活的山东人从山东家带来的白菜籽儿，播种到黑土地里，由于黑土的肥沃，大白菜长得格外壮实，比在山东老家长得还硕实。北大荒嘛，有道是"棒打狍子，瓢舀鱼，野鸡飞到饭锅里"。当年的北大荒土地肥得流油，插根儿筷子都开花，还下什么化肥呀。这样的山东白菜自然好吃。当然，只有在那个年代才能吃到这种纯绿色的大白菜。用这种白菜腌的酸菜自然地道又好吃了。可是今天要找这样品质的酸菜就难了，城里更难。我只好给在乡下逍遥的竹刀打电话。尽管是二十一世纪，入冬后，东北的乡下照例是要腌酸菜的，而且农家腌的酸菜绝对有品质上的保证。

竹刀和小喇叭花足足腌了三大缸酸菜，有几百斤。竹刀说，嘻，大部分是给朋友腌的。小喇叭花说，虽说不值俩钱儿吧，但效果贼好，我那帮闺密，刚一入冬就给我发微信：花儿，别忘了给我留酸菜呀。啧啧，这帮馋逼……

酸菜有了，下一个就是肉。是那种可以熬大油的肥肉。这个竹刀搂草打兔子顺带就给我解决了。竹刀说，三哥，这玩意儿不然就是一个扔。这年头谁还吃肥肉哇。我说，酥白肉这道菜也从馆子里消失了。竹刀说，对呀，不过，你这一说酸菜油滋啦饺子，我也想吃了。油滋啦配酸菜，简直就是绝配，吃着一点也不油腻。

小喇叭花翻着白眼说，我一辈子不吃都不想。一帮贱种。

一切都准备齐了。饺子也包好了。然后打电话通知老齐过来。

老齐到了，此人六十多岁，明显的，刚换上了一身新衣服，作风很老派。叠压的印儿还没展平呢，表情有点不太自然，一看就是那种早就被生活打垮了的人。

他用手点着自己的新衣服解释说，我老母亲活着的时候，总是嘱咐我说，儿子，出门在外，一定要穿得干干净净的，别让人看不起。

我忙说，好看，不错。兄弟，你穿上它感觉挺年轻的。

老齐说，让您见笑了。

我郑重地说，人老了，一定要讲究穿戴。要精精神神的才好。没听说老女人们有一个口号吗，宁做老妖精，也不做老太婆。咱们呢，宁做老帅哥，也不做糟老头子。

老齐说，牛逼一点是呗？

我说，对。

老齐虚虚地坐下来说，老哥哥，你知道我为什么一定要吃酸菜油滋拉饺子？

我说，您说。

老齐欲言又止，半晌才摆着手说，不说了，不说了。

我说，好，您稍等，我去给您煮饺子。饺子必须吃现煮的，对吧？

......

热腾腾的饺子端上来了，还有一壶刚温好的纯粮食酒。

我说，饺子就酒，越吃越有。

说着，我将一碟佐酒的黄瓜花生米放在老齐的面前。

老齐呆住了，一个劲儿地搓着手说，娘亲，我做梦了吧？老板，你简直就是……年轻人说的那个男神啊。你都看到我心里去了。

我笑眯眯地看着他（这哥儿们还知道男神呢），又递给他一碟蒜酱。

老齐将鼻子凑近蒜酱碟，深深地嗅了一下，沉醉地说，这蒜味儿地道。

我说，这是阿城的蒜。

老齐说，我知道，我知道，闻出来了。只有阿城的蒜才这么冲，这么鲜。

我说，兄弟，不是有那么一句话吗：双城的姑娘，阿城的蒜，呼兰的姑娘不用看。

老齐说，对对对，那——我开吃了。

我说，趁热吧。

老齐用筷子夹起一只饺子，轻轻地在蒜酱里蘸了一下，然后放在嘴里，虚虚地嚼了一下，之后便开始全身心地品尝起来。

说实话，站在一旁的我还是有点担心，怕不对他的胃口。

老齐吃完了第一只饺子后，随即快速地吃了起来。看到老齐那副满足的样子，我知道，成功了。

老齐吃过一阵子之后，放下筷子，端起酒杯抿了一口酒，他没用花生米佐酒，而是夹了一只饺子，这样子佐酒喝。吃过了，他长叹了一声说，啊，真是太地道了。老哥哥，我以为能吃上一次味道大概齐的酸菜油滋拉饺子，咱意思意思就行啦，咱是谁呀？小白人一个。没想到，老哥哥你做得可真地道。还有这小菜儿、这蒜，地道啊——

我递给他一支烟，问，来一支不？

他说，来一支。

说完，凑近我的打火机，把烟点燃，吸了一口就剧烈地咳嗽起来。他一边咳嗽，一边说，你知道，平常我是不抽烟的。但是，吃这种东西，哪能不吸一颗烟呢？

我说，是啊。你不要吸进去，意思意思就行了。

然后我们就聊了起来。

他说，老哥哥，我也不拿你当外人。

说着，老齐的眼睛便潮湿起来。他说，几年前老妈走了，前年，老爸也追过去了。老话说，秤杆儿离不开秤砣，老头离不开老婆。我那个儿子呢，大学毕业之后，我还没反应过来呢，他嗖一家伙去国外了。唉，过洋节的时候给我发一个明信片来，被我撕得粉碎。老哥哥啊，大丈夫难免妻不贤子不孝啊。

我说，老弟，咱们都老了，活好自己就好。该吃吃，该喝喝，该乐乐，该骂骂，该玩玩儿。怎么舒服怎么活嘛。就咱们这个熊样的，还能流芳百世呀？

老齐说，老哥哥，一看你就是个明白人哪。

我说，老弟，现在是到了该糊涂的时候了。

他咂了一口酒，轻轻地，然后极其小心地放下酒杯说，我老妈活着的时候，每年都会给我包一顿酸菜油滋啦饺子吃，只给我一个人，别人没有。我的老伴和儿子都非常反感我吃这种东西。

老伴儿说我是穷鬼命。儿子说，老爸，这都什么时代了，还吃这种东西，你不怕得"三高"啊？每当我吃酸菜油滋啦饺子的时候，就好像做贼似的。

我见他的手很粗糙，就问，兄弟，在哪儿高就啊？

他说，你猜呢？

我摇了摇头，说，猜不出来。

其实，我心里已经猜到了八九分了。

他说，过去，拉车送货，有一副铁脚板啊。红军长征走了两万五千里。我呢，我的长征呢？至少也得有二十五万里地呀。现在城里的大街小巷已经看不到了人力车了。

我问，后来呢？

老齐说，后来，后来什么都干过。我不怕你笑话，我还在火车站前兜售过一些假冒伪劣的小玩意儿。现在我在一家工厂打更，彻底熊啦。

我说，一个人过日子挺没意思的。

老齐说，老哥哥，你记住我的话，在这个世界上，没有一个人是在一个人过日子的，那些亲戚朋友、儿子、老婆，包括个别的混账王八蛋，像鬼魂似的一直跟随着你，这怎么能说是一个人过日子呢？老哥哥，你知道什么是最珍贵的吗？

我说，知道。

他说，知道我就不说了。吃饺子。好吃。这下子我又能挺一年了。

……

老齐吃过以后，将剩下的饺子打了包，说，老板，不好意思了。

我说，说什么哪？欢迎还来不及哪。

他摇了摇头，说，不不，不是这个意思。今天是我的生日。

我一惊，说，这太冒犯了，要是知道我——

老齐打断了我的话说，过去过生日的时候，家里穷啊，老妈就给我一个人包几个酸菜油滋啦饺子……好了，不说了，再见吧。

他走了以后，我才发现他放在桌子上的一百元钱，便立刻追了出去，但早已不见了他的人影。我在心里说，腿脚可真快。

酸菜油滋拉饺子的做法：

做酸菜油滋拉饺子需要备的有面粉、酸菜末、油渣儿、盐、生抽、老抽、绍酒、胡椒粉、五香粉、花椒粉、鸡精、葱姜末。别怕麻烦。然后，在面粉中加入温水，和成软硬适中的面团，饧三十分钟到一小时。这工夫，您将油渣儿切碎后，在炒勺稍微热一下，盛出来装到小盆里，等看稍微凉了之后，再放盐、绍酒、生抽、老抽和花椒粉、五香粉和胡椒粉。然后将葱姜碎和味精放到油渣里，搅拌均匀，再把剁好的酸菜放进去，搅拌均匀就可以。锅里的水将开未开，下饺子，煮开后，点三次凉水，就煮好了。

4. 大酱炖鱼

每年的七月上旬，用教授的话说，我"照例"要去一趟内蒙古。这已经成了我的例行私事了。正当我背上行囊准备出门的时候，电话铃声响了。我抓起电话说，对不起，我得出趟门儿，过三四天才能回来。对。

去内蒙古杏林镇的火车每天只有一趟，还是那种老式的绿皮火车，且逢站必停。没办法，只有这种将要被淘汰的火车在杏林这样的小站才会停。停车三分钟。上下车的人并不多，时间非常宽裕。是啊，每次上下火车我都盼望着奇迹发生，希望能在火车站再一次遇到梅⋯⋯

七月份，对省城来说已经过了花季了，黄色的迎春、小桃红、紫色的丁香、鹅黄色的连翘都已经开过了。服刑的时候教授就说过，古人说的"菊月""兰月"，这要看是在江南还是在北方。所以内蒙古的"春天"是在六月份，六月份才是"春花"初绽的时节。这时候披在山峦上的白雪刚刚消融，取而代之的是一身轻纱似的新绿，山下的那条远道而来的杏河正衔冰破雪，湍急地从山脚下，从小镇的西侧流过。我是知道的，内蒙古的早晚还是比较冷的，我事先带好绒衣绒裤。我笑眯眯地对自己说，三哥，年岁大了。哦，这里需解释一下，竹刀是二哥。大哥"青子"（一种锋利的刀片儿），在越狱时被击毙在电网前。我们三兄弟在少年时曾是"梨花巷"的三剑客。二哥常带一把竹刀。而我，什么也不带。称三哥。现在说这些事真有点脸红。

我到杏林不是来放松身心的，是给一个还不满二十岁的年轻人上坟。自我出狱以后，年年如此。

在杏林下了火车之后，我径直去了喇嘛山。去那儿的路还算好走，过了那座晃晃悠悠的吊桥，然后贴着喇嘛山的山脚，走着杏河的河滩，踩着那些半浸在河水里的青石过去就到了那片开阔地了。念中学的时候，记得有一篇课文《桃花源记》，这儿与桃花源非常相似。不同的是，这里漫山遍野全是火红的杜鹃花。

风景可真好啊。

在河滩上，我见到了那棵开满了乳白色山丁子花的野树。它就在那个年轻人的坟墓边，像一个卫兵，或者像一个侠客陪伴着那个可怜的年轻人。在不远处，我看到了那个羊倌正赶着十几只羊在那片草地上吃草。在河洲的灌木林里，有几个人正在支吊锅准备野炊。那几个人的岁数也都不小了，他们几乎年年到这里来，如果赶巧，我就会看到他们。他们发现我之后便冲我挥手，大声地喊道，老哥，上完了坟，过来一块喝酒呀——

我笑着冲他们边挥手边说，好啊。

我到了那座年轻人的坟墓前，发现坟已添上了新土，在坟碑的祭台上还有颜色未褪的纸铂。看来有人已经上过坟了。我半跪了下来，从行囊中取出供品一一地摆上。还有一扁壶"踔倒驴"（烧酒）。蒙古人喜欢喝这种高达七十度的烧酒。我给他斟上了一大杯，轻轻地祭酒在坟前，说：我来看看你，傻瓜。之后就没话了。是啊，年年都是这么一句。然后我盘腿坐在坟前，替他点上一支烟，放在祭台上，又给自己点一支慢慢地吸着。那支祭台上的烟也在慢慢地燃着。

我还记得我刚刚出狱后第一次来到这儿的情景：一边听着那个羊倌唱的小调，一边从行囊中掏出祭品：

让神灵守护着族人吉祥

千年的马头琴

挽着风云雷电震撼八方

千年的勒勒车

追寻绿色丈量着地平线

草原春风浩荡

马背长歌万里

千年牧草黄了又绿

马背牧歌永远飘荡

……

　　当我刚刚摆好了供品，羊倌的歌声突然停了，我回过头去，发现我身后站了十几个手持木棍的当地汉子。我什么也没说，回过头去继续我的祭奠。一切都做完了，我站起来对他们说，动手吧，我不会还手的。说完，我转过身等待着，并静静地看着那只落在树枝上的褐色蜻蜓。那天他们并没有动手，悄悄地散去了。当我转过头来时，看到了正在河洲上野炊的那几个汉子，其中一位冲我竖起了大拇指。

　　我与睡在坟里的这个年轻人本就素不相识，我们是在F城的一个小酒馆里偶然相遇的。那天他喝多了，很兴奋，端着酒杯晃晃悠悠地过来给我"敬酒"，就是那种"踔倒驴"烧酒。当时我刚从拘留所出来，说实话，我不想惹事，就客气地说，兄弟，我不认识你，也不想喝。谢谢。他说，你确定？我问，确定什么？他说，我再说一次，你到底喝还是不喝！？我没理他，继续吃面。但没想到是，他将一杯白酒全部倒在了我的头上。我回头冲他笑了笑，打算就此息事宁人。他却大笑着对他那几个同伙说，看哪，这个傻逼还笑呢。我站了起来，说，你再说一次。没想到他连说了好几个"傻逼"。我回手一拳。结果，没想到在那场混战中，他的眼睛被我打瞎了一只……

　　逃亡中，是梅劝我自首的。在服刑期间我听狱警说，那个年轻人本来是准备在下个月结婚的，因突然瞎了一只眼睛，女方一改初衷坚决退了婚。这小子从此开始酗酒，整个杏林镇没人管得了他。是七月中旬的一个早晨，羊倌儿在杏林河的河滩上，发现他在那棵山丁子树上吊了。

……

祭奠过了之后，我去了那几个汉子野炊的地方。吊锅子已经支好了，有人正从灌木林里拾些枯枝，往返于吊锅之间。另一个男人正蹲在河边收拾鱼。一些从上游冲下来的枯枝被挡在了河边的那老树下，于是我过去把它们收回来。

一位被称为老王的问，老哥，这柴火这么湿能行吗？

我说，大火无湿柴呀。没问题。

说起来，在野外吊锅炖鱼的方法既原始也简单，江水、盐、花椒、辣椒、八角、料酒，水烧沸之后，把鱼顺到锅里就行了。这种方法是我逃亡时一个猎人教给我的。我又教给了他们。现在他们已经把这门技术掌握得很熟练了。

鱼煮好了。我将带的两瓶白酒和一小桶葡萄酒取了出来。葡萄酒是竹刀自酿的，他每年都会给我送两桶过来。味道不错。

这几个男人都是从小的朋友，退休之后，他们无意中发现了这个地方，于是每年都到这里来玩。这个地方偏僻，清静。加上蒙古人属于游牧民族，逐草而居，所以这一带极少有什么像样的、固定的历史古迹，旅游者更是寥寥。总之，是一个没人干扰的野营之地。说实话，我很佩服这几个老兄老弟的……

老王说，老哥，刚才我们还特意留下了一条鲤子，等你来做。我们也学一学你去年说的大酱炖鱼。

我说，好。吃完了锅里的鱼我做给你们。

我们边喝边聊。我自从刑满释放以后就戒掉了白酒，平时只喝一点少量的葡萄酒。他们兄弟几个自由自在得很，不仅喝白酒，还带了一箱子啤酒。看到这几个老男人喝得那样怡然自在，我很羡慕。

老王放下酒杯感慨地说，多好啊，青山、绿水、草地，听着林子里的鸟叫，听着身边湍急的流水声，闻着清香的草气，围着吊锅子吃鱼，喝酒。好哇……

我笑着问，哥几个，你们怎么不带夫人一块儿过来呀？不像我，轱辘棒子一个。

小丁（也是老丁了）说，这是男人的世界。野营，让女人走开。

说完几个人都大笑起来。

我开始给他们示范做大酱炖鱼。先在铁锅里放上足够的油，然后将我带来的两包香辣酱倒在里面炒，再放上十几颗蒜瓣儿，然后再将鱼放进去，添上滤干净的江水，加一点白糖就妥了。

我说，等汤熬干了就可以吃了。

老王吃惊地问，这么简单？

我笑了。

记得少年时，我和青子、竹刀等一伙不良少年逃学去江北玩，在河滩上练习拳击、摔跤。晌午的时候，我就是用小铁桶给他们炖鱼吃的。有一次恰好老爸的同事到江边采购活鱼，发现了我们，他还过来尝了尝我做的鱼汤，说，小兔崽子，有两下子呀。

……

西坠的太阳把杏河水都染红了，蚊子马上就要上来了，该回去了。当我正打算将那些空瓶子之类的垃圾收拾好带走时。老王说，放那儿吧老哥。一会儿，羊倌会把这些东西带走的。

果然，远处传来了那个羊倌儿唱的民间小调。

让神灵守护着族人吉祥

千年的马头琴

挽着风云雷电震撼八方

千年的勒勒车

追寻绿色丈量着地平线

草原春风浩荡

马背长歌万里

千年牧草黄了又绿

马背牧歌永远飘荡

……

大酱炖鱼的做法:

鱼最美是草鱼、青鱼或者鲤鱼。其他配料有老豆腐一块,粗粉条一把,大白菜,五花肉数片,榛蘑或香菇若干,土豆一到两个。其他小配料有青辣椒两个,记着小干红辣椒一定要有(怕辣的人可以少放一点),大葱一根、姜一块、蒜半头,再就是盐、料酒、糖、酱油、花椒、八角、桂皮之类的。

先把鱼洗净(一定是新鲜鱼),改刀,把水控净再过油,用旺火煎个三四分钟。

调汤的时候,根据个人的口味掌握盐量;把葱切成段儿,不要切太碎,这样子可以增加整道菜的美感。姜切片,蒜去皮。之后把所有配料放在料理盆里调匀。这时让打下手的要把榛蘑洗净,洗净,再洗净,然后浸在水中。把土豆切块儿备用。

鱼过油之后,就把多余的油倒出,把调好的汤汁浇在鱼上(这一过程非常享受),下五花肉,加开水,水量一定没过鱼身。先用旺火炖。水开三五分钟后，再换用小火炖二十分钟。注意，水量一定不要太少。炖的时间长啊，后面还要粉条呢，粉条特吃水。鱼炖了约二十五分钟之后，再加粉条、土豆和榛蘑（粉条不要紧贴着锅底，粘锅）。十分钟后加入切成大片的豆腐、白菜，白菜可以整片放入（野一点，有气势）。五六分钟后，关火出锅。一定要用稍大一点的盆来盛，这样吃起来才豪爽，才够气氛。

5. 白高粱米饭

晚秋了，我站在厨房的窗户那儿往外看着——这可能是我在监狱服刑期间"养成"的习惯吧。正是这样的一个习惯常常让我会产生一种错觉，只要看到有人站在自家的窗户那儿往外看，就会误认此人也是一个曾经的囚犯。当我把这个想法跟教授讲了之后，他说，没错。至少是一个精神囚犯。

这天上午，当我正站在窗前往外凝视的时候，看到一位坐在轮椅上的客人进到院子里，他用双手推着轮椅的轱辘，碾压着落满一地的黄叶，艰难地走着。昨天的秋雨整整下了一夜，路就不好走了。我赶忙出去，把他推进了屋子里。

这位客人有半百的年龄，还年轻啊，或者是一个不幸的人吧。他环视着我的小店，目光很纯净，也很亲切。他似乎很欣赏小店的环境。

他说，你这里可真暖和啊，老板。

我说，先生，立秋了，开了土暖气……

他说，我们都老了，不抗冻了。

我说，先生，要不要先来杯热茶？

他犹豫了一下，说，冒昧地问一下，什么茶？

我说，红茶，大红袍，我个人喝的。

他说，红茶暖胃呀，好。

……

我将沏好的一壶红茶放在了他的面前，并将一个精致粗瓷小碗放在茶壶边。果然像我预料的那样，他将茶水倒到粗瓷碗里，然后浅浅地呷了一口。

我问，加糖么？

他记，加一点儿吧。

我给他加了一小勺砂糖。

他一边轻轻地搅动着茶汁一边说，现在喝茶和过去不一样了。

我说，过去都是煮茶，特别是红茶，那一定是要煮的。好像蒙古人就喜欢喝煮的茶。

他说，我的老家就在蒙汉交界的地方，赤峰。

我笑着说，辽西汉子。

在我的狱友当中就有一位是辽西汉子。他被判了五年。是因为在一次牧场的纠纷当中，他一怒之下将对方打成了一个傻子，见了谁都傻笑着说"我是一只羊，我是一只羊"。在牢房里，这个辽西汉子经常一个人垂头丧气地自言自语，说，要是能喝上一口热热的红茶该多好啊。

这位先生说，是啊，当年的辽西汉子，今天的残废老头。

我说，冒昧地问一下，先生，您今年高寿？

他说，五十六啦。

我笑着说，看着这留着胡子，还以为您是哥哥呢。

他说，我本来是不留胡子的。前些天，去看一个生了病的朋友，都是多年的老哥儿们了。他病得很重，灰心了。为了鼓励他，我对他说，从今天我开始留胡子，一直到你病好了，我再把胡子剃掉。

我说，哦，到底是辽西汉子呀。敬佩。

他感慨地说，到了我们这个岁数，朋友之间就得互相搀扶着，招呼着，一块儿往前走哇。谁都不希望哥儿们朋友掉队呀。

我将记事本递给他，问，要花镜吗？到了我们这个年纪，眼神就有点不中用了。

他戴上花镜一边翻看记事本一边说，您说的是啊，眼神儿不中用喽。

这位先生真是一位认真的人，他在记事本上一笔一画地写着。

写过之后递给了我，说，不会让你为难吧？

我看了看说，没问题。弄好了我会打电话通知您。

然后，我又说，先生，我们都是一把年纪的人了，这种事你打个电话过来就行了。

他摆手说，不不不，那是年轻人的做法。

说完便不再言语了。

我们便一块儿不由自主地看着窗外，窗外，间或有被秋风吹落的叶子无声地旋落下来……

我问，对了，你那位朋友得的是什么病？

他看着窗外说，他是个死刑犯。

这位先生预订的是白高粱米饭和小笨鸡炖白蘑菇。在辽西一带，白高粱米虽是粗粮，但在六七十年代，辽西的寻常百姓家，只有在过年的时候才能美美地吃上一顿。如同我们过年吃大米饭一样。在监狱服刑的时候，我听"我是一只羊"（狱友给那位辽西的犯人起的绰号）说过。"我是一只羊"特别喜欢说话，而服刑期间狱友们最热门的话题就是精神会餐。说实话，我若说有一点厨艺，和狱友们夸张的大白话有很大的关系。"我是一只羊"讲过，辽西的白高粱米粒儿很大、很圆、很白、很饱满，用它蒸出的饭贼香。是啊，黑龙江的红高粱米就差很多了。做白高粱米饭的时候通常要放一点小红豆。奢侈一点的，会掺入少量的大米一起蒸煮。不过这样的情况极少，除非家里来了尊贵的客人。至于，客人点的白蘑菇，我年轻的时候曾经吃过。"我是一只羊"说，蒙古人将不用的肉汤倒在蒙古包的旁边，不久就会长出白蘑菇来。然后将白蘑菇晒干，用它来炖小鸡，肉质非常细腻，筋道，非常香。

　　这位坐轮椅客人的要求，看似简单，但做起来却并不简单。首先是这种纯绿色，纯天然的白高粱米，今天是否还有呢？于是，我打电话给释放后回辽西的狱友"我是一只羊"。

　　电话里，"我是一只羊"说，你说的这两样我这儿还都有一点儿。下午就让我儿子快件给你发过去。

　　我问，是当年的新米吗？

　　他说，三哥，咋说话呢？

　　接着他又问，什么样的人啊，非要吃白高粱米饭？

　　我说，一个坐轮椅的老人。

　　"我是一只羊"说，哦哦哦，那没的说，应该，应该。

　　我问，你在干吗？

　　他说，喝茶呢。

　　我说，新煎的红茶吧？

　　他说，三哥，你可真是个"汉奸"哪。

一个星期后，一切都准备好了。我打电话给那位先生说，明天您过来吧。对方似乎迟疑了一下，说，好的，好的。

我立刻说，没关系，你也可以改天来。

他说，那么，就后天吧。

……

在头一天晚上我将白高粱米用冷水泡上，让它充分吸收水分。这也是"我是一只羊"说的，他说，这样做出的米饭才好吃。

第三天的中午，那位先生坐着轮椅如约而至。让我有些意外的是，他的胡子刮掉了。看来他朋友的病好了。

他先尝了一口白高粱米饭，放在嘴里慢慢地嚼着。然后问，老板，您这饭不是用电饭锅做的吧？

我说，您真是好口味，连这个都尝得出来。没错，我是用铁锅做的，柴火，铁锅。这样做出的饭才会好吃，筋道（这也是"我是一只羊"说的）。

他夹了一块白蘑菇，仔细地看了看，一边看一边点头，随后放到嘴里慢慢地嚼着。

我问，怎么样？先生。

他说，真的不错。说实话，吃白蘑菇炖鸡，主要是吃蘑菇。这也是用铁锅炖的吧？

我说，对。您慢慢用，还需要什么你跟我说。

他说，有高粱酒吗？

我说，我这儿有台湾金门的高粱酒。习惯不？

他说，行啊。

我说，需要热一热吗？

他说，那就麻烦你了。

我一边热酒一边说，酒还是热一热比较好，这样酒里的乙醇就会蒸发掉一些，伤不到人了。

酒热好了，他浅浅地呷了一口，说，还好吧，但不如我们辽西的土烧啊。

说着，他跟我说起了他的那位朋友。他长长地叹了一口气说，老板，你知道我昨天为什么没有来吗？我那位朋友走了。

我吃了一惊，执行了？

他说，不。油灯熬干了……

我默默地点了点头。心想，病死总比枪毙强啊，也给了家属一个好一点的说法。这对家人很重要啊。

我们沉默着，一同看着窗外间或飘落的黄叶。他自言自语地说，这人生啊，就像坐公共汽车，到了我们这个岁数，已经没有几站就要到终点了。

临走的时候，他让我把剩下的饭菜打包，并把喝剩的酒也带上了。

我说，你回去吃的时候，还需再热一热。

他说，晚上和我那位朋友一块儿分享。实话说吧，老板，本来这顿饭是给他定的，可没想到……

我帮他将轮椅推到了院外。

我说，要不，我开车送你吧。

他说，不用了。这上坟啊，最好是别坐车。人生再短暂，也有好多事情值得在路上好好回忆回忆呀。

高粱米饭的做法：

先将高粱米和芸豆淘洗干净，加入清水，放在冰箱浸泡上一夜。翌日，先倒掉浸泡过的水，再重新冲洗一遍，放到锅里煮饭。之后把煮好的米饭用勺子翻松，再用凉开水把米饭过过凉，就妥了。吃高粱米饭可以搭配炸茄子、炸土豆，蘸大酱吃，也可以就着野菜、小葱蘸酱吃。在夏天儿天热，就把那种硬实的高粱米粒儿合着清凉的水一起吃，凉快，过瘾。

6. 一碗热面

我还记得那个早晨，雨已经下了一夜了。那天晚上教授一夜未睡。他自言自语地说，秋风秋雨愁煞人哪。就是在那天上午教授刑满出狱了。我这人从来不为离别伤感，但那一次教授离开我心里很难过，就像监狱外面缠绵的秋雨，心，一直阴着，下着雨。教授出狱后我们再没有联系，以至于我误以为他耻于和我们这些社会渣滓为伍。我出狱之后，一次偶然在街上遇到了正在疯狂逃跑的狱友"甩子"。那次是我帮甩子解了围（让他把偷来的钱包丢在地上）。在一家包子铺吃包子的时候，甩子告诉我，其实，教授刚一进监狱他老婆就改肠子了，立马就跟教授离了。甩子问我，三哥，这娘儿们是不是早就有主了？我说，后来呢？甩子说，教授出狱后去见他老婆，人家拒不见面。我说，教授不是有个女儿吗？甩子说，丫头嫁到韩国了，给一个当导游的当媳妇去了。甩子叹了一口气说，教授算是他妈的家破人亡，无家可归了。我问，他没开个小饭馆吗？咱们有不少狱友出来后都开小饭馆讨生活呢。甩子说，教授的心都死啦，那句话怎么说来着？对，心都冰凉冰凉的，哪还有心思开什么饭馆呀。唉——也是，咱国家不差一个教授，可他毕竟是个有文化的人哪，他跟咱们不一样啊。我问，那他怎么生活呢？甩子瞪起了眼珠子说，活人还能让尿憋死啊？沿街乞讨哇。教授见了外国游客还会说英语哪。说完，甩子大笑不止，把眼泪都笑出来。笑过了之后，他长叹一声说，唉，教授也怪可怜的。毕竟人家是个好人哪，跟咱们不同。

我记得那也是一个下雨的日子，我和教授站在囚室的窗前看天，教授自言自语地说，"在监狱里，流动的时间是停止的"。我问，啥意思？他说，没什么，一部日本电影里的台词。他问我，你知道旅行和流浪的区别吗？我摇了摇头。他说，旅行是有目地的，而流浪却没有回去的地方。我问，这也是电影里的台词吗？他点点头。我记得那天教授还跟我说起了他的初恋女友荷花，他说出狱后会去找她。我说，那她丈夫……教授说，荷花一直未嫁。

我问甩子，教授没去找他那个初恋女友吗？

甩子说，怎么，他还有个初恋女友？这我可不知道。不过你想啊，人到了走投无路的地步，怎么能不去找呢？说不准那女人也嫁人了呢？或者死了。对不对？三哥。

平日里，我除了经营这个小饭馆，没事做的时候，就是喂喂鱼缸里的金鱼，听一听六十年代的老歌。如果觉得身体僵硬，就简单地做一下那种早已经过时的广播体操（那还是在监狱学的）——这几乎成了我每天的固定程序。如果是下雨天，就像今天这样，站在窗前望着外面的秋雨发呆。雨打在窗玻璃上，像人的眼泪一样迟迟疑疑地往下流着。我在想，不知道流浪的教授在这样的天气怎样过啊。想到这儿，我突然有了一种感伤的情绪。这人生啊，就像窗玻璃上的雾气一样，让许多景物变得模糊起来（包括教授），变得那么不真实了。

这个时候，我看见院外有人冲着窗户挥手。心想这么早就来了，一定是有急事吧，于是我打伞出去给他开门，这是一个年轻人，蓬松的头发被雨打成了湿绺儿，正顺着疲倦的脸往下淌着雨水。样子怪可怜的。

我问，有事？

他说，大叔，饭馆是吧？

我说，还没开门呢。

他问，几点开门？

我想了想说，别站在雨里说话了，进来吧。

进到屋子，我递给他一条干毛巾，他擦干了头发和脸上的残雨后，环顾着小店说，大叔，你这儿真不错啊，真暖和啊。烧的炉子是吧？

我说，你怎么知道？

他说，大叔，这事儿我有经验，烧炉子的热气和暖气的热气，还有电暖气的热气，不一样，味道都不一样。

我赞赏地点点头，觉得这个年轻人说的有道理。这种烧炉子的热气会让人感受到另外一种温暖，是那种亲切的，老派的温暖。而今这种温暖少了。

我问，年轻人，这么早就冒雨跑过来了，有急事吧？

他说，大叔，不瞒您说我一宿都没睡觉了。

我笑着说，抢银行去了？

他说，大叔你真幽默。老板，我是在和人做斗争呢。

私厨   345

我说，你这是跟谁怄气呀？

他说，和我自己呀。我自己是人吧？再就是和我老爹。我老爹也是人吧？就这样，天天在斗。

说到这儿，小伙子停了下来，说，大叔，能给我整一杯热水喝吗？免费的那种。

于是，我给他倒了一杯热水。

他喝了一口，很感慨地说，我现在也老啦。

我说，怎么讲？

他说，您看，我一进门就知道你这暖气是老式的暖气，这水我喝一口就知道这是用那种老式暖水壶存的热水，还是过夜的，阴阳水。对吧？大叔。

我说，你都让我不知道说什么好了。

他说，大叔，实话说吧，其实我本来没有这样的经验，和其他的年轻人一样，我也喜欢喝咖啡，整可乐，虽然穷点儿，但那是我的最爱呀。我的这些老式经验都是从我老爸那继承过来的，也不能说是继承，是被传染过来的。有个词儿怎么说来着？

我说，耳濡目染。

他说，对，没错。我老爹就是这么一个人，挑剔了一生，犟了一生，凿死铆子一生。在单位凿死铆子凿了一辈子，见啥凿啥，只要是不合理他就凿，没有他凿不到的地方。凿来凿去，凿到临退休才弄上了个副科，还是员儿，副科级员。唉，还有哪，没有老爷子不讲究的事，而且是穷讲究。讲究来讲究去，就我把讲究成一个老不老、小不小的一个怪人了。

我问，老爷子一定挺精神吧？

他说，没精神了，在医院里躺着呢。凿不动了，锤子都拿不起来了，可躺在病床上还想凿呢。

我问，这是凿谁呀？

他说，凿大夫，凿护士呀。我一天像汉奸似的，光给人家赔礼道歉了。

我就笑。说心里话，我喜欢凿死铆子的人。

他说，这不，是我和我妹妹两个轮流负责看护老爷子，晚上是我，白天是我妹妹。我妹妹比我孝顺，每天早早就过来接班了。

我问，现在老爷子病情怎么样？

他说，痴呆，傻了，连儿子都不认识了。天天嚷着要回老家找妈。你给他买的任何东西，他都说是他买的。唉，大叔，您看现在是多好的日子啊，想吃想玩都可以，可老头子脑瓜子彻底乱套了，不知今夕是何夕了，好日子都让他过瞎了。唉，痛苦哇——

我说，你打算给老爷子预订点儿什么吃的呢？

他说，不是。老爷子已经吃不下去什么了。是我自己，干了一宿，大清早上就想吃点热乎的。看到你的预定馆，就想着每天早晨能到你这吃顿热乎的早餐。

我说，你想吃什么？

他说，很简单，就是一碗热面，再卧两个鸡蛋。我就是感觉冷，就想吃点热乎的。老板，我每天早晨六点准时到您这儿，行吗？

我说，按说是不可以，这个钟点我还没开门呢？不过，看在你这份孝心上，可以。我现在就给你做去。

他说，大叔，那太谢谢你了。不耽误你玩吧？

我说，玩儿？

他说，我爸说的，老人不光是当支部书记，也得玩儿。不耽误你吧？

我说，已经耽误了。

……

当我去厨房给他做面的时候，小伙子在后面说，大叔，宽点儿汤。

然后，他自己嘟嘟囔囔地说，我这身子也得补一补了，这一个多月让老头子给蹂躏完了。

在厨房里我一边做面一边笑。觉得这个年轻人挺可爱的。二十分钟后，一切做得了。小伙子看见海海的一大碗面条卧鸡蛋，惊喜地说，大叔，您太厉害了，老男神哪。我以为您下点挂面就可以了，没想到，手擀面，我的天啊，讲究人哪。

说着，小伙子又低头闻了闻面，连连地说，厉害。还放了白胡椒粉，太对路了。瘦肉丝、香菜末、葱末，我简直成皇帝了，谢谢大叔，那我就开吃了。

我又将一小碟拌芥菜丝儿咸菜放在他面前。

他说，哇塞，大叔，您这个人真是妙不可言啊。大叔，我绝对不是要冒犯您，要是您伺候我老爹，那真是没的说。

真想不到这个小伙子还是个话痨。

他说，大叔，我这一生算没整了，在我家老爷子面前，我做的任何一件事都是错的。说白了，就是我错误地有一个错误的爹，错误的爹又生了一个错误的儿子。然后这爷儿俩又错误地生活在一起。这就是我全部错误的生活。这些年来让我家老爷子弄的，我现在都不愿意和年轻人在一起了。有句话怎么说来着？

我说，未老先衰。

教授的形象又在我眼前一闪而过。

对——太对了。

......

年轻人吃过面以后十分满足，说，这下好了，我又可以投入到火热的生活和复杂的斗争当中去了。

我说，你还要去上班吗？

他说，没错。请一天假扣三十块钱。其实，我们老板也是一个苦出身，没想到，旧社会那些残酷剥削工人的资本家成了他现在学习的楷模了，对待我们这些出苦力的人，就是一个字，狠。

我问，你做什么工作？

他说，嗨，我那也不叫什么工作，就是站在门口，穿上一身制服，看大门，门卫，保安。懂吧？

我说，晚上看护老爹，白天还要上班，真辛苦你了。

他说，大叔，别看我发牢骚，家里有个爹，当儿子的心里还是踏实啊。我老妈早就没了，就剩这么一个错误的爹了。他再没了，这个家就没错误了。没错误的家还叫家吗？大叔。

从那以后，我天天都考虑给这个年轻人做不同的热面吃。这样子一直到了开春。那天傍晚，那个小伙子突然打来了一个电话，跟我说，大叔，从明天开始，我早晨就不去吃面了。

我说，老爷子出院了？

他沉默起来，半晌才说，出院了，没事了。谢谢大叔。

当我再一次见到这个年轻人的时候，是一天的傍晚。

小伙子突然推门进来，说，大叔你好，还记得我吗？

我说，记得。怎么今天得闲到我这里来，不会是又要预订热面吧？

他说，不瞒你说，大叔，挺长时间没吃你的面了，心里有点儿想了。不过，今天不想吃面，想吃点儿炸素丸子，不知道您现在方不方便？

我想了想，说，好——

年轻人环视着小店，唉，转眼工夫就是春天了，这日子过得可真快呀。

……

我把炸好的素丸子放到他的面前。问，老爷子还好吧。

他迟疑了一下说，好，好，谢谢您还惦记着他。

他一吃一边说，真好吃，又香又脆，难怪老爷子这么喜欢吃……

我明白了，拍了拍他肩膀说，年轻人，生活就是要让我们去经历许多事情，没别的办法，我们就只能去面对它们。

年轻人说，大叔，您说得真好。

……

看到年轻人离去的背影，看着院子里含苞待放的丁香，我想起教授临别时对我说过的一句话，生活还得继续呀。

那么，流浪的教授怎么样了呢？

热面和素丸子的做法：

先说热面。开锅后放入挂面煮，也可加些葱姜。这个空当您将所有的小食材放入碗中，喜欢吃辣的人可以多加些辣椒油。面熟了之后，可以加些小油菜，翠翠的，享眼。将熟了的面和汤倒入调料碗中，拌匀就好啦。如果讲求增加营养，可以多加一些蔬菜，再卧上一个鸡蛋。

做素丸子，您先将豆腐抓碎，备用。再把胡萝卜擦成丝儿，备用。把香菜切成一厘米长的段儿，备用。然后取一只干净的海碗，把碎豆腐、胡萝卜丝、香菜丝倒进去。再打入一个鸡蛋，加上盐调味，再把所有的材料搅拌均匀。一边搅拌一边逐步地加入适量面粉，让黏稠度刚好，就可以挤成丸子了。等锅中的油六成热的时候，把挤成的丸子逐个下锅，炸成金黄色。成了。

7. 山东包子

二十年前，秋菜上市的时候，东北的城市几乎大街小巷都堆满了白菜、大葱、土豆、萝卜等过冬的秋菜，像一垛垛巷战的掩体似的。那个年代，储存秋菜是老百姓入冬前必做的一件事。冬天在这里大约要滞留六个多月，一年半年冬。而今这种事少了。有蔬菜大棚了，即便是严寒的冬日，东北人照样可以吃到新鲜的蔬菜了。

尽管储存秋菜的事儿已经渐行渐远，不过，有老年人的家庭还会或多或少储存一点。我一老光棍儿，即便是储存也不会储存多少。说心里话，有时候还真希望有人来预订跟秋菜有关的饭菜。

想不到，用教授的话说，在"城市变成银色的时候"，就来了这样一位客人。这是一位五十岁左右的中年妇女，人高马大，大脸盘子，结结实实，一看就是东北女汉子。

一进门，她劈头就问，老板，你这儿预订都包括哪些内容呀？

听口气，这位应当是个领导，很强势。

我说，都是老百姓吃的那种普通饭菜儿。高级的……

她打断了我的话，说，对，就是要普通的。老板，我想预订一屉正宗的山东大包子。

我将记事本递给她，说，请您写上吧。

她皱着眉头说，我不都说了吗？还写什么？

我说，您还要写下您的具体要求。比如有什么忌口的，要什么馅儿的，还有，你的联系电话和电子邮箱。这样子包子做好了以后，我好打电话通知您呀。

她说，不用，我明天中午就来取。有问题吗？你不要和我谈价钱，价钱不是问题。需要交订金吗？

说着她开始掏钱，并将一张一百元的钞票拍在柜台上。

我说，那也要请您留下您的联系电话，万一有什么变化……

她再次打断我的话，不能有变化。老板，不是我要吃，是我的前老公爹要吃。他能不能挺到明天晚上都不好说了，所以请你务必在明天中午之前做好，我好打包带走。

我说，这样，我尽力。

她说，不是尽力，是必须。

我笑着说，您说的对。我们是在同生命赛跑。

她乐了（她一乐，人还挺好看的）。

我问，冒昧地问一句。您的老公爹是哪里人氏？

她纠正我说，是前老公爹。山东人，威海的。

我说，哦，闯关东过来的。明白了。

她说，那明天中午十一点半，我准时来取，再见。

说完，风风火火地就走了。

我合上了她什么也没写的记事本，心想，这号女人……

不过，她的前老公公真是有口福。在秋菜上市的季节，选择上好的山东大白菜非常便利，不必去骚扰乡下的竹刀和小喇叭花。不过，选择那种肥瘦相间的纯绿色猪肉，倒是需要我亲自走一趟了。大小也叫一个老板，我知道城里哪家小店可以买到这种上好的绿色猪肉。

　　为了对这位即将撒手人寰的老人负责，我特意做了几种不同形式的山东包子，包括发面的，烫面的，圆形的，大饺子形的，放虾仁海参的，以及老百姓说的那种纯猪肉白菜馅的包子。我在威海流浪的时候，当地一个兄弟请我在他的包子铺吃的就是烫面的山东包子。这个精明透顶的家伙是个奇才，虽说是山东人却能讲一口纯正的普通话和四川、湖南话。而且还是个活地图，你只要随便说一个地名，他立刻能讲出那个地方的地形地貌，风土人情，名胜古迹和特色美食。用他的话说，这都是"工作"需要嘛。我跟教授聊这个人的时候，教授说，《国家地理》杂志应当聘他当特约记者。那个寒冷的冬天我们曾在一个拘留所待过——他是为了过冬，干点坏事进来的。我是被傻逼抓错了，但也无所谓。过去这山东哥儿们一直是在外地流窜作案的，但最终还是摆脱不了家乡山东包子的诱惑，回山东了，并从此金盆洗手，踏实地开了一家山东包子铺，还娶了一个满嘴谎言的寡妇做了媳妇。我最欣赏的是他儿子，才十二岁，没表情，你看不透他心里想什么。临走的时候他悄悄地递给我一张纸。我问，这是什么？他说，路上看。我在路上打开一看，竟是做各种山东包子的方儿。我靠，这小崽子。

　　同时，我还为这个女汉子做了那种馅儿里面放一点粗粉条的

私
厨

包子（有些被东北同化了的山东人爱吃）。用教授的话说，尽管
麻烦，但乐在其中。

　　听甩子说，流浪中的教授并非像我认为的那样过得凄风苦雨。
甩子说，三哥，这你可是百分之一百地想错了。教授过得贼滋润，
讨到了钱还经常去小馆来二两呢。教授跟我说，这几年他差不多
把中国都走遍了。他说，在大学当老师也没这个福分哪。教授说，
甩子呀，我唯一的遗憾哪，是此生不能去国外流浪一番啦。甩子
说，我说教授，你是不是还想去月亮上走一趟啊？三哥，你猜教
授怎么说，他说，我做梦都想啊。甩子说，把我乐得直跺脚，搂
着他的头差点儿没把他亲死。我问，教授真是这样还不错。甩子说，
对了，教授还问起了你，问我见没见到你。我急了，说，雷子（警察）
都抓不着他，我上哪儿见他去？教授说，唉，也不知道他开没开
上饭馆。三哥，教授挺关心你的。听了甩子的话，我取出了自己
的名片递给了甩子，说，万一你再见到教授把这个给他。甩子说，
三哥，我看你跟教授在一起混得也越来越像个有文化的人啦。你
也不是不知道，狱友出了局子，除非有案子要做，一般是不会登
门拜访的，那一段儿就算翻过去了。好，试试吧……

　　第二天还不到十一点半，那位女士就来了。

　　我说，您稍等一会儿，包子刚上屉。我保证十一点半之前您
拿走。

　　这一次，这位女士的态度倒是好了很多，没有说什么，坐在
那儿很感慨地说，唉，这人哪，一辈子也就那么回事吧。

　　我说，不过，老妹儿，我挺佩服您的。

　　她说，这话从何谈起？

354

我说，如果我没听错的话，您一直称呼那位男士是您前老公爹。

她说，没错，的确是我前老公爹。这么跟你说吧，大概在十五年前（说着，她说了一句粗话），我那个傻逼丈夫有了外遇。你说，老天爷可真残忍啊，这种混账的事儿偏偏让我遇到了，我想骗骗自己都不可能了。

我说，他向您……

她说，求饶？对，一般人都会这么认为。恰恰相反。他见事情已经败露了，就对我说，"娟啊，有句话我一直憋在心里没对你说，现在你已经看到了。我爱上别人了，那咱们就离婚吧。"我上去就给了他一个大耳刮子。我一天三顿像老妈子似的好吃好喝地伺候他们家老少三代，结果烧着了，跟我玩出轨。我越想越气，又连着扇了他几个大耳刮子。

我憋不住笑了。

她说，可这个混账的男人却说，打得好，打得好。娟呀，这下咱们两清了。我跟那个小女人说，我就不明白了，你怎么能和这么一个垃圾男人扯到一块儿呢？行了，既然你喜欢垃圾那就送给你了。就这样，他挑战，我应战。但是无论怎么说，应当是他一脚把我给蹬了。

我说，那你前夫和那个女人走到一块儿了吗？

她说，都在国外呢。加拿大，温哥华，第七十大道。他妈的，两口子过得相当美满。把他老爹扔国内了。这就是他的风格，不管不顾。这不，前天，那个看护他爹的护士给我打来了电话。我都奇了怪了，问，你怎么能想起给我打电话呢？那个护士说，是您前夫告诉我你的电话。

她说，老板，看见没有？这叫什么？这叫孽债。我就是一个债户。都过去十五六年了，我的债还没有还完呢。

我说，后来呢？

她说，后来我就去了。老爷子见到我之后呜呜地哭哇，说，娟呀，我们全家都对不起你呀。我对老爷子说，老同志，你现在说这种话还有意义吗？好好养病吧。说完我扔下一千块钱。对，没错，这都是我该他们的。老板，这十几年前哪，我每天晚上只要一躺在床上，耳边就想起那句话，娟啊，有句话，我憋在心里一直没跟你说……

我说，那，您说的这些事跟山东包子有什么联系呢？

她说，我的前老公爹他要吃啊。老头子说，山东人嘛，你讲话了，闯关东那伙。他一直想吃山东大包子，护工也给他买了，但他说不是那个味儿。你看，都滑到谷底了，嘴还挺刁。

我说，他不是仅仅是为了吃山东包子才找您的吧？

她鄙夷地说，你以为呢？把他自己的存款给我？想啥呢？找我就是想吃山东大包子。

我一看表，连忙说，哟，到点了，包子该出屉了。

……

我将包子包好，并格外加了保温。并带了一盒玉米面粥和一碟芹菜呛虾籽。

这位女士一边装包子一边说，想一想，这老爷子也怪可怜的。我这个人哪就是心软啊。唉，这十几年我也算没白过，有一件事我想明白了，就是我呀太强势了。女人是不可以这样的。

我说，老妹儿，我说句不该说的话，您可别介意，我认为您原先的丈夫还是爱您的。

她愣住了，眼泪刷地就流出来了。这个快呀，然后马上恢复了常态，说，不会不会。我得抓紧走了。你说的对，我们在和生命赛跑。

山东包子的做法：

做山东包子，先把大白菜和猪肉都切成小丁，放到盆里，再加入鹿角菜（洗净后切成小段儿）、碎葱、姜末、香菜末、盐、香油、味精和黄酱，拌匀了，把味调好，制成馅。再发好面对好碱，之后分成三十个剂子，擀成皮儿。记着，将包好的包子先饧十分钟再上屉。用旺火蒸十分钟好了。

这里我介绍一则有益的消息。说法国一家面包厂的工人发现：无论他们的年纪有多大，一个个手上的皮肤都既不松弛，也没有老人斑。后来研究发现，原来是他们每天糅小麦粉的缘故。

8. 坛肉米饭

西北风开始扫荡这座城市了。一夜之间，城市里所有的草木全都开始凋零了，紧接着就飘起了雪花。我这个院子的房盖上，果树上，地上，全部是一层白白的雪。这倒方便，只要是听到有咯吱咯吱的踩雪声，就知道有客人来了。

这天晚上，我披上棉衣来到院子里，准备关掉饭店的灯箱，一辆快递摩托一跐一滑地开过来了，停在了我的院门口。是个年轻人，他吃惊地问，咋，老板，打烊了？

我说，是啊，您是要预订啊，还是吃饭。

他说，预订。

我说，那就请进吧。

那个年轻人随我进了屋子。

我将预订的记事本递给了他说，干快递挺辛苦吧？

他说，这不刚完活儿吗。快递这行就是今日事今日毕。晚一天，客人就投诉你。妈的，现在的客人不知怎么回事，一个比一个脾气不好。

我笑着说，嗨，就是他们太普通了。

他说，大叔，您是把这种事情都看透了。您要是年轻，我倒建议您去干快递。

说着，他将写好的记事本给我，问，这个可以吗？

我看了一下，大米饭坛肉。

他说，对，我就想吃这个，这个最解决问题了。您知道干我们这行，从早到晚，走街串巷，楼上楼下，真的很辛苦。有时候你觉得自己都快不行了。可是你也得坚持呀，一天下来骨头架子都散花了，就想吃点高热量的东西补一补。

我问，怎么，家里就你一个人？

他说，还有一个妹妹，在上海念书。老板，大、上、海呀，知道吗？富人聚居的地方，一个不花钱不能生活，不付费不能活下去的地方。我听妹妹说，那些上海人个个都像你的救命恩人一样，居高临下，趾高气扬。我真闹不明白了，每个城市都有大学，连县城都有大学了，为什么偏偏要跑到那样不靠谱的城市去念大学呢？

我说，小伙子，我听一个当教授的朋友说，考到上海的大学那可不是一件容易的事啊。

他说，是啊是啊，我知道。我开始不希望我妹妹去上海念书，可是这个丫头蛋子哭了。那就去吧。

我问，那你父母是什么意见啊？

他说，大叔，有父母还说这些干啥了？我和妹妹是一对苦命的孩子呦。我这一天拼死拼活的，就是为了供她念上学，给她攒嫁妆，然后，让哪个王八蛋把她娶走。之后，我才能倒出功夫来想想自己的事，自己破碎的人生。

我说，这么说你还没有对象呢？

他说，倒是想，可不敢有啊。先当业余和尚吧。老板，可我也不能天天吃素啊。所以到大叔您这来。订几天坛肉大米饭。

我笑着说，这你就不怕花钱了？

他说，大叔，这我也是从保养我的摩托车得到的启发。你看呀，摩托车行驶到一定的公里数，就得保养一下，不然机器就会疲劳，坏得就快。人也是一样的，何况人还是血肉之躯呢。是不是？累了可一年了，总得抽出几天来自我保养一下。不仅仅是为了解决馋的问题，更是为了能够胜任眼下的这份工作。大叔，我这个人已经三年没保养了。我妹妹还有一年就大学毕业了，听说她还要念硕士。我不知道我的有期徒刑还有几年啊？

我说，你这个哥哥挺不错啊。

他说，大叔，你可别这么说。我心里是一万个不愿意。可谁让我是她哥呢？所以我必须做，我老妈死的时候，告诉我，你要照顾好你妹妹。

我问，那时候你多大？

他说，十岁。我妹妹六岁。

我问，那你爸爸呢？

他说，跑路了。

我问，一直没回来吗？

他说，人间蒸发了。

好了，大叔，不打扰了，你也该休息了，我走。

我说，小伙子，你还没吃饭吧？

他说，没事，回去泡碗方便面，一袋榨菜，完活儿。

说完就告辞了。

从那天开始，这个小伙子成了我这个预定馆每天晚上最后的一位客人。我总是早早地就把坛肉大米饭给他准备好，这可是一道费时的饭菜。大米，我通常会选择那种最好的五常大米。这样子，两者搭配起来才好吃。晚上，只要我一听到院门口的摩托车声，就知道他来了。

他推门进来，一边掸着身上的雪一边说，老板，今天的雪下得可真不小啊。那帮爱滑雪的人高兴了，可是，环卫工人和我们送快递的就遭了罪了。过去一天能送二三十个快件。这一下雪，送十五六家撑死了。唉，有人欢喜有人愁哇。

当我把坛肉大米饭放在他面前的时候，他搓着手说，啊，闻着就香死了。然后就狼吞虎咽地吃了起来，连我给他做的高汤也喝了个精光。吃过以后，用手拍着自己的肚子说，后娘打孩子——又一顿。

我问，味道怎么样啊？

他说，没的说，大叔，两个字，好吃。三个字，贼好吃。大叔，你的手艺真是一级棒啊。

我说，对了，你妹妹决定考硕士了吗？

360

他说，小丫头蛋子给我来了个短信，说，"哥哥太辛苦了，真不忍心让哥哥这么受苦，我决定不考研了。"呸，呸，呸，大叔，这是小花招儿，但是我得装傻呀。我说，妹妹啊，你该考研还得考研啊，爸妈要是在九泉之下知道你考上了研究生，他们不仅要夸你，还要夸我这个当哥哥的呢。

我问，那你妹妹怎么说？

他说，妹妹发来一个笑脸。大叔，就为了这个笑脸，我也得继续努力啊。

说罢，站了起来，说，再见了大叔，你也该休息了。这么晚打扰你，不好意思。

我一直把他送到院门口，站在那儿，看着他的摩托车渐渐地消失在雪夜之中。我想，谁会想到呢，一个当哥哥的也是这样不容易啊。

坛肉的做法：

先把五花肉洗干净，然后切成2厘米左右的小块儿，备用。之后用油润一下锅，再倒油出来，下入肉块儿，用急火不停地翻炒，直至肉变色，并且有油浸出来。这时候放入拍碎的冰糖，用中火把肉块儿炒成金黄色后，放入腐乳汁、甜面酱、老抽、生抽、料酒、葱段、姜片、蒜瓣，继续炒，直至炒出香味儿再加开水，放八角、花椒、香叶、桂皮。记着，水一定要没过肉块儿。用大火烧开，用中火焖二十分钟，之后再倒入砂锅中，盖好盖子，用小火再烧一小时左右的时间，直至五花肉软烂为止。

9. 苏伯汤

　　春风吹过来了，又到了这座城市最美妙的季节了，迎春花，小桃红都开了，其中柳树的样子最好看了，小嫩芽儿，小嫩枝儿，那么一摇，一摇，真让人舒心。这样的风景在四季常青的南方是看不到的。这座城市与俄罗斯的新西伯利亚的气温差不多，只有到了五月才拉开春天的大幕。苏联有一首民歌叫《五月美妙，五月好》。歌词唱道：五月美妙，五月好，五月让我心欢畅。在监狱里，教授就特别喜欢唱这支歌。唉，想到这些真是让人心酸哪。我是在上个月接到那个陌生的警察从W市打来的电话的，警察说，教授死了。我们在他的口袋里找到了你的名片，所以就打电话给你。他的挎包里还有一封信，但没有说交给谁，看来只好交给你了……

　　当晚我坐最后一班夜行火车去了W市。那一夜我几乎没睡，站在两节车厢的过道处一边吸烟，一边回想着我们在监狱里的日日夜夜。教授说，你是我带的最后一个学生了。我笑了。他问我，你笑什么？难道我不配做你的老师吗？我笑得更厉害了。他不断地摇头叹气说，想不到在牢里想当老师都这么难啊。当时我心里是这样想的，教授，您这是何苦呢？教授好像看透了我的心思，说，就算我求你当我的学生行了吧？然后他自言自语地说，好为人师，教师的职业病啊。

　　那个胖胖的女列车员几次从我身边过，最后一次她说，你的烟抽得太多了，少抽吧。啧啧。

　　到了W市，教授已经火化完了。那个警察将教授留下的那封信交给了我。信里写道："我走了。请把我的骨灰一半儿撒在大海，一半儿撒在我的家乡 C 县的南山坡上，小时候我就在那个地方一边看书一边放羊……" 警察问我，你们是什么关系？我说，狱友加学生。他听了好像吃惊不小，但很快镇静下来，说，他还留下一点钱，看来也只能交给你了。对，还有这本诗集。

我抱着教授的骨灰罐去了一处僻静的海湾。路上，我对教授说，老师，你为什么不来找我？你是好人犯罪，跟我们不一样啊。在海湾我租了一条渔船，随船出海，一点一点地将教授的骨灰撒在了海水里。那个船工问，这是你什么人哪？我说，老师。船工说，看来这个鳏夫亏着有你这个学生了。

去 C 县很方便，坐长途客车只有两个小时的车程。然后，我乘出租车去了南山坡。在车上，那位出租车司机就对我说，师傅，没什么南山坡了，还放羊？放不了羊了，那个地方变了外国人的汽车制造厂了，还撒骨灰呢，大门你都进不去。我看你还是往远里走一走吧，那边清静一点儿。

在一处清静的地方，我下了车。这地方还好，离南山坡并不远，或许教授小时候放羊也到过这个地方吧。我将教授的骨灰轻轻地撒开去，并说，教授，回家了……

回来之后，我发现种在院子里的小葱、韭菜、生菜，都抽出了纤细的嫩叶。真是让人开心。这时候院门被推开了，进来了一位纯粹俄罗斯打扮的中国妇女，看上去她有四十多岁的样子。但是，我还是能看得出，她的实际年龄已经超过五十岁了。

这位女士很有教养地问：你好，先生。

这是我当老板以来，第一个称我为先生的人。

我说，你好。

这位女士说，先生，我冒昧地问一句，您这儿是否可以预订俄式的菜肴？

我说，这要看您预订什么了？

女士说，我预订的很简单，就是红菜汤和烤面包。

我说，那您请进吧。

到了屋子里。我把记事本递给她，说，请您写下您的具体要求吧。

这位女士拿起了笔，不假思索地写道：纯俄罗斯面包，纯基辅红菜汤。

写过之后，递给我说，我这样写是不是有点刻薄？您知道，这是给我老父亲吃的。

我快速地扫了一眼，用俄语说，纯俄罗斯面包，纯基辅红菜汤。没问题。

她吃惊地说，先生，想不到你的俄语说得这样好。

我说，只会简单的几句，是一位教授教的我。

她说，先生，我父亲曾经在小白桦西餐馆当过厨师，他的师傅就是俄罗斯人。哦，我母亲就是他的女儿。我父亲做了一手地道的罗宋大菜。现在老了，病魔缠身，不行了。真是可怜。

我有些意外，问，您既然是厨师的女儿，也应该会做呀。

女士说，别提了。事情就是这样，诗人并不愿意他儿子成为诗人，演员不希望他的儿女当演员，而厨师呢，更不愿意让他的子女当厨师。

我频频地点头说，您说的有道理，非常有道理。

女士问，我明天中午来可以吗？

我说，恐怕得后天。因为要做地道的基辅红菜汤，尤其是给一位做西餐的前辈做，必须要准备好所有的配料。这您懂的。

女士显得很高兴，说，好的。我等您电话。

我说，冒昧地问一句，老爷子在医院还是……

她说，家庭病床，我是专职护理。

做纯粹的基辅红菜汤，就是城里人常说的苏伯汤（或者罗宋汤），这不仅需要上好的牛肉，绿色的卷心菜，马铃薯，西红柿，洋葱，胡萝卜，桂树叶，黑胡椒，等等，还有一个很重要的调料，就是中国人称之为野茴香的东西，它的学名叫莳萝（我查过字典），也叫土茴香。这种植物市面上根本没得卖，但我知道哪里有。

也可能是出于对一个前辈厨师的尊重（也包括我对父亲的感情），第二天一早，我就坐头班的火车去了一面坡。那儿是我的老家。历史上，一面坡曾经是中东铁路的一个重要站点。俄国人在这里建了车辆厂，机务段，学校，医院，等等，并且还建了很多俄式住宅。这些俄国人大部分是在铁路上做事，还有一些人养奶牛，开餐馆，这里的中国人也深受他们的影响，喜欢吃面包喝红菜汤，吃红肠喝啤酒。一面坡的南山有一片林子，六七十年代的时候那片林子很茂盛。先前许多俄国人会在五六月份去山上采野茴香，就是莳萝。因为用这种东西做的红菜汤，味道特别地鲜美。

下了火车，我径直去了南山，人变了，但山没变。吉人天相啊，那片林子居然还在，且依然是一副春山葱茏的景象。也许是诚心感动了上天吧，进山不到十分钟我就采到了新鲜的莳萝。之后回到坡镇，向路人打听谁家养奶牛。

那个人问我，是畜牧场吗？

我说，不，私人养的奶牛，只给自己家喝的那种。

这人仔细看了看我，说，跟我走吧。

我随他进了一个院子。一进院儿，他就对院子里正在挤奶牛的妇女高声喊，大手绢儿，你看看谁来了？

那个被称之为"大手绢儿"女人仔细地看了看我，我呢，又仔细地看了看身边的这个男人，我们几乎是在同一时间认出了对方。天，小时候爷爷家的邻居呀。

……

我在"大手绢儿"夫妇这儿得到了一大罐最纯正的牛奶。他两口子一直把我送到火车站的站台，并挥手看着火车远去。教授说，"莫道前路无知己，人生何处不相逢"。果然哪。

做纯粹的俄式大列巴，是不能用面包机来做的。必须自己亲自上手。材料全了，上好的面粉，啤酒花，地道的盐巴和从林子里带回来的桦木烧柴，以及老酵母，鲜牛奶，麦芽糖，橄榄油。然后，按照程序，兑好，发酵好，做成形，再放到烤炉里烤。只有这样烤出的面包才能外皮脆，肉质又松又软。香喷喷的。

然后调制基辅红菜汤，配好料啊，熬好了之后。再用鲜奶皮儿放进去。一切都做妥当之后，约定的时间也到了。没想到来取的不是那位妇女，而是一个中俄混血儿。没问题，我将所有的东西装好，再三地叮嘱他路上一定要小心。

小男孩儿说，外婆已经嘱咐我不下三十遍了。要小心，要小心。您是第三十一遍。

我一直把小男孩儿送到院子门口，看他上了吉普车，又说，小心，慢点开。

他说，这是第三十二遍。

……

我原以为这事儿就这样过去了，那天中午，那位女士突然来了。老熟人了，我打招呼说，女士，这次您打算预订什么呀？

她说，不，我是来给您送一件礼物，是老爷子送给您的。

说着，她从包里取出一个木匣子。打开后，里面是一个厚厚的本子，上面是用中文和俄语手写的菜谱。

她说，这是老爷子珍藏了一辈子的东西。他决定送给您。

我说，这太珍贵了，不可以吧……

她说，您知道吗，老爷子喝了您做的第一口红菜汤时说的什么吗？他说，上帝啊，这是从山上刚刚采回来的土茴香啊。先生，老爷子自从病倒在床上还是第一次吃了这么多。吃过之后，他自言自语地说，那些西餐馆怎么能和这个比呢？反反复复地说着这一句。

苏伯汤和大列巴的做法：

先介绍苏伯汤。"苏伯"是俄语，意思就是"汤"。但中国人都叫苏伯汤。它的英文名叫：Su Bo soup。是由新鲜的卷心菜、土豆、西红柿、香苏叶，配牛肉或牛骨，煮制而成的，不仅味儿鲜美，而且营养丰富。具体做法是：将葱切成葱花，葱花倒入热油锅炒香后，加入两碗清水，煮开。将西红柿洗干净，用开水焯一下，去皮切丁。土豆切块，牛肉切片。然后一块儿倒入锅中继续用中火熬煮。别盖盖儿。煮沸后，再用小火煮五分钟后加入盐、黑胡椒粉、莳萝、鸡粉、番茄酱。淋上香油就可以了。

再说一下莳萝（就是野茴香）。莳萝的英文 Dill 源自古语 dilla 一字，其意为平静、消除之意。原是生长在印度的植物，它外表看起来像茴香，开黄色小花，结小型果实。是从地中海沿岸传至欧洲各国的。莳萝的味道辛香甘甜，多用作食油调味，据讲有促进消化的效用，还能抗痉挛、祛肠胃胀气、利消化、消毒、促进泌乳、助产、镇静、利胃、促发汗、帮助睡眠、预防动脉硬化，等等。据说在公元 812 年，法兰克王国的君主查理曼大帝，曾下旨全国广栽此种植物。莳萝常用来烹调鱼类，烘焙面包，做汤，调味酱和腌渍小黄瓜。全城都是这个味儿。

再介绍俄罗斯"大列巴"（面包）的制作。主要原料有面粉、啤酒花、盐等。过去烘烤这类面包时，用的是那种人工砌制的土炉，燃料以柞木或桦木为最好。听说在俄罗斯中东部的乡村，现在很多地方还在沿用这一传统技艺。这样烤出的面包味道一级棒。其中"啤酒花"是一味必不可少的，也是最重要的添加剂。吃大列巴可配以鱼子酱、果酱、花生酱，以及各类沙拉，等等。再喝甜酒……

10. 疙瘩汤

看到窗玻璃上的那层灰蒙蒙水气，我在上面用手指写道："冬天到了。"这是我在监狱服刑期间养成的"习惯"。每到季节更换，每到下雨天，只要窗玻璃上布满了一层灰色的水气，教授都会在窗玻璃上写字，或是"下雨了"，或是"春天到了"，等等。我虽然早已刑满释放，但经常会有身在"囹圄"的错觉。就这样季复一季，年复一年。如今我已经六十多岁了，是啊，总算走上了自然死亡的道路。我这样说不见得人人都能理解，自然死亡，对大多数重刑犯而言是一种奢望。用竹刀的话说，我们比起那些被押到法场枪毙的哥儿们，幸运多了。

我下意识地用拳头的侧面儿在窗玻璃上印了一个小脚丫印儿。透过这只小脚丫印儿，可以看到院子里已经爬满青霜了。教授说过：人生一世，草木一秋。有道理呀。我的爷爷奶奶、父亲母亲，他们的一生可以说过得平平淡淡。我和他们不同的是，他们有儿有女。或者正是这样，他们到死也放不下对儿女的那份牵挂。我就不一样了，可以说无牵无挂，一无所有。

电话铃声响了。对方是一个年轻人。

我问，您有什么吩咐？

他说，是这样，这天儿不是冷了吗，我母亲想吃点热乎的东西暖暖胃。您是服务生还是老板？

我说，都是。

他说，哦，老板。不好意思，我母亲想吃点儿热乎乎的疙瘩汤……

我略感吃惊地问，疙瘩汤？

他说，对，疙瘩汤。

我问，您母亲多大年纪？

他说，这有什么问题吗？

我说，没有。我是说，这么简单的东西您自己不会做吗？

他说，能自己做就不会麻烦您了，老板。

我说，那您母亲还有什么要求？

他说，随您了。您过去怎么做，今天就怎么做。

我问，几个人？

他说，四个人，一家子嘛。好了，老板，我们中午见。

说完就挂断了电话。

我嘟囔了一句，这是不由分说呀。

说实话，不过是一罐疙瘩汤，没什么可特别准备的。

我记得早年在外逃亡的日子里，梅给我做的第一顿饭就是疙瘩汤。我当时就躲在那个废弃的窝棚里。看着外面的雨，心想，要么，这个女人带警察过来，要么就给我带些吃的过来。梅做的疙瘩汤可真好吃呀。我当时想，这可能是人在逃亡的路上吃什么都香的缘故吧。梅对我说，就是着急，担心我爹回来，做疙瘩汤方便，快。我后来问过她，你为什么这样对我？梅说，不知道。我觉得你不是个坏人。我说，我真是个坏人。梅说，至少骨子里不是。梅的这句话深深地震撼了我。唉，这一晃十七八年过去了。用教授的话说，逝者如斯而已。

那么，这位和我有同样嗜好的老太太是怎样的一个人呢？

不管怎么说，既然人家提出了要喝疙瘩汤，无论这个要求多么简单，作为厨子就一定要把它做好。为此，我按照梅当年给我做的疙瘩汤的样子，准备了一盆。现在就只等客人上门了。疙瘩汤只有现吃现做才好。

临近中午姐姐来了。她一进门就问，怎么，没有客人？

我说，有。一会儿就到了。

姐姐哦了一声，脱下外衣，走到窗前。窗玻璃上还隐约留着我写的字迹和那个小脚丫印儿呢。

姐姐轻轻地读着，"冬天到了"。读罢，回过头来问我，弟弟，你写的？

我说，这是我在监狱时养成的习惯。

姐姐的眼睛立刻湿润了（姐姐就是这么一个多愁善感的人），她转过身去继续向窗外望着。

姐姐每次到我的小店来，一进了门便脱掉外套，立刻开始干活儿。但这一次她却有点儿反常。

姐姐说，弟弟，你看看谁来了？

我走到窗前，看到院子里一个小伙子搀扶着一个老太太正向屋子这边走来……

我说，这小伙子真挺帅呀。

姐姐说，这可是个品学兼优的孩子。你再看看，那个老太太是谁？

我仔细地端详后，愣住了……

姐姐的脸上露出了胜利的笑容。

疙瘩汤的做法：

您做面疙瘩的时候一定注意，水要一点点地倒入面粉碗内，做到边倒水边不停地搅拌。记着，一定要用凉水，这样面疙瘩才会做得又小又细，入锅即熟。疙瘩汤千万不要煮得时间太长，否则不但颜色不好看，吃起来口感也会很差。多实践几次就会了。简单。

后记

电话里的何锐

　　与何锐先生相识是在电话里，而且这种电话通话保持了十多年。何锐的电话通常是在晚上十点以后，声音低沉，一口浓重的贵州腔，他说了一堆话，我有百分之七十听不懂，但是你又不能说，何锐先生，你慢点说，或者改用普通话。但是有一句我听懂了，阿成，搞一篇小说过来。声音非常低，感觉就像地下组织的领导让我干掉某一个人一样。说实在的，我害怕接他电话，我不怕约稿，他的话我想把电话塞到耳朵里，都听不懂，只能打哈哈，像一个蹩脚的捧哏的相声演员。每年他都重复同一个内容，后来我发现他都是利用他值夜班的时候打电话约稿，熟悉的朋友对此都有共识，这一晚上他都不知道要打多少个电话约稿。就这样，若干年后，有一次中国作协在贵阳搞了一个什么活动，我记不得了，但那次何锐听说后，邀我们几个随团的作家去喝茶（饭是不能吃了，因为主办方都做了严密的安排，没有时间），这才发现，何锐是一个瘦瘦的，略微有点黑的中年人。照例，他的话我们听不懂，但喝茶两个字听懂了。

我也是做编辑工作，算起来有三十多年了，我能区分出什么是好编辑，什么是混饭吃的编辑，或者什么是主张某种主义和流派的编辑，何锐不是这样的编辑。他主持的《山花》杂志在全国享有很高的信誉和好评，在于他一是慧眼识珠，二是没有门派之见，当然最重要的还是他这种不屈不挠的敬业精神。大家觉得他是一个严肃的、有趣的朋友。

今年，我偶然听说何锐先生去世了，是因为一次意外事故的后遗症所导致的，我非常震惊，我觉得他还年轻，而且精力充沛，他退休后还在做一些书籍的编辑。他约我的最后一篇文章是《谈经典》。记得我是写了两三千字，他给我打过来电话说，写得好。我也觉得这篇文章写得可能会伤及一些人，何锐先生既然不弃，我就心安了。

现在有时候，半夜突然听到电话铃声响，我第一个反应就是，何锐来电话了，阿成，搞一篇小说过来。于是，我又有了新的任务，可惜，这样的电话从此不再有了。为一个主编去世而感到难过，何锐是第一个。

兄弟，愿你在天国安好。